Hans Christian Andersen

Die beiden Baroninnen

Nordfriesland im Roman

Aus dem Dänischen
von Erik Gloßmann

Husum

Umschlagabbildungen: Sonntagnachmittag im Seebad Wyk auf Föhr, 1854, Gemälde von David Jacobsen, Altonaer Museum (Ausschnitt)
Rückseite: Hans Christian Andersen, Porträt von C. A. Jensen, 1847, H. C. Andersens Hus/Odense Bys Museer

Bibliografische Information der Deutschen Nationalbibliothek

Die Deutsche Nationalbibliothek verzeichnet diese Publikation in der Deutschen Nationalbibliografie; detaillierte bibliografische Daten sind im Internet über http://dnb.dnb.de abrufbar.

NORDFRIISK
INSTITUUT

Nordfriisk Instituut
Nr. 248

Gesamtherstellung: Husum Druck- und Verlagsgesellschaft
Postfach 1480, D-25804 Husum – www.verlagsgruppe.de
ISBN 978-3-89876-848-1

Herausgegeben von
Arno Bammé und Thomas Steensen

Nordfriesland im Roman

Nordfriesland ist ein Land der Vielfalt – in Natur, Geschichte und Kultur. Schriftstellerinnen und Schriftsteller sowohl aus der Region als auch von außerhalb wählten diese Kultur- und Naturlandschaft immer wieder zum Schauplatz ihrer Werke. In der Reihe „Nordfriesland im Roman" werden Romane und umfangreiche Erzählungen neu zugänglich gemacht – bekannte, aber auch fast vergessene. In einem Nachwort erläutern die Herausgeber den historischen Hintergrund, Orte der Handlung sowie Leben und Werk der Autorin bzw. des Autors.

Band 10

ERSTER TEIL

1.
Im offenen Boot – Das alte, verfallene Rittergut

Es wehte ein starker Nordostwind. Im Großen Belt türmten sich die Wellen; schwer schlugen sie gegen die schmale, waldbewachsene Insel Langeland, die Oehlenschläger in seiner „*Reise nach Langeland*“ als einen „ins Wasser geworfenen Rosenzweig“ besungen hat. Wir haben von ihr nur zu berichten, dass sich an der Nordspitze eine Gesellschaft um einen Picknickkorb versammelt hatte; der Wagen, der sie wieder zurück auf den Herrenhof bringen sollte, wartete ganz in der Nähe. Die Brandung spritzte von Mal zu Mal höher; in ihr Tosen mischte sich das Knallen der Champagnerkorken. Der Wind wirbelte die Servietten durcheinander und griff unter die Mäntel, die sich die Damen um die Schultern gelegt hatten, denn es war spät im Herbst.

„Das ist ja fast ein Sturm“, stellte die Älteste fest.

„Ja, es ist herrlich, Mama!“, rief die Jüngere. „Jetzt muss nur noch ein Schiff stranden!“

„Um Himmels willen, was redest du da!“, erwiderte die Mutter entsetzt.

„Warum? Die Gestrandeten hätten es doch gut bei uns. Wir würden sie zu Schinken und Champagner einladen und ihnen zu Hause die Gästezimmer herrichten …“

„Hör auf, das ist ja schrecklich. Sieh nur, da ist wirklich ein kleines Boot draußen! Mein Gott, wie das schaukelt! Das kann doch nicht gut gehen. Ein Segen, dass wir auf dem Trockenen sind.“

Von Seeland her kam ein offenes Boot. Nur ein Segel war gesetzt, doch es stand prall im Wind und führte das Boot in fliegender Fahrt über die hohen Wogen. Manchmal glaubte man, in der Hebung den Kiel zu sehen, dann wieder schien das Fahrzeug bis zur Mastspitze in einem Wellental zu verschwinden.

„Dort draußen geht es noch gut", meinte ein älterer Mann aus der Gesellschaft. „Aber wenn sie erst einmal am Sandriff sind und wenden müssen, werden sie ihr blaues Wunder erleben. Es wird hart, bei Lohals zu landen, und nach Fünen kommen sie schon gar nicht; es sei denn, die See wird ruhiger."

„Schau doch, Mama, wie aufregend!", rief die junge Dame, als das Boot krängte und reichlich Wasser darüberspritzte.

„Schrecklich ist es", sagte die Mutter. „Aber interessant!"

Wir wollen nun sehen, wie interessant die da draußen es finden.

Das Boot stammte aus dem Fischerlager Skovshoved oberhalb Kopenhagens und hatte also eine recht ansehnliche Seereise hinter sich. Am Steuer saß ein Mann in einem Anzug aus gelbem Wachstuch; ein breiter Hut aus demselben Stoff hing ihm auf die Schultern herab. Der Mann schien so gekleidet zu sein, um mit trockener Haut durch das Meer gehen zu können; es war der Eigner des Bootes, Ole Hansen aus Skovshoved. Neben ihm befand sich ein hübscher junger Mann, ebenfalls in einer Seemannstracht, die jedoch feiner, fast elegant geschnitten war. Es war Graf Frederik, ein Student; das Gut seines Vaters lag auf Fünen. Zwei weitere gut verpackte Personen saßen vor einem großen Picknickkorb, aus dem sich der eine immer wieder bediente. Ein vierter junger Mann lag, mit nassen Mänteln zugedeckt, auf dem Boden des Schiffes. Er litt unter dem Wetter. Sein edles Gesicht war leichenblass; das nasse, schwarze Haar klebte an den Wangen. Er sah aus wie die Leiche eines jungen, schönen Gladiators.

„Lassen Sie mich steuern, Herr Graf!", schlug Ole Hansen vor, als das Wasser besonders hoch spritzte. Der Kranke, der nun völlig durchnässt war, schlug die Augen auf, die dunkel glänzten, als wäre er unter Italiens Sonne geboren.

Es war nötig, den Kurs zu ändern, um die Landspitze zu umschiffen; aufmerksam beobachtete Ole die Wogen, die nun mit ganzer Kraft wirken konnten. Er wusste sie mit viel Geschick gleichsam zu umfahren. Die Wellen leckten an der

Reling und schienen das kleine Boot unter sich begraben zu wollen, aber es hob sich im letzten Moment immer wieder empor.

„Herrlich gesteuert, alter Ole!“, schrie Frederik. „Das ist eine Lust; wir fliegen wie die Möwen! Und der Wind lässt uns nicht im Stich, er treibt uns voran. He, schaut, dort steht ein Regenbogen in den Tropfen!“

„Wir bekommen bald Tropfen von oben“, knurrte Ole und zeigte auf eine dicke Wolke. „Der graue Kerl dort hinten schiebt sich heran und wird sich über uns entladen. Wir müssen uns noch mehr in den Wind drehen, dann kommen wir vielleicht davon. Segel in Lee!“

Rasch, wie ein geübter Matrose, führte Graf Frederik das befohlene Manöver aus. Eine starke See warf das Boot fast um. Die beiden am Picknickkorb sprangen auf, und sogar der Kranke kam auf die Beine.

„Stillgesessen!“, rief der Alte mit gebieterischer Stimme. „Schöpft das Boot aus!“

Sie gehorchten, und nun ging es mit halb gerafftem Segel seewärts.

„Und du wolltest der Lustigste von uns sein!“, wandte sich der Graf spöttisch an den Kranken, der sich wieder hingelegt hatte. „Dein Auftritt ist ja ganz bemerkenswert, aber doch irgendwie langweilig. Wir könnten dich eigentlich an Land bringen, als unsere Konterbande für die Insel Fünen. Keiner würde dich kennen.“

Es begann zu regnen; die Sonne ging soeben unter. Das ständige Kreuzen hatte sie kaum eine Viertelmeile an der Westseite Langelands vorangebracht. Ihr Ziel, das Gut von Graf Frederiks Vater, lag zwischen Svendborg und Faaborg an der Küste Fünens; sie hatten also noch eine beträchtliche Strecke zurückzulegen. Strömung und Wind wirkten ihnen entgegen; außerdem hatten sie auf dem Weg von Kopenhagen bereits eine Nacht unter freiem Himmel verbracht und litten unter der Nässe.

„Bei Tageslicht werden wir Svendborg nicht mehr erreichen“, meinte Ole. „Wir müssen irgendwo an Land gehen.“

„Hört mal", sagte Frederik, „nur eine halbe Meile landeinwärts liegt ein altes Rittergut, das mein Vater gekauft hat, um es für mich aufbauen zu lassen. Wollen wir nicht dort übernachten? Es soll dem Aussehen nach eine wahre Räuberhöhle sein, aber ganz romantisch, und was noch besser ist: Wir hätten ein Dach überm Kopf und Leute zu unserer Bedienung, einen Großknecht und eine Meierin mit Suite. Wir würden weder Hunger noch Durst leiden. Einverstanden? Gut … Ole, steuere geradewegs auf den Kirchturm von Svindinge zu, der dort wie ein Flaschenhals aufragt! Ich weiß, dass da zwischen den Büschen ein kleiner Bach mündet. Bei Hochwasser, wie jetzt, kann man ein Stück hineinfahren, und dort liegt das Boot sicher wie in Abrahams Schoß."

„Du hast uns ja auf eine schöne Segeltour mitgenommen", spottete der junge Mann am Picknickkorb. „Wenn ich nicht solch einen gesegneten Appetit hätte, wäre es mir längst so ergangen wie Herman." Und er wies auf den Seekranken.

Es wurde immer dunkler; das Boot schaukelte stark. Trotz der Steuerkünste des alten Fischers nahmen sie ein paar Mal Wasser. Der einsetzende Regen hatte für die ohnehin Durchnässten keine Bedeutung mehr.

„Hältst du drauf, Ole?", erkundigte sich Frederik, als sie sich in schneller Fahrt der Küste näherten.

„Da ist der Bach!", rief Ole kurz darauf. Die Kenntnis der Strömungen und sein scharfes Auge hatten ihn richtig geleitet. Das Segel fiel; mit einem Sprung war er an Land, zog das Boot an die Seite und vertäute es an einem großen Stein. Vom nahe gelegenen Fischerhaus bellte schon der Kettenhund zur Begrüßung.

Eine halbe Meile zu wandern konnte den durchnässten und verfrorenen jungen Menschen nur guttun; deshalb wollten sie gleich zu dem verfallenen Rittergut. Ole sollte zunächst beim Boot bleiben; übernachten konnte er im Fischerhaus. Ihm wurden die kleine Flasche Rum und der halbe Mundvorrat überlassen.

„Mein Rucksack ist der leichteste", erklärte Herman, der gesprächig wurde, weil er festen Boden unter den Füßen spürte. „Ich habe wenigstens ein Hemd für jeden von uns, das ist doch immerhin etwas!"

Die Wanderung durch die Finsternis begann. Der anhaltende Regen hatte den sandigen Weg in einen Morast verwandelt.

„Man kann nicht sagen, dass wir schon auf dem Trockenen angekommen sind", stellte Herman fest. „Ich habe ein Gefühl, als spazierte ich auf dem Meeresboden, der ständig unter mir nachgibt."

„Und wie es in den Bäumen rauscht", sagte der andere. „Das wird ja immer schlimmer. Kennst du den Weg auch genau, Frederik? Ich habe keine Lust, die ganze Nacht herumzuirren und an einem Bauernhaus anzuklopfen, wo uns vielleicht nicht einmal aufgemacht wird. Erschrick nicht, ich muss mich an deiner Jacke festhalten, denn ich kann keinen Schritt weit sehen ..." Im selben Augenblick stolperte er und schlug lang hin, kam aber unter allgemeinem Gelächter schnell wieder auf die Beine.

Sie waren schon fast eine Stunde unterwegs, als Graf Frederik versicherte, dass sie die Gabelung erreicht hätten, wo der Weg zum alten Rittergut abzweigte. Sie lauschten einen Moment und meinten, im Brausen des Sturmes Hundegebell zu vernehmen ... nein ... sie hatten sich wohl geirrt ... Alles in allem war es wirklich eine Lustreise! Wieder lauschten sie ... und hörten einen Schrei, der in ein Jammern überging.

„Was ist das?", fragte einer.

„Ach, nur der Wind", antwortete ein anderer.

„Nein, nein, da ist doch was!", war sich der Dritte sicher. Keiner konnte erklären, was da an ihr Ohr drang, deshalb setzten sie ihren Weg nach kurzem Zögern fort.

Wir werden später erfahren, aus welcher Menschenbrust diese tiefen Seufzer kamen.

Plötzlich zeigte sich vor ihnen ein Licht.

„Jetzt weiß ich den Weg!", rief Frederik. „Dort liegt das Gut!"

Im nächsten Moment war das Licht verschwunden, doch der Graf schritt entschieden weiter in diese Richtung.

„Ich habe die Stiefel so voller Wasser, dass ich gar nicht weiß, wie tief ich wate“, klagte der hinter ihm Gehende. „Hier scheint es mir aber allzu frisch um die Füße zu werden. Sind wir etwa in einen Sumpf geraten?“

„Stimmt“, bestätigte Frederik, „aber das ist der kürzeste Weg. Vertraut mir, das ist die sogenannte trockene Seite des alten Wallgrabens. Genau vor uns ist das Haus!“

Tatsächlich wären sie fast gegen die Mauer gelaufen, hätte nicht über ihnen, nur eine Elle entfernt, erneut das Licht aufgeleuchtet. Sie riefen ein lautes Hallo zu dem Fenster hinauf, als wäre es einstudiert, und bekamen das Gebell von vier oder fünf Hunden zur Antwort. Niemand ließ sich blicken; der Wind heulte und schleuderte ihnen dicke Regentropfen ins Gesicht. Sie klopften gegen die Scheibe, bis sich dahinter erst ein Gesicht und dann noch eines zeigte. Doch die drinnen sagten keinen Ton und dachten nicht daran, das Fenster zu öffnen. Jetzt lärmten die jungen Leute wild durcheinander. Frederik wurde wütend, sprang hoch und schlug mit der Faust die Scheibe entzwei. Dabei brüllte er: „Kommt mit Licht, ihr Schafsköpfe! Ich bin es, Graf Frederik. Wollt ihr uns bei dem Sauwetter draußen stehen lassen?“

„Jesus!“, kam es als Antwort. Nun entwickelte sich drinnen emsige Geschäftigkeit. Das Licht wurde weggenommen, sodass die draußen Wartenden wieder im Dunkeln standen. Endlich rasselte das Torschloss; das Hundegebell schwoll an, eine Laterne leuchtete, und Knecht und Magd empfingen die Eintretenden mit dem Ausruf: „Du lieber Gott, bei diesem Wetter!“

„Wir kommen von Kopenhagen“, erklärte Graf Frederik. „Wir waren in einem offenen Boot unterwegs und mussten wegen des Sturms an Land gehen. Richtet den Saal oben im Turm her, er taugt wohl am besten.“

„Dort sieht es wüst aus“, meinte der Knecht. „Aber es wird gehen. Wir können die Fenster verstopfen.“

„Meine Herren, so wollen wir nun Einzug halten in meinen kleinen Besitz“, verkündete Frederik. „Ich hoffe, dass er sich über Jahr und Tag in einem besseren Zustand präsentieren wird. Dann wollen wir ihn mit einem ordentlichen Gelage einweihen. Habt acht beim Gehen! Wir müssen auf Brettern und Steinen balancieren.“ Und den Dienstboten befahl er: „Schafft inzwischen etwas Warmes heran! Was habt ihr? Doch wenigstens Bier und Eier, denn Rum und Zitronen sind doch sicher nicht aufzutreiben?“

„Ja“, nickte die Magd und steckte ihr rotes, vergnügtes Gesicht aus der Schürze heraus, die sie sich wegen des Regens eilig über den Kopf geworfen hatte.

Sie liefen los, stolperten aber alle naselang über Steine und Bauholz. Der Knecht führte sie mit der Laterne einen mit Nesseln bewachsenen Hang hinab und bemühte sich vergeblich, einige Bretter zu richten, die den Weg erleichtern sollten.

„Wir überqueren gleich den zweiten Wallgraben“, erklärte der Graf. „Hier hat in alten Zeiten ein Schloss gestanden, mit allem Drum und Dran. Vor einem halben Jahrhundert wurde es bis auf einen Turm abgerissen. Stattdessen errichtete man ein großes Fachwerkgebäude, das aber unter dem seligen General wieder verfiel. Mein Vater hat den ganzen Schrott gekauft. Die Erde ist gut, der Wald gesund und das Ganze prächtig gelegen. Im nächsten Frühjahr wird der Kasten abgerissen und ein neues Haus gebaut.“

Sie standen nun in dem inneren Hof, der auf drei Seiten von einem zweistöckigen Gebäude umschlossen wurde. Ein herrlicher großer Lindenbaum breitete sein Äste nach allen Seiten aus. Das Haus wirkte im Schein der Laterne recht ansehnlich.

„Hier ist es ja herrlich!“, rief einer aus der Gruppe. „Schaut nur, die große Tür mittendrin!“

„Aber keine Treppe“, konstatierte Graf Frederik und drehte den Arm des Knechts, sodass der Schein der Laterne auf die Fassade fiel. Nun sah man, dass die breiten Treppensteine fehlten. Ein verrostetes Eisengeländer, das zum Aufgang gehört hatte, stand gegen die Tür gelehnt, die, genauer besehen, nur in einer Angel und schief im Rahmen hing.

„Halt das Licht höher, damit wir besser sehen können“, forderte Frederik den Knecht auf. Es zeigte sich, dass in den

Fenstern kaum eine ganze Scheibe war. Einige Simse waren aus den Fugen gedrückt worden, und das Fachwerk zeigte Risse, als hätte das Gebäude kürzlich ein starkes Erdbeben überstanden.

Durch eine kleine Tür gelangten sie in einen schmalen Gang. Wieder stolperten sie über Schutt, Steine und Mauerreste. Dann betraten sie eine Kammer, wo die losen Tapeten buchstäblich im Luftzug wehten. Sie kamen an einem mächtigen Schornstein vorbei, durch den der Wind pfiff. Er war unten geborsten und wurde lediglich durch Balken und Stützen gehalten. Dann liefen sie durch einige verwüstete Zimmer, in denen der Fußboden ganz oder teilweise aufgebrochen war. Einzelne Möbelstücke, Gartengeräte und plumpe, weiß gestrichene Steinfiguren lagen in den Ecken herum.

Endlich kamen sie in einen großen Ecksaal, der nicht ganz so zerstört war. Hier waren die Wände zur Hälfte mit Paneelen versehen. Überall hingen wurmstichige Familienporträts aus der Ritterzeit. Darauf sah man ehrwürdige Damen mit ihrem Hündchen auf dem Arm oder einer großen Tulpe in der Hand, Ritter mit Schwertern und Jagdhunden oder aber Geistliche mit Gesangbüchern, lateinischen Wahlsprüchen und Jahreszahlen. Ein altes Klavier stand mit geöffnetem Deckel mitten im Raum.

„Und noch ein Instrument mitgekauft!“, rief jemand und schlug einen Akkord an. Man hörte die klappernden Tangenten und drei scharrende Saiten. Der Musikus vollführte einen jener komischen Sprünge, die man macht, wenn man fürchtet, das Gleichgewicht zu verlieren. Und so war es, denn vor ihm lag eine alte Tür, die zum Turm. Die Kerze aus der Laterne wurde in eine Flasche gesteckt, die glücklicherweise in dem alten Klavier gelegen hatte.

„Mehr Licht!“, befahl Graf Frederik. „Und bring uns ein paar von deinen Kleidern, Christen. Aber sauber müssen sie sein. Du siehst, wir triefen vor Wasser! Und schaffe so viele Pferdedecken wie möglich und einige Bund Stroh in den Turm, aber alles im Galopp! Die Magd soll Hühner schlachten und das Beste auftischen, was die Speisekammer hergibt.

Aber zuerst muss der Punsch her, damit wir warm werden! Galopp, Christen, Galopp!“

Und es ging im Galopp. Christen brachte seine besten Sonntagskleider und dazu einen großen gefütterten Reisepelz, der Frederiks Vater gehörte. Ein nasses Kleidungsstück nach dem anderen wurde abgelegt; nebenbei leerte man auch die Rucksäcke. Dabei wurde eine Badehose entdeckt, die jemand aus Versehen eingepackt hatte.

„Das ist eine Fügung des Himmels“, meinte unser seekranker Kandidat, der jetzt die Munterkeit selbst war. „Hier herrscht großer Hosenmangel, kleine Beiträge werden mit großer Dankbarkeit angenommen! Ich bin am besten an solche gewöhnt; ich nehme sie und den Pelz dazu. Badehosen und ein Schafspelz, das ist ein gutes Kostüm! Meine gnädigen Damen“ – er verbeugte sich vor den Porträts an der Wand –, „Sie entschuldigen doch?“ Und er zog sich um. „Die Sonntagskleider soll die Geistlichkeit haben“, erklärte er und zog seinen einzigen und besten Anzug aus dem Rucksack. „Unser guter, ehrwürdiger Mentor muss am menschlichsten aussehen.“

Der Angesprochene war der Älteste in der Runde, der einzige Bürgerliche in dieser kleinen Kameradschaft, ein Holsteiner namens Moritz Nommesen. Er hatte die drei anderen auf das philologische und philosophische Examen vorbereitet, das gerade hinter ihnen lag. Der Anführer des ganzen abenteuerlichen Zuges, Graf Frederik, dessen Vater, wie erwähnt, seine Besitzungen im östlichen Teil Fünens hatte, war von Jugend an daran gewöhnt, im eigenen Boot zu segeln. Als Knabe hatte er Touren nach Alsen und Angeln gemacht und war nach dem Artium mit Ole Hansen zweimal von Kopenhagen in die Heimat gesegelt. Jetzt befanden sie sich auf der dritten derartigen Seereise. Der Mentor war dabei und zwei Gleichaltrige, Baron Holger und Baron Herman, doch die Reise war, wie wir sahen, nicht sehr glücklich verlaufen. Jetzt saßen sie unter einem Dach in trockenen Kleidern; fünf große Talglichter wurden angezündet und in verschiedene Kerzenständer gesteckt. Im Turm wurde aus Stroh und Pferdedecken ein prächtiges Lager zurechtgemacht. Die Punschbowle dampfte, und nach dem ersten Glas tanzten – nicht die Wände, sondern die Freunde im Saal. Draußen strömte der Regen herab, und der Sturm rüttelte an den morschen Wänden.

„Herman“, rief Graf Frederik, „was würde deine Großmutter sagen, wenn sie jetzt zur Tür hereinkäme und dich hier sähe? Sie hat dir doch verboten, nach Fünen zu kommen!“

„Ich kann die Frau nicht verstehen“, meinte der Mentor kopfschüttelnd.

„Sie ist auch schwer zu begreifen“, bestätigte Herman. „Manchmal ist sie etwas … mhm … originell, dann aber wieder lieb und gut. Mit fast allem, was sie tut, beweist sie ihr edles Gemüt; die Armen segnen sie. Nur gegen uns, ihre Nächsten, ist sie etwas hart. Mich zum Beispiel hat sie von Geburt an nicht richtig leiden können.“

„Ja, wenn er von ihr erzählt, dann klingt das ganz gut“, sagte Frederik, „aber verrückt ist sie doch. Entschuldige, ich weiß natürlich, dass sie deine Großmutter ist. In Italien gefiel ihr Guido Renis Bild, das die Fahrt der Beatrice Cenci zur Richtstatt zeigt, so gut, dass sie sich ein Fantasiekostüm machen ließ. Sie trägt Richtstatt-Reisemäntel, Richtstatt-Morgenröcke und Richtstatt-Ballkleider aus Atlasseide; in einem solchen tauchte sie letztes Jahr auf einem der größten Feste auf.“

„Während man sie wegen ihres Aufzugs belächelt, sitzt sie mit allen ihren Dienstmädchen und näht Kleider für die Armen“, sagte Herman.

„Ich finde gar nicht, dass sie verrückt ist“, meinte Baron Holger. „Manchmal macht sie höchst treffende Bemerkungen. Sie sagt den Leuten die Wahrheit ins Gesicht, wenn sie zu ihr kommen. Vor Kurzem lud sie die größten Vielfraße zu sich ein – der Pfarrer war auch dabei – und setzte ihnen eine *vernünftige Mahlzeit* vor. Sie bekamen nur Wassergrütze und Dorsch nebst einem Vortrag, wie schädlich es sei, sich den Magen zu verderben.“

„Das ist ja eine tolle Frau!“, rief der Mentor.

„Ich habe meine Großmutter zehn Jahre nicht gesehen, und es können gut und gern noch zehn Jahre vergehen, bis sie mich hierher ruft, falls sie so lange lebt“, sagte Herman.

„Soll sie leben!“, rief Holger. „Die Originale dürfen nicht aussterben; sie machen Eindruck in der Welt, wie die Uniformen im Theater.“

Er erhob sein Glas, und sie stießen an, aber noch während des Trinkspruchs vernahmen sie einen seltsamen, gleichsam ersterbenden Seufzer. Sie wandten die Köpfe in die Richtung, aus der das Geräusch gekommen war. Keiner sagte ein Wort, denn sie waren überzeugt, dass sie nur den Wind gehört hatten.

Während sie munter weiterfeiern, wollen wir einen Augenblick zu der erwähnten Großmutter gehen.

2.
Die Großmutter

Vor achtzig Jahren sah es in Dänemark traurig aus für den armen Bauern; er hatte es nicht viel besser als ein Lasttier. An die Stelle der Leibeigenschaft, die König Frederik IV. aufgehoben hatte, war die Schollenbindung getreten, aber geändert hatte sich nichts. Fast alle Bauern waren bis zum fünfzigsten Lebensjahr zum Kriegsdienst verpflichtet. Viele junge Männer versuchten dem zu entgehen, indem sie sich versteckten. Andere verstümmelten sich, um nicht eingezogen zu werden.

Der Herr des Hofes, auf dem die merkwürdige Großmutter nun lebte, ihr Schwiegervater, war ein ruchloser Geselle gewesen, einer jener barbarischen Gutsbesitzer, von denen die Sagen Schreckliches zu berichten wissen.

Hinterm Tor zeigt man noch immer eine Öffnung, durch die der Bauer in das sogenannte Hundeloch hinabgelassen wurde. Dort unten sickerte die Nässe aus dem Wallgraben durch die Mauern. In feuchten Jahren stand der Boden fußhoch unter Wasser, darin tummelten sich Frösche und Kröten. Da hinein steckte man den Bauern, und warum? Oft nur, weil er nicht bezahlen konnte, was er schuldig war für den elenden Acker, den ihm der Gutsherr zugewiesen hatte und für den er seine ererbten Schillinge zusetzen musste. Im Turm lag noch der „spanische Mantel“, den mancher brave Mann hatte tragen müssen. Mitten im Hof, wo jetzt auf einem Stück Rasen Provencerosen blühten, hatte das „hölzerne Pferd“ gestanden. Auf dessen Rücken hatte sich der Bauer mit Bleigewichten an den Beinen zum Krüppel gesessen, während der Baron drinnen mit seinen Freunden um die Wette trank oder die Jagdhunde peitschte, sodass sie mit dem Reiter draußen um die Wette heulten.

In jene Zeit, auf jenen Hof und zu jenem Gutsherrn wollen wir uns begeben.

Ein paar zerlumpte Knaben standen herum und glotzten in den Hof hinein. Dort ritt wieder einmal einer auf dem „hölzernen Pferd“, denn „mit Bauernlümmeln konnte es am besten umgehen“. Es war der lange Rasmus, wie sie ihn nannten. Es war ihm einmal gelungen, etwas auf die hohe Kante zu legen, deshalb hatte ihn der Gutsherr gezwungen, einen schlechten, verfallenen Hof zu übernehmen. Rasmus rackerte von früh bis spät, doch es half alles nichts; er konnte die Abgaben nicht zahlen. Also ließ der Gutsherr die gesamte Habe taxieren und Rasmus nebst Frau und Kindern vom Hof jagen. Rasmus beschwerte sich und wurde deshalb ins Hundeloch geworfen. Nach seiner Freilassung überließ man ihm eine Kate ohne Land. Für diesen Schuppen, einen kleinen Kohlgarten und ein zwei Morgen großes Stückchen Hoffeld mussten er und seine Frau sich fast täglich auf dem Gutshof abplagen. An diesem Morgen hatte er geäußert, das Leben sei allzu hart; deshalb ritt er nun auf dem „hölzernen Pferd“. Es bestand aus einem an zwei Pfählen befestigten Brett. Auf dem saß nun der arme Sünder. Sie hatten ihm zwei schwere Mauersteine an die Füße gebunden, damit der Ritt auf dem schmalen Brett noch schmerzhafter wurde.

Eine bleiche, ärmlich gekleidete Frau mit verweinten Augen sprach freundlich mit dem Knecht, der die Aufsicht über den Sünder hatte. Es war die Frau des langen Rasmus. Ihr Mann trug weder Hut noch Mütze; das dichte Haar hing ihm ins Gesicht. Ab und zu schüttelte er den Kopf, wenn ihn die Fliegen zu sehr plagten. Die schweren Mauersteine zogen ihm die Beine nach unten, doch so sehr er sich auch mühte, er konnte sich nicht aufstützen.

Ein kleines, dreijähriges Mädchen, Rasmus' Tochter, schön wie ein Engel Gottes, kroch im Gras umher. Während sich die Mutter mit dem Wächter unterhielt, näherte sich das Kind dem Vater und schob, aus Instinkt oder auf Anweisung der Mutter, heimlich einen Stein unter den Fuß des Vaters. Das Mädchen hatte schon nach einem weiteren Stein für den anderen Fuß gegriffen und schaute mit seinem klugen, hübschen Gesicht zum Vater hinauf, da stand plötzlich der Gutsbesitzer, der Herr Baron, mit seiner großen Reitpeitsche vor der Tür. Er hatte beobachtet, was vorging, und die Peitsche knallte auf das arme Kind herab, das bei dem Hieb Schmerzensschreie ausstieß. Die Mutter ging dazwischen, doch der Baron gab der Schwangeren einen Fußtritt, dass sie auf das Pflaster stürzte …

Wir verlassen diese abscheuliche Szene – solches geschah in den sogenannten „guten alten Tagen“ nicht selten – und verraten nur, dass jenes Kind, dessen Hals und Arm von dem Peitschenhieb anschwollen, weil es den Stein unter den Fuß des Vaters geschoben hatte, niemand anders gewesen war als die Großmutter Hermans. Das Mädchen, das der Gutsherr schlug, wurde später seine Schwiegertochter.

Dieses finstere Bild aus der Kindheit lebte noch in den Erinnerungen der alten Frau, die wegen ihrer Originalität von vielen belächelt wurde. Sie selbst herrschte nun schon viele Jahre auf demselben Herrenhof, auf dem ihre Mutter misshandelt worden war, wo ihr Vater im „Hundeloch“ gesessen und das „hölzerne Pferd“ geritten hatte. Auf die Richtstatt hatte sie die schönsten Rosen pflanzen lassen.

Von dem bösen Gutsherrn ging noch manche Sage um. Beim herrschaftlichen Begräbnis in der Kirche stand sein prächtiger Marmorsarkophag mit goldenen Inschriften, umgeben von Engeln. Er hatte die ganze Pracht noch zu Lebzeiten aus Italien kommen und die Kapelle damit schmücken lassen. In einer wilden, lustigen Laune liefen er und seine Saufbrüder zur Kirche hinüber. Dort setzte er sich in seinen Sarg und brachte Trinksprüche aus, zuerst auf sich selbst, dann auf die Kumpane und zuletzt auf den Teufel – und plötzlich fiel er tot um. Einige meinten, der Schlag habe ihn getroffen, doch die meisten wussten es besser: Der Leibhaftige hatte ihm den Hals umgedreht.

Der einzige Sohn des Gutsherrn war genauso roh und wild wie der Vater, aber nicht so bösartig. Er führte ein zügelloses Leben, war aber zuletzt wirklich verliebt, und zwar in die Pflegetochter des Schulmeisters, eine Schönheit, wie man sie im Land selten fand. Es war die Tochter des langen Rasmus; sie war keck, ausgelassen und rätselhaft, aber tugendhaft. So musste sie der Baron zur Frau nehmen, wenn er sie haben wollte. Freilich wird von bösen Zungen erzählt, dass er sich habe fangen lassen. Er wollte gerade nach Lolland abreisen, um ein adliges Fräulein zu heiraten, da sah er die schöne Dorothea vor der Küsterei. Der Schulmeister lud ihn ein, mit ihm zu trinken, und so kam es, wie es kommen musste. Ein alter Husar, als Pfarrer verkleidet, soll sie getraut haben, aber das sind Lügen und Erfindungen. Das Kirchenbuch zeigt es anders. Fest steht, dass er Dorothea nicht mehr losließ, die nun eine gnädige Frau war. Leider hat er sie nach seiner Art hart und schlecht behandelt.

Sie gebar mehrere Söhne, aber alle starben. Endlich, viele Jahre nach der Hochzeit, brachte sie ein Mädchen zur Welt. Die Tochter wuchs heran und wurde ein stilles Kind. In ihrer Jugend starb der Vater, und nun begann Dorotheas Regiment. Man sagte, dass ihr Leben bis dahin ein Trauermarsch gewesen war; nun ging es mit Pauken und Trompeten vorwärts! Zwar besuchte sie keiner von den hohen Adligen aus der Nachbarschaft, aber sie hatte das Haus trotzdem immer voller Gäste. Im Winter lebte sie munter in Kopenhagen und schloss Bekanntschaft mit Justiz- und Etatsräten, Künstlern und Witwen, die sie für den Sommer auf ihr Gut einlud, wo sie die gnädige Frau spielte. Frau Dorothea war klug, vielleicht hatte sie sogar Genie, doch führte sie ihr Verstand oft auf Abwege. Auch Herz zeigte sie, viel Herz, aber hier führte die Laune das Steuer und machte sie unberechenbar; jedenfalls schien es so.

Sie reiste nach Italien, wurde Kunstkennerin und kleidete sich à la Beatrice Cenci. In den Briefen berichteten unsere Landsleute aus Rom amüsante Anekdoten, in deren Mittelpunkt die Gutsherrenwitwe von Fünen stand. Ein nicht mehr ganz junger Mann, Baron Büncke-Rönnow aus Holstein, der sich damals im Vatikan aufhielt, besuchte die Frau Baronin und ihre hübsche Tochter, von der man sagte, sie habe schon in Kopenhagen Eindruck auf ihn gemacht. Mit einem Mal hieß es, die beiden seien verlobt, und wenig später, eine Hochzeit habe stattgefunden. Im Jahr darauf kehrten alle nach Dänemark zurück. Büncke-Rönnow war nicht der älteste Sohn, erhielt aber eine nicht unbedeutende Summe aus dem Familienvermögen; außerdem war er bei der deutschen Kanzlei angestellt und konnte also, wie man zu sagen pflegt, eine Frau ernähren. Durch den Schwiegersohn kamen nun mehrere erwachsene Söhne aus den ersten Familien in das Haus der Schwiegermutter; sie bemerkten deren Eigentümlichkeiten und sprachen darüber. Bald war sie ein bekanntes und beliebtes Original und lieferte Stoff für die Konversation in den mageren Salons.

Unmittelbar nach der Rückkehr aus Italien brachte die junge Frau einen Sohn zur Welt, der einen dunklen Teint und kohlschwarze Augen hatte – wie ein Italiener. Dieses Kind war Herman, unser junger Kandidat, den wir seekrank im Boot liegend kennenlernten und der nun in Badehosen und Reisepelz vor der Punschbowle hockte.

So innig sich die Eltern auch liebten – in diesem Kind schienen sie sich nicht zu treffen. Man erzählte sich, der Vater habe es, als man es ihm zum ersten Mal zeigte, kalt und wortlos betrachtet. Die Mutter dagegen begegnete dem Kleinen mit stiller Trauer; um ihren Mund spielte stets ein wehmütiger Zug, wenn sie ihn ansah. Dann schüttelte sie mit dem Kopf, als wollte sie lästige Gedanken vertreiben, brach in Tränen aus und küsste das Kind. Nur etwas mehr als ein Jahr behielt es seine Eltern; ein heftiger Typhus raffte den Vater dahin. Die Mutter, die ihn Tag und Nacht gepflegt hatte, wurde dabei selbst angesteckt und starb acht Tage nach seinem Begräbnis.

Die Großmutter ließ ihr Enkelkind sofort wegbringen; es kam zu einer braven Gärtnerfamilie in die Nähe von Odense und blieb dort bis zu seinem neunten Lebensjahr. Der kleine Herman war zu einem hübschen, kräftigen Knaben herangewachsen. In seiner Nähe ging es stets wild und lustig zu, denn er war es gewohnt, frei herumtollen zu können. Aber alle hatten ihn gern, denn er war von Herzen gut. Er zeigte viele Talente; besonders tat er sich beim Zeichnen hervor. Doch es war immer das Komische, das er auffasste und in seinen Skizzen wiedergab.

Nun war er, wie gesagt, neun Jahre alt geworden, und die Großmutter wollte ihn bei sich haben, um ihn „zu einem christlichen Räuber“ zu erziehen, wie sie es nannte. Er kam und war drei Tage bei ihr im Haus, aber sie fand, dass er alles nur lächerlich mache und ein kleiner Tunichtgut sei – was wir entschieden verneinen müssen. Deshalb sollte er wieder fort, aber nicht zurück zu der Gärtnerfamilie, denn diese verstehe es nicht, Unkraut zu jäten. „Der Mann mag gut genug sein, Gurken zu säen, und die Madam, Johannisbeeren zu pflücken, aber Galgenkraut können sie nicht veredeln.“

Der väterliche Teil der Familie kümmerte sich nicht um den Knaben, und sein Vormund, der örtliche Pfarrer, folgte in allem der gnädigen Frau. Herman wurde also auf die Schule von Herlufsholm geschickt. Nach einem Jahr wechselte er, nun schon ein schmucker junger Mann, zur Universität. Es war etwas angeboren Ritterliches in seinem Wesen, ein lustig-leichter Sinn und eine nicht geringe Beredsamkeit. Das Talent, komische Bilder zu zeichnen, und seine adlige Abstammung hatten das Interesse Graf Frederiks auf ihn gelenkt. In den akademischen Vorlesungen hatten sie Bekanntschaft geschlossen und diese bei dem gemeinsamen Mentor vertieft. Der dritte junge Freund, Baron Holger, hatte sich ihnen angeschlossen.

Herman wusste, dass die Großmutter acht Tage zuvor nach Holstein gereist war, wo sie mindestens sechs Wochen bleiben wollte. Deshalb hatte er sich von Graf Frederik überreden lassen, die Seereise nach Fünen mitzumachen, wohin er ja sonst nicht kommen durfte. Jeden Monat musste er ihr schreiben, und am Posttag darauf erhielt er regelmäßig einige wenige Zeilen zur Antwort. „Gewiss möchte ich dich eines Tages sehen“, hatte sie neulich geschrieben, „aber ein bisschen können wir beide wohl noch warten. Komm nicht her, bevor ich dich rufe! Es würde sonst ein schales Vergnügen für dich werden.“

So kam Baron Herman nach zehn Jahren Abwesenheit wieder einmal auf seine Heimatinsel. Mit Jagden und Vergnügungen sollten einige Tage verbracht werden. Ein kleiner Ausritt würde am Gut der Großmutter vorbeiführen; dabei wäre wohl ein Blick auf den Hof möglich, ohne dass sie davon Kenntnis erhielt. Es wusste ja keiner, wer er war.

Sie waren mit gutem Wind von Kopenhagen losgesegelt, da sich dieser aber bald gedreht hatte, waren sie am ersten Tag nur bis Jungshoved auf Seeland gekommen. Hier hatten sie die Nacht im Boot verbracht und dann, wie wir wissen, am nächsten Abend Fünen erreicht. Nicht an der gewünschten Stelle, sondern bei dem alten Rittergut, wo wir sie wieder aufsuchen wollen, während sie auf die seligen Frauen und Fräulein trinken, deren wurmstichige Bilder die Damengesellschaft in dem Saal darstellen, wo uns noch in dieser Nacht eine seltsame Begebenheit bevorsteht.

3.
Die Studententochter

Herman hatte schon den Bleistift gezückt und ein lustiges Bild in sein Skizzenbuch gezeichnet, das sie alle vier in ihrem seltsamen Aufzug zeigte. Auf der nächsten Seite hatte er sich als seekranken Kandidaten wiedergegeben – eine Zeichnung, die wegen ihrer Ähnlichkeit viel Spaß verbreitete.

Die Unterhaltung hatte eine andere Richtung genommen. Der Wind draußen blies nicht mehr so heftig, dafür regnete es umso mehr. Das Wasser lief in Strömen an den Wänden hinab und über den Fußboden in ein Flussbett, das es sich selbst geschaffen hatte.

Sie erzählten sich Jagdgeschichten. Graf Frederik berichtete so anschaulich von der letzten Dachsjagd, dass Herman meinte, er fühle es ordentlich knistern in den Stiefeln.

„Solche Tiere kann ich schießen!", fuhr Frederik fort. „Füchse, Marder, große Raubvögel, aber einen Hirsch, ein Reh – nein! Ich bin kein richtiger Jäger. Schon stillzustehen, zu warten, zu lauern und das königliche Wild ankommen zu sehen, wie es so leicht und schwebend vorbeispringt, und ihm dann eine Kugel nachzuschicken, die Hunde darauf zu hetzen, dass sie ihre Zähne in seine braune, glänzende Haut schlagen, die Augen zu sehen, die im Sterben geradezu menschlich blicken – das halte ich nicht aus! Ich habe es gesehen und die Büchse weggeworfen. In den Augen des Tieres lag etwas, was mich beschämte und traurig machte. Nein, Jäger könnte ich nicht werden, aber Seemann, das ist ein freier, stolzer Beruf! Man kämpft gegen Wind und Wellen und beherrscht sie schließlich!"

„Ich dagegen halte nichts davon, mich mit der See zu messen, weder auf die eine noch auf die andere Weise", erwiderte Herman. „Ich habe von diesen beiden Nächten genug. Jedoch bin ich einmal bei der Seehundjagd dabei gewesen; es war während der Ferien. Was wir für Sachen anhatten! Fast wie heute, aber ich trug lange Stiefel. Es war früh am Morgen, neblig und kalt; wir segelten zu sechst in einem großen Boot hinaus. Jeder von uns wurde im Abstand von hundert Metern auf einem der großen Steine ausgesetzt, die dort im seichten Wasser lagen. Es war ein seltsames Gefühl, so allein auf einem Stück Felsen zu hocken, das ganz glitschig war von den Leibern der Seehunde. Überall lag Seetang; ich konnte mich gut hinausdenken in das wilde Meer. Das Wasser schwappte gegen den Stein; ab und zu bellte ein Seehund hohl und hässlich. Mit einem Mal plätscherte es dicht neben mir. Ich lag ganz still auf dem Bauch; der Wind blies mir direkt ins Gesicht. Plötzlich tauchte der Seehund vor mir auf, genau vor meinem Büchsenlauf! Ich drückte ab. Das Ganze dauerte nur einen Augenblick, aber ich hatte in seine großen, braunen Augen gesehen und fühlte mich, als hätte ich einen Menschen erschossen."

„Ich bin sicher, dass der Seehund mit seinen klugen Menschenaugen Anstoß zu der Sage vom Seemann und der Meerfrau gegeben hat. Wenn ich als Knabe unter den Bäumen am Strand lag, sah ich sie oft auftauchen, oft wenn das frische Seegras einem solchen Tier über dem Kopf hing, sah es wirklich aus wie ein Mensch ..."

Er verstummte plötzlich und schaute zum Nebenzimmer hinüber. Die anderen folgten seinem Blick. Alle hatten denselben Gedanken und dieselben Worte: „Wir sind hier nicht allein!"

Graf Frederik griff nach einer Kerze. „Es ist noch nicht Geisterstunde", stellte er fest und schaute auf seine Uhr. „Gerade mal elf Uhr! Schnappt euch jeder eine Kerze; die Hälfte wird der Zugwind sowieso ausblasen."

Deutlich hörte man ein Wimmern – es konnte ein Kleinkind, aber auch eine Katze sein. Die Tür klemmte, doch ein Fußtritt genügte und sie standen in einem völlig leeren Raum; der Wind ließ die Kerzen flackern. Die Tür zum nächsten Zimmer war ausgehängt und quer vor den Eingang gestellt. Von dort kam das Weinen; sie leuchteten hinein. Die Wand zum Garten war halb niedergerissen. In einem Winkel lag auf einem dürftigen Lager aus Erbsenstroh und Tapetenfetzen ein Mensch – eine Frau, die sich bei ihrem Kommen aufrichtete und ihnen ein nacktes kleines Kind entgegenhielt.

Graf Frederik war der Vorderste. Er stutzte, da sank die Frau mit einem Seufzer zurück, sodass ihr das Kind auf die Brust fiel. In diesem kurzen Moment hatte sie Frederik mit einem Blick angesehen, der tiefer und stärker war als der des verwundeten Wildes, von dem er soeben berichtet hatte.

„Jesus!", rief er. Das Kind quäkte; die Mutter war tot oder besinnungslos. Sie hoben ihre Arme an; sie fielen kraftlos zurück.

„Das ist ein neugeborenes Kind“, stellte der Mentor fest. „Das arme Kleine! Und die Mutter krepiert hier in Wind und Wetter!“ Schnell eilte er davon, holte einige der Decken, die für ihr Nachtlager bestimmt gewesen waren, und breitete sie über die Frau.

„Wer mag sie sein?“, überlegte Frederik. „Wir müssen einige von den Leuten herbeiholen und sie in ein Bett bringen lassen. Ich gehe selbst; von euch findet sich hier im Dunkeln sowieso keiner zurecht.“ Und er lief sofort los.

„So ein armes Kind“, rief nun auch Herman, nahm das Kind aus den leblosen Armen der Mutter und hüllte es in seinen Reisepelz. „Ich hätte es mir nicht träumen lassen, heute Nacht noch zur Amme zu werden! Wahrscheinlich war es die Mutter, die wir jammern hörten, als wir übers Feld stapften.“

Und so war es auch. Die Schwangere hatte sich, als sie in dem schlechten Wetter unterwegs war, immer elender gefühlt und Zuflucht in dem leer stehenden Haus gesucht. In dem dunklen Winkel, auf Tapetenresten, hatte sie ihr Kind geboren. Die jungen Männer packten die Leiche – denn tot war sie – und trugen sie in den Saal, wo sie um die Punschbowle herum gesessen hatten. Sie hofften noch, dass die Frau nur bewusstlos wäre.

Graf Frederik kehrte mit Christen und einigen anderen Dienstboten zurück.

„Das ist die Frau des Musikanten, der den Leierkasten dreht und die Rohrflöte bläst, die oben in seinem Halstuch steckt“, erklärte Christen. „Die Frau ist noch sehr jung; sie schlug die Triangel und sang Lieder. Ich hörte ihr neulich zu, als sie hier auftraten, und sah, wie es um sie stand. Und nun ist sie tot und dahin.“

„Nein, nein“, sagte Frederik. „Lass sie uns in den Turm auf das Strohlager bringen, wo wir übernachten wollten. Dann schwingst du dich aufs Pferd, reitest, was das Zeug hält, und holst Madame Sørensen aus Qværndrup!“

„Aber die Frau ist doch tot, Herr Graf“, erwiderte Christen. „Ihre Hände sind ja schon ganz kalt.“

„Tu, was ich sage!“

Und Christen musste, obwohl es ihm gar nicht gefiel, aufs Pferd und zur Madame reiten, die hier gar nicht mehr helfen konnte.

Die Tote wurde im Turm auf das Strohlager gelegt und gut zugedeckt. Das Kind übergab man einer der Melkerinnen, die es mit ins Bett nehmen sollte; so lautete die Anweisung.

„Ja, nimm es mir ab“, sagte Herman erleichtert, als er das Kind übergab. „Sonst geht es noch in Stücke. Es sieht ja aus wie ein kupferroter Indianer.“

Das Kleine war ein Mädchen.

„Wir werden wohl alle bei ihr Pate stehen müssen“, meinte Herman. „Wenn uns die Jungfrau nur später keine Schande macht! Von einer jungen Dame, die das erste Mal ins Haus kommt und schon am Herzen eines Kavaliers in Badehosen liegt, kann man nicht viel erwarten.“

„Am Vaterherzen darf sie wohl ruhen“, scherzte Holger.

„Ich will nicht ihr Vater sein. Ihr habt genauso viel Anteil an der Geschichte wie ich“, konterte Herman. „Aber ich leiste gern meinen Teil zu einer christlichen Erziehung.“

„Habt ihr gesehen, wie die Mutter mich angeschaut hat?“, fragte Frederik.

„Ja, dir hat sie ihr Kind anvertraut! Da wir aber danebenstanden, wollen wir auch unseren Teil an der Last tragen. Herman will seinen Beitrag leisten, ich auch – was sagt unser Mentor? Wir sind heute Abend zu einer Patenschaft gekommen. Aber wer sorgt dafür, dass die Kleine in gute Hände kommt, wer wird wie ein Vater für sie sein? Einer von uns jedenfalls. Lasst uns Strohhalme ziehen!“

Und sie zogen.

„Der Mentor hat den kürzesten! Also ist sie die Tochter des Mentors. So soll sie getauft werden!“

„Nein, Studententochter!“, schlug Moritz vor.

„Gut! Studententochter, das ist ein passender Name! Du bist ihr Vormund.“

„Aber wenn sich nun der richtige Vater meldet!“

„Das mag er tun, doch ich glaube nicht daran. Jetzt lasst uns aber zur Ruhe gehen, damit wir morgen bei besserem

Wind und Wetter weiterkommen. Gute Nacht! … Ha, die Studententochter! Ein Hoch auf ihren Vormund! Sie mögen leben …“ Und sie erhoben ihre Gläser und stießen mit dem Mentor an.

„Nein“, sagte dieser. „Wenn schon auf mein Wohl getrunken wird, dann lieber – ja, warum soll es ein Geheimnis bleiben? – auf meine Verlobung!“

„Verlobung? Sie haben sich verlobt?“, riefen alle durcheinander.

„Ja, vorgestern Abend, eine Stunde, bevor wir lossegelten. Daher meine Tapferkeit an Bord – ich dachte an meine Braut, deshalb lächelte ich, und nicht über die hohen Wellen, wie Sie dachten. Sie hat ausdrücklich gewünscht, dass ich mitsegle, wie es verabredet war – ich wäre, ehrlich gesagt, am liebsten zu Hause geblieben.“

„Das kann man gut verstehen“, meinte Frederik. „Aber wer ist die Glückliche?“

„Caroline Heimeran, die Tochter des Etatsrats.“

„Was – die? Nun wird mir alles klar! Sie hatte vergangenes Jahr ein Theaterabonnement für den Dienstag – deshalb mussten Sie alle Dienstagsstücke sehen!“

„Jetzt schreiben Sie sicher gleich nach Hause, dass Sie eine Tochter bekommen haben!“, lachte Herman. Wieder klangen die Gläser und ein dreifaches „Hoch!“ ertönte dicht neben der toten Frau.

Eine Stunde später lagen alle vier ausgestreckt auf Decken und Strohbündeln und schliefen gesund und ruhig, trotz der zweitägigen Seereise und der Begebenheit dieses Abends. Sie schliefen, ohne zu träumen, mit Ausnahme des Mentors; vor ihm schwebte das Bild eines jungen, lebhaften Mädchens, fein gebaut und mit einem bezaubernden Lächeln. Mit ihren braunen Augen schaute sie ihm in die Seele hinein – das war seine Liebste, Caroline Heimeran.

4.
Der Kammerjunker

Am nächsten Morgen war herrlich klares Wetter; der Himmel sah aus wie frisch gefegt. Die Freunde wanderten zum Strand. Ole machte das Boot klar, und mit gutem Seitenwind ging es rasch an der Küste entlang zum Svendborgfjord.

„Hier beginnt der Archipel unserer nordischen Mythologie", erklärte Frederik.

„Wie kommen Sie darauf?", fragte der Mentor.

„Hier liegt Fünen, wo Odin wohnte. Wir könnten einen Tag nach Odense fahren, Odins alter Stadt. Gleich erreichen wir die Insel Taasinge, die von Thor erzählt. Dort drüben liegt Thyrö, wo Balder Thora schlug."

Sie fuhren bald in den Sund hinein, der hier so eine Ausdehnung hat wie der Rhein an seiner breitesten Stelle, doch ist das Wasser mehr durchsichtig-grün. An malerischen Buchten vorbei geht der frische Strom durch Eichen- und Buchenwälder.

„Hier tummelten sich Svend Tveskjæg und Palnatoke und schlugen sich die Stirnen blutig; hier zogen die Wikinger des Nordens durch, unsere Argonauten. Sehen Sie dort hinter den Bäumen St. Jørgens Hof und Kirche? Dort kämpfte er gegen den Lindwurm. Die Schlange wohnte in Nyborg; sie kroch übers Land und forderte täglich ihr Opfer. Einmal fiel das Los auf die Tochter des Königs, aber der Ritter St. Jørgen befreite sie. Auch der Norden hat seinen Perseus und seine Andromeda."

„Aus dem Griechischen übersetzt", spottete der Mentor.

„Nein, ursprünglich, aus der Erde entsprungen", meinte Holger und lächelte. „Lassen Sie es sich von den Bauern hier erzählen: Große unterirdische Kupfertore werden immer mitternachts auf- und zugeschlagen, Irrlichter brennen über versunkenen Schätzen. Sie werden auf den Feldern Fünens Steine sehen, die so groß wie Häuser sind – sie wurden von Hexen von den hohen Ufern Taasinges über den Sund geworfen. Ja, wir segeln hier gerade hinein in das Land der

Sagen! Bald sehen Sie Lindø; die Insel war einst mit dichtem Wald bewachsen. Doch da war einmal ein Schiffer, der, als er von zu Hause fortging, von seiner Mutter lernte, die Winde zu entfesseln. Als er wieder heimwärts segelte, konnte er es nicht erwarten und löste einen Sturm aus, der den ganzen Wald von Lindø wegwehte. Man sieht ja, dass die Geschichte wahr ist, denn auf der Insel ist noch immer kein Baum zu finden."

„Jetzt sehe ich meinen Baum!", rief Frederik. Das Boot steuerte auf eine mit Buschwerk bewachsene Landzunge zu, auf der ein hoher alter Baum stand. Er war nicht eingegangen, doch durch den Wind fast blattlos. Tausende Vögel stiegen von seiner Krone auf, als unsere Gesellschaft an Land ging. Ganz in der Nähe ergriff ein prächtiger Hirsch die Flucht, so leicht, so schwebend; ein Hase stob in der entgegengesetzten Richtung davon. Alles deutete darauf hin, dass man sich in einem Paradies für Jäger befand.

Durch das hohe, vom Regen der vergangenen Nacht noch nasse Gras wanderten sie zum Waldhaus hinüber, wo Eiler mit seiner Frau wohnte. Die beiden Alten kümmerten sich um das Wild, das in den Einhegungen lebte. Ihre ganze Welt war diese Landzunge, ihre Hauptstadt der Herrenhof, den sie zwei Mal im Jahr besuchten. Von der wirklichen Welt erfuhren sie nichts, es sei denn, ihr Sohn Hans, der auf dem Gut diente, erzählte ihnen, was er aus der Zeitung erfahren hatte – aber das vergaßen sie immer gleich wieder. Hans, der zufällig gerade bei seinen Eltern war, lief der jungen Gesellschaft entgegen. Die alte Frau zog ihre Holzschuhe aus und stand mit bloßen Strümpfen auf dem gepflasterten Fußboden.

„Warum tun Sie das, Mutter?", fragte Frederik.

„Ehre, wem Ehre gebührt", antwortete sie und lächelte verschmitzt. Dann breitete sie ihren Rock über den einen Stuhl und das Hemd ihres Mannes über den anderen und bat die Herrschaften, Platz zu nehmen.

Es sei ein großes Glück für den Grafen, dass er ihren Sohn hier treffe, erklärte sie; nun könne er gleich erfahren, wie es auf dem Gut stehe. Er sei gekommen, um Anna Lisbeth, die

Schwester, zu trösten. Sie sei etwas über ein Jahr mit einem Seemann verheiratet gewesen, der ein Schiff für den Agenten in Faaborg geführt habe. Er sei durch eine Sturzsee weggespült worden; dazu habe Anna Lisbeth noch ihr kleines Kind in diesen Tagen verloren.

„Da haben wir doch eine Amme für die Studententochter“, meinte Holger. „Das trifft sich ja ausgezeichnet, wie arrangiert. So etwas passiert im wirklichen Leben; liest man es in Büchern, macht man seine Bemerkungen darüber.“

„Was sind denn für Fremde zu Hause?“, erkundigte sich Graf Frederik.

„Ja, der Kammerjunker ist jetzt angekommen, der jeden Abend etwas zu waschen hat, obwohl er in Lederhemd und Kragen herumläuft“, berichtete Hans. Dabei lachte er pfiffig.

„Was, *der* ist hier? Dann wird er sich für mehrere Monate festbeißen, der weiß unsere Gastfreundschaft zu schätzen. Er gehört zu den Leuten, die immer die Vornehmen spielen, obwohl sie fast verhungern. Sein ganzes Streben war darauf gerichtet, Kammerjunker zu werden.“

„Warum lässt er waschen, wenn er doch ein Lederhemd trägt?“, fragte Holger neugierig.

Hans, der an den Gesichtern ablas, dass er weitersprechen durfte, erklärte:

„Er hat so wenig Sachen dabei, dass er sie täglich in die Wäsche geben muss. Immer gibt er dem Koffer die Schuld; es gehe so wenig hinein. Zu uns ist er immer sehr nett; nur beim Trinkgeld spart er. Aber dafür bekommen wir ja die Höflichkeit.“ Hans grinste.

„Und wer noch?“

„Der Kriegsrat von Odense mit seiner Frau.“

„Das ist vielleicht ein Paar!“, rief Frederik. „Er ist einmal sechs Wochen im Ausland gewesen und hat als Kurier einen Teil von Norddeutschland bereist. Einen halben Tag war er in Hannover, drei Stunden in Braunschweig, aber dann anderthalb Tage in Kassel. Von dieser Reise erzählt er nun, dass man glauben könnte, er wäre zwanzig Jahre außer Landes gewesen. Entweder hat er Leute getroffen, die mit den berühmtesten Männern nahe verwandt waren, oder er ist mit einer Person gereist, die diesem oder jenem so ähnlich sah, dass er der Betreffende wohl selbst gewesen sein musste. Ja, er schwört fast darauf, dass er mit Napoleon auf einem Floß den Rhein hinabgefahren ist. Am lustigsten ist: seine Frau hat die Berichte so oft gehört, dass sie aushelfen kann, wenn er mal ins Stocken gerät. Er ist ein moderner Gert Westphaler, von Kopenhagen nach Mainz. Die meiste Zeit während der sechs Reisewochen hat er im Postwagen und auf Landstraßen zugebracht. Trotzdem sind ihm, wie gesagt, die berühmtesten Personen begegnet: Napoleon, Lavater und Frau Krüdener. – Und das ist die ganze Gesellschaft?"

„Frau Bager aus Middelfart …"

„Na, wenigstens ein vernünftiger Mensch! Mehr nicht? Nun, dann wollen wir aufbrechen. Zamora, bei Fuß!", rief er und pfiff. Ein prächtiger Jagdhund schoss auf ihn zu und sprang an ihm hoch. Dann wälzte er sich auf dem Boden, wedelte mit dem Schwanz und sprang erneut in die Höhe, um sich streicheln zu lassen. Schließlich preschte er in Richtung des Hofes davon, um kurz darauf zurückzukehren und die Begrüßungszeremonie zu wiederholen.

„Zamora ist gar nicht mit den Spaniern verwandt", erklärte Frederik, „aber er soll einem Jagdhund ähneln, den mein Vater von Zamora bekam und der, als die Spanier aufbrachen, bei Nyborg mit an Bord schlich."

Durch eine Reihe stattlicher Linden schimmerten jetzt die Nebengebäude des Hofes, von einer roten Mauer so schmuck eingefasst, als wären sie gerade erst errichtet worden. Die Inschriften und eisernen Jahreszahlen verrieten jedoch, dass sie bereits dreihundert Jahre alt waren. Die Dächer waren frisch gedeckt, und auf der Spitze des Giebels drehte sich ein vergoldeter Wetterhahn. Als die Freunde sich näherten, bog ein Reisewagen ins Tor ein, aber Hans kannte weder diesen noch die Livree.

Auf dem gut gepflasterten Hof wuchsen Aprikosen und Pfirsiche an der mit einem Holzspalier versehenen weißen Stallmauer.

Mehrere Diener des Gutes standen vor dem Wagen und beobachteten, wie Graf Frederiks Vater zwei Damen, offenbar Mutter und Tochter, heraushalf. Erstere konnte man wegen ihrer stolzen Haltung, der edlen Züge und der braunen, funkelnden Augen noch immer als eine Schönheit bezeichnen. Die Tochter war das genaue Abbild ihrer Mutter, nur in feinerer Form; hier zeigte sich die Jugend in ihrer ganzen blühenden Frische.

„Ist das Clara?", rief der ältere Graf und strahlte beim Anblick dieses Meisterwerks unseres Schöpfers. Frederik drängte sich nach vorn und ergriff die Hand des Vaters.

„Mein Junge! Was machst du denn hier?", staunte der Alte, küsste ihn auf den Mund und begrüßte die jungen Männer. Dann führte er die beiden Damen auf die für sie vorgesehenen Zimmer. Es waren die Admiralswitwe Schleysner und ihre Tochter. Beide kamen aus Jütland und befanden sich auf der Reise nach Kopenhagen; das Haus des Grafen diente ihnen als Nachtquartier. Schon am nächsten Morgen wollten sie weiter – doch ein halber Tag und ein ganzer Abend können viele Ereignisse mit sich bringen oder wenigstens die Keime dazu legen.

„Dann muss ich uns wohl selbst einquartieren", sagte Frederik und wandte sich an einen Diener: „Sind die Zimmer auf dem grünen Flur in Ordnung?"

„Herr Graf...", mischte sich ein kleiner, ausgesprochen magerer Mann in das Gespräch und schüttelte Frederik kräftig die Hand.

„Herr Kammerjunker!", rief der Angesprochene und lächelte. „Ja, ich hörte schon, als wir an Land gingen, dass wir die Ehre haben würden. Seien Sie so nett und spielen Sie uns heute etwas zum Tanz. Sie haben ja gesehen, welch hübsche Tänzerin gerade angekommen ist."

Das wurde freundlich gesagt – so freundlich, wie man nach seinem Hund pfeift. So jedenfalls kam es dem Betreffenden vor. Eine feine Röte überzog sein Gesicht, dessen vorherrschender Ausdruck doch ein gutmütiges Lächeln blieb. Das also war der Kammerjunker, der nach Auskunft des Dieners ein Lederhemd mit Kragen trug. Er war etwa fünfundzwanzig Jahre alt und wirkte – der Ausdruck ist nicht schön, aber treffend – ausgehungert.

Die ganze Gesellschaft versammelte sich zum Abendessen. Graf Frederik führte Clara herein, die einen merkwürdigen Eindruck auf alle machte – und machen musste. Ein Dichter hätte in Versen von ihr gesagt, sie verfüge über die königliche Haltung und Leichtigkeit eines flüchtenden Rehs. Hier war die Frische, die uns an der ersten aufspringenden Rose entzückt oder am jungen Frühlingsgrün, wenn der Schnee noch nicht geschmolzen ist. Die ganze Gestalt wirkte so sonderbar transparent; das war die glückliche Jugend mit all ihrer Unschuld und ihrem Vertrauen in die Menschen und die Welt.

„Wie Raffaels Madonna in Dresden", flüsterte der Kriegsrat aus Odense seinem Nachbarn, dem Mentor, ins Ohr. Er beeilte sich hinzuzufügen, dass er nie in Dresden gewesen sei, er habe jedoch in Frankfurt eine ausgezeichnete Kopie gesehen. – Der Mann war ja gereist.

Der Kammerjunker erschien nicht bei Tisch. Man vermisste ihn nicht; keiner erwähnte seinen Namen. Es entwickelte sich eine lebhafte Konversation. Die Seereise der jungen Herren, der Besuch auf dem verlassenen Rittergut am vergangenen Abend, das Neugeborene und seine tote Mutter boten reichlich Stoff. Herman musste seine Zeichnungen vorlegen, die besonders Claras höchste Bewunderung weckten; er sei ja ein Talent, ein Genie, sagte sie und erklärte besonders das Selbstporträt als Seekranker zu einem Meisterwerk. Die Admiralin erzählte von Bekannten in Jütland, dem Kriegsrat fiel zu allem etwas Ähnliches ein, was er auf seiner Reise in Deutschland erlebt hatte, die Kriegsrätin assistierte ihm bei seinen Erinnerungen, und Frau Bager lieferte kurze, treffende Bemerkungen. So offenbarte jeder sein Naturell, doch Clara war die Sonne, die leuchtete und wärmte. Ihre Beredsamkeit lag in ihrem Lächeln, und sie lächelte oft.

Es war bereits spät am Abend, als die Tafel aufgehoben wurde. Clara setzte sich ans Klavier. Sie erklärte, sie könne nur einen Tanz auswendig; alle ihre Noten seien eingepackt.

Sie spielte, und in ihren Augen strahlte die ganze Freude des Ballsaales. „Oh, ich liebe Musik!“, rief sie. „Leider kann ich nicht spielen, jedenfalls nicht ohne Noten. Wer springt ein?“

„Der Kammerjunker“, sagte Frederik und befahl einem der Diener, dem Abwesenden mitzuteilen, man erwarte ihn; jetzt sei keine Zeit für Zahnschmerzen.

Der Kammerjunker erschien mit geschwollener Wange, doch die Schmerzen waren gestillt. Frau Bager klopfte ihm auf die Schulter und bat ihn um eine, wie sie es nannte, „musikalische Vorlesung“. Der arme Mensch entschuldigte sich damit, dass er sich nach den schrecklichen Zahnschmerzen an diesem Abend wenig aufgelegt fühle, setzte sich jedoch sofort ans Klavier, wo ihn Clara so bezaubernd anlächelte, dass er errötete und einen Akkord anschlug.

„Nur nichts von Ihnen selbst, wenn wir bitten dürfen“, sagte Graf Frederik. „Sie spielen so ausgezeichnet ganze Stücke aus dem ‚*Barbier*‘.“

Der alte Graf blieb auch dabei, die „musikalische Vorlesung“ haben zu wollen, und Frau Bager legte ein paar Teile der „Heldenlieder“ auf das Klavier. Vorigen Herbst hatte ihnen der Kammerjunker Szenen aus Goethes „*Faust*“ vorgelesen und vor und nach jeder Szene die Situation musikalisch ausgemalt. Dieses „Kunststück“, wie Frederiks Vater es nannte, hatte er mit mehreren dänischen Gedichten wiederholt, und es war ihm wirklich gut gelungen.

„Aber nicht lange herumblättern“, mahnte der Graf. „Das erste Beste ist gerade das Interessanteste. Hier ist das Lied über Eline von Villenskov“, und er wies auf die Seite, die da aufgeschlagen lag.

Der Kammerjunker machte sich verlegen bereit. Die Admiralin beobachtete ihn mitleidig, Clara lächelte, und zwischen den jungen Herren entwickelte sich eine leise Unterhaltung, da erklangen die ersten Töne, die das Rauschen des Waldes im Wind und den einschlagenden Blitz andeuteten, gefolgt von einigen großartigen Harmonien. Nun begann er zu lesen, ruhig und ohne großes Stimmvolumen, jedoch fein moduliert:

Es liegt ein Wall am Nordseestrand / Dort will ein Bauer bauen …

Nach dem dritten Vers unterbrach er den Vortrag für eine gespenstische Improvisation, eine Art dämonischen Wirbel. Man glaubte wirklich, die siebenhundert Trolle zu hören, die herbeieilten, um dem Bauern Böses zu tun und ihm seine Frau zu nehmen, weil er dort bauen wollte. Und er las weiter, und stets umrahmte er das Gelesene mit Musik. Man hörte den Kampf der Trolle und die Gebete der frommen Leute; es war wie ein Wechselgesang von dämonischem Geheul und Kirchenliedern. Auf die Stelle, wo die Frau zum dritten Mal nach Jesus Christus ruft und der kleinste Troll seine Zauberhaut verliert und als ein schöner Ritter vor ihr steht, folgte eine jubelnde Melodie, die, wenn er sie wirklich improvisierte, meisterlich genannt werden musste, und, falls sie von einem anderen stammte, jedenfalls gut gewählt war. Claras Füße tanzten, und der Kriegsrat rief: „Bravo!" Das Stück erinnerte ihn an einen ausgezeichneten Pianisten, den er in Frankfurt gehört hatte. Dass der Kammerjunker, nachdem das Gedicht mit der Hochzeit des erlösten Ritters mit der Bauerntochter geendet hatte, *God save the king* spielte, war genau auf das Publikum zugeschnitten. „Vorzüglicher Einfall", lobte die Admiralin, „der Ritter war ja König von England, und die Bauerntochter wurde Königin." Viel Applaus folgte, und die Kriegsrätin versicherte, dass sie das Heldenlied erst durch diese Musik verstanden habe.

Clara war ans Klavier getreten. Sie legte ihre Hand darauf und schaute den Kammerjunker aus ihren schönen Augen an. Musik lag in ihren Worten; der arme Mann errötete noch mehr. Doch er schlug die Augen nicht nieder. Die Musik war seine Welt; sie umbrauste ihn noch. Auf ein Wort von Clara erklangen leichte Tanzmelodien.

„Bravo!", rief Frederik. „Bravo!", wiederholten Herman und Holger, doch es war der Graf, der mit dem schwebenden, lebensfrischen Mädchen herumwirbelte. „Hier sind noch mehr Damen!", rief er den anderen zu, aber nur die Kriegsrätin ließ sich bewegen; sie wurde von Baron Holger geführt.

Der Mentor hatte am Klavier Platz genommen. Unauffällig musterte er das magere, bewegliche Gesicht des Kammerjunkers, das während des Spiels einen besonderen, seelenvollen Ausdruck bekam. Instrument und Mensch schienen wie zusammengewachsen. Die Töne nahmen hier, so sicher wie das Blut, ihren Weg durch das Herz. Es lag wohl etwas mehr in dem Kammerjunker, als seine Umgebung verstand; so dachte jedenfalls der Mentor. Nun schaute er den Tanzenden zu. Auch er fand Clara bezaubernd. Er verglich sie mit seiner Braut, Caroline Heimeran. Hätte er seine Gedanken laut und ehrlich ausgesprochen, dann wäre zu hören gewesen: „Es ist eine Lust, dieses Mädchen anzusehen, aber es gibt noch eine andere Schönheit, die des Geistes, und eine andere Jugend, die beständiger ist. In beidem ist meine Caroline überlegen; sie ist die Schönere!" Hier urteilte der Bräutigam.

Baron Herman löste nun Graf Frederik als Partner Claras ab, die versichert hatte, sie könne das ganze Leben hindurch tanzen. „Und ich mit Ihnen – bis in alle Ewigkeit!", rief Herman und unterhielt seine Dame vortrefflich, denn sie lachte laut auf, sodass sie aus dem Takt kam und den Tanz für eine kleine Unterhaltung unterbrach. In dieser Pause bat die Admiralin um die Ouvertüre zum „*Kalifen von Bagdad*". Die Noten lagen auf dem Klavier und strömten nun von den Saiten, während die Konversation begann, erst flüsternd, dann lauter. Man ging, man kam, und als das Musikstück zu Ende war, begab man sich zum Teetisch ins Nebenzimmer. Der Kammerjunker blieb, in Fantasien versunken, allein zurück, bis Graf Frederik ihm auf die Schulter klopfte und sagte: „Gönnen Sie sich eine Pause und kommen Sie zu uns herüber."

Der Kammerjunker sprang auf, verbeugte sich verlegen und trat an den Teetisch, wo ihn Frau Bager lobte, er habe sich seine Tasse verdient.

Die Admiralin und ihre Tochter wollten früh zu Bett; sie mussten am nächsten Morgen zeitig abreisen. „Im ersten Tageslicht, wenn die Herren noch fest schlafen", sagte sie scherzend. Clara lächelte den Kammerjunker an; diesem Lächeln konnte nicht einmal seine beste Musik gerecht werden. Dann neigte sie vor jedem der Herren den Kopf, dem Kammerjunker aber gab sie die Hand. „Sie haben genug Arbeit gehabt", sagte sie. „Tausend Dank!" Und schon war sie mit ihrer Mutter verschwunden. Der übrige Teil des Abends sei nicht mehr der Rede wert gewesen, behaupteten die jungen Herren, als der Graf sie zum „grünen Flur" brachte.

„Sie ist bildschön", sinnierte Frederik.

„Du bist verliebt", stellte Herman fest und wollte seine eigene, noch stärkere Verliebtheit verbergen, indem er sie auf einen anderen übertrug. „Ja, Frederik, du bist verliebt", wiederholte er, aber er war es eben nicht.

„Brauchen Sie Hilfe bei der Klärung des Problems?", scherzte Moritz.

„Ars amandi ist gewiss leicht", antwortete Herman. „Ovid gehört nicht zu den schwierigen *autores."*

Die Gäste löschten ein Licht nach dem anderen; nur beim Kammerjunker brannte noch eine Kerze. Seine Tür war verschlossen; er hatte ein Tuch über die Türklinke gehängt, damit keiner der Dienstboten durch das Schlüsselloch gucken konnte. Er studierte den Generalbass – und nähte an seinen Kleidern; ein Talent, von dem die Welt nichts wusste und nichts wissen durfte. Der Hahn fing schon an zu krähen, als das Licht endlich gelöscht und die Bettdecke bis zum Kinn hochgezogen wurde. Kaum war das geschehen, schlief er auch schon ein und träumte – nicht von Clara. Und doch war sie in seinen Gedanken zwischen dem Genaralbass und der Schneiderkunst. Als er am Morgen herunterkam, war sie mit ihrer Mutter schon abgereist. Die anderen jungen Herren waren beim Abschied zugegen gewesen, nur er hatte gefehlt, und doch war er derjenige gewesen, dem sie am Abend die Hand gegeben hatte. Das gab Anlass zu Bemerkungen.

„Die Sonne geht bald wieder unter, da stehen Sie erst auf", spottete Frederik.

„Unten in Nyborg, um über den Belt zu wandern", fügte Herman hinzu.

Ein Wagen hielt vor der Tür; die jungen Freunde sollten die Wälder sehen. Der Kammerjunker musste mit; es war Platz genug. Zamora rannte schon den Pferden voraus, der Kettenhund bellte, und die Dienstmägde schauten aus der Hofküche und stießen einander in die Seite, dass die Holzschuhe klapperten.

Die Gesellschaft rollte von dannen, über die Straße in ein Waldstück und wieder hinaus. Es war herrlich unter den hohen Bäumen. Das Laub war kupferbraun, das Farnkraut hob sich noch in frischem Grün gegen die blauroten Brombeerranken ab. Sie beobachteten alle Arten von Tieren; Hirsche und Rehe standen in großen Rudeln, die Köpfe lauschend gehoben. Das Leittier stob davon und alle folgten; kein eingeübtes Manöver hätte besser klappen können. Da waren prächtige Buchen, hoch und schlank, mit breiter Krone; jedes Land wäre stolz auf diese majestätischen Bäume gewesen. Die nassen Stämme schimmerten im Sonnenlicht; man sah den Schatten der Pferde und des Wagens an ihnen vorbeijagen. Auf dem dunkelgrünen Moos sprang ein brauner Frosch umher; es sah aus, als wäre eines der Blätter lebendig geworden.

„Werfen Sie uns nur nicht um“, mahnte der Kammerjunker halb im Scherz Herman, der auf dem Kutschbock saß und die Zügel hielt, obwohl er nichts davon verstand. Außerdem war die Unterhaltung im Wagen so lebhaft, dass er sich immer wieder umdrehte, um daran teilzuhaben. Wenn der Kutscher nicht geholfen hätte, wären sie längst im Graben gelandet, aber nun schien auch er mehr dem Gespräch zu lauschen, als auf den Weg zu achten.

„Haben Sie etwa Angst?“, fragte Frederik spöttisch. „Oh, ich erinnere mich, wie Sie sich hervortaten, als wir letztes Jahr mit Graf Borchs fuhren.“ Er wandte sich halb den anderen zu und erzählte: „Die jüngste Tochter, Herminia – eine kleine Wildkatze, die immer ihren Willen durchzusetzen weiß, aber das steht ihr gut –, saß vorn beim Kutscher. Die Leute mögen sie, weil sie so fix ist, also durfte sie die Zügel halten und den Wagen mit vier Pferden lenken …“

„Und sie ist erst sieben!“, warf der Kammerjunker ein.
„Das war ja gerade das Lustige“, meinte Frederik. „Sie kutschierte uns die Landstraße hinunter, dicht an dem tiefen Graben entlang. Ihm hier war ja längst das Herz in die Hose gerutscht! Als der Kutscher ein wenig mit der Peitsche knallte, damit es rascher ginge, sprangen die Pferde zur Seite. Und unser Kammerjunker weigerte sich, noch länger im Wagen zu sitzen, ha ha ha!“
„Aber Sie haben wirklich nicht gelernt, einen Wagen zu führen!“, rief der Kammerjunker und packte Baron Herman am Arm. Der verriss die Zügel, und im nächsten Moment stürzten alle in den Straßengraben.
Die Pferde standen still, als wäre nichts geschehen. Schweigend krochen die Herren aus dem Morast; der Kammerjunker war der Letzte.
„Oh Gott, meine Hand“, stöhnte er. „Sie ist gebrochen! Himmel, tut das weh! Wir sind noch nicht so weit gekommen; ich kehre um und laufe zurück. Fahren Sie ruhig weiter.“
„Wir sind über eine Meile vom Gut entfernt“, gab der Mentor zu bedenken. „Entweder wir fahren alle zurück, oder ich gehe mit Ihnen.“
„Sie haben sich die Hand ein bisschen gestoßen“, meinte Frederik. „Bilden Sie sich doch nicht ein, dass sie gebrochen ist.“
„Vielleicht haben Sie Recht, Herr Graf. Sie haben ja mehr Verstand als ich“, erklärte der Kammerjunker, stieg langsam über die Steige und entfernte sich, die verletzte Hand mit der gesunden haltend.
„Ungeheuerlich!“, sagte Graf Frederik. „Dieser Wicht! Er hat sich doch nicht die Hand gebrochen – der wollte bloß aus dem Wagen, diese Memme!“
„Lieber Graf Frederik“, sagte der Mentor, „ich kenne Sie genau und weiß, dass sie im Grunde ein vortrefflicher Mensch sind. Und doch haben Sie sich, als wir ankamen, vom ersten Augenblick an seltsam hart gegen diesen Menschen benommen. Er ist ein Gast Ihres Vaters und dazu ein talentierter Mann, nicht nur ein Kammerjunker. Sie sind zu gut,

um sich so zu benehmen, und er, glaube ich, zu gut, um sich das gefallen zu lassen."

„Sie schulmeistern mich", stellte Frederik leicht verärgert fest. „Nun sind Sie es, der die Tour vermiest. Wir können ja umkehren, aber das wäre sehr dumm."

„Also, ich werde ihn begleiten", erklärte Moritz.

„Kehr um!", rief Frederik wütend, und der Kutscher musste wenden. Auch er war beleidigt, denn er ließ den Wagen langsam dahinzuckeln. Sie hatten den Hof fast erreicht, als Herman zum Straßengraben zeigte. Dort saß der Kammerjunker, totenbleich und mit aufgerissenem Hemd. Er hatte sich, durch den Schmerz und den schnellen Fußmarsch bedingt, einer Ohnmacht nahe gefühlt und war in den Graben hinuntergestiegen, um sich mit dem Brackwasser die Stirn zu kühlen.

Sie brachten ihn ins Gutshaus, wo zufällig der Arzt anwesend war. Er erklärte, dass das Handgelenk verstaucht und gebrochen sei, und verlangte die größte Vorsicht, die Hand könne sonst steif bleiben. Der Kammerjunker fieberte; sein feingliedriger Körper schien nicht sehr widerstandsfähig zu sein. Es bedrückte Herman tief, an dem Unglück schuld zu sein.

„Ach was", sagte Graf Frederik. „Die Hand kommt schnell wieder in Ordnung. Hier wird er gut gepflegt; außerdem ist er für ein paar Wochen versorgt. Ja, ich habe persönlich etwas gegen ihn. Ich finde es so jämmerlich, wenn einer immer dem hinterherhechelt, was man Noblesse nennt, und Treppen abwetzt für eine Einladung, zu der ihm dann die richtige Garderobe fehlt. Lieber ein guter Schneider als ein armer Kammerjunker!"

Der Kranke lag im Fieber; Frau Bager, die ihn besucht hatte, war fortgegangen. Viele Gedanken kreisten fieberschwer in seinem Kopf: „Meine Hand – unbrauchbar! Mit der Musik ist es vorbei! Oh, mein Gott, wie unglücklich ich bin! Was wird nur aus mir werden!"

5.
Der Leierkastenmann

„Das ist wohl die Strafe dafür, dass ich gegen den Befehl meiner Großmutter nach Fünen gekommen bin“, sinnierte Herman, dem der Unfall mit dem Wagen auf der Seele lag. „Das ist die Strafe, weil ich fahren wollte, ohne es gelernt zu haben.“

„Lieber Freund“, sagte der alte Graf, „das hätte dem besten Kutscher passieren können. Folgen Sie mir. Ich will Ihnen meinen Obstgarten zeigen; er ist mein ganzer Stolz. Die Leute kommen von weit her, um ihn zu sehen.“

Und sie gingen in den Garten. Es war der Tag nach der Kutschfahrt. Als sie in einen der Seitengänge einbogen, trafen sie auf zwei Damen, die von einem Mann in Arbeitskleidung begleitet wurden.

„Das sind bestimmt Fremde, sonst wäre der Gärtner nicht dabei“, sagte der Graf. „Viele reisen an, um meine Obstplantage und die ganze Gartenanlage zu bewundern.“

Die Damen kamen näher. Sie waren beide nicht mehr jung. Die Ältere, eine kleine, untersetzte Frau mit keckem Gesicht, das noch Spuren einstiger Schönheit zeigte, trat rasch auf den Grafen zu. Sie trug einen weißen Reisemantel und eine Art Turban aus hellem Tuch – das Kostüm von Beatrice Cenci. Es war Hermans Großmutter; sie hatte Holstein vorzeitig verlassen und, als sie auf der Rückreise am Gut des Grafen vorbeikam, den Wagen halten lassen, um den berühmten Garten einmal zu besichtigen.

„Sie, Herr Graf, wollte ich gar nicht sehen, nur Ihre Obstbäume und Misthaufen“, erklärte sie. „Wahrscheinlich machen Sie sich nicht viel aus Besuchern; man bringt sich ja nur gegenseitig in Verlegenheit. Aber nun sind wir hier, und keiner von uns ist schuld daran.“

Der Graf, überrascht und verlegen, weil sie hier plötzlich vor ihrem Enkel stand, der nicht nach Fünen hatte kommen dürfen und doch sein Gast war, stammelte einige Worte und unterließ es natürlich, sie einander vorzustellen.

Herman erkannte seine Großmutter gleich bei der ersten Begrüßung. Sie dagegen konnte sich nicht an ihn erinnern. Mit sechs hatte er sie verlassen und war ihr nur in seinem neunten Lebensjahr noch einmal unter die Augen gekommen. Jetzt, wie wir wissen, war er erwachsen, hatte einen hübschen schwarzen Bart und männliche Züge.

Der Graf bestand darauf, statt des Gärtners die Begleitung der Damen zu übernehmen. Die gnädige Frau müsse ihm auch die Ehre erweisen, zum Essen zu bleiben, was sie jedoch entschieden ablehnte. Dann schob sie ihren Arm unter seinen und ließ sich in die Baumschule führen. Herman sammelte sich und wurde sogar gesprächig. Sie schien Gefallen an ihm zu finden. „Sie sind nicht auf den Mund gefallen, junger Mann", sagte sie. „Aber bilden Sie sich nicht ein, dass ich alles glaube, was Sie sagen. Ich glaube Leuten nicht, die solche Augen haben wie Sie. Das schwarze Meer ist tückisch, sagt man."

Das unwillkürliche Gefühl, erkannt worden zu sein, jagte Herman das Blut in die Wangen, doch im selben Augenblick erschien ein Diener und meldete dem Grafen, dass der Leierkastenmann, der Vater des neugeborenen Kindes, vom Vogt hergeschickt worden sei und alle im Billardzimmer warteten.

Der Graf erklärte der alten Dame kurz, was vorgefallen war.

„Armes Kind", war alles, was sie sagte. Ein wehmütiger Ausdruck überzog ihr gerade noch lächelndes Gesicht, und ihre Augen füllten sich mit Tränen. „Ich werde nicht mit Ihnen speisen, aber ich will beim Verhör dabei sein", erklärte sie. „Vielleicht kann ich ein gutes Wort einlegen, falls jemand Spießruten laufen soll."

Sie begleitete den Grafen. Herman bot seinen Arm ihrer Begleiterin, einer ansehnlichen Dame in mittleren Jahren. Frau Krone war Witwe, bodenständig und stets gut gelaunt, also genau die richtige Gesellschafterin für die alte Baronin, die ihr Vergnügen daran hatte, sie zu übersehen und zu belehren – was sie nicht hinderte, ihren vernünftigen Vorschlägen zu folgen.

Der einzige, wenn man so will, bemerkenswerte Raum auf dem ganzen Gut war das Billardzimmer. Dorthin zogen sich die Herren nach dem Essen zurück, um Tabak zu rauchen, zu plaudern und zu spielen. In die grau gestrichene Wand waren zwölf bunte, vergoldete Felder eingelassen, die von hölzernen Hirschköpfen mit echten Geweihen verziert wurden. Die Tiere waren vor Jahrhunderten erlegt worden. Einige der Trophäen hatten dreizehn, andere sogar fünfzehn Enden, und alle waren echt vergoldet. Manche hatten schon die alte, nun abgerissene alte Rüstkammer geziert. Zwischen den Fenstern hingen alte Waffen, an der gegenüberliegenden Wand, wo sich ein Sofa über die ganze Breite erstreckte, zwei alte Porträts von Damen aus der Familie. Beide waren als Hirtinnen gemalt und hielten ein Lamm im Arm, das von einer Blumengirlande umwunden war. Mitten im Raum stand der Billardtisch.

Der Leierkastenmann war hier die Hauptperson. Er war beim Vogt gewesen und hatte erklärt, seine Frau habe, während er im Dorfkrug spielte, Nyborg verlassen und sei unterwegs krank geworden. Da sie das verlassene Rittergut kannte, habe sie sich unter Schmerzen in das unbewohnte Gebäude geschleppt, dort ihr Kind zur Welt gebracht und den letzten Seufzer getan. Die Leiche sollte auf Rechnung der Armenkasse begraben werden. Der Vater wusste, dass sich der junge Graf und seine Freunde des Kindes angenommen hatten. Jetzt wollte man ein wenig von den Eltern erfahren.

Der Leierkastenmann stand mitten im Zimmer, als die Gesellschaft aus dem Garten eintrat. Der arme Mann trug einen verschlissenen Rock von modernem Schnitt, der nicht für ihn, sondern für eine bedeutend korpulentere Person geschneidert worden war. Das sah man sofort, denn er schlotterte um ihn herum. Darunter trug er eine rote Samtweste mit breiter Borte, um die ausgefransten Ecken zu verdecken, und ein paar abgewetzte Hosen; das waren die auffälligsten Teile seiner Kleidung. In der Hand hielt er eine Wollmütze mit einer langen Troddel. Er war bleich und versuchte, seinen unsteten Blick durch Starren an die Decke zur Ruhe zu zwingen. Ein listiges Lächeln spielte um seinen Mund. Man sah durch die glasklaren Augen gleichsam in diesen Menschen hinein – und entdeckte doch nichts. Als er aufgefordert wurde zu sprechen, erzählte er höchst affektiert und mit viel Pathos aus seinem Leben:

„In der Kaiserstadt an der Donau bin ich geboren. Mein Vater war Schauspieler am *Theater an der Wien,* aber er spielte keine großen Rollen. Manchmal brachte er einen Brief hinein oder stand als Trabant auf der Bühne. Ich durfte nie auf die Bretter, die die Welt bedeuten, denn er hatte ein ungeheueres Talent bei mir festgestellt und das durfte nicht geweckt werden. Ich glaube fast, da war eine gewisse Eifersucht im Spiel. Der Sohn durfte nicht der Erste sein, wo der Vater nur Trabant war. Also gab er mich zu einem Maler in die Lehre. Ich verfügte über ein nicht geringes Talent und großen Ehrgeiz, deshalb fühlte ich mich durch eine schlechte Behandlung gekränkt, die darin kulminierte, mir die Aufsicht über ein Kind anzuvertrauen, dem ich fortwährend eine Klapper in den Mund stecken musste. Also lief ich davon, in dem Jahr, bevor ich Geselle werden sollte, und wurde reisender Schauspieler. Ich hatte große Augenblicke, erfuhr aber auch manche Kränkung. Mein Talent war zu groß für eine Schmiere; meine Bewegungen, die für das *Theater an der Wien,* die *Scala* und *St. Carlo* passten, wirkten auf einer kleinen Bühne lächerlich. Das hoch Tragische liegt dem Komischen am nächsten – ich wurde ausgelacht, weil ich zu Größerem geboren war. Ja, man kann sich, wie Sie, meine Herren, daran belustigen; auch ich habe schon darüber gelacht, soweit man darüber lachen kann."

„Und dann wurden Sie Leierkastenmann?", fragte Graf Frederik.

„Nein, ich hatte so viele Talente, dass jedes, wenn es angemessen entwickelt und gefördert worden wäre, mich auf einen nicht geringen Platz in der Gesellschaft gestellt hätte. Ich war mir nur nicht klar darüber, welchem Talent ich mich widmen sollte. Ich konnte malen, Verse schreiben, Kostüme nähen – ich bin überzeugt, wäre ich in Paris geboren und aufgezogen worden, ich wäre einer der ersten Modehändler geworden! Ich bastelte mit Schere und Papier die nettesten kleinen Dinge. Das konnte ich schon als Kind; in vielen Familien bewahrt man meine Scherenschnitte noch heute auf. Ich wurde nun Direktor eines *theatrum mundi.* Dort sah man wirklich interessante Sachen, größtenteils aus Napoleons Leben. Aber das gab keine vollen Häuser; zum Schluss musste ich das Theater im Stich lassen und steckte – das kann ich Ihnen versichern! – barfüßig in den Stiefeln, und vor mir lag die weite Welt."

„Und Ihre Frau folgte Ihnen?", erkundigte sich der ältere Graf.

„Ich war damals noch Junggeselle. Es dauerte seltsam lange, bevor das Liebesgefühl bei mir geweckt wurde. Man könnte daraus schließen, dass in mir keine großen Fähigkeiten wohnten, da alle Genies bekanntermaßen sehr entflammbare Herzen haben. Ich kann nur darauf hinweisen, dass es in der Natur immer Ausnahmen gibt. Also, ich reiste nach Norwegen und wurde Hauslehrer von vier Schülern."

„Hauslehrer! Was haben sie denn bei Ihnen gelernt?"

„Gelernt? Im Grunde alles, denn sie wussten nichts, und ich war außerordentlich fleißig. Jeden Morgen las ich mir durch, was ich ihnen beibringen wollte. Oft sagte ich ihnen auch: Heute haben wir eine schwere Lektion! Wie lange habt ihr daran gelesen? *Ich* las eine ganze Stunde. Sie lernten sehr viel Geografie, besonders die von Wien. Dann verliebte ich mich in die älteste Schülerin, und ihr Vater jagte mich davon. Also ging ich nach Russland und ließ mich als Vorleser hören. Ich wählte Schiller und Goethe, aber das war nichts für die Russen. Sie müssen sie nicht verstanden haben, denn sie pfiffen beide Schriftsteller aus, das heißt, ich musste die Pfiffe entgegennehmen. Zwei Jahre darauf kehrte ich in das stolze Norwegen zurück, wo ich Stella wieder begegnete – ja, meine Schülerin hieß Stella! Ist das nicht ein schöner Name? Der Vater war gestorben, die Kinder waren aufgeteilt; sie schloss sich mir an, wurde meine Frau, und so reisten wir nach Kopenhagen hinunter, wo wir zwei harte Winter verbrachten. Aber wir kamen nicht voran, und deshalb nahm ich den Leierkasten. Wir wollten in die Kaiserstadt – der Tod nahm sie mir und führte sie in eine bessere Kaiserstadt!"

Der Leierkastenmann unterbrach seine affektierte Erzählung, drückte die Troddel seiner Mütze fest gegen die Augen und vergoss tatsächlich einige Tränen.

„Vieles von dem, was Sie erzählen, entspricht wohl nicht ganz der Wahrheit", stellte der ältere Graf fest.

„Das meiste, Euer Exzellenz! Es ist Wahrheit und Dichtung, wie der große Goethe über sein eigenes Leben sagt, und ihn nennt man wohl keinen Lügner. Ich habe die Fähigkeit, gruppieren zu können, und das habe ich getan."

„Hören Sie!", sagte die alte Dame, die der langen Erzählung schweigend gelauscht hatte und nun vor den Mann hintrat. „Ihre Geschichte ist von Anfang bis Ende erfunden. In Ihrer Persönlichkeit liegt etwas so Abgeschmacktes ... Von Ihnen lasse ich mich nicht zum Narren halten! Ich werde mich des Kindes annehmen – aber lassen Sie es sich ja nicht einfallen, zu Besuch zu kommen oder Briefe zu schreiben. Aus dem Kleinen soll einmal etwas Ordentliches werden."

„Ja, aber es ist ein Mädchen", bemerkte Herman.

„Auch gut, dann mache ich Ihnen eine Frau daraus", konterte sie.

„Fein, dass Sie, gnädige Frau, sich um die Kleine kümmern wollen", sagte Frederik. „Hoffentlich bereuen Sie es nicht."

„Lassen Sie das meine Sorge sein", antwortete die alte Dame und hob stolz das Kinn.

„Dann kann ich Ihnen mitteilen, dass wir jungen Leute zusammengelegt haben, um den Unterhalt der Kleinen im ersten Jahr zu sichern. Dieser dort, *Candidatus theologiae* und unser Mentor, führt Buch darüber. Er ist auch der Vormund des Kindes, das wir bei Knud Caspersens Witwe in Pflege gegeben haben."

„Sie sind ja vernünftiger, als ich dachte. Hätte ich Ihnen gar nicht zugetraut", lobte die Frau. „Den Theologen kenne ich nicht, aber Caspersens Witwe kann zu mir kommen, ich brauche eine Aufpasserin für das Kind. Und glauben Sie nicht, dass Sie um die Bezahlung herumkommen! Ich will Kostgeld! Jeder der Herren gibt jährlich vier Schilling für die Amme und einen halben für das Kind; diese Einnahme lege ich auf mein Weihnachten drauf. Das ist mein Ernst! So sei es, nicht wahr, lieber Graf? Wir beiden Alten halten zusammen. Und jetzt will ich fort. Heute Abend schicke ich den Wagen nach der Amme und dem Kind. Die vier Schilling und den halben kassiere ich gleich!"

„Wir sind zu viert, das macht also eine Mark und zwei Schilling", erklärte Frederik. „Hier ist eine Mark und drei; passend habe ich es nicht, aber Sie sollen ja auch Zinsen haben."

„Keine Narrenstreiche", sagte die alte Dame streng. „Ich schicke Ihnen den Schilling Wechselgeld. Er soll Ihnen Glück bringen; geben Sie gut auf ihn acht." Dann nickte sie allen freundlich zu, nur den Leierkastenmann musterte sie scharf und höhnte: „Verkaufen Sie doch die Geschichte, die Sie uns hier aufgetischt haben! Vielleicht finden Sie einen Dummen, der sie haben will." Sie klopfte Herman auf die Schulter, winkte dem alten Grafen und Frederik, ihr zu folgen, und verließ in Begleitung von Madame Krone den Raum.

Das war die Großmutter, das fünensche Original, wie man sie nannte. Sie hatte einen eigenartigen, aber durchaus positiven Eindruck auf Herman gemacht, der, wäre sie länger geblieben, sicher gesagt hätte: „Ich bin der Sohn deiner Tochter!" Nachdem sie schon eine Weile fort war, schlug ihm noch immer das Gewissen: Es ist doch nicht richtig von mir, dass ich ohne ihr Wissen und gegen ihren Willen hier bin. Das beschäftigte, ja quälte ihn sogar. Ich reite los und besuche sie, beschloss er. Dieses Verhältnis muss doch mal ein Ende haben. Was ist das für ein seltsamer Einfall, mich nicht sehen zu wollen, obwohl ich sie doch nie gekränkt habe. Es ist bestimmt viel Gutes und Herzliches unter dieser außergewöhnlichen Schale!

Der Beschluss war gefasst. Er erzählte Graf Frederik von dem Vorhaben, der ihm zunächst abriet, sich jedoch später seiner Meinung anschloss. Allerdings bestand er darauf, ihn bei dem Besuch zu begleiten; falls es ein Donnerwetter gäbe, würde es sich auf zwei Köpfe verteilen.

„Heute Abend wird unsere Pflegetochter abgeholt. Morgen gehen wir früh zeitig auf die Jagd und reiten nach dem Frühstück los um zu sehen, ob die Kleine gut angekommen ist. Hier zu Hause sagen wir aber nichts über unsere Tour.“

6.
Der Besuch bei der Großmutter

Vor Lyø segelte ein kleines Schiff frisch vor dem Wind. Einige Reisende waren an Bord; sie wollten nach Kiel und hatten sich um ihren Picknickkorb herumgesetzt. Es fehlte nicht einmal an Tischmusik; ein Leierkastenmann drehte die Kurbel, und aus dem Kasten erklang „Noch einmal die schöne Gegend“. Es war der Vater des neugeborenen Mädchens; seine Geschichte kennen wir. Nun verließ er die Insel, die seine tote Frau und seine lebendige Tochter zurückbehielt. Obwohl der ganze Kerl so affektiert und verschroben war wie seine Worte und Gedanken, zitterte doch einen Moment lang eine wehmütige Saite in seiner Brust. Doch sein Gesicht ließ nichts davon erkennen; es zeigte ein sentimentales Grinsen, das er passend zu der wehmütigen Melodie aufgesetzt hatte. Niemand hier wusste, woran er dabei dachte, denn er hatte ihnen seine Geschichte noch nicht erzählt, sie noch nicht für sein neues Publikum gruppiert. Auf Fünen war eines der Kapitel abgeschlossen worden.

Man konnte das davonsegelnde Schiff von der Landstraße aus sehen. Dort ritten Graf Frederik und Baron Herman, um ihr Glück bei der alten Dame zu versuchen. Die Straße wurde beidseitig von dichten grünen Hecken gesäumt; nur an Stellen, wo ein Weg kreuzte, konnte man einen Blick auf die Felder werfen. Ein reitender Bote von der gnädigen Frau begegnete ihnen und übereichte Frederik einen kleinen, dicken Umschlag.

„Vielleicht eine Einladung? ... Nein, das darf doch nicht wahr sein – ein Schilling, eine gewöhnliche Kupfermünze!" Und er las Herman den Brief vor: „Herr Graf, man soll seine Schulden bezahlen. Hier ist der Schilling zurück. Ich bitte zu quittieren." Und die Nachschrift lautete: „Das Kind ist eingetroffen, ein sehr nettes Kind! Die Amme wirkt ein wenig weinerlich, aber sie ist ein respektables Frauenzimmer. Ergebenst: Dorothea."

Frederik wandte sich an den Boten und erklärte: „Ich werde die Quittung höchstpersönlich vorbeibringen, ich reite hin!" Er gab seinem Pferd die Sporen, dass Herman Mühe hatte, nicht abgehängt zu werden.

Die Nebengebäude des Gutes boten ein ergiebiges Motiv für einen Maler. Die alten Steine, die als Wegweiser dienten, waren mit wildem Hopfen umwachsen. Die Ranken liefen über das Strohdach hin, das auf der Straßenseite bis zum Boden reichte und von Moos und Hauslaub überwachsen war. Es war ein Farbenreichtum, wie man ihn auf keiner Palette findet. Gegenüber dem Strohdach hingen wilde Rosenhecken mit ihren roten Hagebutten von der gelben Lehmmauer herab. Davor stand das Haupthaus, dessen Mauern von starken Pfeilern unterstützt wurden. Man sah nicht viel von den roten Ziegeln des kirchenähnlichen Gebäudes; sie waren hinter einem dichten Teppich aus Efeu versteckt, der bis zum Dach hinaufwuchs und sogar den Schornstein umrankte. Das Nebengebäude war ein Fachwerkbau. An den vorgeschobenen Flügeln wuchs wilder Wein, dessen zinnoberrote Blätter jetzt im Herbst prangten. Hier lag auf beiden Stockwerken Fenster an Fenster, sodass das Ganze wie ein großes Treibhaus wirkte, und so wurde das Gebäude auch von den Leuten genannt. Davor standen im Sommer Palmen, Zypressen und Kakteen in großen Kübeln, und es lohnte sich, die schönen Wasserlilien anzuschauen, die hier blühten und zwei lange Dämme, Überreste des alten Wallgrabens, fast überwucherten. Der Hof lag in einer grünen Wildnis und war von Rotdorn, Linden, Kastanien und Schlehen um- und überwachsen. Man musste dem Fremden recht geben, der einmal sagte, das alles sehe aus wie das Schloss in „dem schlafenden Wald“; es fehle nur die Schöne darin. Vielleicht wuchs das kleine Mädchen zu einer solchen heran?

Frederik und Herman ließen sich anmelden und wurden empfangen. Durch einen Gang, der wegen zweier durch eine Scheibe geleiteter Weinstöcke mit schweren, großen Trauben wie eine Laube wirkte, kamen sie zu einem kleinen Kabinett. An der Tür standen wie Schildwachen zwei Bäume, die aus moosbedeckten Kübeln wuchsen. Alle Farben spielten hier von den Zweigen, und doch waren es weder Blüten noch Blätter – es waren künstliche Bäume, überall mit ausgestopften Kolibris besetzt, die in Rot, Grün, Gold und Silber glänzten, sodass man glauben konnte, zwei prächtig strahlende Blumen vor sich zu haben. Ein doppelter Teppich hing vor der Tür; wenn man ihn zur Seite schob, war man im Wohnzimmer der Großmutter. Auch hier sah es aus wie in einem Treibhaus. An den Wänden standen lange, schmale Kästen mit Immergrün, das sich an einem Gitter aus spanischem Rohr emporrankte. Dieses Spalier bildete einen natürlichen Schirm für die Porträts, die dahinter an der Wand hingen. Das frische Grün verdeckte die Rahmen und zum Teil auch die Figuren; nur vor den Gesichtern war eine größere Öffnung im Laub.

„Die Ahnen meines Mannes habe ich in Blumentöpfe gesteckt“, erklärte die alte Dame. „Sehen Sie dort den Kommandeur – den Stern kann man nicht mehr erkennen hinter den Blättern –, was der für große Augen macht! Ich grenze mich ab von den Toten, aber mit lebendigen Blättern. Die blonde Dame mit dem Papagei sieht ganz vergnügt dabei aus, besonders der Vogel. Es ist gut, dass Sie kommen; Sie sind ja beide Gelehrte. Ich sitze hier und streite mit Madame Krone. Sie ist eine brave Frau, aber von Geografie hat sie keine Ahnung, und das ist doch die Wissenschaft, die man am wenigsten entbehren kann. Hier liegt das Geografiebuch immer auf dem Tisch, damit wir beim Zeitungslesen nachsehen können und wissen, wo wir sind. Ich benutze es in Kopenhagen immer, wenn ich die Komödienplakate studiere. Wenn da steht: Das Stück spielt in Mailand, dann schaue ich im Buch nach: Mailand, eine große Kathedrale – und schon weiß ich Bescheid. Wenn man ins Theater geht, ist die Geografie genauso wichtig wie das Plakat, denn man muss immer wissen, wo man ist."

„Gewiss. Aber nun behauptet die gnädige Frau, dass Jütland mit Norwegen verbunden sei", mischte sich Madame Krone ein. „Aber das ist ja nicht möglich. Jütland liegt auf der anderen Seite von Fünen, und Norwegen ist noch eine lange Seereise von Helsingör entfernt. Bin ich nicht selbst von Kopenhagen dort hinaufgesegelt?"

„Aber ich will eine Hängebrücke haben!", sagte die alte Dame. „Madame Krone weiß nicht, dass Jütland in einer Spitze endet, die Skagen heißt. Von dort sollte man eine Verbindung schaffen."

„Aber der Abstand ist immer noch ziemlich groß", gab Frederik zu bedenken. „Dazwischen liegen achtzehn Meilen offenes Meer."

„Ich weiß, ich weiß. Deshalb würde ich ja eine Hängebrücke bauen. Dann könnte die Post im Winter hinüberfahren, außerdem könnte man Getreide und andere nützliche Dinge einführen. Es ist immer gut, wenn die Länder verbunden sind."

„Aber woran sollte die Brücke hängen?", fragte Frederik.

„An Ketten. Man wählt eine hohe Klippe auf norwegischer Seite und errichtet einen Turm auf Skagen. Dazwischen hängt man die Brücke auf."

„Nach dem Gesetz der Schwerkraft würde die Kette durch ihr Eigengewicht ins Wasser hineinhängen."

„Dann muss man sie eben stärker spannen", erklärte die alte Dame. „Einem Professor der Physik müsste das klar sein. Haben wir nicht einen oben in Kopenhagen? Lassen Sie ihn spannen, dann wird sie schon richtig hängen! Aber das kann Madame Krone nicht verstehen; sie will den Weg nach Norwegen über Helsingör führen. He, warum lacht denn der andere da, der mit den schönen Augen? Lachen Sie nur; Sie haben gesunde Zähne. Es kleidet Sie und wirkt ehrlich, jedenfalls äußerlich. Nach innen will ich nicht gehen. Kommen Sie, geben Sie mir die Hand!“ Sie begrüßte Herman herzlich und wandte sich dann an Frederik: „Und nun zum Wasserplantscher – Verzeihung, Herr Graf! Aber Sie müssen zugeben, dass Sie ein bisschen wild und seetoll sind. Sie sollen beide ein kleines Geschenk haben, bevor Sie gehen. Aber ein wenig dürfen Sie noch bleiben.“

„Sie sagen, ich scheine, den Zähnen nach zu urteilen, ehrlich zu sein“, sagte Herman. „Dass ich durch und durch ehrlich bin, will ich Ihnen beweisen. Sie wissen ja gar nicht, welche Lust ich seit vielen Jahren gehabt habe, Fünen zu sehen. Mein Freund überredete mich, die Segeltour hierher mitzumachen. Wir haben beide das Examen gut bestanden und uns eine Pause von den Studien verdient. Wir wissen, dass Sie in Holstein waren, haben aber nicht damit gerechnet, dass Sie so schnell zurückkehren würden. Ich war sicher, nicht mit Ihnen zusammenzutreffen, und wollte in ein paar Tagen wieder in Kopenhagen sein. Nun ist alles anders gekommen. Sie haben einen so guten Eindruck auf mich gemacht, dass ich ein schlechtes Gewissen hätte, wenn ich Ihnen nicht sagen würde, wen Sie hier getroffen, wem Sie so freundlich die Hand geschüttelt haben: Ich bin Herman, liebe Großmutter!“

Die alte Dame hatte ihn vom ersten Wort an forschend angesehen. Ihr Gesicht war immer ernster geworden. Jetzt hob sie in ihrer charakteristischen Art das Kinn und rief: „Ich weiß! Ich wusste es, aber ich wollte es doch nicht wahrhaben! Ich bin ja eine schrullige Person, meinen die Leute, warum sollte ich es also wissen?“

„Haben Sie ihn erkannt?“, fragte Graf Frederik. „Nein, wie war das möglich?“

„Matrose!“, sagte sie, und sie betonte die Anrede so eigentümlich, dass sie Spott oder auch Zorn ausdrücken konnte. „Nun sollen Sie Ihre Geschenke haben, kommen Sie!“ Sie winkte ihrem Enkel, hielt dann aber inne: „Nein, ein Graf ist mehr als ein Baron; außerdem gehörst du ja zum Haus, wie man sagt. Herr Graf!“ Und sie zog Frederik mit sich in den Vorraum und schaute sich nach allen Seiten um. Plötzlich heftete sie ihren Blick auf den Baum mit den bunten Kolibris. „Gefällt Ihnen das? Sie sind ja selbst ein Vogel, ein Wasservogel. So einer fehlt hier. Haben Sie Lust darauf? Aber Sie müssen ihn gleich mitnehmen, denn das sage ich Ihnen: Wenn er Ihnen gehört, darf er keinen Augenblick länger in meinem Haus bleiben.“

„Soll ich ihn auf meinem Pferd mitnehmen?“, fragte Frederik erstaunt. „Das ist unmöglich. In diesem Fall muss ich auf Ihr schönes Geschenk verzichten.“

„Claus kann mit Ihnen reiten!“, bestimmte sie. „Es ist eine schöne Faschingsrute, nicht wahr? So eine können Sie gebrauchen!“ Sie drehte ihm den Rücken zu, ging ins Zimmer zurück und wandte sich an Herman: „Er hat seine Rute bekommen. Jetzt erhältst du dein Geschenk!“ Sie öffnete die Tür zur nächsten Kammer. Herman folgte ihr, und die Tür wurde geschlossen.

„Warum haben Sie ihn hierher gebracht, Herr Graf!“, sagte Frau Krone vorwurfsvoll. „Die gnädige Frau ist verstimmt, ja richtig wütend; ich kenne doch ihr Gesicht.“

„Nein, sie ist nicht wütend“, erwiderte Frederik. „Sie hat uns doch freundlich aufgenommen; wir bekamen sogar beide Geschenke! Außerdem, was ist das für eine verrückte Idee von der Frau, ihren Enkel nicht sehen zu wollen, einen Menschen, den jeder lieben und achten muss!“

„Das verstehen Sie nicht, denn Sie kennen sie nicht. Verzeihen Sie, Herr Graf, dass ich so spreche. Sie ist wohltätig und gut, besser als die Welt im Allgemeinen, aber sie hat ihre Marotten, die man ihr nachsehen muss.“

„Ist es wahr, was man sich erzählt“, fragte Frederik, „dass sie Ihnen, Madame Krone, neulich ein Samthalsband nähte und ihren eigenen Namen darauf stickte, und Sie sollten es tragen? Aber, natürlich, Sie wollten nicht.“

„Ja, solche Geschichten erzählt man. Aber andere, die wahrer und ebenso amüsant sind und dazu noch von ihrer Herzensgüte zeugen, die erzählt man nicht.“

„Oh doch!“, versicherte Frederik. „Die Kriegsrätin erzählte uns erst gestern eine, die sowohl komisch als auch rührend ist. Auch Sie spielen darin eine Rolle, das heißt, Sie sind nur die zweite Hand der Baronin. Die Geschichte geht so: Die gnädige Frau kam unten im Dorf an einer elenden Hütte vorbei, wo eine alte Frau, die dort wohnte, gerade Wäsche wusch – ihr einziges Hemd. Wie viele haben Sie davon?, erkundigte sich die Baronin. Gott steh mir bei, ich besitze nur dieses eine, antwortete die Alte. Jede wohlerzogene Frau muss sechs haben, meinte da die Baronin, fuhr sofort nach Svendborg und kaufte Leinen. Eigenhändig nähte sie fünf Hemden – Sie wissen es sicher! Und die alte Frau war glücklich, und die Baronin ebenso. Wenn ich mit ein wenig Geld und Näherei so viel Freude bereiten kann, sagte sie, dann will ich mehr in dieser Richtung tun. Hören Sie, Mütterchen, sagte sie zu der Alten, gibt es hier im Dorf noch mehr Menschen, die keine sechs Hemden besitzen? Ja, weiß Gott, antwortete die Alte. Nun, dann schicken Sie diese alle zu mir. – Die gnädige Frau hat die Geschichte selbst aus erster Hand erzählt und endete damit zu sagen: Und so kamen viele Menschen zu mir, Mädchen und Frauen, und ich fuhr nach Svendborg und kaufte Leinen, und Madame Krone und ich nähten vierzehn Tage lang bis in die Nacht hinein, bis all diese Menschen sechs Hemden besaßen.“

„Ist das nun etwas, worüber man sich lustig macht?“, fragte Madame Krone. „Ist es nicht schön, ist es nicht gut, wenn auch vielleicht ungewöhnlich?“

Die Großmutter und ihr Enkel kamen aus der Kammer, beide lächelnd, und er trug eine prächtige goldene Uhr an einer langen Kette.

„Damit er weiß, dass die Zeit vergeht. Man soll sie nutzen und nicht vergeuden. Diesen Rat gebe ich auch Ihnen“, fügte die Baronin an Frederik gewandt hinzu.

Sie und Herman trugen weiter ihr Lächeln zur Schau, doch man sah es ihren Gesichtern an, dass etwas geschehen war, dass inwendig ganz andere Gefühle gärten.

„Nun wollen wir unsere kleine Pflegetochter sehen“, sagte Frederik.

„Sie schläft!“, erklärte die alte Dame. „Niemand darf sie stören. Und nun danke ich für die Ehre des Besuchs.“ Sie verneigte sich tief: „Jeder hat das Seine bekommen, und ich habe ein großes Vergnügen gehabt.“

Die beiden jungen Herren mussten sich empfehlen. Die Stallknechte warteten mit den Pferden vor der Tür; Frederik und Herman stiegen auf und galoppierten davon.

„Sieh da“, stellte der Graf fest. „Das ist wirklich eine bemerkenswerte Frau; eigentlich hat sie uns die Tür gewiesen. Aber du bist nicht mehr in deiner alten Stimmung. Hat sie dir etwas Kränkendes gesagt? Wie können ihre Worte auf dich vernünftigen Menschen so wirken?“

„Oh nein!“, antwortete Herman und wurde noch blasser, „ich weiß, dass jeder Mensch eine Achillesferse hat, wo er verwundbar ist. Sie hat meine gefunden und mich dort verletzt – nein, das ist nicht das richtige Wort –, sie hat in das Unberührbare meines Herzens gegriffen! Erklären kann ich dir das nicht; ich kann es niemandem sagen, nicht heute, nicht in diesem Jahr. Aber du wirst der Erste sein, der alles erfährt, wenn es so weit ist. Jetzt ist das alles noch ein Geheimnis. Gib mir die Hand darauf! Sie hat einen Brand in meine Seele geworfen, der in diesem Augenblick alle Freude, alles Glück verzehrt. Nein, nein“, rief er heftig, „das stimmt nicht! Ich will meine gute Laune wiederhaben!“ Und er gab dem Pferd die Sporen.

Graf Frederik, höchst verwundert und beunruhigt wegen der Veränderung, die sich im Gesicht des Freundes zeigte, preschte an seine Seite. Der alte Diener der Baronin konnte ihnen nicht folgen, ließ sein Pferd aber, so gut es ging, hinterhertraben. Vor sich hielt er den künstlichen Baum mit den bunten Kolibris, der im Takt zitterte und mit tausend Farben in der Sonne schimmerte.

7.
Auf der Straße und im Ballsaal

Wir gehen mit den Freunden nach Kopenhagen. Die Rückreise verlief nicht besser als die Hinfahrt. Es war im November, in der sogenannten ausgleichenden Jahreszeit mit Regen, Nebel und anhaltendem Wind. Es waren echte Kopenhagener Novembertage mit grauem Himmel, halbdunklen Tagen und schmutzigen Straßen, sodass Galoschen und Regenschirme zur notwendigen Garderobe gehörten. Einzig ein rauer, dichter Nebel bot Abwechslung, den man geradezu schmecken konnte; die ganze Luft bestand aus einer kalten Feuchtigkeit, die durch die Kleider bis in die Poren der Haut drang. Die klamme Nässe kroch durch die Türen und über die Treppen hinauf in die Korridore. Man fühlte sich, als sei man im Element für Frösche und nicht für Warmblüter. Der Müllwagen des Kutschers Karl, der den schmuddligen Dienstmädchen beim Ausleeren der Eimer half, war das Bouquet auf solch einem Kopenhagener Novembertag.

Wir wollen die Straße und das Wetter verlassen und den Salon des Ministers betreten. Wir sehen Licht und Farben, erinnern uns an die Sommersonne und atmen auf. Zu beiden Seiten der breiten Treppe sind Orangenbäume aufgestellt. Die Stufen sind mit dichten Teppichen belegt, die von blanken Messingstangen gehalten werden. Diener in bunter Livree mit Schuhen und Seidenstrümpfen füllen den Vorraum und reißen die großen Flügeltüren auf. Ein milder Kräuterduft strömt uns entgegen; Kronleuchter und Astrallampen verbreiten ein helles Licht. Vor uns liegt eine Reihe von Zimmern, alle mit herrlichen Teppichen, langen, kostbaren Gardinen sowie samtbezogenen Stühlen und Sofas ausgestattet, die bei leichter Berührung zu dem Platz gleiten, den man ihnen geben will. Hier stehen Tische mit edel eingebundenen Büchern, mit Kupferstichen und Journalen. An den Wänden hängen Gemälde, und in einem Zimmer steht eine wunderschöne Statue zwischen geschmackvoll arrangierten Blumen. Einige der Älteren gehen jetzt zu den Spieltischen, andere sind in Gespräche oder in stille Betrachtung vertieft. Gruppen junger Mädchen, denen sich die Herren anschließen, unterhalten sich lebhaft und lachen. Unter diesen ist Clara die Schönste; man sieht es auch am Gesicht der Admiralin, das ausdrückt: Sie ist meine Tochter! So habe ich selbst vor achtzehn Jahren ausgesehen! Baron Herman führt das Wort; es sind, wenn man so will, Repliken, die gut aus Sheridans „*Lästerschule*" stammen können. Aber sie sind nicht vorsätzlich giftig; es geht um einen bekannten Mann, über den man jederzeit ein paar Anekdoten erzählen kann. Frederik und Holger werfen kleine lustige Bemerkungen ein, aber Herman ist doch der Lebhafteste. Keiner bemerkt den Schatten, der sich seit dem Gespräch mit der Großmutter auf seine Brust gesenkt hat; keiner ahnt, dass sich dieses lächelnde Gesicht in einsamen Augenblicken schmerzhaft verziehen kann. Hier steht er vor Clara, ihre Augen leuchten ihm in die Seele hinein, erfüllen und verzaubern ihn.

„Sie haben den Mann, von dem Sie erzählten, wohl gezeichnet?", fragte sie. „Sie machen das ganz vortrefflich! Eigentlich sind Sie ein gefährlicher Mensch!"

„Er kennt von uns allen die schwache Seite!", bemerkte Frederik.

„Auch von mir?", fragte Clara. „Sie müssen mich als Karikatur zeichnen. Ich werde bestimmt schauerlich aussehen, aber das macht nichts."

„An Ihnen kann ich keine schwache Seite entdecken", erklärte Herman. „Vielleicht müsste ich Sie öfter sehen und belauschen."

„Ich lache viel zu viel", meinte Clara. „Da haben Sie doch ein Motiv!" Und sie lächelte mit ihren roten Lippen, den weißen Zähnen und den leuchtenden Augen, dass es noch schwieriger wurde, eine unschöne oder komische Seite an ihr zu entdecken.

Die Diener brachten Eis, die Konversation wechselte, das Fortepiano erklang. Der Musiklehrer des Hauses hatte die Erlaubnis erhalten, eine seiner Schülerinnen, ein junges Mädchen aus ärmlichen Verhältnissen, vor diesem vornehmen Kreis auftreten zu lassen. Sie war recht hübsch und talentiert. Am Spieltisch wurden einige Lorgnetten vor die Augen geführt, und eine einfache ältere Dame erhob sich, stellte sich einen Augenblick an die Tür und lobte: „Charmant!“ Auch Clara meinte „nett gespielt“ und stellte zugleich fest: „Aber sie hält sich nicht gut.“ Indessen war Clara die Einzige unter den jungen Damen, die sich mit der stillen Fremden unterhielt, die nach dem Vortrag in einem Winkel zwischen dem Klavier und anderen jungen Mädchen stand, die zeigten, dass sie nichts mit ihr zu tun haben wollten.

Claras Worte und ihre Freundlichkeit belebten die Züge der jungen Pianistin; ihre Augen strahlten. Herman näherte sich – wegen Clara oder wegen des Mädchens?

Spät in der Nacht war er noch an Claras Seite, als sie und ihre Mutter das Fest verließen. Der Wagen rollte hinaus in die nasskalte Luft; der Nebel hing wie ein dichter, weißer Schleier vor den Fenstern, und die Damen zogen die Mäntel enger um sich.

„Du wirst ja von allen jungen Herren umschwärmt, Clara“, stellte die Mutter fest. „So ist das in deinem Alter und bei deinem Aussehen. Sei ein vernünftiges Kind! Lass dir Zeit! Du hast dich übrigens heute nicht ganz gerade gehalten. Ansonsten ist es erstaunlich, wie du mir in diesem Alter ähnlich siehst.“

„Graf Frederik war sehr liebenswürdig“, sagte Clara und dachte dabei eigentlich an Herman, dessen Lebendigkeit und Aufmerksamkeit gegen sie nicht ohne Wirkung geblieben waren.

„Graf Frederik ist ein vortrefflicher Mensch“, bestätigte die Mutter. „Seine Familie gehört zu den Ersten im Lande!“ Eine Pause entstand, dann küsste sie ihre Tochter – und schon hielten sie vor ihrem Haus.

Herman lief in Galoschen und mit aufgespanntem Regenschirm durch die schmutzigen Gassen. Der feine, kalte Regen, der aus dem Nebel tropfte, drang durch seine Kleider, aber er merkte es nicht. In ihm war alles Flamme, alles Sonnenlicht; seine Gedanken kreisten um Clara. Und doch wusste er noch nicht, dass er sich verliebt hatte, dass er seine erste Liebe erlebte.

Wir sind wieder auf einem Ball, einem großen Hofball! In dieser prächtigen Beleuchtung scheint es, als fände er an einem klaren Sonnentag statt. Kein Blumenbeet könnte bunter sein als diese große Versammlung roter Uniformen mit Sternen und Ritterkreuzen. Die Toiletten der Damen sind so geschmackvoll und verschieden, dass die Blicke der Admiralin immer wieder abgelenkt werden. Eigentlich unterhält sie sich mit einer älteren Dame, deren goldener Turban wie eine Kasserolle aussieht und deren Kleid aus knallgelber Atlasseide nicht von bestem Geschmack zeugt. Die Musik ist ausgezeichnet, sie versetzt selbst die Beine der alten Exzellenzen in träumerische Tanzbewegungen. Lakaien mit Erfrischungen wandern wie Karyatiden zwischen den dichten Kreisen umher. In einer Fensternische steht Clara, hübscher als je zuvor. Sie trägt ein durchscheinendes weißes Kleid, das in vollen, nebelgleichen Falten herabfällt, als wäre es aus Luft gewebt und im Schnee gefärbt. Kleine Bouquets aus Veilchen und Moos scheinen gleichsam darübergestreut zu sein. Das Gesicht, die Arme, die ganze Gestalt, alles wirkt wie durchsichtig. Ein Ausdruck von Glückseligkeit liegt über diesen jugendfrischen, schönen Zügen, ein Lächeln, das mehr verzaubert als alle Musik und Poesie. Nie zuvor war sie so schön gewesen, nie zuvor hatte sie glücklicher gelächelt. Sie unterhält sich mit einem der Prinzen, der sie zum Tanz führt. Frederik steht nicht weit davon in seinem blausamtenen Hoffrack mit den großen Diamantenknöpfen. Er sieht ihr glückliches Lächeln und ist wütend auf sie, ohne sich selbst Rechenschaft abzulegen, warum. Sie begegnen sich im Tanz und werden wieder getrennt. In diesem Augenblick tritt Holger ein. Clara hat ihm den dritten Tanz versprochen, und doch ist er der Letzte, der eintrifft – man muss den Grund wissen. Holger ist gestern Kammerjunker geworden. Der Schneider hat Tag und Nacht an der Uniform genäht und das Unmögliche möglich gemacht – sie wurde eine halbe Stunde vor dem Ball fertig. Der rote, goldbestickte Frack sitzt vortrefflich, die engen Cassimir-Hosen sind wie ein Teil des Körpers. Holger ist auffallend hübsch, und er weiß es. Es ist die erste Uniform, die er trägt, es ist der erste Titel, den er neben dem angeborenen „Baron“ erhalten hat. Clara hat ihn schon entdeckt und ihm zugelächelt. Wie viel jugendliche Kühnheit, wie viel Glück kann doch ein Herz aufnehmen!

Graf Frederik sieht auf einmal ganz unzufrieden aus. Der Ball langweilt ihn; Claras Lächeln ist ihm zuwider. Nicht einen Tanz hat sie für ihn! „Schon seit vierzehn Tagen bin ich restlos vergeben“, hat sie mit einem Lächeln gesagt, das er in seiner Bitterkeit nun leichtsinnig findet. Und jetzt tanzt sie mit Holger! Sie bilden ein schönes Paar; man wird auf sie aufmerksam. Beide strahlen ein Gefühl aus, das verkündet: Die ganze Welt gehört uns! Alles dreht sich nur um uns! Ist es Claras Lächeln, ist es die Tanzmusik oder die neue Uniform, die so gut sitzt, oder sind es alle drei Faktoren, die hier wirken? In diesem Augenblick ist es Holger klar wie nie zuvor, dass er Clara liebt, dass er es ihr sagen muss, dass er mit ihr so durchs ganze Leben tanzen möchte. Für ihn gibt es keine Sorgen, keine Krankheit, keinen Tod!

Man schreitet zur Tafel; Champagnerkorken knallen. Holger ist glücklich wie ein Gott. Er plaudert und lächelt, und als er wieder mit Clara in den Tanzsaal geht, ist ein Beschluss gefasst: Bevor der Ball endet, muss sie seine Gefühle kennen, muss sie wissen, dass er sie liebt, dass sie seine erste große Liebe ist! Er hat den Mut und den Willen; das muss gesagt werden. Im selben Moment schläft Herman ruhig zu Hause, in diesem Augenblick überlegt Frederik, ob er mit Clara morgen Mittag die große Schlittenpartie nach Bellevue unternehmen soll oder nicht. Für den Verstimmten sind Tanzmelodien schwere Wogen, an denen seine Laune noch heftiger zerschellt, während sie den Lebensfrohen immer höher emporheben. Clara hat Hermans lustige, geniale Bilder ebenso vergessen wie Frederiks lebendige Schilderungen seiner Seeabenteuer, denen sie früher mit so großem Vergnügen lauschte. Holger ist der beste Tänzer und der Aufmerksamste und Liebenswürdigste von allen.

In dem Tanz, der nun beginnt, soll inkliniert werden. Mit dem ganzen Ausdruck des Glücklichen in Augen und Miene steht er vor Clara; sein Blut und seine Gedanken sind wie Champagner. Er verbeugt sich tief, setzt ein scherzhaftes Lächeln auf, richtet sich einen ganzen Zoll höher auf als sonst, und dann – ist da Zauberei im Spiel? Man sollte es glauben! Sind die Menschen von einem unsichtbaren Geist begleitet, einem guten oder bösen? Während sich Holger aufrichtet, geht plötzlich eine Verwandlung mit ihm vor. Er errötet tief, seine Bewegungen wirken mit einem Mal gezwungen, seine Konversation ist nicht mehr lebhaft. Etwas Bedeutendes ist geschehen; all seine Gedanken sind geteilt zwischen Clara und – ja, es würde allzu schrecklich klingen, das Wort unverhofft auszusprechen. Die kleinsten Ursachen haben oft die größten Folgen. Holger bewegt sich nicht mehr wie vorher, er gibt sogar völlig verkehrte Antworten. In dieser Nacht hält er nicht um ihre Hand an! Clara bleibt frei für Frederik, für Herman, für den, von dem noch niemand weiß!

Mitten im höchsten Moment der Freude, mitten in der kühnen Offenbarung der Liebe ist es geschehen – so mancher ist vielleicht schon in derselben Situation gewesen, hat diese Qual gefühlt, durch die der Mensch seine ganze Würde verlieren kann. Und Holger hat alles verloren – die jugendliche Heiterkeit, die Freude über seinen neuen Titel und seine so perfekt sitzende Uniform.

Clara mustert ihn mit ängstlichem Blick. Ihr kommt der – ungerechtfertigte – Verdacht: Das ist der Wein! Er hat zu viel Champagner getrunken! Sein Nimbus ist dahin, dabei weiß sie gar nicht, wie sehr sie ihm unrecht tut. Ihr Redefluss versiegt, unwillkürlich suchen ihre Augen Graf Frederik. Ihre Blicke treffen sich, er lächelt, als begriffe er ihre Situation. Wieder wird inkliniert, und nun wählt sie Frederik. Holger verschwindet einen Augenblick hinter der Gardine, kommt wieder zum Vorschein – und ist nicht mehr derselbe. Das Ganze ist die unschuldigste, aber unglücklichste Situation auf einem Ball, wenn man inkliniert, ja, ernsthaft inkliniert. Die schrecklichste Prosa der Wirklichkeit hat Holger überwältigt. Wenn einer hingerichtet werden soll, sagt man: Er soll seinen Knopf verlieren, und meint damit, dass ihm der Kopf abgeschlagen wird. Holger hat einen Knopf verloren – und damit den Kopf. An den engen Cassimir-Hosen hat sich hinten ein Hosenträgerknopf gelöst – jetzt ist es gesagt! Nun begreift man das plötzliche Erröten, die gezwungene Haltung, die Zerstreutheit, die falschen Antworten. Mit dem Knopf verließen ihn Mut und Glück, mit ihm ging Claras Zuneigung dahin. Sie inklinierte vor Frederik, und die beiden fuhren am nächsten Tag zusammen nach Bellevue hinaus. Der ganze Zug startete von Amalienborg; siebenundvierzig Schlitten, voll besetzt mit Prinzen, Diplomaten und jungen Edelleuten, nahmen daran teil. Glocken klangen, bunte Schneedecken flatterten über den Rücken der Pferde, Peitschen knallten. Frederik, in einen Bärenpelz gehüllt, Stiefel aus Seehundsfell an den Füßen und eine Pelzmütze auf dem Kopf, hatte Clara in seinem Schlitten. Bald waren sie außerhalb der Stadt, und die Krähen flatterten über dem weißen Schnee. Krah, krah! Jeder gratuliert auf seine Weise. Wo der Schnee am tiefsten war, kippte der Schlitten um. Es war wie ein Spiel, es war ein kleines Abenteuer. „Das war ein prächtiger, bedeutender Ausflug!", stellte die Admiralin später fest. Und warum?

Am selben Abend schrieb Frederik seinem Vater, dass er Clara liebe, sie ihm ihr Jawort gegeben und die vortreffliche Admiralin nichts gegen die Partie einzuwenden habe, wenn er, der Vater, sie billige.

„Der Knopf", sagte Holger, als er davon hörte, „der verdammte Knopf ist schuld an dem Ganzen." Und er versank in tiefen Grübeleien. Herman zerriss alle seine Zeichnungen; sie seien viel zu idealistisch, meinte er, alles sei viel kantiger und hässlicher. Außerdem sei Kopenhagen eine schreckliche Stadt und die Einwohnerschaft, mit wenigen Ausnahmen, eine Sammlung von Karikaturen und Langweilern. Nicht nur Kopenhagen, auch Seeland, Fünen, ja das ganze Land sei nicht zum Aushalten. Es war Claras Verlobung, die diesen Schatten auf Land und Leute warf – oder war es die giftige

Saat, die die Worte der Großmutter in sein Herz gelegt hatten und die nun zu einem Upasgewächs aufschoss, das um ihn herum alles vergiftete? Solche Augenblicke bringen bei einem Charakter wie Hermans Gedanken und Beschlüsse hervor, die oft die ganze Zukunft bestimmen.

Ein Ballsaal an einem Wintervormittag nach einem Ball ist einfach ein ungemütlicher Raum. Der Glanz ist dahin, die Musik verstummt, all die frische, jugendliche Freude wie weggeblasen. Schwer hängen die staubigen Gardinen herab, Kerzen stecken herabgebrannt in den Leuchtern, der Kontrabass und auch andere Mammutinstrumente liegen da wie Mumien und weisen auf ein Leben, das einmal war. So sah es am nächsten Morgen im königlichen Ballsaal aus. Mitten auf der Tanzfläche schimmerte ein Knopf, der vom Besen der Putzfrau weggefegt wurde. Es war der Knopf, der bewirkt hatte, dass Holgers Herz jetzt aussah wie dieser Ballsaal: leer, ungemütlich, ein Mausoleum für einen Knopf.

8.
Caroline Heimeran

Bisher sind wir den drei jungen Freunden und Reisekameraden gefolgt; nun wollen wir uns dem Mentor, oder kürzer: Moritz, zuwenden. Ihn treffen wir nicht bei Hofe und in den großen Salons; seine Welt ist das gemütliche Wohnzimmer des Etatsrates Heimeran. Hier können wir uns vielleicht auch von den vielen Bällen ausruhen. Caroline war die Seele des Hauses. Sie hatte ihre Mutter früh verloren und war mit ihren wilden Brüdern aufgewachsen, die nun im Land verstreut waren. Von ihnen hatte sie all die derben Kopenhagener Ausdrücke gelernt, die aus dem Mund des lebhaften, hübschen Mädchens für Uneingeweihte oft seltsam klangen. Der Vater gehörte zu jenen guten, sanftmütigen Menschen, die als Zuschauer eine Wohltat für den Lustspieldichter sind – der Etatsrat lachte beim geringsten Anlass. In Geschäften forderte er Exaktheit wie ein Mathematiklehrer; ansonsten war er mit ganzer Seele Vater. Die Familie lebte sehr zurückgezogen, bildete ihren eigenen festen Stock, und darin lebte und glänzte Caroline. Man kannte ihre vortrefflichen Eigenschaften und erfreute sich gerade an dem, was Fremde an ihr Unarten nannten.

Wie wir wissen, hatte Moritz am Abend vor seiner Abreise nach Fünen um Carolines Hand angehalten und hatte das Jawort erhalten, zugleich aber die Erklärung, er dürfe die Reise nicht versäumen und solle die paar Tage mitsegeln, als sei nichts geschehen. „Wir wollen nicht damit anfangen, wie die Kletten aneinanderzuhängen“, hatte sie gesagt. „Davon habe ich bei meinem ältesten Bruder und seiner Louise genug gesehen. Sie ist eine süße Frau, aber auch eine wahre Schlingpflanze. Segle du, aber kentere nicht, denn ich habe keine Lust zu trauern; das ist kein Vergnügen!“ Dabei hatte sie gelächelt – mit Tränen in den Augen. Sie war so niedlich!

Und Moritz segelte nach Fünen, wie wir wissen, und was er dort mit den Freunden erlebte, wissen wir auch. Dass er bei der Rückkehr nach Kopenhagen den ersten Kuss bekam, wissen wir noch nicht. Aber so war es, und er hatte viel zu erzählen und zu erklären. „Glaubst du, dass ich mir etwas aus dem Geschwätz gemacht habe, das mir zu Ohren kam?“, sagte sie. „Nein, jetzt sind wir unter uns, und ich mach dir die Hölle heiß!“ Aber zuerst tranken sie Brüderschaft, denn sie musste ihn ja mit „du“ anreden können, wenn sie mit ihm schimpfte.

„Du bist ein seltsam gesegnetes Wesen!“, sagte er. „Ich habe oft gedacht, dass du Undine gleichst.“

„Da hast du dir ein sehr abenteuerliches Frauenzimmer ausgesucht“, antwortete sie. „Ich bin gewiss etwas Besonderes; das hat mich für dich interessant gemacht. Wir beide gleichen uns jedoch nicht im Geringsten.“

Eine Freundin kam zu Besuch.

„Willst du den Kerl mal sehen?“, fragte Caroline. „Ja, er ist noch ein wenig still, aber ich werde ihn schon auf Vordermann bringen. Im Winter soll er mit mir aufs Eis. Mit gewissen anderen Herren ist es so langweilig! Wenn sie mich abends nach Hause bringen sollen, kriegen sie Angst, weil ich so laut spreche. Und dann darf ich nicht schlittern, wenn Straßenjungen dabei sind! Dabei macht es Spaß, sich ab und zu wie ein Straßenjunge zu benehmen. Bahn frei, rufe ich dann und schlittere los."

„Wenn man dich nicht kennen würde, Caroline", meinte Moritz, „dann könnte man …"

„Sie kennt mich besser als du! Wir sind zusammen zur Schule gegangen. Im März gingen wir mit Mantel und Muff und großem Schirm, den hielten wir vor uns gegen den Wind, und hinten schien uns die Sonne auf den Rücken, sodass unser Schatten in den Schirm fiel. An jeder Straßenecke zur Rechten wechselten wir uns mit dem Tragen ab, und wir hielten ihn vor den Magen und nicht vors Gesicht, wegen des Windes. Und du glaubst, dass sie mich nicht kennt? Es bedeutet mehr für zwei Menschen, unter einem Schirm zu gehen, als Goldringe zu tauschen, kannst du das verstehen?" Und sie lächelte mit Mund und Augen.

Die Dienstboten liebten sie innig, denn sie war herzensgut und unterhielt sich immer so vertraulich mit ihnen. Der alternde Diener wäre für sie durchs Feuer gegangen, aber sie nickte ihm ja auch immer so freundlich zu, selbst bei dem großen Empfang, der ein Mal im Jahr gegeben wurde und zu dem Konferenzräte und sogar der Polizeichef erschienen. „Nicht diesen Blick, Jørgen!", mahnte sie dann scherzhaft. „Das kann ich nicht dulden, und ich bin verlobt!" Den Mädchen schrieb sie Verse und Briefe an deren Liebhaber. Auch für die Dienstboten hatte sie ihre eigene Sprache. „Heute Abend um neun bist du Sklave!", bedeutete für Jørgen: Zu dieser Zeit holst du mich ab. Bei einer Tragödie im Theater war niemand leichter gerührt als sie; niemand vergoss mehr Tränen bei der Lektüre eines bewegenden Buches. Doch sie konnte sich im selben Moment auch darüber lustig machen. „Ich habe ein ungeheueres Talent, sentimental zu werden", sagte sie dann. „Würde ich es weiter ausbilden, könnte ich dem ganzen Land als Salzquelle dienen." Ihr schönstes Talent bestand übrigens darin, am Klavier kleine Lieder vorzutragen. Zwar hatte sie nur eine schwache Stimme, dafür strömten die tiefen Gefühle, die sie bei einer Dichtung ergriffen, in den Gesang; es war eine Lust, ihrem Vortrag von Reichardts Melodien zu Goethes Gedichten zu lauschen. Sie hatte stets gute Laune. Moritz' Abenteuer auf Fünen und das Losen darum, wer der Vater des kleinen Kindes sein sollte, fand sie lustig und rührend. Es machte ihr Spaß, im Beisein ihres Verlobten zu halb Fremden zu sagen: „Mein Liebster hat eine kleine Tochter auf Fünen!"

„Liebes Mädchen", meinte Moritz, „du musst die ganze Geschichte wahrheitsgemäß erzählen oder so etwas gar nicht sagen."

„Ha, er fürchtet um seinen Ruf!", rief sie dann lachend.

Auf ihrem Nähtischchen hatte sie eine Sammlung Nippsachen: zwei aus Federn zusammengeleimte Hähne, ein Buddelschiff, doch am niedlichsten waren fünf Porzellanfiguren, die Amor in verschiedenen Gestalten vorstellten. Erstens als nackten kleinen Gesellen mit Köcher und Pfeilen, dann als Schornsteinfeger mit Leiter, weiterhin als Offizier mit Generalshut, Säbel und großen Stiefeln, ansonsten aber nackt, viertens als Wächter mit Morgenstern und Kapuze und fünftens als Matrose mit blankem Hut, kurzer Jacke und dem Ruder in der Hand.

„Nun fehlt er dir nur noch als Pfaffe", meinte die Freundin.

„Da habe ich meinen Moritz! Er ist die große Ausgabe, deshalb hat er auch mehr an."

„Du wirst wirklich der alten Dame da oben in Fünen immer ähnlicher", sagte er. „Du sprichst wie sie und hast viele von ihren Marotten. Noch steht es dir ja, weil du jung bist und ich vor Liebe blind bin, aber wenn du einmal älter wirst und …"

„Gott, ich werde schon still und langweilig werden!", fiel sie ihm ins Wort. „Wenn du erst mit mir nach den Faröern oder nach Bornholm fährst, wirst du sehen, wie besonnen und nüchtern ich bin. Dann wirst du dir meine gute Laune zurückwünschen!"

Der Winter war vergangen; es war ein Abend im zeitigen Frühjahr. Caroline war wie alle Menschen erkältet. „Für meinen Schnupfen brauchte ich Bettlaken und keine Taschentücher", klagte sie. Moritz war verstimmt und ärgerte sich über Herman, den er mochte und den er für gut und tüchtig hielt. Doch er habe, wie sich der ehemalige Mentor ausdrückte, denselben Rappel bekommen wie seine Großmutter auf Fünen. Herman hatte sein Studium plötzlich aufgegeben und wollte Maler werden, beziehungsweise, was ihm wohl am meisten im Sinn lag, nach Italien ziehen. Zwar hatte er sechshundert Taler im Jahr sicher, doch wie sollten die im Ausland reichen, und welche Zukunft lag vor ihm, wenn ihn die Großmutter enterbte? „Ich habe ihm ins Gewissen geredet, aber es hat nichts genutzt", klagte Moritz. „Alles ist schon zur Abreise bereit. Wahrscheinlich hat der General, der große Stücke auf ihn hält, ein gutes Wort beim König für ihn eingelegt, denn er darf mit der Fregatte reisen, die morgen nach dem Mittelmeer segelt. Er setzt alles aufs Spiel, riskiert seine Zukunft und verdirbt es sich mit seiner Großmutter! Aber es ist wohl etwas von ihrer Natur, was sich da Bahn bricht. Ja, ich habe es ihm deutlich gesagt!"

„Das ist doch nicht meine Schuld!", sagte Caroline. „Schau mich nicht so böse an. Falls er aus unglücklicher Liebe zu mir das Weite sucht, bist du dafür verantwortlich. Warum hat er mich sehen und meine makellose Liebenswürdigkeit kennenlernen dürfen?"

Moritz blickte sie bei diesem Scherz ernst an; er war immer noch voller Sorge. Sie lächelte und drückte ihm einen Kuss auf die Stirn. „Nimm doch nicht alles so schrecklich ernst", bat sie. „Was hilft es, wenn ich auch noch den Kopf hängen lasse? Man muss leiden, und man muss sterben – wer weiß, wozu das gut ist, sage ich immer."

Noch am selben Abend sollte Herman an Bord gehen; in aller Stille hatte er sich seit Wochen darauf vorbereitet.

Wir wollen nicht Zeuge des Abschieds von seinen Freunden werden, den wenigen, von denen er sich trennte, als träte er eine Reise von zwei oder drei Tagen an. Wir sehen nicht die

Schmerzen, die in seiner Seele wüten. Wer vermisst ihn hier? Wer denkt an ihn in der frühen Morgenstunde, wenn der Anker gelichtet wird? Nicht Clara, nein – Caroline Heimeran! Sie denkt an seinen Kummer, denkt an die hübsche Clara – und entschuldigt sie. Man kann nur einen lieben, und Clara liebt ja den Grafen Frederik.

Niemand spricht mehr von Herman. Stattdessen unterhält man sich über die ersten Veilchen, den Storch, der schon gekommen ist, und über die neuen Opern, die noch vor Ende der Saison gegeben werden sollen. Und es ist Sommer ... und bald wieder Herbst. Das Jahresrad hat sich einmal gedreht, seit die vier Freunde in Regen und Sturm mit gefüllten Gläsern beisammensaßen und eine kleine Tochter adoptierten. Wir drehen noch viermal am Rad und sehen das Ergebnis: Clara ist Gräfin, Holger arbeitet an der Botschaft in Stockholm, und Moritz – er hat eine Pfarre auf den Halligen übernommen, vor der Küste Schleswigs. Ein halbes Jahr ist er schon dort; im kommenden Herbst will er seine Braut nachholen. Sie ist die Einzige von unseren Bekannten, die noch in Kopenhagen sitzt, hübsch, lebhaft und spöttisch wie zuvor. Sie hat sich in Moritz' Abwesenheit einen Liebsten geliehen, „einen ganz kleinen", wie sie sagt. Es ist ein vierjähriger Junge, der Sohn von Moritz' Schwester. Die Mutter ist Witwe und diesen Sommer nach Jütland gegangen; der Kleine vermisst sie nicht, er hängt mit ganzer Seele an Caroline. „Sie weiß gar nicht, wie man mit Kindern spricht!", sagte Moritz oft und zeigte damit, wie wenig er diese kannte. Die Kleinen erfreuen sich gerade an neuen Ausdrücken und ungewöhnlichen Anreden. Caroline war genauso eifrig dabei, dem Knaben eine Schnur an die Peitsche für seinen Kreisel zu binden, wie sie an ihrer Aussteuer nähte. Ging ihnen der Gesprächsstoff aus, las sie ihm aus der Zeitung mit Hingabe und starker Betonung all die Gerichte vor, die in den Restaurants angeboten wurden. Jede Speise war für den Kleinen wie für uns eine schöne Strophe aus einem Gedicht. Das Blatt wurde anschließend gefaltet und verwandelte sich in einen Hut oder ein Schiffchen, das hinübersegeln konnte, um Moritz abzuholen. Sie verkleideten sich auch und posierten vor dem Spiegel. Das sah niemand außer Ragazo, dem alten Hund, der zu fett, zu faul und zu ungeschickt war, um mitzuspielen. Er legte sich lieber zur Ruhe, selbst wenn ihm ein Säbel umgeschnallt war, weil er mit Caroline und dem Kleinen Räuberbande spielen sollte. Die Beschäftigung mit dem Jungen hatte zur Folge, dass sie oft bis weit nach Mitternacht wach blieb. Aber dann waren die Finger doppelt so flink, und die Schere klapperte, denn im Pfarrhaus auf den Halligen sollte es nicht an Woll- und Leinenzeug fehlen. Nebenher kümmerte sie sich zusammen mit einem Mädchen um den Haushalt des Vaters und brachte alles unter einen Hut. Es war genug Zeit zum Spielen und Scherzen; jedenfalls sah es so aus.

Der Herbst kam heran; die Mutter des Kleinen, Hedevig, sollte im Laufe der nächsten vierzehn Tage eintreffen. Moritz wurde sogar noch früher erwartet. Zwei Tage vor seiner Ankunft wurde der Junge krank, sehr krank; Caroline wachte die ganze Nacht bei ihm und war unermüdlich. Der Arzt wusste noch nicht, was dem Kind fehlte; der Kleine weinte und wollte Caroline ständig bei sich haben. Sie verbrachte auch die nächste Nacht an seinem Bett. Es war Typhus; der Arzt stellte es gerade fest, als Moritz eintraf. Er wollte einige Wochen bleiben, dann sollte Hochzeit sein, und gleich danach würde er seine süße Braut nach den Halligen in der brausenden Nordsee entführen. Die Freude des Wiedersehens war geteilt; beide sorgten sich um den Kleinen, einziges Kind seiner abwesenden Mutter. Das Kinderbett stand in Carolines Schlafzimmer; sie konnte den kranken Jungen nicht allein lassen. Auch ihre Gesundheit war bereits angegriffen, als sie die Leiche des Kleinen aus der Kammer trugen.

Mit dem Herzen voller Sommerfreude war Moritz gekommen; monatelang hatte er sich auf diese Glückstage gefreut. Und nun saß er vielleicht an einem Totenbett. Es war eine raue Nacht, eine der kältesten in diesem Herbst. Die Fenster standen offen; der tote kleine Junge lag im Nebenzimmer.

Caroline war eingeschlafen. Ihr Kopf ruhte auf Moritz' Arm; er wagte nicht, ihn wegzuziehen, obwohl er ihm wehtat. Ihr langes Haar war über die Stirn gefallen, eine hektische Röte färbte ihre Wangen. Es war eine ganz stille Nacht, da sprang mit einem Mal die Tür zu der Kammer auf, wo der tote Junge lag. Zu jeder anderen Zeit hätte das keine besondere Bedeutung gehabt; die Tür war schon oft aufgegangen. Aber nun, in dieser Nacht, war es wie ein Zeichen. Die Lampe war so gestellt, dass sie die Kranke nicht blenden sollte, und nun warf sie ihr helles Licht genau auf das Gesicht des toten Kindes, das weiß gekleidet mit einem Blumenkranz um den Kopf aufgebahrt dalag. Im selben Moment schlug Caroline die Augen auf und schaute in diese Richtung. „Ich wusste ja, dass er tot ist", sagte sie mit leiser Stimme. „Auch ich werde sterben. Sei nicht traurig. Ich habe immer geglaubt, es müsste schrecklich sein, aber so scheint es gar nicht zu sein. Selbst dass du zurückbleibst, kann ich gut ertragen. Es ist, als würde ich dir nur Gute Nacht sagen. Wir sehen uns morgen – dann werde ich wieder mit dir scherzen, jetzt kann ich nicht. Gute Nacht!" Und ihr Kopf sank zurück. Es war ganz still in dem Raum und bitterkalt; draußen über dem Meer schrie ein Vogel. War das der Totenvogel?

In den beiden benachbarten Zimmern lagen zwei Leichen, die des kleinen Jungen und die Caroline Heimerans.

9.
Die geheimnisvolle Kammer

Graf Frederik und Clara, seit einem Jahr verheiratet, kamen gerade in diesen Tagen aus Paris und der Schweiz zurück. Frederik hörte von Moritz' Unglück und bat ihn, seinen Heimweg über Fünen zu nehmen und dort einige Tage zu verbringen; die Umgebung würde ihn nicht wie Kopenhagen ständig an seinen Verlust erinnern. Hedevig hatte sich nach dem Tod ihres kleinen, lebhaften Jungen noch enger an ihren Bruder gehalten und beschlossen, ihn als Haushälterin auf die Halligen zu begleiten. Sie war natürlich genauso eingeladen. Moritz nahm an, denn es bedrückte ihn, noch länger im Haus des Etatsrates zu bleiben, wo Carolines Seele und Heiterkeit fehlten. Es lag ihm auch am Herzen, mit der alten Baronin über das kleine Mädchen, das Elisabeth hieß, zu sprechen. Das arme Kind hatte ja auf der Welt niemanden außer ihm, das fühlte er deutlich in seinem Schmerz. Die fünfjährige Kleine war zudem bei der Baronin plötzlich in Ungunst gefallen und „wegen ihrer Hinterlist“ vom Hof gejagt worden, wie es im letzten Brief hieß.

Um diese „Hinterlist“ kennenzulernen, reisen wir mit nach Fünen, ja gehen einige Wochen in der Zeit zurück bis zum vierzehnten August, zum Geburtstag der gnädigen Frau, der nur so genannt wurde und es eigentlich nie gewesen ist.

„Mein Geburtstag war ein dummer Tag“, hatte sie einst erklärt. „Den feiere ich in aller Stille; der bleibt geheim. Ich habe mir den vierzehnten August ausgesucht, weil er mir gefällt. An diesem Tag will ich es lustig haben!“

Hinter vorgehaltener Hand hieß es, es sei der Tag gewesen, an dem der lange Rasmus auf dem „hölzernen Pferd“ hatte reiten müssen. Dann waren mehrere Geschichten im Umlauf über eine kleine, stets verschlossene Kammer, die nur ein Mal im Jahr geöffnet wurde, nämlich an diesem Morgen; die alte Dame gehe hinein, und wenn sie wieder herauskomme, sei sie so lustig, als habe sie einen kleinen Rausch.

Am vierzehnten August wurden die Armen der ganzen Umgebung zu einer Art Audienz vorgelassen; die alte Dame kannte alle mit Namen. Sie wusste auch über den Lebenswandel eines jeden Bescheid und entsprechend verteilte sie Belohnungen. Der große Saal diente als Basar, wo sie mit Madame Krone saß und Geschenke verteilte. Jeder bekam etwas: die Verheirateten Grütze, Butter und Mehl, die jungen Mädchen Seidenbänder und bunte Tücher und die Bauernjungen eine Flöte mit Pferdekopf, auf der die Baronin selbst zuerst blies, bevor sie das Instrument überreichte. Sachen im Wert von vielen hundert Reichstalern wurden da verschenkt. Schon ab Juli fand man deshalb die Baronin und Madame Krone damit beschäftigt, eifrig Kleidung für Männer und Frauen zu nähen, alles nach den Entwürfen der gnädigen Frau.

Wenn alle etwas bekommen hatten, klopfte die alte Dame sich selbst und Madame Krone anerkennend auf die Schulter und sagte: „Was sind wir doch wieder für nette Menschen gewesen! Jetzt werde ich mich wieder in die gnädige Frau verwandeln." Und sie zog ihre festlichsten Kleider an; Kutschen rollten auf den Hof, vornehme und reiche Gäste stiegen aus, und es wurde groß getafelt. Anschließend mussten alle hinunter in den Garten und das angrenzende Wäldchen. Jedes Jahr erwartete die Gäste dort das eine oder andere überraschende Arrangement, gewöhnlich ein lebendes Bild, mit malerischem Sinn wirkungsvoll angeordnet. Wenn man zum Beispiel in das Wäldchen spazierte, das einen kleinen See umschloss, dann leuchteten plötzlich Fackeln auf dem Wasser. Einzelne Fischer lagen in ihren Booten und kümmerten sich um ihre ausgeworfenen Netze, andere standen bis zu den Knien im Wasser. Auch die Frauen arbeiteten, und die Kinder tanzten umher. Das Ganze wurde von Bauersleuten aufgeführt, die selbst ihren Spaß an der Komödie hatten, wie sie es nannten, und außerdem noch Geld bekamen. Ein andermal stand, als die Gäste durch den Hohlweg in den Wald liefen, ein ganzes Zigeunerlager vor ihnen. Das Feuer prasselte unter dem Suppenkessel, und die Zigeunermutter gab dem kleinsten Jungen mit der Kelle eines hinter die Ohren. Nach der Wanderung fand man oben im großen Saal alles festlich angerichtet. Auf dem Tisch stand ein außerordentlich großer Kuchen, in den an unbekannter Stelle eine Nuss eingebacken war. Der Kuchen wurde unter den Gästen aufgeteilt. Wer das Stück mit der Nuss erwischt hatte, wurde „das andere Geburtstagskind" genannt, beglückwünscht und von der Hausherrin mit einem Präsent beglückt, das stets von Rosen umwunden war, die von dem Rasenplatz im Hof stammten, wo einst das „hölzerne Pferd" gestanden hatte.

Es war an dem Abend vor dem Festtag. Die Baronin hatte vollauf damit zu tun, in dem Wäldchen alles zu arrangieren. Diesmal sollte es ein „Elfentanz" sein. Sie hatte erst die Idee gehabt, die „griechischen Götter“ zu geben, doch Madame Krone hatte energisch widersprochen und zuletzt ihren Willen bekommen. Es wäre ein Skandal geworden, meinte sie, hätte die gnädige Frau Bauersfrauen als Wassernymphen nackt durch den Tümpel waten lassen. Die Baronin ließ sich allerdings nur durch den Hinweis, die Frauen könnten sich erkälten, von ihrem Plan abbringen. Nicht akzeptiert wurde das Argument, ein solches Schauspiel könne unmoralisch wirken, denn, so meinte die alte Dame, unmoralisch sei jede Tugend, wenn Unmoralische sie beurteilten.

Die kleine Elisabeth war jetzt fünf Jahre alt und ein selten stilles, wenn auch ein bisschen eigensinniges, weil verwöhntes Kind. Sie saß auf ihrem Schemel ein Stück von Madame Krone und der Baronin entfernt, die beide fleißig nähten, da noch nicht alle Geschenke für den kommenden Tag fertig waren – es fehlte noch wollene Unterwäsche für einen alten, kränklichen Mann. Elisabeth hatte ihr kleines Tischchen vor sich, doch sie rührte das Spielzeug darauf nicht an. Die Puppe hatte sie achtlos auf den Boden geworfen. Sie hielt die Hände im Schoß und sah mit ihren blauen Augen gedankenvoll vor sich hin.

„Du musst nicht dasitzen und nachdenken, Lisbeth!“, mahnte die alte Dame. „Warte damit, bis du groß bist. Wenn du müde bist, geh ins Bett. Das wäre ohnehin das Beste, denn morgen wirst du aufbleiben wie eine Erwachsene.“

„Oh, morgen!“, rief Elisabeth, hob die kleinen Hände und versank dann wieder in Gedanken.

„Nur daran denkt sie“, meinte Madame Krone. „Sie hört ja in diesen Tagen von nichts anderem reden und sieht, wie beschäftigt wir sind. Wie glücklich war sie voriges und vorvoriges Jahr, und jetzt hat sie einfach mehr Verstand.“

Es war tatsächlich der kommende Tag, der das Mädchen beschäftigte, aber auf eine andere Art, als die Baronin und Madame Krone dachten. Die kleinen Ohren hatten vieles gehört, was sich die Leute erzählten. Es war mehr Weisheit in den Worten der alten Dame gewesen, als jemand geglaubt hätte: „Du musst nicht dasitzen und nachdenken!“

Elisabeth sollte ins Bett; sie schlief in einer besonderen kleinen Stube. Madame Krone, deren Zimmer daneben lag, brachte sie hin, kleidete sie aus und deckte sie zu. Dann setzte sie sich wieder an ihre Näherei. Um zehn Uhr legten sich an diesem Abend alle schlafen. Madame Krone schaute noch einmal zu der kleinen Elisabeth hinein – da lag niemand im Bett! Sie begann zu suchen und sagte auch in der Küche Bescheid. Die Dienstboten sahen auf dem Hof und im Garten nach, aber Elisabeth war nirgends zu finden. Madame Krone machte sich Sorgen und wollte schon zur gnädigen Frau gehen, überlegte es sich aber und lief in die Gesindestube, wo sie Anweisung gab, den Garten noch einmal mit Laternen und Stangen abzusuchen. Doch das Kind war nicht auffindbar.

Der Morgen brach an. Bei der Baronin, die noch nichts vom Verschwinden der kleinen Elisabeth wusste, wurde Licht gemacht. Madame Krone war auf dem Weg zu ihr, blieb aber stehen, weil die gnädige Frau gerade zu jener Kammer ging, deren Geheimnis selbst sie nicht kannte und kennen wollte. So wartete sie, bis die Baronin zurückkommen würde.

Das in vier Wänden eingeschlossene Geheimnis des Hofes, ja der ganzen Gegend, bot den Leuten ständig Gesprächsstoff. Die kleine Elisabeth hatte oft gelauscht und sich, wenn man es am wenigsten vermutete, Gedanken darüber gemacht. Manche meinten, in der Kammer gebe es nichts außer einem Paar Holzschuhe und einem Melkeimer, den die gnädige Frau einst als armes Bauernmädchen selbst getragen habe. Ein Mal im Jahr schlüpfe sie in die Schuhe und spreche: „So war ich! Und so bin ich jetzt!" Andere sagten, sie verstecke dort in einer Flasche einen kleinen Mann, der ihr voraussage, was im ganzen Jahr geschehen werde. Elisabeth dachte nun an nichts anderes, als dort hineinzukommen und zu sehen, was sich wirklich in der Kammer befand. Den Schlüssel, der, wie sie wusste, in dem kleinen Kästchen auf der Kommode lag, hatte sie heimlich genommen und schlau in ihrem Strumpf versteckt. Sobald Madame Krone aus dem Zimmer war, hatte sie ihr Bett verlassen, die Schuhe angezogen, das Licht der Nachtlampe angezündet und sich über den Gang zu der geheimnisvollen Tür geschlichen. Sie ließ sich leicht öffnen, und nun stand sie mit der Lampe in der Hand in der kleinen, halbrunden Turmkammer. Hier war nichts anderes zu sehen als das große, alte Porträt eines Herrn, das mitten im Raum auf einem Brett stand. Darunter lagen einige verrottete Pfähle, die offenbar aus der Erde gezogen worden waren. Der Mann auf dem Gemälde trug eine mächtige Perücke sowie Weste und Rock aus rotem Stoff. Sein Gesicht wirkte ausgesprochen boshaft. Elisabeth suchte in allen Ecken nach der Flasche mit dem kleinen Mann; wenigstens hoffte sie die Holzschuhe und den Melkeimer zu finden. Als sie nichts entdecken konnte, wollte sie sich wieder hinausschleichen, doch die Tür war zugefallen und der Schlüssel steckte außen im Schloss. Sie versuchte, sich zu befreien, stellte die Lampe auf den Fußboden und stemmte sich mit aller Kraft gegen die Tür, doch es half nichts. Sie war nahe daran zu weinen, hielt aber die Tränen tapfer zurück. Sie betrachtete das alte Porträt und bekam schreckliche Angst; im flackernden Schein der Lampe sah es aus, als würde der Mann auf dem Bild lebendig werden. Nun strömten die Tränen aus ihren Augen; sie schrie laut, erinnerte sich dann aber an die Baronin. Vor Schreck verstummte sie und griff wieder nach der Lampe, doch sie fiel ihr aus der Hand und erlosch. Nur der lange, rot glimmende Docht zeigte noch an, wo sie lag. Elisabeth versuchte, das Licht durch Blasen wieder anzufachen, wie sie es bei den Leuten in der Küche gesehen hatte, doch es gelang ihr nicht. Ihr unartiges Benehmen, dessen sie sich wohl bewusst war, die Finsternis und die geheimnisvolle Kammer, all das jagte ihr panische Angst ein. Die Kammerjungfer Trine, die bald nach Kopenhagen sollte, um ihren Liebsten, den Schuhmacher, zu heiraten, hatte ihr viele Geschichten erzählt, die sie Komödien und Ballette nannte. Eine davon, die über Rolf Blaubart, war besonders gruselig. Er hatte seine Frauen erschlagen und versteckte die Leichen in einer Kammer, die keiner betreten durfte. Die kleine Elisabeth konnte diese Geschichte nicht vergessen; sie stellte sich vor, dass es genau so ein Raum gewesen sein musste wie der, in dem sie sich befand. Sie dachte an die toten Frauen, die, wie Trine gesagt hatte, in durchsichtigen weißen Kleidern herumtanzten, und schluchzte laut auf. Immer tiefer verkroch sie sich in einen Winkel. Als sie zu frieren begann, zog sie das Nachthemd ganz fest um sich und schlief ein.

Der Tag graute noch nicht, da war die alte Baronin schon auf den Beinen. Sofort vermisste sie den Schlüssel und merkte zu ihrer Verwunderung, dass er im Schloss steckte. Noch ganz verwirrt stieß sie die Tür so gewaltsam auf, dass Elisabeth aufwachte und sie aus großen Augen anschaute. Die alte Frau schaute sich in der dunklen Kammer um. Als sie das kleine Mädchen entdeckte, fuhr sie zusammen und stieß einen seltsamen, kurzen Schrei aus. Ihr Gesicht verzog sich; sie packte die Kleine grob am Arm und riss sie hoch. „Abschaum“, fauchte sie dabei, „Schlüsseldieb!“ Dann zerrte sie Elisabeth vor das Bild und hob den Arm, um zuzuschlagen. Doch plötzlich hielt sie inne und starrte verstört auf das Porträt, das in diesem Augenblick voll beleuchtet war. „Nein, du“, sagte sie zu dem Mann, „*du* sollst nicht einmal sehen, wie ein schuldiges Kind bestraft wird! Reite weiter auf deinem Pferd!“ Und wie wahnsinnig spuckte sie auf das Bild des Mannes, der ihre Mutter getreten, sie selbst mit der Peitsche geschlagen hatte. Das „hölzerne Pferd“, auf dem ihr Vater in Spott und Elend hatte reiten müssen, diente nun als wurmstichige Unterlage für das Porträt des bösen Gutsherrn, ihres Schwiegervaters. Elisabeth weinte und jammerte.

„Schweig!“, rief die Baronin. „Du bist böse, ganz und gar! Lauschen wolltest du! Aus dir kann alles Schlechte werden. Du wirst mein Haus verlassen!“ Sie schleppte die Kleine mit sich und warf die Tür hinter sich zu. Elisabeth starrte totenbleich und mit tränenden Augen vor sich hin; vor Schreck und Fieberkälte zitterte sie am ganzen Körper.

„Ich habe einen festen Charakter, auch wenn ich böse sein will!“, murmelte die alte Frau und brach selbst in Tränen aus.

Im selben Moment kam Madame Krone.

Die Baronin wies auf das Kind und schrie: „Fort mit dem Tier! Fort! Ins Bett, ins Bett! Schau mich nicht an. Weg!“ Sie stieß die Kleine von sich, eilte in ihr Zimmer, warf sich auf einen Stuhl und weinte heftig, alle ihre Glieder bebten. Dann sprang sie auf, presste den Schlüssel zu der geheimen Kammer in ihrer Faust, trat einen Schritt auf die Tür zu und hielt wieder inne. „Nein“, murmelte sie, „ich habe ihn gesehen, ich habe ihn verhöhnt.“ Und sie stützte sich mit der Hand auf den Tisch, biss die Lippen zusammen und blieb so stehen, bis Madame Krone kam.

Elisabeth müsse noch am selben Tag aus dem Haus, entschied die Baronin; Madame Krone möge sie zu irgendeinem Bauern geben oder in den Schweinestall sperren, überhaupt mit ihr machen, was sie wolle. Noch heute wolle sie an den Mentor schreiben, dem ja alle Jahre Rechenschaft gegeben worden war. „Genug der Lustigkeit, jetzt soll er die Wahrheit erfahren“, sagte sie. Und ihr Wille stand fest. Madame Krone war gezwungen, Elisabeth zu dem alten Küster zu schicken. Trine, die so viele Ballette und Komödien kannte, musste dort in Madame Krones Namen alles in Ordnung bringen, und es fiel ihr sehr schwer, denn sie mochte die kleine Elisabeth. „Die gnädige Frau ist ein guter Mensch, aber das ist jetzt doch ungerecht“, sinnierte sie. „Manchmal benimmt sie sich, als wäre sie verrückt! Gott verzeihe mir, dass ich so denke.“

Während Trine mit Elisabeth zu den Küstersleuten ging, begann das Fest für die Bauern. Die Baronin verteilte die Geschenke, doch die Bauernkinder, mit denen sie sonst immer gescherzt hatte, bekamen heute ernste Ermahnungen zu hören. „Die gnädige Frau ist heute mit dem falschen Fuß aufgestanden“, stellten sie fest. Die vornehmen Gäste, die später kamen, merkten nichts; da war sie wieder die gute Laune in Person. Niemand fragte nach der kleinen Elisabeth, die still und träumend bei den alten, braven, höchst abergläubischen Leuten saß. Trine weinte und Madame Krone war schweigsam, aber umso nachdenklicher.

10.
Besuch bei Küsters

Fast zwei Monate waren seit dieser Begebenheit vergangen. Elisabeth hatte die ganze Zeit bei dem Küster und seiner Frau verbracht. Nun war Moritz mit seiner Schwester Hedevig nach Fünen gekommen; er wollte von der Baronin persönlich erfahren, wie es dem Kind eigentlich ging. Es war ja nicht abzusehen, was der wunderlichen alten Dame alles einfallen konnte. Hedevig, ganz erfüllt von dem Verlust ihres Sohnes, sah als Mutter in jedem Kind ihr eigenes und lauschte deshalb mit großer Teilnahme allen Berichten über die kleine Elisabeth. Der Küster und seine Frau waren ein braves altes Paar, ein lebendes Beispiel für allen möglichen Aberglauben. Hedevig beschloss, den Bruder zu der alten Baronin zu begleiten, nicht um sie zu besuchen, sondern um zu sehen, wie es der Kleinen bei den Küstersleuten erging.

Der brave alte Mann hieß Cathrinesen. Um den Namen zu verstehen, müssen wir wissen, dass er von der kleinen Insel Ærø stammte. Dort war es nicht ungewöhnlich, dass Söhne den Namen ihrer Mutter bekamen, wenn es sich um eine besonders tüchtige Frau handelte. Nach seiner Mutter Cathrine hieß der Küster also Cathrinesen. Auch seine Frau stammte von Ærø. Sie war etwas jünger, dabei sehr lebhaft und erfinderisch. Gerade letztere Eigenschaft hatte ihr hohes Ansehen bei Madame Krone eingebracht. Aus Hagebutten und Flieder bereitete Frau Cathrinesen herrliche Suppen, und auch ihr Tee kam aus eigener Herstellung, eine Mischung aus Kuhblume und Schafgarbe. Der Kaffee wurde mit Zichorienwurzeln vom Feld gestreckt und mit Flunderhaut aufgeklärt. Niemand hatte bessere Stärke als sie; die Kartoffeln wurden auf dem Reibeisen gerieben und der Abfall mehrmals gespült, bis die weiße Stärke auf dem Boden lag, um dann in der Sonne gebleicht zu werden.

Aber all der Aberglaube von Ærø, Spiegelbild des ganzen Landes, war, wie gesagt, mit dem alten Ehepaar in die Küsterwohnung gezogen. Es war sauber und gemütlich darin, aber es hingen überall Amulette, wie sie die Bauern in ihrem Aberglauben einsetzen. Auf die Türschwelle war ein nach außen gekehrtes Hufeisen genagelt, das gegen Werwölfe und Geister schützen sollte. Die Decke der ansonsten reinlichen Stube glänzte von dem, was der Bauer „Heringsseele“ nennt. Es handelte sich um lange, fette Stücke des Fisches, die an die Decke geworfen wurden und dort kleben blieben; sie schützten den Bewohner für ein Jahr vor dem sogenannten kalten Fieber. Johanniskraut wuchs üppig aus den Ritzen der Balken heraus und verkündete den Alten ein langes Leben.

Herr Cathrinesen war ein kleiner, rundlicher Mann; die Baronin nannte ihn eine Apfelscheibe auf zwei Beinen. Seine Frau dagegen war spindeldürr; sie hatte in ihrer Jugend ein Auge verloren und trug, um es zu kaschieren, eine große künstliche Locke, die ihr in die Stirn fiel und den Mangel eher betonte als verbarg. Als Moritz und Hedevig eintraten, befand sich, außer dem Ehepaar und Elisabeth, auch die Kammerjungfer Trine im Haus, die in zwei Tagen nach Kopenhagen sollte, um den Schuhmacher zu heiraten. Sie mochte die Kleine sehr, der sie Ballette und Opern nacherzählt und so viele Arien vorgesungen hatte. Trine kannte fast alles, von „*Rolf Blaubart*“ bis „*Cendrillon*“, und hatte eine klare, kräftige Stimme. Sie wollte noch einmal ihre süße, kleine Elisabeth sehen, der sie als Erinnerung ein gedrucktes Liederbuch mitgebracht hatte, ebenjenes, das so oft Vorlage für ihren Gesang gewesen war. Auf den Vorsatz hatte sie geschrieben: Für die kleine Elisabeth von ihrer liebenden Dienerin Trine, verlobt mit dem Schuhmacher-Freimeister Hansen. Als sie Moritz' Schwester erblickte, rief sie: „Gott, Madame, sind Sie es?“ Es stellte sich heraus, dass sie sich von früher aus Kopenhagen kannten.

„Es sind viele Jahre vergangen, seit wir uns trafen“, sagte Hedevig. „Ich glaubte, Sie wären an der Komödie engagiert.“

„Seitdem ist viel Wasser ins Meer geflossen“, bestätigte Trine. „Nun, die Komödie war nicht der richtige Platz für mich, das meinte auch Hansen. Auch dort kann es anständige

Menschen geben – aber die Leute urteilen doch nach dem Schein, Madame."

Moritz erklärte den alten Leuten, wer er sei, in welcher Angelegenheit er komme und dass er hinauf zur gnädigen Frau wolle.

„Das ist schön von Ihnen", sagte Frau Cathrinesen, „denn was soll aus dem Kind werden? Wir können sie beim besten Willen nicht behalten. Wir sind alte Leute, und so gut Lisbeth auch ist, manchmal wird man kaum mit ihr fertig! Sie ist nicht sehr folgsam, und wenn sie manchmal dasitzt und mit ihren seltsamen Augen vor sich hin starrt, könnte man glauben – hier begann die Alte zu flüstern –, dass sie nicht zu den Christenmenschen gehört, obwohl sie körperlich ganz normal wirkt."

Moritz antwortete, was er antworten konnte, und begab sich dann zu der alten Baronin. Hedevig blieb noch im Küsterhaus; die alte Bekanntschaft mit Trine war der Anknüpfungspunkt. Frau Cathrinesen holte den Kaffeekessel, den sie wegen Trines Besuch aufs Feuer gestellt hatte.

„Waren Sie wirklich an der Komödie, Fräulein?", fragte der Küster, der lange überdacht hatte, was ihm da zu Ohren gekommen war. Trine wurde rot, lächelte und nickte.

„Das hätten Sie nicht gedacht, Herr Cathrinesen! Ich habe nie davon gesprochen; Hansen wollte es nicht. Ich bin nämlich, als ich noch ein kleines Kind war, der Liebesgott gewesen, mit Flügeln und paillettenbesetzten Schuhen. Ja, ich bekam sogar Applaus! Ich war beim Tanz, lief den ganzen Tag da oben in der Schule herum und wurde alle naselang in die Bäckerei geschickt, um für die Figurantinnen Kuchen zu kaufen. Ach, das war ein schlechtes Leben; ich wurde so schikaniert! Und der Schein war immer, jedenfalls damals, gegen den Tanz, und man sieht immer nur den Schein! Als ich älter und Hansen Geselle geworden war, hielt er um meine Hand an, aber er sagte gleich, er sei dagegen, dass ich herumhüpfe. Der Tanzmeister zankte auch immer mit mir herum und verbannte mich in die letzte Reihe. Also nahm ich den Dienst als Kammerjungfer an; das ist jetzt acht Jahre her. Die gnädige

Frau war immer gut zu mir, denn gut ist sie, wenn auch manchmal etwas seltsam. Jetzt ist Hansen Freimeister geworden. Wenn er mir auch nicht das bieten kann, woran ich mich hier auf dem Gut gewöhnt habe, so werde ich doch mein eigener Herr und bekomme einen anständigen Mann, den ich richtig gern habe. Und um das Gerede der Leute muss ich mich nicht mehr kümmern, denn der Schein, Herr Cathrinesen, ist alles für ein Frauenzimmer, und vor allem die Sittlichkeitsbescheinigung!“

Dass Trine mit Pailletten an den Schuhen und Flügeln am Rücken getanzt hatte, hatte eine seltsame Wirkung auf Herrn Cathrinesen. Er trat einige Schritte zurück, faltete seine Hände und schaute mit einem wehmütigen Ausdruck vor sich hin. Die kleine Elisabeth dagegen lief zu Trine hin, stützte die Ellbogen auf ihren Schoß und schaute sie aufmerksam an.

„Gott gebe Ihnen Glück in der Ehe“, wünschte Hedevig. „Sie sind ein gutes Mädchen, und das Theaterwesen ist ein schwerer Weg. Üble Nachrede ist sehr verbreitet in der Welt.“

„Keiner ist frei davon“, bestätigte Trine, „nicht einmal Hansen! Aber das macht nichts; ihn kenne ich. Die Menschen sehen inwendig anders aus als äußerlich. Nehmen wir die gnädige Frau. Man lacht über sie, manche nennen sie verrückt, und doch ist sie klüger als die meisten. Im Grunde ist sie gut, obwohl sie so hart war gegen die Kleine hier. Aber Elisabeth war auch sehr unartig“, fügte sie hinzu und sah das Kind so streng wie möglich an. Doch nur ganz kurz; im nächsten Augenblick küsste sie es auf die Stirn und strich ihm über die Locken.

„Hattest du beim Tanzen nichts anderes an als Schuhe und Flügel?“, fragte Elisabeth, die mit ihren Gedanken an diesem Punkt, dem interessantesten in Trines Erzählung, stehen geblieben war.

Die Frau des Küsters kam mit dem blank polierten Kaffeekessel; Tassen und Trinkschalen wurden auf den Tisch gestellt. Cathrinesen kam näher und reichte Trine einen Zettel.

„Ich wusste nicht“, sagte er, „dass Sie getanzt haben, sonst hätte ich noch einen frommen Vers hinzugefügt, weil es Ihnen so gut ergangen ist. Es ist ein Lied für Sie, das sie zur Hochzeit singen oder vorlesen können, ganz wie Sie wollen! Ich habe es geschrieben.“

Die Verse orientierten sich an der Melodie eines Psalms und waren so wehmütig, dass sie besser zu einer Hinrichtung gepasst hätten. Cathrinesen las sein Werk vor und begann schon bei der zweiten Strophe zu weinen. Trine wischte sich, wie alle anderen auch, die Tränen ab.

„Ich glaube nicht, dass der Pfarrer es besser schreiben könnte“, meinte Frau Cathrinesen und sah ihren Mann stolz an.

„Hattest du nichts anderes an als Schuhe und Flügel?“, fragte die Kleine noch einmal.

„Mache doch nicht solche Augen, Lisbeth!“, rief Frau Cathrinesen. „Setz dich zu deiner Puppe!“ Und sie zog das Kind von Trine weg, während sie an ihren Mann gewandt bemerkte: „Sie macht schon wieder Großmutteraugen.“

„Großmutteraugen?“, wiederholte Trine, die dem Küster noch immer die Hand drückte für die schönen traurigen Verse.

„Das ist so eine Redensart bei uns, die haben wir von Ærø mitgebracht. Cathrinesens Großmutter war ja von den Elfen geblendet; haben Sie das nicht gewusst?“

„Sie war blind“, erklärte der Mann. „Doch es schien, als könnte sie sehen. Die kleine Lisbeth hat manchmal genau solche Augen. Meine Großmutter war Hebamme in Dunkjaer auf Ærø. Einmal wurde sie zu einer Elfenfrau geholt, die in Kindesnöten lag. Sie bekam eine Salbe, um die Augen des Elfenkindes damit einzureihen. Etwas davon blieb an ihren Fingern haften, als sie den Hügel wieder verließ. Als sie sich damit über die Augen wischte, wurde sie klarsichtig und konnte die kleinen Elfen sehen, die im Kornfeld die Ähren abschnitten. Was tut ihr da?, fragte sie. Da schrien alle: Kannst du uns sehen, dann soll es dir geschehen! Und sie bliesen ihr die Augen aus. Tatsache ist“, fügte er hinzu, „dass sie die ganze Zeit, solange ich mich erinnern kann, blind gewesen ist. Aber zuweilen trat ein Glanz in ihre grau-blauen, toten Augen und es schien, als könnte sie sehen – und genauso schaut Lisbeth manchmal, wenn sie so dasitzt und schweigt."

„Wäre Madame Krone nicht gewesen, hätten wir das Kind nicht angenommen", erklärte die Frau des Küsters. „Ich wünschte, es wäre wieder alles gut und die Kleine säße wieder oben auf dem Gut und nicht hier im Haus. Sieht sie aus wie ein Christenkind? Sie isst für drei und ist trotzdem nur Haut und Knochen. Und sie hat eine Erinnerung, dass einem angst wird, und das ist noch nicht das Schlimmste!"

„Sie ist hellsichtig", wiederholte Cathrinesen und fuhr, als Hedevig den Kopf schüttelte, fort: „Ich will Ihnen das verdeutlichen, Madame. Gestern Abend war sie mit mir im hellen Mondschein auf dem Kirchhof. Plötzlich fragte sie: Was läuft denn da? Und sie zeigte auf die Mauer. Für mich sah es aus, als wären es unsere Schatten, aber sie meinte: Das ist ja mein Pferd! Ich dachte sofort an das Totenpferd und dass sie sicher besser sehen konnte als ich. Also stimmte ich laut einen Psalm an, da merkte ich, dass sie wie Espenlaub zitterte."

„Sie haben dem Kind Angst gemacht", sagte Hedevig. „Es gibt kein Totenpferd; wer glaubt denn an so etwas?"

„Ich", bekannte Frau Cathrinesen. „Auch mein Vater glaubte an das Totenpferd, denn er kannte das Totenpferd, kannte es besser als Sie und ich. Mein Vater war Nachtwächter in Ærøskøbing. Jede Nacht beobachtete er das Totenpferd, wie es auf seinen drei Beinen vom Kirchhof zu der Stelle humpelte, wo jemand sterben sollte. Einmal lief es zu unserem Haus, wo meine Mutter und ich schliefen. Es ist wahr, jedes Wort! Ho ho, sagte mein Vater, nicht dorthin! Und dann nannte er den Namen Gottes. Das Totenpferd ist zwar ein Gespenst, aber es geht im Auftrag unseres Herrn. Deshalb humpelte es weiter auf unser Haus zu. Mein Vater rannte hinterher und sprang mit einem Satz auf seinen Rücken. Er war ein mutiger Mann, mein Vater! Als er auf dem

Totenpferd saß, hatte er es in seiner Macht. Er hielt den Morgenstern vor sich und ritt davon, dass die Hufe klapperten. Vor dem Rathaus stand ein großer Baum; dort hielt er an und band das Pferd fest. Es wollte sich losreißen, doch das konnte es nicht. Mein Vater stand daneben und schaute zu. Als der Morgen graute, wurde das Pferd mehr und mehr zu einem Schatten, und als die Sonne aufging, verschwand es ganz und gar. Nur ein langer Hobelspan hing noch am Baum, als wäre er aus einem Sarg genommen! Jesu Mutter", schrie sie plötzlich und ließ die Schale mit dem Kaffee fallen. Die kleine Elisabeth stand dicht vor ihr und starrte sie an, und es war, als würde sie mit den Augen lauschen.

„Also haben wir gestern das Totenpferd gesehen?", fragte sie leise.

„Lisbeth bringt mich noch um!", sagte Frau Cathrinesen. „Man erschrickt ja zu Tode, wenn sie einen anschaut."

„Ach, die arme Kleine!", rief Hedevig und zog das Kind an sich. „Sie hat so ein kluges Gesicht; etwas darin, ich weiß selbst nicht, erinnert mich an meinen lieben Sohn. Er war genauso groß!" Sie wischte sich die Tränen ab und sah Elisabeth an.

Da verriet Frau Cathrinesen ihr und Trine, was sie noch keinem gesagt hatte: „Dieses Mädchen ist nicht wie andere Kinder. Die unschuldigen Kleinen schlafen nachts, doch sie steht auf, ich habe es zu meinem Schrecken beobachtet! Zwei Mal hat sie es schon getan, das letzte Mal Schlag zwölf. Sie ging durch das Zimmer zur Tür, setzte sich und zog das Nachthemd über den Kopf. Lisbeth, in Jesu Namen, rief ich, da fiel sie wie tot zu Boden. Seitdem lege ich ein nasses Tuch mit Leinsamen vor ihr Bett. Wenn sie darauf tritt, kehrt sie wieder um – das habe ich von meiner Großmutter gelernt. Ja, dieses Kind, es ist nicht von unserem Schlag!"

„Oben auf dem Gut ist sie nie im Schlaf gewandelt", versicherte Trine. Das stimmte, aber auch Frau Cathrinesen hatte Recht. Sie hatte tatsächlich beobachtet, wie Elisabeth aufgestanden und zur Tür gegangen war – aber nur, um sich einen Spaß zu machen. Frau Cathrinesen war selbst schuld daran.

Als Elisabeth eines Nachts aufgewacht war und sich aufgerichtet hatte, um zur Wanduhr zu schauen, die im Mondlicht deutlich zu erkennen war, hatte Frau Cathrinesen ziemlich laut gesagt: „Jesu Mutter! Jetzt steht sie auf und spukt!“ Das Mädchen bekam sofort Lust, Gespenst zu spielen, doch in dieser Nacht wurde noch nichts daraus, denn auch der Küster war wach geworden und mischte sich ein. Doch in der folgenden gelang es. Die beiden Alten hatten in Gegenwart des Kindes so viel Unsinn geschwatzt, dass es fast selbst glaubte, ein Troll zu sein. Nie zuvor hatte Elisabeth so vor sich hingestarrt, doch als sie hörte, dass man deshalb auf sie aufmerksam wurde, fand sie es einfach aufregend. So standen die Dinge!

Moritz kehrte von seinem Besuch bei der Baronin zurück, wo er doch etwas erreicht hatte.

„Der Kern ist gut“, sagte er, „der hält sich an unseren Herrn. Der Schale hat die Welt Farbe gegeben. Sonderbar ist sie wirklich, die alte Dame! Ich will dem Kind jährlich zweihundert Reichstaler geben, hat sie gesagt, aber nicht des Kindes wegen, denn das taugt nichts, sondern um mein Gewissen zu beruhigen, und das ist mir alle Mal zweihundert Taler wert. Wenn Lisbeth vierzehn wird, ist es damit vorbei, und sie mag für sich selbst sorgen. Und ich weiß, dass ich meinen Eintritt für die Lügenkomödie ihres Vaters bezahlt habe. Ja, so ist die gnädige Frau“, fuhr er fort. „Aber sie ist besser, als sie scheinen will, besser, als die Welt glaubt.“

„Ja, wenn sich die Leute besser kennen würden, wären sie nicht so leichtfertig mit ihrem Urteil“, seufzte Trine.

Der Küster und seine Frau wollten Elisabeth nicht behalten, nicht für zweihundert und nicht für weitere zweihundert Reichstaler. Wohin mit dem Kind? Frau Cathrinesen meinte, Trine könne das Geld gut gebrauchen, jetzt, wo sie heiraten wolle.

„Gott bewahre!“, rief Trine. „Wäre das ein Gerede, wenn ich zur Hochzeit mit einem kleinen Mädchen erschiene! Nein, nicht für alles Gold der Welt! Da hätte ich ja beim Ballett bleiben können. Die Leute urteilen doch nur nach dem Schein, Frau Cathrinesen!“

Hedevig griff nach der Hand des Bruders: „Elisabeth ist so alt wie mein kleiner Junge. Sie könnte seinen Platz einnehmen. Moritz, ich nehme sie, wenn du willst."

Moritz sah seine Schwester freundlich an, und Elisabeths Schicksal war entschieden. Sie würde mit ihnen auf die Halligen ziehen.

„Leb wohl!", sagte Trine, küsste die Kleine zum Abschied und bat sie, gut auf das Liederbuch achtzugeben, das sie ihr geschenkt hatte. Elisabeth hing an ihrem Hals und fragte mit tränenerstickter Stimme ein drittes Mal: „Hattest du nur Schuhe und Flügel?"

„Denkst du immer noch daran?", sagte Trine. „Ach, ich war wie Gottes Engel am Theater gekleidet, und die tragen Kleider, die aussehen wie keine Kleider." Es ist der Schein … wollte sie noch hinzufügen, doch sie ließ es sein, küsste Elisabeth und Frau Cathrinesen und gab allen anderen die Hand. „Sei ein liebes Kind", mahnte sie. „Und wenn du einmal nach Kopenhagen kommst, dann soll dir Hansen rote Stiefel nähen, und ich nehme dich mit in die Komödie, damit du ‚*Der grüne Schuh*' oder ‚*Rolf Blaubart*' sehen kannst. Du süßes Kind! Wir sehen uns vielleicht nie wieder! Ich glaubte, du würdest auf dem guten alten Hof aufwachsen und der gnädigen Frau einmal die Augen schließen. Du bist bald noch verlassener, als ich es war – und du sollst fort, weit, weit fort!"

Moritz klopfte ihr auf die Schulter. „Es freut mich, dass jemand die Kleine so mag. Gott gebe, dass es mir gelingt, sie zum Guten zu erziehen."

„Ja, Ehrwürden, auch sie, die kleine Seele, hat den Schein gegen sich", stellte Trine fest, küsste noch ein letztes Mal Frau Cathrinesen, reichte allen erneut die Hand und ging davon, um Hochzeit mit ihrem Hansen zu halten.

Hedevig nahm Elisabeth an der Hand, drückte ihr einen Kuss auf die Stirn und gelobte im Herzen, ihr eine gute Mutter zu sein, stellvertretend für ihren Sohn, den der Herr zu sich genommen hatte. Und das Kind sah seine neue Mutter aus klugen, seelenvollen Augen an. Die richtige lag ja schon viele Jahre im Grab. Niemand wusste, wo; längst war Gras über die Stelle gewachsen. Elisabeths Augen waren voller Tränen, aber diese galten Trine, die ihr auch einmal – das konnte noch niemand wissen – eine Mutter werden würde, die einzige Zuflucht in ihrer Verlassenheit. Das sah man jetzt noch nicht, denn der Schein – „man sieht immer nur den Schein", hatte Trine gesagt.

Aber wir reisen jetzt mit Moritz, Hedevig und der kleinen Elisabeth auf die Halligen, die stillen Inseln in der stürmischen Nordsee.

ZWEITER TEIL

1.
Was in Dagebüll geschah

Um zwei Uhr morgens fuhr ein großer holsteinischer Korbwagen, voll beladen mit Gepäckstücken, von Flensburg ab. Darin saßen Moritz, Hedevig und die kleine Elisabeth. Sie mussten so früh abreisen, um sicherzugehen, zur Flut in Dagebüll einzutreffen. Es war kalt, der Mond schien hell. Im Schritttempo ging es den Berg hinauf. Als sie oben waren und sich die ebene Heidelandschaft vor ihnen ausbreitete, kamen sie auch nicht schneller voran. Streckenweise hatte sich die Landstraße durch anhaltende Regenfälle in einen Kanal verwandelt, den die Pferde durchwaten mussten. Danach ging es durch tiefen Sand. Selten kamen sie an einem Haus vorbei; noch seltener sahen sie einen Kirchturm. Von weit her hörten sie den Schrei eines Vogels, sonst war alles still. Keiner sprach ein Wort, jeder saß in Gedanken versunken. Die kleine Elisabeth hatte ihre Augen auf den Mond gerichtet.

Im offenen Boot waren sie von Fünen nach Alsen gesegelt und dann über Gravenstein nach Flensburg gefahren. Das herrliche Waldland, der Wechsel von Förden und Seen, Hügeln, grünen Wiesen und Heideflächen, die anders gekleideten Menschen und ihre fremde Sprache, all diese neuen Eindrücke erfüllten die kleine Elisabeth. An Moritz und Hedevig glitten sie einfach vorbei; Bruder und Schwester dachten nur daran, was sie auf der Welt verloren hatten.

Kurz vor Tagesanbruch näherten sie sich der ersten Station, die am Rande eines kleinen Dorfes lag. Die Luft wurde gegen Morgen noch kälter. Die Wirtsstube, die sie betraten, wirkte höchst ungemütlich. Auf dem Tisch standen halb geleerte Krüge und Gläser; ein Talglicht brannte mit langem Docht in einem eisernen Leuchter. Der Fußboden war mit feuchtem Sand bestreut. Die Magd, die Leben in das Ganze bringen sollte, stand völlig verschlafen und noch kaum bekleidet da. Gerade bückte sie sich, um einige Briefe aufzuheben, die ebenso schlecht versiegelt wie gefaltet waren. Sie waren alle bei Gelegenheit verschickt, das heißt Schlachtern oder Bauern mitgegeben worden, die hier einkehrten. Man pflegte sie von innen gegen die Fensterscheiben zu stellen. Jeder konnte vom Weg aus die Adresse entziffern. Und so warteten die Briefe oft wochen- oder monatelang, bis die Empfänger oder Bekannte derselben vorbeikamen und sie abholten. Der Schneckengang des inneren Postwesens schien an diesem Morgen alles zu bestimmen. Bis das Feuer entfacht und eine Schale Eierbier aufgesetzt wäre, schien es noch so lange zu dauern, dass sie beschlossen, bis zur nächsten Station zu warten. Die Pferde waren versorgt und der Kutscher versprach, jetzt werde es rasch vorwärtsgehen, jedenfalls bis zum Marschland. Dann allerdings müssten sie sich auf fast unbefahrbare Wege gefasst machen, wo die Pferde bis zum Bauch versinken würden. Trotzdem glaube er, es auf eine halbe Meile in der Stunde bringen zu können.

Die Wolken röteten sich, der Mond verblasste, und die Sonne verbreitete ihr helles Licht. Man sah über sich Vögel und neben sich Schafe auf der Weide und endlich auch einzelne Menschen auf der Straße; die meisten zu Pferde, auch die Frauen.

„Moritz, das wird ein schöner Tag“, sagte Hedevig, die sich durch den erwachenden Tag zu einem Gespräch getrieben fühlte. „Jede Morgenstunde ist doch im Grunde eine Wiederholung der Schöpfung, wie sie uns von der Bibel erzählt wird: Erst sieht man die Luft, dann das Wasser, dann werden die Pflanzen sichtbar, die Vögel am Himmel und die Tiere des Feldes, und zum Schluss erscheint der Mensch.“

„Gewiss“, bestätigte Moritz. „Moses’ Bibel war Gottes große Natur! In der Wüste hat er sie gelesen; aus ihr schöpfte er ebenso viel Weisheit wie aus den Überlieferungen Ägyptens und seines eigenen Volkes.“

Moritz schwieg wieder und schaute vor sich hin. Hedevig setzte erneut zum Sprechen an, da holte der Kutscher sein Posthorn hervor und entlockte ihm einige schaurige Töne.

„Ich verstehe Deutsch!“, rief die kleine Elisabeth, als sie an der nächsten Station Kinder reden hörte. „Ich verstehe fast jedes Wort!“ Und es stimmte, denn die Kinder sprachen Dänisch. Auf der ganzen Strecke von Flensburg bis zur Nordsee wechseln Deutsch, Dänisch und Friesisch einander ab. In der Marsch gewinnt dann das Friesische die Oberhand. Hier wohnt das uralte Volk der Friesen, das Herodot und Xenophon zufolge einst aus Persien auswanderte.

Das flache, grüne Marschland breitete sich vor ihnen aus. Die langen, stillen Kanäle waren durch den anhaltenden Regen über die Ufer getreten; viele Hektar standen unter Wasser. Gruppen von Schafen hatten sich auf höher gelegene Weiden geflüchtet; die Schäfer mussten durchs Wasser waten, wenn sie ihnen folgen wollten. Auch Bauern versuchten zu retten, was zu retten war, und ernteten das noch nicht reife Getreide. Die auf Deichen verlaufenden Wege wirkten hier wie ein Eisenbahnnetz, das sich über Sümpfe und Wiesen erstreckte; die Täuschung war so perfekt wie eine Fata Morgana in der Wüste, die Wasser zeigt, wo sich nur Sand befindet. Die Deichwege waren so aufgeweicht und halsbrecherisch, dass man sie eigentlich nicht Wege nennen konnte; jeden Moment konnte sich eines der Pferde verletzen. Wenn sie einem Wagen begegneten, war es ein wahres Kunststück, aneinander vorbeizukommen, ohne dass einer ins Wasser oder in ein Bohnenfeld stürzte. Die einzelnen Dörfer erstrecken sich gewöhnlich am Deich entlang. Alle Häuser stehen in einer Reihe, sodass die Siedlungen bedeutender wirken, als sie sind. Jedes hat ein gemauertes Fundament und eine große Diele; der Rauch zieht durch die offene Tür ab. Hauslaub und Immergrün wachsen auf den moosgrünen Dächern. Das Ganze machte den lebendigen, rührenden Eindruck, den die Stätten der Kindheit stets auf die Erwachsenen ausüben. Moritz und Hedevig stammten, wie wir wissen, aus dem Marschland, aus dem holsteinischen Teil von Itzehoe.

Land und Bebauung deuten dort auf einen größeren Wohlstand hin als im Schleswigschen, das Bruder und Schwester jetzt durchreisten, eine Beobachtung, die sie auch im Stillen machten. Aber was sie sahen, wirkte doch heimatlich; es waren die Häuser ohne Schornstein, mit dem Giebel zur Straße und breiten, offenen Türen, durch die man in Stube, Küche und Stall schauen konnte. Moritz und Hedevig hatten, als sie noch Kinder waren, oft in der offenen Tür gesessen, gespielt und die Schwalben beobachtet, die in die Stube flogen, wo ihre Betten und die ihrer kleineren Geschwister standen. Bruder und Schwester hatten in diesem Augenblick dieselben Gedanken, aber sie sprachen sie nicht aus.

Für jede Meile brauchten sie mehr als zwei Stunden. Die armen Pferde dampften und mühten sich. Ein dichter, feuchter Nebel wälzte sich ihnen entgegen; sein bittersalziger Geschmack drang in Mund und Augen. Bald rollten sie wie in einer Wolke dahin, die so undurchsichtig war, dass fast jeder, der ihnen entgegenkam, gegen das Gespann stoßen musste. Es war kaum noch möglich, an diesem Tag vom Festland zu den Inseln überzusetzen. Aller Wahrscheinlichkeit nach würden sie in Dagebüll übernachten müssen, der kleinen Fährstelle, von der man nach dem Badeort Föhr übersetzen kann.

Es ist kaum ein Dutzend Jahre her, dass man in vielen der dänischen Kleinstädte kein eigentliches Wirtshaus vorfand. Man musste bei dem einen oder anderen gewerbetreibenden Bürger einkehren, der die räumlichen Möglichkeiten dazu hatte und den Nebenverdienst schätzte. Gewöhnlich war es der Apotheker oder der Krämer. Der unbekannte Gast erhielt einen Platz am Familientisch, wo die Hausfrau genau mitzählte, wie viele Butterbrote und dergleichen er aß, um sie ihm später in Rechnung zu stellen. Das gehörte zu dem, was man in unserer bequemen, komfortablen Zeit die Poesie des Reiselebens nennt – dabei sollte man froh sein, dass sie der Vergangenheit angehört. In Dagebüll kehrte man nun weder beim Apotheker noch beim Krämer ein, sondern bei einem wohlhabenden Marschbauern, einem echten Friesen, stolz und selbstverliebt, Monarch in seinem Haus und in dem Bewusstsein handelnd, dass Dagebüll der größte Ort im Umkreis von mehreren Meilen war.

Dagebüll liegt dicht am Deich, der Dorf und Umgebung vor der unruhigen Nordsee beschützt. Der Wagen rumpelte über das entsetzliche Kopfsteinpflaster und hielt endlich vor dem Gasthaus, falls man dem Bauernhof diesen Namen geben darf.

Ein großer, breitschultriger Mann kam aus der Haustür und musterte sie, ohne Guten Tag zu wünschen. Es schien ihm nicht zu gefallen, Fremde zu sehen, die er nicht erwartet hatte. Es war der Wirt höchstpersönlich.

Moritz und Hedevig grüßten, bekamen jedoch keine Antwort. „Wir würden gern unser Gepäck unterstellen", sagten sie.

„Dann machen Sie doch", brummte der Wirt, drehte sich um und ging wieder ins Haus.

Während der Kutscher die Pferde ausspannte und den Wagen abdeckte, der voll bepackt stehen bleiben musste und wohl auch sicher stand, betrat Moritz mit seiner Schwester und der kleinen Elisabeth die Gaststube. Sie war überheizt, ungemütlich und voller Gäste. Am Kachelofen, der durch seine Größe und die blank polierten Messingkugeln auffiel und voller Wäsche hing, saßen ein paar Frauen mit großen Filzhüten und zwei Föhrer Mädchen, die silberne Platten und große Silberknöpfe am Mieder trugen und bunte Tücher turbanartig um das geflochtene Haar gewunden hatten. Der Wirt hatte wieder den Platz am Ende des Tisches eingenommen und widmete sich seinem Nachbarn, einem stämmigen Mann in einer dicken, roten Nachtjacke. Darunter trug er eine Weste, die so dicht mit Knopfreihen besetzt war, dass sie dem Bruststück eines Husaren glich. Ein blaues Wolltuch hing um seine Schultern; große Goldringe, wie sie sonst nur Frauen trugen, saßen in seinen Ohrläppchen. Die Hände waren rot und bemerkenswert groß; überhaupt wirkte der Mann irgendwie kolossal. Seine Stimme allerdings passte überhaupt nicht dazu; sie war hell wie die einer Frau. Mit einem Hornlöffel rührte er in seinem Krug – es war der Pferdehändler Petters, der nach Tönningen wollte.

Niemand machte Moritz und seiner Schwester Platz; es war, als bemerkte man sie gar nicht. Moritz sah sich nach allen Seiten um. Er trat durch die Tür ins Nebenzimmer ein, gefolgt von Hedevig und Elisabeth. Dieses war mit der Küche verbunden, wo die Pfannen zischten. Er wandte sich an die Hausfrau, die sehr beschäftigt wirkte und stolz und zornig aussah.

„Ich bin der Pastor von den Halligen", sagte er.

„Ich kenne Sie", antwortete sie mürrisch, „Sie waren ja schon drei Mal hier. Man kann sich ja in seinem eigenen Haus nicht mehr bewegen!"

Moritz schwieg geduldig. Hedevig verstand es, klug auf die Ungelegenheiten einzugehen, die eine Hausfrau auf sich nehmen musste, wenn sie so viele Gäste zu versorgen hatte. Dadurch geriet die Frau in eine mildere Stimmung, und sie bekamen eine kleine Kammer zugewiesen. Darin stand ein Bett von besonderer Art. Das Kopfende bestand aus dem halben Steuerruder eines gestrandeten Schiffes, das Fußende war aus echtem, mit Schnitzereien verziertem Mahagoniholz. Eine Tür, die auch vom Meer angeschwemmt worden war, diente nun dazu, vor den Beinen des Schlafenden zu schließen. Nackte weiße Wände und nasser Sand auf dem Boden bildeten die ganze Inneneinrichtung. Nachdem sie einen Teil der Reisekleider abgelegt und sich ein wenig zurechtgemacht hatten, was bei Moritz darin bestand, den Rock auszubürsten, und bei Hedevig und Elisabeth darin, sich das Haar zu richten und die Haubenbänder neu zu binden, beschlossen sie, wieder in die große Stube zu gehen, wo an einem Tischende für sie gedeckt wurde.

Pferdehändler Petters mit der hellen Frauenstimme führte das Wort. Das Gespräch drehte sich, was man bei seinem Beruf am wenigsten erwartet hätte, um die Taufe, nämlich um die Taufe der alten Kirchenglocken, wozu sowohl ein Pate als auch eine Patin gehörten, welche die Glocke hielten, so wie man auch das Kind hält. Von einer solchen Taufpatin kannte

Herr Petters eine lustige Geschichte, die eher platt als witzig war. Wie viele geschwätzige Menschen neigte er dazu, eine Geschichte, die Erfolg gehabt hatte, demselben Publikum mehrmals zu erzählen. Als Moritz, Hedevig und Elisabeth eintraten, wiederholte er sie gerade zum dritten Mal. Von draußen hörte man das Rasseln eines Wagens, das neue Gäste ankündigte. Doch der Wirt blieb sitzen, denn Herr Petters erhob seine feine Stimme, um den Schwank noch einmal zum Besten zu geben.

Zwei in Seehundpelze gehüllte Personen traten ein: Momme Levsen, der alte Kapitän, wie man ihn nannte, und seine Frau. Die beiden waren die bedeutendsten Gemeindeglieder, die Moritz auf den Halligen hatte, und bildeten seinen engsten Umgang. Als der Wirt sah, wer da gekommen war, erhob er sich ein wenig, denn es waren ja angesehene Leute. Herr Petters grüßte ebenfalls erfreut und lachte über die Grönland-Wämser. Das Ehepaar war auf der Heimfahrt von Husum, wo ihr einziger noch lebender Sohn, „der so dumm gewesen war zu studieren", wie der Kapitän zu sagen pflegte, geheiratet hatte. Und wenn ein Bürgermeister Hochzeit hält, denn das war ihr Sohn, dann mussten die Eltern dabei sein, sonst kamen sie ja gar nicht mehr von ihrer Insel herunter.

„Was man für ein Gewese um uns gemacht hat!", berichtete die alte Frau. „Ich fühlte mich wie eine Königin. War das ein Gelage! Aber einen Kapaun verstehen sie dort nicht zu füllen; das meinte auch mein Sohn, der Bürgermeister!"

„Und unseren Pfarrer haben wir auch wieder!", rief der Kapitän, als er Moritz entdeckte. „Willkommen! Willkommen! Na, wo ist die Frau Gemahlin? Morgen gebe ich ihr zu Ehren einen kleinen Empfang! Aber darf ich mich ihr denn in diesem Aufzug präsentieren? Und du, Mutter …!"

Moritz drückte ihm die Hand und unterrichtete ihn in wenigen Worten von dem großen Verlust. Dann stellte er ihm Hedevig und die kleine Elisabeth vor. Das Gesicht des Kapitäns wurde ernst und verlegen. Wortlos umarmte und küsste er Moritz, dann zog er seine Frau, die einen Schrei des Bedauerns ausstieß, mit sich aus der Stube. Sie gingen ins Nebenzimmer und legten die Seehundpelze ab, die der Kapitän selbst von Grönland mitgebracht hatte und die auf dieser Reise nach Husum genau richtig gewesen waren.

Als sie in die Gaststube zurückkamen, reichte Madame Levsen Hedevig die Hand und küsste die kleine Elisabeth. Dann erzählte sie, wen sie schon alles auf dieser Welt verloren hatte: Alle Söhne waren ihr durch das Meer genommen worden außer dem einen, „meinem Bürgermeister“, wie sie ihn nannte. Außerdem hatte sie noch einen Enkel, Elimar, ihren Augenstern, den hübschesten Jungen, das klügste Kind – hier sprach die stolze Großmutter! Elimar war auch gerade auf dem „nassen Grab“ unterwegs oder in ihm; es war seine erste Reise, die Grönlandfahrt! „Nein, der Erdboden ist doch ein fester Grund“, fuhr die alte Frau fort. „Er hat sein gutes Brot und viel Freude und Vergnügen. Ist das ein Haus, was mein Bürgermeister hat! War das eine Hochzeit!“ Und nun musste sie von der Pracht und dem Tanz erzählen: „Ja, sogar mein alter Kapitän hat getanzt! Ich habe es nur eine Runde ausgehalten; die neumodischen Tänze sind ja gar so schwer. Was waren das noch für welche zu meines Großvaters Zeit! Ich erinnere mich gut an sie, obwohl ich damals noch auf dem Arm gehalten wurde, damit ich zuschauen konnte. Auf allen Festen war mein Großvater der erste Tänzer; er war der König, wie man es nannte. Alle trugen weiße Hemden und hatten Schellen an jedem Bein. Wenn er die Rede gehalten hatte, die aus Versen bestand, dann kamen die Beine und Schwerter in Bewegung. Schwerter hatten sie beim Tanzen immer dabei; sie sprangen darüber hinweg oder hielten sie so, dass sie eine Rosette bildeten, und dann über ihre Köpfe wie einen Schild, und der König stand darauf und wurde ganz hoch gehoben.“

„Der Bürgermeister?“, fragte Petters, der die Geschichte nicht verfolgt hatte und glaubte, der Hochzeitstanz in Husum würde geschildert. „Das muss ein Teufelstanz gewesen sein!“

„Wer spricht denn vom Bürgermeister?“, erwiderte Madame Levsen. „Ich spreche von den alten Tagen, von meinem

Großvater, von den alten friesischen Tänzen. Glauben Sie, dass man heute noch mit Schellen am Bein tanzt oder mit Schwertern Rosetten bildet?"

„Es war Sinn in all unseren alten Bräuchen", meinte der Wirt. „Jetzt ist es längst nicht mehr so feierlich wie in früheren Zeiten. Mir haben die alten Tänze immer zugesagt. Aber heute – schwing mich hin, schwing mich her! Da fehlt doch der Sinn. Und dann der schöne Hochzeitsbrauch! Wenn die junge Frau zum ersten Mal zu ihrem Haus geführt wurde, zog der Mann sein Schwert, steckte es über der Tür ins Strohdach und ließ sie darunter hineingehen. Damit war das Schwert der Ehe über sie gezogen."

„Bist du jetzt richtig ins Schwätzen gekommen?", rief eine Stimme aus der Küche, aber er ließ sich nicht beirren und fuhr fort: „Und das gute alte ‚Fensterln', das ist ja reinweg ausgestorben, ja sogar gesetzlich verboten!"

„Das sollte auch verboten werden", sagte Moritz. „Ein solcher Brauch scheint mir gegen jede Ehrbarkeit zu verstoßen …"

„Oh, dabei ging es höchst moralisch zu", versicherte Madame Levsen. „Meine Großmutter, eine durch und durch moralische Frau, fand ihren Mann auch durch das ‚Fensterln'. Man wusste ja, wenn alle im Bett waren, gingen die jungen Kerle zu dem Haus ihrer Auserwählten. Die Kammerfenster wurden nie geschlossen. Der Freier stieg also ganz ordentlich in die Kammer und setzte sich ans Bett. Dort konnte er sein Herz ausschütten. Gefiel er ihr nicht, so stand es ihr frei, unter die Decke zu kriechen, so lange sie wollte, und er musste davonziehen. Ich meine, das war anständiger als die heute üblichen langen Verlobungszeiten und die ewige Küsserei, die sich daraus ergibt. Das finde ich unmoralisch! Bei dieser nächtlichen Freierei bekamen sie keinen einzigen Kuss. Ich weiß es; meine Großmutter war eine wahrheitsliebende Frau."

So kam das Gespräch mehr und mehr auf die alten Sitten und Bräuche im Lande. Draußen trieb noch immer der raue, dichte Nebel vorbei; an eine Überfahrt war überhaupt nicht zu denken. In der Nacht würde der Mond scheinen, vielleicht konnte er den Nebel vertreiben. Die Gesellschaft musste also hier in Dagebüll die Nacht verbringen. Man war sich dessen bewusst und schloss sich enger zusammen. Die Unterhaltung drehte sich um alte und neue Zeiten; die kleine Elisabeth hörte mit der ganzen Neugier eines Kindes zu, verstand aber die Sprache nicht. Allmählich fielen ihr die Augen zu, und schließlich schlief sie so fest, wie man in diesem Alter schläft. Auch wir wollen uns hier zur Ruhe begeben und erst mit ihr wieder erwachen, und das war ungefähr um Mitternacht. Sie lag auf einem Sack und einigen Kleidungsstücken neben dem mit halbem Steuerrad versehenen Bett und war mit einer Pferdedecke zugedeckt. Hedevig und Madame Levsen hatten, halb ausgekleidet, im Bett Platz gefunden und schliefen tief und fest.

Draußen war ein starker Wind aufgekommen, der den Nebel zerteilte und ihn in Fetzen am Mond vorbeitrieb, sodass immer wieder ein fahles Licht in die Kammer fiel. Im ersten Augenblick erschrak die Kleine, weil sie sich in einer fremden Umgebung wiederfand. Sie setzte sich auf und erinnerte sich, wo sie sich befand. Dann schaute sie zum Bett und sah, dass Hedevig und die alte Frau friedlich schliefen. Der Anblick beruhigte sie. Die Tür zum Nebengebäude klapperte bei jedem Windstoß; sie war nur mit einem Bindfaden befestigt. Elisabeth stand auf, sie wollte nachsehen, was da los war. Als sie den Faden berührte, riss ihr ein Windstoß die Tür aus der Hand. Elisabeth fiel um, landete jedoch im weichen Stroh, das dort aufgeschüttet lag. Sie rappelte sich wieder auf und schaute sich um. Allem Anschein nach war sie in eine große Scheune geraten, die zum Unterstellen von Wagen benutzt wurde. Zwischen diese fiel nun ein Strahl des Mondlichts genau auf etwas, das im Dunkeln leuchtete wie ein kleiner Stern. Was konnte das sein? Sie musste es in Erfahrung bringen, sie musste dorthin. Einen Augenblick zögerte sie, dann machte sie einen schnellen Schritt …

Und das wollen wir auch tun und rasch ein paar Stunden weitergehen.

Es war Morgen. Hedevig und Madame Levsen waren wach und in hohem Maße beunruhigt, denn das Kind war nicht zu finden, weder drinnen noch draußen. Niemand konnte Auskunft geben, obwohl schon vor Tagesanbruch Leute auf dem Hof gewesen waren. Pferdehändler Petters hatte sich schon vor Sonnenaufgang nach Süden aufgemacht; ungefähr zur selben Zeit waren Reisende aus Föhr nach Tondern aufgebrochen. Madame Levsen war aufgewacht, als noch im Dunkeln in der Scheune Hunde gebellt hatten. Die Tür zu ihrer Schlafkammer war, so meinte sie, durch den Wind aufgesprungen. Der Durchzug war unangenehm gewesen, deshalb hatte sie sich beeilt, die Tür wieder zu schließen. Bei dieser Gelegenheit glaubte sie die Kleine auf ihrem Lager gesehen zu haben, doch das war nur Einbildung, denn zu diesem Zeitpunkt hielt sich Elisabeth bereits in der Scheune auf. Offensichtlich war das Mädchen barfüßig und nur in Unterkleidern fortgelaufen – aber wohin? Die Kleine blieb verschwunden.

„Ach, mein kleiner Elimar!“, seufzte Madame Levsen. „Gott weiß, wo er sich gerade aufhält. Verlieren können wir alle!“ Obwohl es keinen Grund gab zu glauben, auch Elimar könnte plötzlich von seinem Schiff verschwunden sein, musste sie doch daran denken und ihre Angst aussprechen. Doch genauso schnell hatte sie auch bedauernde und tröstende Worte für die besorgte Hedevig.

Der ganze Vormittag verging mit Suchen und Nachfragen, doch ohne Ergebnis. Schweigend und tief betrübt standen Bruder und Schwester beisammen; sie konnten nichts mehr tun. Der Zeit der Prüfungen war ein neuer Tag hinzugefügt worden. Sorgenvoll stiegen sie in das Boot, das sie nach Oland bringen sollte; sie mussten die Flut nutzen. Den Wirt und den Strandkommissär beauftragten sie, jeden Fremden nach dem Kind zu fragen und ihnen sofort jede Nachricht zu übermitteln, die auf eine Spur deuten konnte.

Bruder und Schwester standen vorn im Boot; sie sprachen kein Wort. Die Augen waren auf die dunklen, schwimmenden Inseln, die Halligen, gerichtet; die größte davon war das Ziel ihrer Reise.

Die weißen, berghohen Sanddünen auf Amrum erhoben sich hoch in die dunkle Luft; die flachen Halligen dagegen lagen im Meer wie treibendes Seegras, dessen Bewegung ins Stocken geraten ist. Gelbgrüne, schlammige Wogen wälzten sich heran, wie die Flut sie mit sich bringt. Sie mussten kreuzen. Einige Schläge wurden gemacht und Oland mit seinem Dorf und der Kirche rückte näher. Deutlich sah man zwei Frauen, die zum Strand liefen; bald kamen weitere hinzu. Jede Figur zeichnete sich gegen den Hintergrund deutlich ab – so flach sind die Inseln, so klein ist selbst die größte. Dort gibt es keinen Baum, keinen Busch außer einer Stachelbeerhecke, die in einer Ecke des Pfarrhofes vor sich hin kümmerte. Alle Häuser des Dorfes sind auf Balkenfundamenten errichtet, stehen eng beieinander und sind nur durch schmale Gänge voneinander getrennt. Es ist, als hätten Sturm und Wind alle menschlichen Behausungen nahe der Kirche zusammengetrieben, wie der Schäfer seine Herde. Die kleinen Fenster sitzen hoch oben; blau und grün bemalt leuchten sie weithin und sehen aus, als gehörten sie zu dieser oder jener Kajüte.

Das Boot legte an der Seite der Insel an, wo das Meer einen Einschnitt gemacht hatte. Einige der wartenden Frauen, alle schwarz gekleidet, wie es auf diesen Inseln üblich war, banden schnell ihre Röcke hoch und sprangen ins Wasser, um Madame Levsen und Hedevig an Land zu tragen; der Kapitän und Moritz mussten sich mit einer zugereichten Hand begnügen. Mit großer Freude und den herzlichsten Willkommensgrüßen empfing man die Heimgekehrten. Am glücklichsten schien ein ältliches Fräulein; es war Keike, die in Moritz' Haushalt diente, Pastors Keike wurde sie genannt. Wie alle anderen wusste sie, dass Moritz seine junge Frau mitbringen würde. Nun hielt sie natürlich Hedevig für die jungvermählte Braut, auch wenn sie nicht so aussah, wie sie es sich gedacht hatte. Inzwischen wurde Hedevig von allen Frauen als die Gattin des Pfarrers begrüßt. Sie standen im Kreis um Moritz und Hedevig herum. Männer waren zu dieser Zeit nicht auf der Insel; sie hatten auf den Schiffen nach Holland oder Grönland angeheuert oder waren draußen auf Fischfang.

Moritz berichtete ihnen von dem Kummer und Verlust, der ihn und seine Schwester getroffen hatte. Die Frauen, die ihnen ein so freudiges Willkommen bereitet hatten, standen still und betroffen da. Dann gingen sie langsam und schweigend ins Dorf zurück, und ihre Stimmung passte zu der Trauerkleidung, die sie trugen, zu dem grauen Himmel, dem aufgewühlten Meer und der düsteren Insel. Sie schritten über das kurze, struppige Gras, das von dem Salzwasser eine eigene Schärfe bekommt. Einige große, kahle Stellen, etwas hingeworfener Seetang und ein paar Schafe bildeten die einzigen Farbtupfer.

Keike war den anderen vorausgeeilt. Als Moritz mit der ganzen Schar der Gemeindeglieder auf dem Pfarrhof eintraf, denn außer einem Fieberpatienten und einigen Kindern war niemand zu Hause geblieben, kam sie gerade aus dem Haus geeilt. Moritz sah, dass sie etwas unter dem Kleid trug, und erkundigte sich danach. Verlegen erklärte sie, es sei nur etwas Gras, das sie davontrage. Und warum? Sie schüttelte den Kopf. Es waren zwei Buchstaben, M und C für Moritz und Caroline, die sie geflochten hatte; anderes Material hatte ihr nicht zur Verfügung gestanden. Die Buchstaben hatte sie an der Stubenwand als Gruß für das junge Paar angebracht und in den letzten Tagen immer wieder erneuert. Eine einzelne Aster, von Föhr herübergeholt, war oben über die Buchstaben gesteckt. Sie hatte sich beeilt, diesen unpassenden Schmuck abzunehmen.

Die Tür zur Stube stand offen. Das kürzlich blau angemalte Paneel gab ihr ein frisches Aussehen. Hier stand auch das Klavier, das Moritz für Caroline gekauft hatte; es sollte die erste Überraschung sein, wenn sie kam. Darüber hing ihr Bild, das sie so jung und lebenslustig zeigte, wie sie gewesen war. Moritz blieb davor stehen. Keine Tränen traten in seine Augen, doch er wurde leichenblass. Dann wandte er sich an seine Gemeinde, die ihm gefolgt war; vor ihm standen der Kapitän und seine Gattin, dahinter drängelten sich die Frauen bis in den Korridor.

„So froh und glücklich hat sie ausgesehen“, sagte er. „Sie war das Beste, was ich auf Erden hatte. Der Herr nahm sie von mir! Sein Wille ist der rechte, selbst wo wir ihn nicht begreifen. Gott hat mich schwer geprüft, hat mir genommen, woran ich mit Kopf und Herz hing, damit ich mich ihm fester anschließe, damit ich in meinem Kummer den anderer besser verstehe. Wie zu Hiob kommen Sorge und Unglück zu uns, damit wir Gott, uns selbst, diese und jene Welt verstehen können!“ Und er sprach zu ihnen von dem kleinen, munteren Sohn seiner Schwester, den der Herr zu sich genommen hatte, er berührte die Begebenheit des Morgens, gab seiner Angst und Ungewissheit wegen der kleinen Elisabeth Ausdruck. „Mit Hiob muss ich sagen: Die Hand, die mich trifft, ist schwerer als meine Seufzer! Aber ich weiß, dass diese Hand es wieder zum Besseren führen kann. Ein Armer soll nicht auf ewig vergessen werden!“[1] Und seine Rede, die aus der innerlich bewegten Seele strömte, wurde mehr und mehr Gottes Stimme und verwandelte das kleine Zimmer in eine heilige Kirche. Die Gemeinde stand in frommer Andacht, und als Moritz mit den Worten des Psalms: „Ein feste Burg ist unser Gott!“ schloss, stimmten alle in das Lied ein. Das war der Eintritt in das neue Heim.

2.
Das Haus des Kapitäns

Ein paar Tage waren vergangen, und noch immer hatte man nichts von der kleinen Elisabeth gehört. Dabei ging es ihr gut; wir werden sie bald sehen und von ihren Abenteuern hören. Aber bevor wir sie, wie man sagt, wohlbehalten in den vier Wänden antreffen, müssen wir den Kapitän besuchen. Hier treffen wir als Gäste Moritz und Hedevig. Die Mittagsmahlzeit ist beendet; der große, blank polierte Kaffeekessel steht auf dem alten, gehobelten Tisch.

Ein Genremaler hätte kein besseres Motiv für die gute Stube eines wohlhabenden Halligbewohners finden können als diese. Unter der Decke hing, mit voller Takelage, ein Modell der „Brakanden“, des Schiffes, das der Kapitän geführt hatte. Daneben schwebten auf beiden Seiten an etwas verblichenen Seidenbändern zwei große Glaskugeln, in denen sich in Miniatur das Zimmer und ein Teil der Küche spiegelten, denn die Tür stand offen und das Kupfergeschirr blitzte auf den Borden. Die eine Wand der Stube war mit Bildern von Schiffen geschmückt. Man sah das große Gemälde mit der Stammesmutter Ose, das so gut war wie eine ganze Tapete, all die Rokokomöbel und besonders den großen Aufsatz, der wie eine Kanzel aussah. Und natürlich die ganze Gesellschaft: den Kapitän im Lehnstuhl mit seiner langen Pfeife, Moritz auf dem Sofa mit dem vergoldeten Lederbezug und die beiden Frauen auf den Stühlen, deren hohe, gerade Lehnen dazu einluden, steif dazusitzen. Geranien und Hauswurz blühten in den kleinen Fenstern; Bücher lagen auf den langen Regalen, die sich über die ganze Breite der Stube erstreckten. Auf dem Fußboden hüpfte eine schwarze Dohle umher, die auf den Namen Claus hörte und immer wieder dieselben Worte krächzte: „Claus geht auf den Boden mit Piltitz!“ Das war alles, was der Vogel konnte, und zugleich auch seine ganze Lebensgeschichte. Bei dem erwähnten Piltitz handelte es sich um einen alten Kater, mit dem Claus in innigster Freundschaft lebte. Täglich unternahmen sie gemeinsame Streifzüge, mal auf die Straße, mal auf den Dachboden. Letzteren bevorzugte Claus offenbar. In den beiden Glaskugeln spiegelte sich also neben dem Kapitän und seiner Frau auch deren ganze häusliche Umgebung und Gesellschaft.

Alles war vorgezeigt worden, von oben bis unten; der Kapitän hatte sogar seinen Sarg präsentiert, der seit Langem fertig war. „Geräumig und groß“, pflegte er zu sagen, „mit Matratzen aus Hobelspänen.“ Täglich hielt er seinen Mittagsschlaf darin und versicherte: „Die Koje ist gut und wohlgeteert, aber sie soll ja auch länger halten als ich!“

Natürlich hatte Madame Levsen den Gästen das Bild ihres Elimar gezeigt – eine Silhouette, ein abscheulicher viereckiger Klumpen. Es habe große Ähnlichkeit, nur sei er viel schöner. „Und so witzig!“, schwärmte sie. „Mich zum Beispiel nennt er ‚alter Kreuzers‘ weil ich ihn manchmal ein wenig hätschle. Er ist ja auch so liebenswert!“

Von dem ganzen Inventar war doch der große, geschnitzte Holzaufsatz am interessantesten. Er zeigte eine Schar Engel und die Gottesmutter in einer Wolke, von der lange Strahlen ausgingen. Man bezeichnete ihn als Kanzel, und das war er auch gewesen. Unter ihr war der Kommandant einst getauft worden, unter ihr hatten er und seine Frau als junge Brautleute gesessen. Er stammte aus der vom Flugsand begrabenen Kirche von Rantum auf Sylt.

„Drei Mal wurde das Gotteshaus ins Land hinein versetzt, zusammen mit dem ganzen Dorf“, erklärte der Kapitän. „Es war eine große Gemeinde; bei einem Sturm gingen einmal über zweihundert Boote verloren. Der Sandsturm braust heran; das Meer folgt ihm und raubt, was es bekommen kann. Es wird auch uns holen, wenn wir in unseren Gräbern liegen. Ich habe allerdings gar nichts dagegen, wieder einmal zur See zu fahren.“

„Sprich nicht so gotteslästerlich zu einem Pfarrer“, schalt ihn seine Frau. „Unser Herrgott hält seine Hand über unsere kleine Insel, und das kann er. Wir kämpfen nur gegen das Meer, aber auf Sylt haben sie noch den Sand dazu. Ich werde nie unseren letzten Kirchgang in Rantum vergessen. Es war 1801; die Engländer lagen vor Kopenhagen. Die Sanddünen um die Kirche waren immer mächtiger geworden; sie lag wie in einem tiefen Tal. Tag und Nacht trieb Sand gegen die Mauern, drang durch die geschlossenen Fenster und Türen und häufte sich auf dem Boden und den Kirchenstühlen. Schließlich hielt man den letzten Gottesdienst; da mussten wir bereits durch die Fenster einsteigen, und der Sand lag bis zum Rand des Altartisches, auf dem die großen Kerzen brannten.“

„Mein Vater kaufte die Kirche“, unterbrach sie der Kapitän. „Der Altar und die Kanzel wurden in meine Kajüte gestellt und fuhren mit über die Nordsee. Den Altar stiftete ich einer Kirche in Grönland, die Kanzel steht dort.“

So rankte sich um jedes Stück in der Wohnung eine Geschichte. Die bedeutendste handelte von der Großmutter Ose, deren Bild, so schien es Moritz, der alten Baronin auf Fünen verblüffend ähnlich sah. Ja, sie war es, jeder Gesichtszug stimmte überein, aber hier trug sie die rot-weiße friesische Tracht mit dem großen, weiten Pelz, zu dem sieben Schafe ihr Fell liefern mussten. Auf dem Kopf hatte sie eine Mütze aus hohlen Silbereiern, die wie die Schuppen eines Fisches zusammengefügt waren. Leider bekamen die Gäste die Geschichte, die zu den schönsten Sagen der Gegend gehört, diesmal nicht zu hören, denn der Kaffee war serviert worden – und damit wurde das Thema gewechselt. Von Föhr kam man nach Grönland und anschließend nach Varde und nach China, wie es in einer Unterhaltung passieren kann. Aber die Geschichte eines jeden Einrichtungsgegenstandes war doch berührt worden – bis auf eine einzige. Wir haben das Wichtigste hier im Haus vergessen, das Wichtigste in jeder einigermaßen gut eingerichteten Wohnung auf diesen Inseln, wichtiger als der Ofenbrei, der sich sonntags auf kleiner Flamme selbst kocht, wenn alle in der Kirche sind – das Fernrohr, das seinen Platz über der Tür hatte!

Ein Fernrohr wird hier zu einer wunderbaren geistigen Stimulanz; es ist der Bote des Lebens, das sich auf dem Meer bewegt. Im Sturm und wenn ein Schiff strandet, kommt es zum Einsatz und erzählt von Tod oder Rettung. Bei anhaltendem Ostwind, wenn das Meer in der Ebbe meilenweit wie weggeblasen ist und die Trümmer untergegangener Dörfer, die Wracks gestrandeter Schiffe, Walfischskelette, Hafenanlagen, Kirchenmauern und Grabsteine gespenstergleich aus dem weißen Sand ragen, ist es ein ganz besonderes Schauspiel, die versunkene Welt mit dem Fernrohr näher heranzuholen und herauszufinden, was jedes Stück gewesen ist. Dazu kommt das tägliche Vergnügen festzustellen, zu welcher Nation das Schiff gehört, das sich als Punkt am Horizont zeigt, oder die Boote zu verfolgen, die von Dagebüll herankreuzen.

Eben dieses Fernrohr wurde jetzt, da alle am Kaffeetisch saßen, herabgenommen. „Das zieht ran“, erklärte der Kapitän stolz und stellte es vor Moritz auf. „Man sieht jeden Mann so, dass man ihn erkennen kann; man sieht jedes Tau, alles, was sie an Bord haben.“ Aber weder der alte Seemann noch Moritz sahen, was sie doch am meisten überrascht und erfreut hätte: einen ganz kleinen Schiffsjungen, der zwischen einigen Taurollen saß. Der Kleine trug gelbe Flanellhosen, eine lange Jacke von derselben Farbe und eine Strickmütze – es war die kleine Elisabeth, deren Abenteuer wir bald hören werden. Aber noch segelte sie.

Das Fernrohr wurde wieder über die Tür gehängt. Hedevig bekam die dritte Tasse Kaffee angeboten; Claus war dem Kommandanten zum vierten Mal auf die Schulter geflattert und hatte gekrächzt „Claus geht auf den Boden mit Piltitz“, da stürmte Keike mit dem inzwischen ausgekleideten kleinen Schiffsjungen in die Stube und schrie: „Das Kind ist gekommen, und hier ist es!“

„Unser Herr sei gelobt!“, rief Hedevig und lief auf Elisabeth zu, die anfing zu weinen und sich duckte, als stünde ihr mehr bevor als eine Strafpredigt. Einer der Seeleute wartete vor der Tür; seinen Bericht und was später von dem Kind zu erfahren war, wollen wir, um einige Nebenumstände vermehrt, zu einer Geschichte zusammenfassen.

Man sagt, dass alles Gold und die strahlenden Juwelen der Trolle in Menschenhand zu welken Blättern, Scherben und Kohle werden. So verwandelte sich der schimmernde Stern in der Scheune in den Hals einer Flasche, auf den durch ein Loch im Dach der Mond schien. Elisabeth griff erwartungsvoll nach dem glitzernden Glas, das bei der Berührung seine Herrlichkeit verlor. Was aber noch schlimmer war: Ein Hund wurde aus dem Schlaf geweckt und stürmte kläffend auf sie zu! Wäre er nicht an ein Wagenrad gebunden gewesen, hätte er die Kleine erreicht; sie schrie, und der Köter bellte noch lauter. Der Strick war aber lang genug, dass ihr der Hund den Rückweg in die Schlafkammer verstellen konnte. Im Dunkeln glühten seine Augen wie Feuerkugeln; verschreckt kroch Elisabeth in den nächsten Wagen. Es war der von Herrn Petters, dem Pferdehändler. Sie wühlte sich ins Heu, gerade in dem Augenblick, als Madame Levsen, von dem Gekläffe geweckt, aufstand, die Tür offen fand und glaubte, das wäre der Grund für den Radau. Der Hund wandte sich nun ihr zu und beruhigte sich erst, als die Tür geschlossen wurde. Elisabeth verhielt sich ganz still, also legte sich auch der Köter wieder zur Ruhe. So ängstlich die Kleine auch war, die Natur forderte ihr Recht, und sie schlief bald tief und fest, so fest, dass sie nicht merkte, wie der Knecht die Pferde vorspannte, Herr Petters sich auf den Kutschbock setzte und der Wagen auf dem Deich nach Süden rollte.

Es war heller Morgen, als Herr Petters vor einem Wirtshaus im Marschland anhielt. Er wandte sich zur Seite, um die Peitsche abzulegen, da steckte gerade Elisabeth den Kopf aus dem Heu.

„Was bist du denn für ein Spitzbube?!“, rief Petters erschrocken und hob die Peitsche. Die Kleine schrie vor Schreck. „Wer hat dich denn in den Wagen gesteckt?“, fragte er mit seiner hohen Stimme und zog sie aus dem Heu. „Du hast ja kaum etwas an! Wer hat dich hier versteckt? Willst du wohl antworten, du Göre! Glaubst du, ich lasse mir so eine Ware unterschieben?“

Elisabeth verstand kein Wort, doch sie merkte, dass er wütend war.

Schon hatte er die Peitsche wieder in der Hand, da trat die Wirtin dazwischen und begann eine Befragung, die für das Kind noch unverständlicher war. Der Wirt lachte, klopfte Herrn Petters auf die Schulter und meinte: „Der eine erhält Gutes und der andere Schlechtes von der Nacht. Sie bekamen ein Kind, und mir wurde ein Stück hohes Marschland an mein Grundstück getrieben.“

„Dann kann ich sie ja dort auf die Weide bringen“, knurrte Herr Petters ärgerlich und versuchte, auf Plattdeutsch und Friesisch mit Elisabeth zu reden. Schließlich fiel der Wirtin ein, es auf Dänisch zu versuchen, und sie erfuhr zumindest, dass es um einen großen Hund ging, der den Weg in die Kammer versperrt habe, und dass die Kleine deshalb auf den Wagen geklettert sei. Herr Petters erinnerte sich nun, dass das Mädchen mit dem Pfarrer gekommen war, und so klärte sich die Sache auf.

Elisabeth bebte vor Angst und Kälte. Sie stand in Unterwäsche und ohne Schuhe mitten auf dem Weg. Die Wirtin nahm sie mit hinein und suchte nach einigen Kleidungsstücken, die ihr passen könnten. Kleine Mädchen waren nicht im Haus, deshalb musste der Sohn des Fischers ihr Jacke und Hose geben. Bei nächster Gelegenheit sollte sie nach Dagebüll zurückgeschickt werden. Die Wirtin spottete, dass Herr Petters, der so unerwartet zu einer kleinen Tochter gekommen sei, nun bald eine richtige Frau finden werde. So sei es immer; mal komme die eine, mal die andere zuerst. Man scherzte und plauderte, und wie ein Refrain hieß es immer wieder: „Sie müssen mein Stück hohes Marschland sehen; es kommt geradewegs von Schottland oder Island."

Der Landgewinn, den ihm das Meer gebracht hatte, war der einzige Gedanke und Stolz des Wirtes. Die zwei schwimmenden Inseln, die bei ihm angetrieben waren, wurden „das hohe Moor" genannt. Nach dem Volksglauben kommen sie von Island oder der schottischen Küste, aber die einfachere und einzig richtige Erklärung ist, dass sie Teile von dem versunkenen Friesland sind, die sich durch Strömungen vom Meeresgrund gelöst haben und auf den Sandbänken sitzen geblieben sind.

Herr Petters, wie jeder Reisende, der in jenen Tagen an dem Wirtshaus anhielt, musste hinaus und den Gewinn besichtigen, vor allem einige rote Mauersteine und ein Stück Holz, die im Boden festsaßen. Das seien Haus und Hof gewesen, behauptete der Wirt und hatte wahrscheinlich recht. Elisabeth war in den zwei Tagen ihres Aufenthalts über zehn Mal auf dem „hohen Marschland". Die Wirtin erklärte ihr alles, und das machte einen solchen Eindruck auf die Kleine, dass diese Episode wichtiger für unsere Erzählung wird als ihr Verschwinden aus der Obhut von Moritz und Hedevig. Die kleine Begebenheit legte einen Keim in ihre Seele, den wir später als eine Blüte an ihrem Lebensbaum sehen werden. Nachdem dies angedeutet ist, lassen wir sie von der Wirtin Abschied nehmen, und zwar mit dem ersten Wagen, der nach Dagebüll fuhr. Dort kam sie in den Sachen des Fischerjungen an und wurde gleich auf das Boot nach Oland verfrachtet, wo sie, wie wir wissen, mit freudiger Überraschung aufgenommen wurde, sogar von Claus, der krächzte, was er krächzen konnte: „Claus geht auf den Boden mit Piltitz!" Nur der erwähnte Kater lag ohne sichtbare Anteilnahme im Lehnstuhl; einmal blinzeln und mit dem Ohr wackeln, das war seine ganze Höflichkeit. Hedevig weinte, war aber gegen alle Gewohnheit lebhaft und gesprächig, und auch Moritz war in bester Stimmung. Der Kapitän befahl, Punsch anzusetzen; auch der Seemann, der Elisabeth gebracht hatte – es war Jap-Lidt-Piders –, sollte sein Glas haben. Das Getränk wurde bereitet, und dann stieß man an und brachte Sprüche aus. Madame Levsen erinnerte daran, man dürfe den kleinen Elimar nicht vergessen, ihren Liebling! „Wenn er jetzt nur nicht oben im Mast hockt!", seufzte sie. „Das kann ich nicht leiden."

„Genau dort muss man sitzen!", rief der Kapitän. „Dir müsste eigentlich klar sein, dass der Fang vorbei ist und sich sein Schiff jetzt eher vor Dänemark als vor Grönland befindet. Und säße er im Mastkorb, so säße er gut! Ich habe oft dort oben Wache geschoben und durch die Löcher nach den Walfischen Ausschau gehalten. Man sitzt geschützt vor Wind und Kälte, und es macht Spaß zuzuschauen, wenn die Walfische kommen und eine ganze Allee von Fontänen bilden, indem sie durch ihre Nasenlöcher blasen. Sie schwimmen immer in Reih und Glied, Er und Sie Seite an Seite, dahinter die Kinder, und wenn der neugeborene kleine Walfisch nicht folgen kann, dann nimmt ihn die Mutter hinten auf den Schwanz. Das würdest du doch auch tun, Mutter Levsen! Denn eine Mutter gleicht der anderen, auch wenn sie nur aus Fett und Tran besteht. Und dann putzen sie sich an den Eisschollen, denn sie haben keinen Frisierkamm – man muss sich nur zu helfen wissen! Verlieren sie ihr Junges, dann kehren sie um, selbst mit einer Harpune im Leib, und schlagen wie verrückt mit dem Schwanz. Das würdest du auch tun,

Mutter Levsen, ha ha ha! Aber kreuze nicht allzu sehr um den Jungen herum, wenn er kommt! Er hat recht, wenn er dich einen alten Kreuzer nennt, auch wenn es nicht von guter Kinderstube zeugt!“

„Er ist der liebste Junge auf der ganzen Welt“, schwärmte die alte Frau. „Du verdienst es gar nicht, sein Großvater zu sein.“ Darauf zupfte sie ihren Gatten am Ohrläppchen und füllte das Punschglas, während Moritz sich zum Aufbruch erhob und Keike an der Tür erschien, um ihrer Herrschaft heimzuleuchten.

3.
Ein Sonntag

Am Sonntag waren alle Bewohner der Insel in der Kirche, auch die kleine Elisabeth. Ihre Augen und Gedanken flatterten wie eingesperrte Vögel hin und her. Von den seltsamen schwarzen Schleiern der Frauen, die die Gesichter halb verbargen, flogen sie zu Sankt Nikolai, dem Patron der Seeleute, der aus Holz geschnitzt, bemalt und vergoldet, vorn im Chor stand, um schließlich die Porträts des Königs und der Königin zu entdecken, die in vergoldeten Rahmen zu beiden Seiten des halb verblichenen Altarbildes hingen. Als von der Kanzel das Gebet für die beiden Regenten und das ganze Königshaus gelesen wurde, waren alle Blicke auf die Porträts gerichtet. Je nach Vorstellungskraft vervollständigte sich ein jeder das Bild von König und Königin nach diesen schlechten Lithografien, die Moritz' Vorgänger eigenhändig illuminiert und aufgehängt hatte. Er wusste, dass die natürlichen Farben des Steindrucks, Weiß und Schwarz, von den etwas einfältigen Menschen als „schlecht aussehend“ empfunden worden wären. Das Evangelium „Der Sohn der Witwe zu Nain“ wurde gelesen. Moritz bezog es in verständlichen Worten auf die Natur selbst, die jetzt, ins Leichentuch des Winters gehüllt, zu Grabe getragen wurde. Der Sturm würde ein Lied des Vergessens darüber singen und doch die Wiedererweckung der Toten nicht verhindern können. Dann bezog er die Gemeinde in das Gleichnis ein, die bei ihren lieben Toten Gottes Stimme hören sollte: Weinet nicht! Überzeugend und tröstend sprach er von der Auferstehung. Wie in jeder seiner Predigten ließ er Bibel und Natur verschmelzen; er verwendete typische Ausdrücke seiner Gemeindeglieder, Bilder aus ihrem Tun und Wirken. Weil er ihre Sorgen, Freuden und gemeinsamen Interessen kannte, knüpfte er seine Rede daran an, so wurde sie verstanden und fand Eingang in Geist und Gedanken der Leute. Er schöpfte seine Predigt nicht aus dem Evangelium selbst, sondern fasste die Gedanken in verständliche, lebendige Worte, die bei der Lesung in jedem denkenden Zuhörer geweckt werden mussten. Die Natur und das Alltagsleben wurden ebenso von dem Evangelium des Tages beleuchtet, und wenn dieses Gedankengebäude errichtet war, hängte er seinen eigenen Kranz aus Begeisterung und Trost darauf, und jeder, auch der geistig Ärmste, nahm etwas mit nach Hause.

Auch die Errettung der kleinen Elisabeth war erwähnt worden und hatte besonders Keike bewegt, denn in den wenigen Tagen waren die beiden so miteinander vertraut geworden, als wären sie alte Freunde.

„Heute Nachmittag gehen wir hinaus und vergnügen uns!“, sagte Keike und versprach der Kleinen, ihr den alten und den neuen Friedhof zu zeigen. Das sei sehr unterhaltsam!

Hand in Hand wanderten sie über die Insel, die nur eine Viertelmeile breit ist. Einige Schafe liefen durch das niedrige Gras; sie wurden gestreichelt und freundlich angesprochen. Dann ging es weiter zum Meer, wo sich das alte Gräberfeld befand. Dort knabberte die Brandung an der flachen Küste, schnitt sich die Nordsee mit jedem Sturm ein Stück von der Insel. Überall ragten Trümmer von Särgen und menschliche Gebeine aus dem Boden. Keike kroch bis zur Wasserkante und sammelte Knochen in ihre Schürze, die sonst bald weggespült worden wären. Sie wollte sie auf den neuen Friedhof bringen und wieder in die Erde legen, damit sie ruhen konnten, bis das Meer sie erneut erreichen würde. „Zur Nachtzeit möchte ich hier nicht sein!“, sagte sie. „An dieser Stelle sitzt oft die trauernde Witwe, wie man sie nennt.“ Und Keike erzählte, es handele sich dabei nicht um das Gespenst einer Toten, sondern um die Gestalt einer Frau, deren Mann draußen auf der Nordsee ertrunken sei. So manche Seemannsfrau habe sich hier am Strand händeringend in Trauerkleidern gesehen und im selben Moment begriffen, dass ihr Mann umgekommen sei. Eines Tages habe sie sich ja selbst als trauernde Witwe gesehen.

Solche und andere Geschichten erzählte Keike, um den Spaziergang angenehm zu machen. Dann lief sie zum neuen Friedhof, nahm sich einen Spaten, grub die am Strand gesammelten Knochen ein und betete ein Vaterunser. Anschließend führte sie die kleine Elisabeth von Grab zu Grab, denn sie konnte die Inschriften lesen und kannte sich aus. Manche waren mit großen, flachen Steinen markiert, in die neben die Namen auch Abbilder der Verblichenen gehauen waren, die zeigten, wie sie auf Wolken schwebten und von den früher Dahingegangenen empfangen wurden. Viele rührende Inschriften gab es da; manche waren sehr kurz oder wirkten höchst kurios, aber das fiel Keike nicht auf. Auf einem Stein las man, dass unter ihm außer dem Mann selbst auch die Gebeine seiner noch lebenden Frau ruhten. Sie hatte die Inschrift in Auftrag gegeben, also musste es stimmen. Ein anderer Grabstein war für einen auf dem Meer verschollenen Steuermann und seine hinterlassenen Kinder errichtet worden; sämtliche Sterbedaten fehlten, aber es gab Platz genug, um sie hinzuzufügen.

Alle Steine waren von einem feuchtgrünen Bewuchs überzogen. Blumen gab es nicht; ein paar struppige Buchsbaumsträucher bildeten den einzigen natürlichen Schmuck. Dafür fiel eine hübsche mosaikartige Einfassung aus Konchylien und runden, vom Meer glatt geschliffenen Steinen ins Auge, die einige kleinere Gräber umgab. „Dort liegen Jap-Lidt-Piders' Kinder“, erklärte Keike. Aber wer war Jap-Lidt-Piders? Nun, es war der Seemann, der Elisabeth von Dagebüll herübergebracht und beim Kapitän seinen Punsch bekommen hatte, von Madame Levsen nach allen Regeln der Kunst gebraut. Als sie wieder im Pfarrhaus waren, meinte Keike, sie hätten sich gut amüsiert; sie seien auf beiden Friedhöfen gewesen.

Tiefen Eindruck auf Elisabeth hatte vor allem die Bemerkung gemacht, dass die auf den neuen Friedhof Umgebetteten ruhen würden, bis das Meer sie erneut erreichte. Also konnte das Wasser bis dahin und zum Pfarrhaus gelangen, ja vielleicht sogar in die Stube laufen? Sie fragte Keike danach, die seelenruhig erklärte, dass es geschehen würde, wenn es so bestimmt sei. Sie erzählte auch, was sie über die alte Zeit wusste. Vor vielen Hundert Jahren waren alle Inseln rundum eine einzige gewesen. Dann war das Meer gekommen und hatte Dörfer und Kirchen verschlungen. Die Leute waren auf Balken und Brettern im Wasser geschwommen; Wiegen mit kleinen Kindern darin trieben umher. Das Land hatte sich in viele Inseln geteilt, die immer kleiner wurden und schließlich ganz verschwanden. Föhr und Sylt waren noch lange miteinander verbunden gewesen. Es hatte da ein großes Dorf gegeben, wo gottlose Menschen lebten: Rungholt. Dort machten sich einige einen bösen Scherz, indem sie eine Sau besoffen machten und ins Bett legten. Dann schickten sie nach dem Pfarrer, er solle der Kranken die Sterbesakramente reichen. Als er sich weigerte, drohten sie, ihn ins Wasser zu werfen. Während sie grölend beratschlagten, entwischte er. Doch auf dem Heimweg traf er an einer Schänke zwei gottlose Kerle, die ihn zwangen, mit in die Schankstube zu kommen und zu erzählen, wo er gewesen sei. Als er schilderte, welchen Spott man mit ihm getrieben hatte, lachten sie und nahmen ihm die Schachtel mit dem Sakrament weg und gossen Bier hinein. „Wenn Gott da drin ist, soll er etwas zu trinken haben“, höhnten sie. Als der Pfarrer sie wiederbekam, brachte er sie in die Kirche und bat Gott, die Lästerer zu bestrafen. In der Nacht, als er im Bett lag, wurde er von unserem Herrn gewarnt, er solle das Land schnellstens verlassen. Dann kamen Sturm und Hochwasser; ganz Rungholt und sieben Kirchdörfer versanken. Nur der Pfarrer, seine Magd und zwei Jungfrauen, die beim Beten gewesen waren, überlebten. „Die Familie gibt es noch“, versicherte Keike, „es sind Bakke Boyesens. Ganz sicher wird sich Rungholt mit all seinen Bewohnern am Tag des Gerichts aus den Fluten erheben. Bei klarem Wasser kann man dort unten noch immer Häuser, Kirchtürme und Mühlen erkennen. Ich habe sie nicht selbst gesehen, weil ich die Augen schloss, aber ich hörte ein Läuten – das waren die Glocken von dort unten.“

Die kleine Elisabeth war ganz blass geworden und starrte Keike an. Sie hing der Erzählerin an den Lippen, wie sie auch die Geschichten bei Cathrinesen, dem Küster auf Fünen, in sich eingesogen hatte. „Aber kann das Meer bis zu diesem Haus kommen und uns wegspülen?“, fragte sie.

„Es kann das Haus, uns und alle Inseln wegspülen! Das wird einmal geschehen, aber bis dahin können noch hundert Jahre vergehen, und außerdem leben wir dann nicht mehr. Vielleicht ist es schon heute Nacht so weit, aber das glaube ich nicht. Ach, das Meer ist gefährlich! Ich habe es ja zu meiner Zeit, im Jahr 1825, selbst erlebt. War das eine Sturmflut! Das Meer überspülte all diese Inseln. Wir mussten die Schafe auf die Dachböden treiben und dann selbst hinaufflüchten. Die Wellen schlugen gegen die Wände, dass sich Steine lösten und die Mauern einstürzten. Das Wasser lief durch die Stuben hindurch. Wo das Gebälk nicht zusammenfiel, saßen die Leute auf dem Dach. Wir verbrachten zwei Nächte dort oben, weil niemand von Föhr oder der Marsch zu uns gelangen konnte. Oh, war das herrlich, als das erste Boot mit Brot und Wasser, frischem Trinkwasser, bei uns ankam! Es war, als hätte sich der Herr selbst zu uns auf den Weg gemacht, um zu sagen: Jetzt ist alles gut!“ Tränen standen in Keikes Augen, als sie ihre Geschichte beendet hatte. Auch die kleine Elisabeth weinte, aber nicht vor Rührung, sondern vor Angst, denn sie sah alles so lebhaft vor Augen, wie es in Keikes Gedächtnis bewahrt war.

Wir würden Keike aber unrecht tun, wenn wir glaubten, dass sie Elisabeths Einbildungskraft nur mit abschreckenden und beängstigenden Bildern fütterte. Sie erzählte der Kleinen auch die schönsten Geschichten, die sie aus gedruckten

Büchern kannte. Eine davon, die vom Priester Jon, einem friesischen Königssohn, hatte sie sogar auswendig gelernt. So lernte Elisabeth „*Herrn Peder mit den Silberschlüsseln*“, „*Melusine*“ und „*Whittington, den glücklichen englischen Lord*“ kennen. War das ein herrlicher Abend!

Es war schon Schlafenszeit, da klopfte es an der Tür. Madame Levsen kam höchstpersönlich, um zu berichten, dass draußen vor Seesand ein Schiff vor Anker gegangen war. Der Kapitän und sie hatten durch das Fernrohr mit eigenen Augen gesehen, dass es „Die drei Schwestern“ war. Und dort war ja Elimar an Bord, der süßeste und klügste Junge, den es gab auf der Welt! Madame Levsen lächelte und war doch den Tränen nahe. „Wäre doch diese Nacht schon vorüber“, seufzte sie. „Ich kann ja doch nicht schlafen, bevor ich ihn in der Stube habe.“

Es pochte an der Tür.

„Das ist doch nicht möglich!“, rief sie. „Vor morgen früh kann er gar nicht hier sein!“

Und er war es auch nicht. Die Tür wurde geöffnet, und der zahme Vogel, der Madame Levsen gefolgt war, hüpfte herein. Er hatte sich draußen gelangweilt und deshalb mit dem Schnabel an die Tür gepickt. Nun krächzte er, was er immer krächzte: „Claus geht auf den Boden mit Piltitz!“ Und er brachte die Worte so ausdrucksvoll heraus, als freute auch er sich über Elimars Ankunft. Dazu hatte er jedoch am wenigsten Grund, wie die Geschichte zeigen wird.

4.
Elimar – Ein Winterleben – Lebensgefahr

Am nächsten Tag stand Elimar mitten in der Stube. Er war kein viereckiger Klumpen wie auf dem Scherenschnitt, sondern ein schmucker vierzehnjähriger Junge mit klaren blauen Augen und blonden Locken, die gegen die von Wind und Wetter stark gebräunten Wangen abstachen. Er schien ein flinker, wohl auch ein wenig frecher Bursche zu sein.

Gerade hatte er seine erste Reise hinter sich und war gewachsen – um ganze zwei Zoll, wie der Vergleich mit der Markierung am Türrahmen zeigte.

„Er hat die Grönlandreise hinter sich", sagte Madame Levsen. „Man könnte auch sagen, die Amerikareise; das läuft ja auf dasselbe hinaus. Grönland ist mit Amerika verbunden, sagt mein Alter, und da Grönland zuerst von den Norwegern angelaufen wurde, so haben eigentlich wir hier im Norden Amerika entdeckt und nicht dieser Kolumbus. Aber lassen wir ihm nur die Ehre, ich habe ja jetzt meinen süßen Jungen! Komm, gib deiner Großmutter einen Kuss!"

„Küss du Piltitz und lass mich in Ruhe!", sagte Elimar mit verdrießlicher Miene. „Ich komme mir ja vor wie ein Wickelkind."

„Oh, mein Engel!", jauchzte Madame Levsen mit ausgebreiteten Armen, glücklich, ihn ansehen zu können. Doch Elimar wandte sich ab, ging zum Fenster und wickelte die Gardine um seine Finger. Als die Großmutter näher kam, zerrte er an dem dünnen Stoff, und mit einem Ratsch riss er ihn entzwei.

„Hättest du mich doch in Ruhe gelassen", meinte Elimar. „Jetzt hast du etwas zu nähen, und ich bin so lange frei." Er packte die Dohle, die über den Fußboden hüpfte, und presste sie in seine Hände. Der Vogel schrie in Panik: „Claus geht auf den Boden mit Piltitz!" Da Piltitz gerade neben dem Stuhl lag, setzte ihm Elimar die Dohle auf den Kopf, die in ihrer Angst die Krallen in das Fell des Katers schlug. Das Ganze war Sache eines Augenblicks, doch in diesen Sekunden zeigte Elimars hübsches Gesicht eine ungezügelte Wildheit. Madame Levsen kannte diesen Ausdruck gut; sie hatte den Jungen ja, könnte man sagen, selbst aufgezogen. „Jetzt gleichst du Jes Jappen!", war alles, was sie sagte. Elimar verstand, kümmerte sich aber nicht weiter darum. Ihr gegenüber war er der unartigste Junge, was sie aber leugnete, vor anderen und vor sich selbst. Sie hatte alles getan, um ihn zu verziehen und zu verhätscheln. Wenn er als Kind eine Tracht Prügel verdient hatte, hieß es: „Der Junge muss krank sein, sonst ist er doch das sanfteste Kind von der Welt." Wenn sie ihn bat, sich wegen eines neuen Sofa- oder Stuhlbezugs in Acht zu nehmen und keinen Kaffee zu verschütten, ergoss sich bald eine ganze Tasse über das Polster. Dann war er eben unachtsam gewesen, der süße Junge! Auch Keike konnte solche Geschichten über Elimar erzählen, und die verstorbene Pfarrersfrau hätte es gekonnt, wäre sie aus ihrem Grab gestiegen. Auch sie hatte immer gesagt: „Jetzt gleichst du Jes Jappen!" Es geschah, als Moritz' Vorgänger noch lebte, dem Keike ihre Anstellung zu verdanken hatte. Sie, die Pfarrersfrau und Madame Levsen saßen um einen kleinen Tisch und nähten. Elimar wollte unbedingt diesen Tisch haben. Als die Pfarrersfrau ihn abwies, rannte Elimar nach Hause, holte die stets geladene Pistole des Kapitäns und schoss über die Köpfe der arglosen Frauen hinweg. Die drei warfen sich zu Boden; Elimar packte den Tisch und trug ihn im Triumph davon – so war er.

Diese Geschichte hatte sich herumgesprochen, nicht nur auf Föhr, sondern über Dagebüll im ganzen Herzogtum. Nur bis zum Kapitän war sie nicht vorgedrungen; ihm verschwieg man fast alle diese Charakter-Äußerungen, wie Madame Levsen sie nannte. Der Kapitän selbst, der seinen Enkel sehr mochte, war ihm gegenüber wortkarg und ließ sich nie mit ihm ein, kurzum, er war der Kapitän und Elimar der Schiffsjunge; so ging es am allerbesten. Doch dieses Jahr war nicht zu verbergen, dass er mit nicht geringem Vergnügen Elimars Berichten von Grönland und den Grönländern lauschte, die er selbst so gut kannte. Doch die aufmerksamsten Zuhörer fand der Junge in Pastors Keike und der kleinen Elisabeth. Die Schweinereien der Grönländer, die in aller Ekelhaftigkeit geschildert wurden, interessierten besonders Keike, die viel auf Reinlichkeit gab. Dagegen fesselten Elisabeth vor allem die Beschreibungen der schwimmenden Eisschollen, die wie Kirchen und Schlösser aussahen, der Walfische, die aus der Nase große Fontänen warfen, und der Schlitten mit zehn bis zwölf Hunden. Allerdings beklagte sich Keike darüber, dass Elimar auf eine neue Art frech und naseweis geworden sei und schon anfinge, von Liebschaften zu sprechen: „Das hat er wohl auch von Jes Jappen gelernt."

Und wer war Jes Jappen? Die Namen waren typisch friesisch, aber der sie trug, stand in einem schlechten Ruf, besonders bei Madame Levsen, der nicht besser geworden wäre, hätte Elimar seine letzte Geschichte mit ihm erzählt. Aber er zog es vor, nicht darüber zu reden. Jes Jappen war zweiter Schiffsjunge auf der „Die drei Schwestern" und wegen seiner Boshaftigkeit und Rohheit mehrmals bestraft worden. Schließlich hatte man ihn, um ihn loszuwerden, auf ein anderes Schiff gegeben. Er und Elimar waren kurz zuvor aneinandergeraten; die Rangelei gipfelte darin, dass Jes Jappen zum Messer griff. Das hätte Madame Levsen wissen sollen! Aber Elimar schwieg. Ich habe ihn nach Strich und Faden verprügelt, dachte er, hätte ich mein Messer zur Hand gehabt, wäre er nicht davongekommen! Jes Jappens Mutter hatte im Haus des Kapitäns gedient, war aber wegen schlechter Führung davongejagt worden. Seitdem hasste Jes Madame Levsen. Sie hatte Proben von seinen bösen Streichen gesehen und meinte, die Bosheit sei ihm ins Gesicht geschrieben. „Du gleichst Jes Jappen" war deshalb ein Ausdruck schärfster Missbilligung. Dass die beiden Jungen sich in Heftigkeit und verrückten Streichen nicht nachstanden, ist gewiss; bei wem der Keim des Bösen am größten war oder sich am stärksten entwickelte, wird die Zeit zeigen. Jes Jappen war der Sohn eines Dienstmädchens, arm und ohne Halt; Elimar war der verzogene Enkel des wohlhabenden Kapitäns.

Am besten verstand sich Elimar mit Elisabeth. Das kleine, wunderlich verschlossene Mädchen zog ihn an; bei ihr fühlte er sich als der Überlegene, der Beschützer. Oft saßen die beiden in einem Boot, und er ruderte hinüber zu den anderen Halligen, sogar nach Föhr und Amrum. Dort gingen sie gemeinsam in den Dünen spazieren, und er half ihr, Blumen zu pflücken und Steine zu sammeln – im Kleinen spielten sie Ingomar und Parthenia[2]. Zusammen besuchten sie die alten und neuen Friedhöfe, saßen bei den Schafen auf der Wiese und besuchten die Fischer. Auf diesen Wanderungen hatte

Elimar auch seine bösen Momente. Die Heftigkeit brach los, ging dann aber über in sklavische Anbetung, Bezeugungen innerlichster Zuneigung und Bemühungen, der Kleinen wieder Freude zu bereiten. Die meisten hielten sie für ein einfältiges Kind, und man fand, dass diese Einfalt täglich zunahm. Davon merkte Elimar nichts – Kinder verstehen sich im Allgemeinen untereinander am besten. Oft saß Elisabeth scheinbar gedankenlos da und ritzte mit einem Stöckchen Striche in den Sand. Es sah aus wie ein Spiel, und Hedevig meinte auch: „Ist es normal für ein großes Mädchen, so herumzusitzen und im Sand herumzukritzeln, ohne Sinn und Verstand?“ Aber daran fehlte es nicht! Diese Striche und der lockere Sand trugen ein Fata-Morgana-Gebäude, das sie Elimar mit Worten sichtbar machte; ihm erklärte sie die ganze Herrlichkeit. Es war der Grundriss des Schlosses und des Gartens, die sie errichten lassen wollte, wenn sie groß und ungeheuer reich wäre. Schloss und Garten sollten hier am Meer entstehen, aber nicht auf Oland, wo so wenig Platz war, sondern drüben auf Föhr. Bäume würden aus den Wäldern Fünens geholt werden. Wie auf dem Gut der Baronin sollte Laubwerk an den Mauern hinauf bis zum Schornstein wachsen. Die Wände würden mit Samt und Seide verkleidet sein, und es gäbe silberne und goldene Leuchter, wie auf dem Altartisch; sie müssten die ganze Nacht hindurch brennen. Oh, das ließ sich so herrlich ausdenken, so deutlich aufzeichnen! Sie ritzte Zimmer und Gartenwege in den Sand und sah sie mithilfe ihrer Fantasie deutlich vor sich. Als sie eines Tages im besten Erzählen war, sprang Elimar in den Sand, scharrte mit seinen Stiefeln alles weg und rief: „Jetzt kommt das Meer, huh, buh, und spült alles weg!“ Für Elisabeth war es, als zerstörte er die Wirklichkeit. Tränen standen in ihren Augen, aber Elimar lachte nur und rief: „Das Meer kommt!“ Dann nahm er das Mädchen auf den Rücken und rannte, so schnell er konnte. Sie schrie, bis er sie endlich absetzte. Als er ihre Tränen sah, fragte er: „Warum weinst du? Du bist ein dummes Kind! Das waren doch nicht Schloss und Garten, das war nur dummes Zeug!“ Und er tollte mit ihr umher, bis sie den

Kummer vergaß. Sie liefen zum Meer, dorthin, wo der alte Friedhof lag. Weit draußen entdeckten sie Schiffe, große und kleine. Elimar erzählte ihr, wie sein Schiff ausgerüstet werden solle; es würde eine Kajüte und eine große Messe haben. Das sei etwas anderes als ihr Schloss, das nur in ihrer Einbildung und nie in Wirklichkeit da sein werde.

„Aber kein Schiff kann so groß wie ein Schloss sein!“, erwiderte Elisabeth. „Kein Schiff ist so groß wie das Haus der alten Baronin.“ Und sie erzählte von dem Saal mit den Porträts, die hinter einem Vorhang von grünen Blättern hingen. In ihrer Schilderung wurde das Schloss größer als ganz Oland, und so groß war ja kein Schiff.

„Riesenschiffe sind noch größer!“, behauptete Elimar und erzählte von dem Geisterschiff, an das die hiesigen Seeleute glauben. „Es segelt draußen auf dem großen Meer und ist größer als jede dieser Inseln hier. Das Deck ist so lang, dass der Kapitän auf einem Pferd reiten muss, um seine Befehle geben zu können, die Takelage so riesig, dass die Matrosen als junge Männer hinaufklettern und als Greise mit weißem Haar wieder herabsteigen.“

„Aber woher bekommen sie denn zu essen?“, fragte Elisabeth.

„Oben in der Takelage gibt es überall Wirtshäuser, wo sie einkehren können. Jap-Lidt-Piders’ Vater ist ja als Junge einmal an Bord gewesen. Sie waren in das Fahrwasser gekommen, das man den Kanal nennt, da unten bei England. Er ist nur ein paar Meilen breit, deshalb blieb das Schiff stecken. Sie mussten die Küsten mit grüner Seife einschmieren, um es wieder flott zu bekommen. Seitdem glänzen sie, wenn die Sonne darauf scheint.“ Elimar glaubte, was man ihm erzählt hatte. „Ich werde dem Riesenschiff bestimmt einmal begegnen“, sagte er, „und ich habe keine Angst!“

Da bat ihn die kleine Elisabeth unter Tränen, doch nicht an Bord zu gehen und erst als alter Mann mit weißem Haar zurückzukehren.

„Aber du bist ja dann auch alt, wenn ich komme“, antwortete er. „Begreifst du nicht, dass für dich genauso viele Jahre vergehen? Du willst mich doch nicht zum Geliebten haben!" Und er lächelte sie an, während er ein paar Menschenknochen aus dem Sand scharrte und sie ins Wasser warf.

„Das darfst du nicht!", schalt ihn Elisabeth. „Sie müssen oben an der Kirche wieder begraben werden."

„Ich darf nicht?", rief er, hob einen besonders großen Knochen auf und wollte ihn weit von sich schleudern, besann sich aber und sagte: „Ja ... willst du meine Liebste sein, wenn du groß bist? Das kann nicht mehr so lange dauern, und ein Seemann muss eine Liebste haben. Ich bin ja fast vierzehn Jahre alt!" Bei diesen Worten umarmte er Elisabeth und gab ihr einen Kuss. „Du darfst den anderen aber nichts davon erzählen, auch nicht Keike, denn sie würde gern meine Geliebte sein wollen, aber sie wird mir zu alt. Du dagegen passt zu mir; der Mann muss immer älter sein als die Frau."

Elisabeth hörte ihm zu, als erzählte er wieder eine seiner Geschichten. Aber sie fand es gut, dass sie jetzt ein Liebespaar waren, und hielt seine Hand noch fester.

Ein Tag verging so ruhig wie der andere; die Herbststürme tobten und das Meer rollte über die flache Insel hin. Dorf und Kirche lagen da wie ein Wrack; an vielen Tagen waren die Bewohner völlig vom Festland und den anderen Inseln abgeschnitten. Zur Flutzeit, wenn Sturmwetter herrschte, war Hedevig ganz unruhig, denn sie war am wenigsten an solches Wetter gewöhnt. Wegen des tosenden Meeres, das seine Wellen bis dicht an das Haus heranrollen ließ, konnte sie nicht schlafen. Jederzeit erwartete sie, dass ein Schiff an die Mauern geschleudert würde.

Im Haushalt des Kapitäns ging auch alles seinen gewohnten Gang, mit Ausnahme einiger ehelicher Auseinandersetzungen, zu denen Elimar den Anlass lieferte. „Die Wildkatze wird mir allzu übermütig!", schimpfte der Alte, während seine Frau immer etwas Vortreffliches in den Taten ihres Enkels zu entdecken wusste oder wenigstens die Schuld von ihm abwälzte. Selbst als sie entdeckte, dass Elimar dem Porträt der Ose die Augen ausgestochen hatte, fand sie eine Erklärung: „Das waren Würmer, denen die alte Leinwand geschmeckt hat." Auch zwischen Claus und Piltitz war durch Elimars Schabernack ein gespanntes Verhältnis entstanden, das tragisch endete. Der alte Kater hatte nicht Verstand genug einzusehen, dass der Junge alle Schuld trug und der arme Vogel gar keine. Claus hatte seine Krallen vor lauter Angst ausgefahren, aber es war Elimar gewesen, der sie mutwillig in das Fell des Katers getrieben hatte. Doch Piltitz war kein Denker, sosehr er auch danach aussah – bei Menschen ist es ja oft genauso. Er verlor alle freundschaftlichen Gefühle, und eines Tages war es so weit. Alle hörten, wie Claus seinen gewohnten Spruch krächzte, und zwar so laut, dass es Aufmerksamkeit hätte erregen müssen. Aber niemand achtete darauf. „Claus geht auf den Boden mit Piltitz!", erklang es immer verzweifelter, immer entfernter, von der Treppe, vom Boden – und dann war Ruhe, und das war das Schlimmste!

Eine Stunde später fand man Piltitz mit düsterem Blick ausgestreckt auf seinem Stuhl. Claus dagegen kam nicht zum Vorschein und war auch nicht zu entdecken, weder im Haus noch bei den Nachbarn. Der arme Claus! Der Jugendfreund hatte ihn gepackt, auf den Boden geschleppt und verspeist. Überall lagen Federn, sodass die Geschichte wirklich so endete: *Claus ging auf den Boden mit Piltitz.*

Zum ersten Mal wurde Madame Levsen richtig zornig mit Elimar. „Du bist schuld daran!", rief sie. „Du bist schlimmer als Jes Jappen!" Das war das Härteste, was sie sagen konnte, und sie brach in Tränen aus; vielleicht, weil sie es gesagt hatte. „Schäm dich!", fügte sie milder hinzu, „Claus und Piltitz waren immer die besten Freunde, einig und glücklich. Du hast sie aufeinandergehetzt, wie du es mit mir und dem Kapitän machst."

Elimar lachte nur und versicherte, dass der Kapitän sie sicher nicht auf den Boden schleppen und verspeisen werde. Dann umfasste er seine Großmutter und tanzte mit ihr durch die Stube, bis sie wieder lächelte. „Man kann ja nicht anders", erklärte sie. „Er hat dieses hübsche Gesicht und ist doch im Grunde ein guter Junge." Und an ihren Enkel gewandt fügte sie hinzu: „Ja, das bist du!" Damit war Frieden geschlossen.

Aber es war niemand auf der ganzen Insel, der nicht wusste, dass Claus tot war und Elimar die Schuld daran trug.

Und der Winter kam mit Sturm und Schneegestöber. An den langen Abenden wechselten sich Moritz und Hedevig darin ab, aus Walter Scotts Werken vorzutragen, diese gesunden, dem Leben und der Natur entnommenen Schilderungen. Es waren die Romane „*Waverley*" und „*Rob Roy*", aus denen vorgelesen wurde. Der Kapitän und seine Frau bildeten das Publikum, und so aufmerksame Zuhörer hat man selten erlebt. Diese Lesungen wurden Teil ihres Alltags; sie lebten geradezu mit Fergus Mac-Ivor, Rosa und Flora; sie glaubten sogar, Mac Gregor und Miss Vernon persönlich gekannt zu haben. Das Gehörte wurde auf das übertragen, was sie selbst kannten und erlebt hatten. Die Verwandtschaft zwischen Schotten und Friesen lag so nahe, nicht nur in der Sprache, sondern auch in den alten Sitten und Bräuchen. Wie die Schotten hatten auch die Friesen ihre Clans; bei den Dithmarschern sind zwei dieser Geschlechter noch namentlich vertreten, die Boyes und die Reventlows. Hier herrschte die Blutrache fast ebenso lange wie in den schottischen Bergen. Darüber unterhielt man sich; das lebendige Wort ging aus dem gelesenen hervor. Das Wahrzeichen der Schotten ist eine blühende Distel, diese für die Hochebene so bezeichnende Blume, das der Friesen dagegen ein Grütztopf, der überm Feuer hängt. Man entdeckte jedoch das Gemeinsame in ihnen – beide sind Embleme des *Heimischen*. Der poetische Schotte findet es in der Blume seiner Berge, die Friesen im Herd; um ihn dreht sich das ganze Streben dieses Volkes. Für den Herd kämpfen und arbeiten sie. So überwanden Geschichten, Sagen und alte Bräuche allmählich das Trennende, das sich in Form des Meeres zwischen Schottland und die Zimbrische Halbinsel gelegt hatte.

„Aber die Länder haben ja auch einmal zusammengehangen", sagte Madame Levsen. „Jedenfalls lag England gleich neben Schleswig und Jütland. Es gibt eine alte Sage, wonach eine Hügelkette England und unser Land verband. Die englische Königin sollte den dänischen König heiraten, doch er wurde ihr untreu. Da ließ sie siebenhundert Mann sieben Jahre lang an den grünen Hügeln graben, die das Meer auf beiden Seiten hielten. Als der Durchbruch geschafft war, floss das Meer zusammen, verschlang alle Inseln und überflutete ganz Friesland, das zu dem Archipel wurde, der heute noch besteht."

Moritz erzählte von der Auswanderung der Angeln aus dieser Gegend nach England und Schottland, und der Kapitän bezeugte, dass selbst die Brachente, nach der sein Schiff benannt worden war, gut englisch und schottisch *Good day! Good day!* geschrien habe.

Angesichts der vielen Geschichten und Sagen des friesischen Volkes und des ganzen Lebens an dieser Küste und auf den Inseln bedauerte man, dass diese Gegend keinen Walter Scott hervorgebracht habe, dass sich unter den Friesen kaum ein Dichter finden lasse.

„Ja, hier ist Stoff", bestätigte Moritz, „aber er liegt noch wie Marmor im Berg und wartet auf den Bildhauer. Vor Homer gab es viele Helden, heißt es ja, aber die Welt weiß nichts von ihnen."

„Was für ein schönes Buch könnte man aus den Geschichten über Großmutter Ose machen! Das war eine Frau! Was über sie erzählt wird, ist die reine Wahrheit."

Moritz hatte die Geschichte zweimal, Hedevig erst einmal gehört; also konnte sie gut noch einmal erzählt werden. So kam es auch, aber wir wollen noch nicht lauschen, sondern auf eine bessere Gelegenheit warten, denn wir können sicher sein, dass Madame Levsen sie später noch einmal erzählt, wenn sie noch lebt – was wir hoffen wollen.

Bei all diesen Gesprächen und Lesungen lauschten nicht nur Elimar und Elisabeth, sondern auch Keike, die sich vielleicht am meisten für den schottischen Dichter begeisterte. Elisabeth verstand nur sehr wenig, da sie das Deutsche kaum beherrschte, und das war die Sprache, in der Walter Scott gelesen wurde. So verging der Winter.

Das Treibeis hatte sich wie ein Bollwerk um die Insel gelegt. Es kamen graue Nebeltage, doch endlich brachen die ersten Sonnenstrahlen durch und kündigten den Frühling an. Der einzige Baum auf der Insel, der kleine Stachelbeerbusch, der im Schutz der Mauer stand, trieb frische grüne Knospen, und im Sonnenschein rollten sich bald die ersten zarten Blätter aus. Das erwachende Leben brachte Tränen in Moritz' Augen; die grünen Triebe des Frühlings weckten mehr Wehmut in ihm als das fallende Laub des Herbstes. Der milde Sonnenschein taute den Schmerz gleichsam auf; er betrachtete den grünenden Stachelbeerbusch und dachte an Caroline, deren Lebensfrische nun Erde unter der Erde war.

Elimar, der sich den Winter über als flinker Jäger betätigt, Wild- und Eiderenten, ja sogar einen Schwan gefangen oder geschossen hatte – Letzterer war von Jap-Lidt-Piders für Madame Levsen ausgestopft worden –, erwies sich auch als besonders geschickt und mutig beim Herumspringen auf den schwimmenden Eisschollen. Ebenso war er der Erste, der sein Boot zu Wasser ließ. In diesem Frühjahr würde er die Reise nach Holland machen. Er freute sich darauf; Holland sollte ein herrliches Land sein, hatte man ihm gesagt, Marschland zwar, aber mit großen Städten voller Macht und Pracht. Wegen dieser Reise musste Elimar für mehrere Tage nach Föhr. Elisabeth war deshalb sehr traurig; nicht einmal Keikes Geschichten konnten sie trösten. An einem bestimmten Tag im Frühjahr treffen sich die Seeleute von Föhr und den Halligen zur Abreise. Die Woche davor verbrachte Elimar wieder bei Levsens. Die Familien des Kapitäns und des Pfarrers beschlossen, dass sie einigen Freunden auf Amrum einen Besuch abstatten wollten. Auch Elimar sollte an dem Vergnügen teilhaben; er musste sich ja ohnehin von seinen Freunden und Bekannten verabschieden.

Verglichen mit den Halligen ist die Insel Amrum mit ihren weißen Sanddünen ein wahres Hochland. Die Kinder wussten genau, wo sich da drüben die meisten Kaninchen versteckten und wo zwischen den Dünen das schönste Heidekraut blühte. Der Wind stand gut; es wurde nur eine kurze Segeltour. Beide Familien wurden mit großer Freude, ja mit Jubel empfangen. Nur das Beste kam auf den Tisch, der Kaffeekessel wurde dazugestellt, und dann unterhielten sich die Männer mit den Männern und die Frauen mit den Frauen. Elisabeth hatte das Zimmer schon verlassen, nun schlich sich Elimar hinterher. Er kam durch die Küche, und weil gerade niemand da war, schaute er in die Töpfe und Schubfächer. In einer Ecke lagen Gerätschaften zum Fischen; er bekam Lust, sie auszuprobieren. Den Kasten, der dazugehörte, konnte man auf dem Rücken tragen; ein Griff, ein Sprung und er war draußen.

Dicht am Haus hockte Elisabeth und beobachtete ein Loch im Wall, das sich die Kaninchen gegraben hatten. Gerade waren ein oder zwei im Heidekraut verschwunden. Man muss wissen, dass die Kaninchen auf Amrum das wichtigste Wild sind. Alle stammen von einem Kaninchenpaar ab, das vor vielen Jahren auf der Insel gestrandet war. Elisabeth zeigte auf die Öffnung, und Elimar legte sich sofort auf den Bauch, spähte hinein und warf Steine hinterher, aber die Kaninchen verhielten sich ruhig. Dafür zeigten sich oben auf dem Hang drei andere, die beim Anblick der Menschen augenblicklich kehrtmachten und mit lustigen Sprüngen in die Dünen flohen. Elimar rannte ihnen nach, Elisabeth lief langsamer hinterher. Manchmal blieben die Tiere stehen, drehten den Kopf, hoppelten aufeinander zu und stoben dann wieder auseinander, um schließlich im nächstgelegenen Dünental zu verschwinden.

Elimar blieb lange stehen, schaute nach allen Seiten und wandte sich dann Elisabeth zu. Sie hatten sich weit vom Haus entfernt. Hier, zwischen den Sandbänken, war es angenehm warm. Elisabeth setzte sich; sie war müde. Elimar streckte sich neben ihr im Sand aus. Doch lange blieb er nicht liegen. Bald sprang er wieder auf und zog an den langen Wurzeln des Strandhafers, die wie Bänder an den Seiten der Dünen herabhingen. Eine ganze Lage Sand rutschte nach. Man darf sich die Dünen nicht wie eine Bergwand vorstellen – aus einer solchen hätte er die wilde Pflanze nicht ausreißen können –, nein, sie bilden die seltsamsten Formen. Wo das Meer mit Macht gegen sie wirken konnte, sind sie wie mit dem Spaten abgestochen; man glaubt, eine Reihe kolossaler weißgrauer Mauern vor sich zu haben, von Strandhafer gekrönt, dessen Wurzeln wie Schlingpflanzen herabhängen. Unten in den grauen, feuchten Grund hat die Nordsee wunderliche runde Figuren gedrückt, die wie eine geheimnisvolle Schrift aussehen – vielleicht verrät sie, welche Reichtümer und Schrecken das Meer in sich trägt.

Elimar kroch auf einen der hohen Sandkegel; Elisabeth versuchte, ihm zu folgen. Es war einer der höchsten; von hier aus konnten sie weit über die Nordsee blicken. Das Meer war während der Ebbe um Meilen zurückgewichen, es war völlig windstill. Lange hielten sie es nicht aus, sie mussten hinaus auf den feuchten, festen Grund, wo so viele Steine und Muscheln lagen! Sie fanden auch eine Flasche, die gut verschlossen war. Elimar hielt sie gegen die Sonne und sah, dass ein Stück Papier darin steckte. Sofort zerschlug er das Glas an einem Stein und nahm den Zettel heraus. Er war mit einem Spruch beschrieben, jedoch in einer Sprache, die Elimar nicht verstand. Doch er wusste Bescheid und erklärte Elisabeth, dass irgendwo ein Schiff untergegangen sei und dass man im letzten Augenblick an Bord diese Nachricht verfasst habe, damit irgendwo auf der Welt Menschen erfuhren, wann und wo die Besatzung den Tod gefunden und wie das Schiff geheißen hatte. Elisabeth fand einen wunderbaren gelben Klumpen, der wie Kandiszucker aussah. Es war ein schönes großes Stück Bernstein, das Stroh an sich zog, wenn man es an seinem Ärmel warm rieb. Heute war ein Glückstag, wenn man etwas Besonderes finden wollte, also liefen sie immer weiter hinaus. Rundum war gleichsam ein Netz von Wasser um den Sandboden gespannt. Weiter draußen lagen einige größere Steine. Zwischen diesen entdeckten sie ein zerbrochenes Ruder, einen zerrissenen Südwester, bunte Muscheln und, was noch prächtiger war, eine mit Wasser gefüllte Vertiefung, in der zwei große Fische plätscherten. Elimar wollte sie mit den Händen greifen, doch sie entwischten ihm immer wieder. Aber gefangen mussten sie werden! Elisabeth setzte sich auf einen der großen Steine und schaute zu. Die Zeit verging so schön; es war still, und die Sonne schien prächtig.

Plötzlich merkte Elimar, dass der Boden immer feuchter wurde. Das Netz der Pfützen war dichter geworden. Die Gezeiten hatten gewechselt; nun begann die Flut. Elimar schaute nach Amrum hinüber. Die Insel konnte nur vierhundert Schritt entfernt sein, aber sie schien mit einem Mal versunken zu sein. Von Norden wälzte sich ein dichter Nebel heran, der bereits die nächstliegenden Dünen verhüllte und bald auch die Kinder erreichte. Die Sonne drang nur noch schwach-rötlich durch die Schwaden. Elimar packte Elisabeths Hand und rannte auf die Insel zu.

„Ich habe Angst!“, rief das Mädchen. „Wo ist Amrum, und wo sind meine Schuhe? Ich muss doch meine Schuhe und Strümpfe haben!“ Die hatte sie, als der Nebel kam, gerade ausgezogen, weil sie zu Elimar und den Fischen wollte. Elimar kehrte um; die Schuhe sollten auf dem großen Stein liegen, auf dem sie gesessen hatte. Sie waren heruntergefallen, wurden aber gefunden. Der Nebel war eiskalt und dick. Elimar trug Elisabeth auf dem Rücken und beeilte sich fortzukommen, doch die vorher so harmlos wirkenden, wie ein Netz angeordneten Pfützen wurden größer und tiefer und mussten umgangen werden. Als er glaubte, nahe bei den Sanddünen zu sein, standen sie wieder an denselben Steinen, von denen sie gekommen waren. Mit den Füßen stieß er gegen einen Gegenstand; es war die Fischerkiste, die er bei der Flucht vergessen hatte. Er nahm sie auf, war aber inzwischen völlig ratlos, in welcher Richtung die Insel lag. Rufe und Schreie nutzten nichts; Elimar versuchte es trotzdem. Schon kam das Meer; die erste Welle schlug an seine Füße. Er hob die kleine Elisabeth auf den höchsten Stein und setzte sich neben sie. Die nächste Welle war schon stärker, doch das Wasser wurde immer ruhiger, je höher es stieg, denn es herrschte Windstille.

Elisabeth weinte nicht. Es war, als begriffe sie die ganze Gefahr. Bleich und mit einem seltsamen Blick schaute sie zu Elimar. Die Flut stieg und stieg; bald musste er sich neben sie stellen, weil auf dem Stein nicht mehr Platz für beide war. Noch einmal rief er mit der Kraft der Verzweiflung um Hilfe; es schien ihm, als hätte er einen Hund bellen gehört, doch dort konnte Amrum nicht liegen. Vielleicht näherte sich jemand in einem Boot! Einen Augenblick lichtete sich der Nebel, und er wusste nun, wo die Sonne stand. Sie war sein Kompass; die Insel lag genau in der Richtung, aus der das Gebell gekommen war. Doch es hatte aufgehört, und das Wasser stieg und stieg!

Schon reichte es ihnen bis an die Füße. Elisabeth konnte nicht sicher stehen. Sie klammerte sich an Elimar, und beide fielen ins Meer. Schnell setzte er sie wieder auf den Stein und blieb selbst unten stehen. Das Wasser reichte ihm schon bis an die Brust. Die Flut nahm weiter zu; er beeilte sich, den Fischerkasten unter seine Füße zu bringen, um so etwas höher zu stehen. Sein Kopf war nun fast in gleicher Höhe wie Elisabeths.

Es waren keine Wellen auf dem Meer. So schien es ihnen, als würde nicht der Wasserspiegel steigen, sondern sie selbst langsam im Meer versinken. Elimar rief weiter um Hilfe, doch niemand antwortete. Bald würde ihnen das Wasser bis zum Kinn reichen. Elimar war bleich wie ein Toter; Tränen standen in seinen Augen. Er küsste die kleine Elisabeth, die ihre Arme um seinen Hals schlang. Sie merkten, dass sie allmählich den Halt verloren.

Plötzlich erklang dicht bei ihnen eine Stimme, sie hörten Ruder platschen, und aus dem Nebel löste sich ein Boot, in dem ein Mann saß. Es war Jap-Lidt-Piders; er hatte die Schreie gehört und kam zur rechten Zeit, um sie zu retten. Schnell zog er sie ins Boot und ruderte mit raschen Schlägen nach Oland.

Erst hier erfuhr er von ihnen, wie sie in diese Gefahr geraten waren und dass Moritz, Hedevig und die beiden Levsens zu Besuch auf Amrum weilten. Nachdem er Elisabeth bei Keike abgeliefert hatte, die sie gleich ins Bett steckte, und nachdem er sich vergewissert hatte, dass Elimar nach Hause gegangen war, segelte er sofort nach Amrum hinüber und erzählte, ohne groß auf die Nebenumstände einzugehen, dass die beiden bereits zu Hause und gut aufgehoben seien.

Elimar hatte von dem kalten Bad keinen Schaden genommen; Elisabeth dagegen musste einige Tage das Bett hüten und konnte am großen Abreisetag auf Föhr nicht teilnehmen. Aber in Gedanken war sie dabei, und sie sah Elimar vor sich, so liebenswürdig und lebendig. Sie waren in den Minuten, als das Meer sie verband, für alle Zeiten zusammengewachsen. Ein Gefühl war geweckt worden, wie es sich in ebenso jungen Jahren bei Ariost, Byron und anderen gezeigt hatte, deren Namen über das Alltagsleben hinaus leuchten.

Es war der Tag der Abreise. Männer und Frauen hatten sich bei dem Dorf Goting auf Föhr versammelt, um ihre Verwandten und Liebsten zu verabschieden. Die Schiffe legten ab. Die Frauen in ihren schwarzen Kleidern standen auf dem höchsten Punkt, einem alten Hünengrab, und winkten den Davonfahrenden das letzte Lebewohl zu.

5.
Ein paar Jahre – Ein alter Bekannter tritt auf

Erst nach sieben bis acht Monaten konnte Elimar zurückerwartet werden. Das war eine lange, lange Zeit, schien es Elisabeth, und sie war innerlich betrübt. Wie aber hätte sie es ertragen können, wenn sie gewusst hätte, dass aus den Monaten des Hoffens in Wirklichkeit oft Jahre werden, dass der Tag der Heimkehr noch ferner lag als ein Ereignis, an das sie noch gar nicht dachte, ihre Konfirmation! An diesem Tag beginnt die Fahrt auf dem offenen Meer des Lebens; es ist ein ernster Tag, und wir wollen schnell zu ihm und den abenteuerlichen Begebenheiten, die er auslöste, hineilen. Aber zuvor müssen wir die dazwischen liegenden Jahre im großen Rahmen versammeln und hervorheben, was in Elisabeths Leben „das Heim auf den Halligen" genannt werden konnte.

Ein glückliches Gegengewicht zu der Welt der Fantasie und des Aberglaubens, in die Keikes Geschichten Elisabeth führten, waren die gesunde Natur und die vernünftigen Tätigkeiten, zu denen sie durch Hedevig angehalten wurde. Sie musste nähen und stricken lernen; Hedevig brachte ihr auch Grundlagen der Musik bei. Elisabeth war in allem wunderbar gelehrig, verstand schnell und verriet besondere Anlagen. Hedevig hatte ihre Freude daran, dem Mädchen die Augen für die Natur zu öffnen und zu schärfen. Die Natur und die Bibel waren die beiden Bücher, die stets aufgeschlagen dalagen, das eine im Haus, das andere außerhalb. Beide wurden gelesen, beide warfen einen Abglanz in dieses Heim und durchdrangen die, die darin wohnten. Hedevig war mit ihrem stillen, innigen Wesen ein Segen; sie lebte ganz für ihren Bruder und das Kind, dessen sie sich angenommen hatte. Poesie war in ihrer Seele, ohne dass sie selbst es wusste, und mit dieser fasste sie alles auf. Ihre Augen leuchteten so wunderbar, wie die Augen eines weinenden Kindes strahlen, wenn Betrübnis unverhofft in Freude übergeht.

Wie sind die großen Städte mit ihren Gesellschaften und Schauspielen doch arm gegen das harmonische Zusammenleben in dieser Einsamkeit, gegen das Schauspiel, das Meer und Himmel hier jeden Tag und jeden Abend veranstalten, dachte sie. Was im Übrigen in der Welt passierte, wusste man durchaus, denn es kamen ja Zeitungen, wenn auch gebraucht und mit einer Woche Verspätung. Bücher trafen jeden Monat ein. Die Werke der neueren Literatur trafen in diesem Winkel der Erde auf ein kleines Publikum, das zugleich eine Art Gericht bildete. Manches Buch, das durch Reklame hervorgehoben und in den Himmel gelobt worden war, stürzte hier vor dem Urteil der Natur wieder herab. Das bewunderte Künstliche, das keine innere Wahrheit besaß, fiel hier ins Nichts. Wo diese beiden Bücher, die Natur und die Bibel, an erster Stelle standen und Vorbild für alle Schriften waren, galten andere Forderungen als die des modischen Geschmacks.

Bei diesem Leben im Buch aller Bücher, aus dem er seinem Kreise und der Gemeinde vorlesen konnte, war es Moritz ein Herzensbedürfnis, nicht nur von der Kanzel herab, sondern auch von dem niedrigen Strand und den Dünen der

Nachbarinseln aus auf Gott hinzuweisen. An diesen Orten hätte man ihn in jedem Zeitalter verstanden. Nichts sah er als zufällig an; alles war ihm Glied in der großen Kette. Oft fand er im Unbedeutenden den verborgenen Keim zu dem großen Bedeutungsvollen, und er lenkte die Aufmerksamkeit und die Gedanken der anderen darauf. Er lehrte sie, dass der einzelne Strohhalm, der sich im Wind an der Küste verfängt, vielleicht nach Jahrhunderten in einer Sturmflut zur Rettung für das Land werden kann. Der unbedeutende Halm sammelt um sich den losen Sand, das Ganze wächst und wächst, und zum Schluss steht dort eine schützende Düne. „Doch verlasst euch nicht auf ihn", mahnte er. „Seht in ihm den Fall von Macht und Größe! Nichts in dieser Welt ist von Dauer. Dort draußen, wo sich das Meer an den Riffen bricht, stand vor wenigen Jahren ein mächtiger Sandberg. Dann kamen die Kaninchen und gruben ihre Löcher. Der Wind blies hinein, bohrte Tag und Nacht, die Wellen schlugen gegen den losen Grund, und der Berg sank in sich zusammen und wurde unter dem Wasser begraben."

Dieses Zusammenleben mit der Natur, die abendlichen Lesungen, die stets durchdacht und unterhaltsam waren, stärkten Elisabeth, wie das Sonnenlicht den Pflanzen Kraft gibt, und verliehen ihren Gedanken Frische und Natürlichkeit. Die Romane Walter Scotts waren ihr lebendige Wirklichkeit. Am besten gefiel ihr „*Das Herz von Midlothian*". In diesem Buch fand sie ihre Heldin, ihr Ideal, und das war Jeanie Deans, deren Wanderung von Edinburgh nach London sie lange Zeit erfüllte und beschäftigte. Elisabeth war im Volksleben und den Sitten Schottlands weit mehr zu Hause als in denen des Landes, dem sie selbst angehörte.

In den letzten Jahren waren die Inseln in der Sommerzeit von immer mehr Menschen besucht worden und dadurch in Berührung mit der Welt gekommen. Die Zahl der Badegäste in dem kleinen Dorf Wyk auf Föhr, das nur eine Meile von den Halligen entfernt liegt, hatte sich beständig erhöht; die 1819 gegründete Badeanstalt war bereits erweitert worden. Die Besucher kamen nicht nur aus Schleswig und Holstein, sondern auch aus dem inneren Deutschland. Eine Art Hotel, das von einem Hamburger bewirtschaftet wurde, war dort errichtet worden. Jeden Sonntag trat ein deutsches Wanderorchester auf; wenn der Wind günstig stand, konnte man auf Oland deutlich hören, wie gut die Musiker spielten. Mit dem Fernrohr des Kapitäns sah man die lange Reihe von Spaziergängern auf der frisch mit Bäumen bepflanzten Strandpromenade, und an manchem dunklen Abend war es eine Lust zuzuschauen, wie man Raketen steigen ließ oder ein Feuerwerk abbrannte. Manchmal kamen einige der Fremden zu Besuch nach Oland; manche waren dem Kapitän oder dem Pfarrer empfohlen worden. Wenn die Badesaison im September zu Ende war, zogen alle ihrer Wege, und das stille, einförmige Leben setzte wieder ein. Unter denen, die Moritz empfohlen worden waren, war ein Schotte, Knox, der sich zur Familie des schottischen Reformators zählte, dessen Namen er trug. Er hatte in jungen Jahren ganz Europa bereist. In den letzten Jahren war er vor allem in Deutschland, Holland und dem skandinavischen Norden gewesen; diesen Ländern galt sein vornehmliches Interesse. Dem Verwandten in diesen Nationen, dem Familienband zwischen ihnen galt sein Studium. Er sprach sich klar und mit Bedacht darüber aus und war zugleich der beste lebende Kommentator der Romane Walter Scotts. Als junger Bursche hatte er ja dieses vom Dichter besungene „*Land of brown heath and shaggy wood, Land of the mountain and the flood!*“ bereist.

Er war in Kilbourn geboren worden, also nicht weit von Abbotsford, wo er den großen Dichter oft besucht hatte. Er kannte viele kleine, charakteristische Züge an ihm und erzählte sogar von dem treuen Hund Maida, denn er hatte Abende im Familienkreis zugebracht und auf seinem Arm die Enkelin getragen, Lockharts reizendes Kind, das veredelte Ebenbild Walter Scotts. All diese Details von der Wiege der Romane übernahm Elisabeth in die lebendige Wirklichkeit des Augenblicks. Diese erhielt dadurch einen so romantischen Glanz, dass darin zu leben ihr als das höchste Glück erschien.

Moritz und seine Schwester waren dem Schotten sympathisch; ihre natürliche Religiosität, die sich in den Sitten und Bräuchen des Hauses zeigte, stimmte mit seiner Erziehung überein. Bei dem Pfarrer auf den Halligen fand er die Lebensweise seiner Heimat wieder. Hier wurde bei Tisch der Segen gesprochen, bevor man sich setzte; hier hatte der Sonntag seine stille Heiligkeit, hatten die Abende ihre andächtige Stimmung bewahrt. Dabei war kein Zwang; alles entsprang einem natürlichen Gefühl und einem religiösen Gemüt.

Es war der zweite Sommer, in dem Knox nach Föhr kam. Eines Tages brachte er einen neuen Badegast mit auf die Halligen, einen Mann, der in Dänemark aufgewachsen war, aber seit Langem in Paris lebte, wo seine Kompositionen Aufmerksamkeit erregt hatten. Die Zeitungen bezeichneten ihn als einen Bahnbrecher des Neuen; nie zuvor waren, wie bei ihm, Töne zu malenden Worten geworden. Allerdings wurde er dort stets der Schwede genannt, weil Schweden unter den nordischen Ländern das bekannteste war. Schließlich hatte der französische General Bernadotte, einer der Feldherren Napoleons, den schwedischen Thron bestiegen.

Der Däne war ein schlanker Mann in den Dreißigern und galt als der Löwe der Saison – was tut nicht ein Name mit französischer Berühmtheit! Sein Gesicht war sehr ausdrucksstark. Eine Mischung aus Gutmütigkeit und Stolz vibrierte besonders um den Mund; aus diesen feinen Zügen hätte ein Psychologe vielleicht eher auf seinen Charakter schließen können als aus seinen Augen. Er unterhielt sich mit der Lebhaftigkeit der Franzosen. Nach der Badesaison wollte er nach Paris zurück, aber zuvor Dänemark einen kurzen Besuch abstatten. Er schien die meisten dortigen Adelsfamilien zu kennen und wusste über das Sommer- und Winterleben gut Bescheid. Über vieles dort sprach er sich lobend aus, doch mischten sich ironische, ja manchmal bittere Worte in seine Rede. Besonders sein beispielloses Talent, mit einer Hand auf dem Piano zu improvisieren, hatte den Schotten beeindruckt. Er wollte, dass Moritz und Hedevig in den Genuss einer solchen

Aufführung kämen. Im Pfarrhaus stand ja ein gutes Klavier, zu dessen Musik Elisabeth sang, wie auch Caroline einst gesungen hatte, vor allem Reichardts herrliche Kompositionen zu Goethes Gedichten.

Knox hatte schon einige Tage zuvor in einem Brief von dem neuen Gast erzählt. Nun stand er in der guten Stube des Pfarrhauses und wurde herzlich begrüßt. Moritz stutzte, als er ihm in die Augen schaute. Irgendetwas an diesem Gesicht, an der ganzen Person kam ihm bekannt vor. Sie mussten einander schon einmal begegnet sein, nicht nur flüchtig. Erinnerungen knüpften sich wohl daran – aber welche?

„Wir sind uns nicht ganz fremd", begann Moritz. „Ich kenne Sie, mir fällt nur nicht ein, woher. Wo können wir uns kennengelernt haben?"

„Vielleicht in Paris", antwortete der Fremde. „Oder in Dänemark; dort habe ich meine ganze Jugend verlebt. Das war nicht meine glücklichste Zeit, aber sie hat mir auch Gutes gebracht."

Hedevig sollte der Erinnerung ihres Bruders auf die Sprünge helfen, aber sie musste passen. Sie war ganz sicher, dass sie den Dänen zum ersten Mal sah. Man unterhielt sich, ging spazieren und besichtigte die Insel. Die Sehenswürdigkeiten, die Kirche und der Friedhof, wurden gezeigt, dann kehrte man im Hause des Kapitäns ein, wo der Mittagstisch gedeckt war. Der Däne war sehr gesprächig und unterhielt die Gesellschaft mit hundert kleinen Anekdoten. Die Bibliothek wurde gezeigt und auch die Musikalien – hier war nicht viel zu sehen.

„Weyse, mein lieber, vortrefflicher Weyse!", rief der Besucher. „In ihm hat Dänemark einen nationalen und tüchtigen Komponisten, der größer ist, als die Nation weiß. Niemand kennt ihn in der Fremde, und zu Hause sind es nur die wirklichen Musikkenner, die seine Bedeutung begreifen."

Es war Weyses Musik zu Macbeth, die er vom Bord nahm.

„Die ist doch allgemein anerkannt worden", sagte Moritz, „besonders die schöne Tafelmusik darin, das Lied der Wächter und die Hexenszenen."

„Ich schätze und liebe Weyse!“, erklärte der Gast. „Ich glaube, ich darf mich zu seinen eifrigsten Bewunderern zählen. Doch was diese Komposition betrifft, weicht mein Urteil, vielleicht bedingt durch meine musikalische Eigenheit, vom Urteil meiner Landsleute ab, auch von dem der tüchtigen. Ich möchte hier etwas anderes haben als das Gegebene. Ich vermisse in diesem Fall, was Weyse sonst in seinen Kompositionen ausdrückt: das Charakteristische. Die Tafelmusik in Macbeths Schloss ist, ich will sogar sagen: genial, aber sie ist nicht charakteristisch für die Zeit und den Ort. Diese Komposition führt uns nicht nach Inverness in Macbeths Schloss. Alte schottische Volksmelodien oder Töne wie diese und Instrumente wie zum Beispiel der Dudelsack müssten dominieren. Die Hexenszenen lassen sich nur durch musikalische Untermalung der Situation darstellen; das Unheimliche, Geheimnisvolle, das nächtliche Unwetter auf der Heide würde ich mit einem monotonen Gesang unterlegen, der nur im Steigen und Sinken der Stimme Abwechslung finden dürfte.“ So sprach der Fremde, wie die meisten anderen, nur seinen Tadel aus über den, den er bewunderte.

Auf Hedevigs Einwand, dass die Tafelmusik doch wenigstens ihr echt schottisch vorkomme, setzte er sich ans Klavier. „Tja, das kann ich doch nicht spielen“, sagte er. „Dazu sind zehn Finger nötig, und ich habe doch eigentlich nur fünf.“ Er zeigte seine steife Hand und erklärte: „Das ist die Erinnerung an eine Waldpartie in Dänemark!“ Mit der gesunden Hand bearbeitete er die Tasten mit einem solchen Ausdruck, einer solchen Virtuosität, dass man glauben konnte, er hätte vier Hände. Das fein geschnittene Gesicht wirkte beseelt; die Augen leuchteten, die Lippen vibrierten. Moritz begriff plötzlich, wen er vor sich hatte und wo er ihm zuletzt begegnet war. Täuschte er sich auch nicht? Der, an den er sich erinnerte, war arm und vernachlässigt gewesen und schlecht behandelt worden. Vor ihm saß jedoch ein Mann, dessen Name von Frankreich aus die ganze Musikwelt erobert hatte.

„Wir haben uns vor vielen Jahren auf Fünen kennengelernt“, sagte Moritz leise.

„Ist das möglich!“, rief der Mann. „Bestimmt bei meiner alten Freundin, der Baronin, in ihrem Vogelbauer, wie man den alten Gutshof so witzig nannte. Ja, zu Scherzen aufgelegt sind sie immer, meine lieben Landsleute.“

„Nein, auf dem Gut, wo einer meiner alten Schüler wohnt, Graf Frederik.“

„Dort!“, stieß der Fremde hervor, und für einen Augenblick röteten sich seine Wangen. „Das ist möglich, dort bin ich oft mehrere Wochen gewesen.“

„Und Sie sind oder waren damals Kammerjunker?“

„Jawohl, und ich bin im Titel nicht avanciert“, erklärte der berühmte Mann. „Sie kennen doch sicher die alte Baronin auf dem Nachbargut? Eine vortreffliche Frau, trotz ihrer Marotten. Ich liebe sie wie eine Mutter, das sage ich Ihnen im Voraus! Gott und ihr verdanke ich, was ich jetzt bin, meine unabhängige Stellung und die Ausbildung meines Talents.“

Und Moritz erinnerte sich an den Abend bei den Grafen, wo er ihnen, der Begriff fiel ihm wieder ein, eine musikalische Vorlesung gegeben hatte. „Sie fantasierten für uns über eines der Heldenlieder. Die heutige Gräfin war gerade mit ihrer Mutter zu Besuch gekommen und ganz hingerissen …“

„Clara!“, rief der Kammerjunker – wir wollen diese Bezeichnung beibehalten. „Clara! Wie schön sie war! Ja, sie machte mir Komplimente. Damals war ich noch nicht daran gewöhnt, gelobt zu werden. Sie war hingerissen, forderte mich aber dennoch auf, Tanzmusik zu spielen.“

„Wir hatten alle unsere Freude daran, Ihnen zuzuhören.“

„Nur nichts von Ihnen selbst, hatte Graf Frederik mich gebeten. Oh, ich erinnere mich allzu gut an diesen Abend! Es gibt gewisse Minuten im Leben, die man nie vergisst, während man ganze Monate für immer aus dem Gedächtnis verliert.“

„Das ist doch nicht etwa eine Folge des Unfalls mit dem Wagen?“, erkundigte sich Moritz und wies auf die steife Hand des Kammerjunkers.

„Jawohl! Die verdanke ich dem jungen Herrn, der das Fahren nie gelernt hatte und doch unbedingt Kutscher sein wollte. Aber ich will mich nicht beklagen; für mich ist das Ganze von Vorteil und nicht zum Schaden gewesen. Mit zwei gesunden Händen wäre ich vielleicht ein tüchtiger Klavierspieler geworden und dabei geblieben, unter dürftigen Verhältnissen *maître des plaisiers* für einige gewöhnliche Menschen zu sein, die durch Geburt und Vermögen über die Güter dieser Welt verfügen dürfen. Als die Hand steif und zum Spielen unbrauchbar wurde, mussten andere Anlagen entwickelt werden, und, Gott sei Dank: Es gab eine, mein Talent zum Komponieren! Mein Unglück oder, wenn man so will, der Unfall und dessen Umstände kamen der alten Frau Baronin zu Ohren. Sie hatte mich zuvor zweimal spielen hören und dabei ihr Vergnügen gehabt. Nun wurde ihre Teilnahme geweckt. Einige Kränkungen, die ich, so meine ich, grundlos durch den übermütigen Grafen Frederik zu erleiden hatte, machten sie zu meiner tatkräftigen Beschützerin. Ja, ich schäme mich nicht, es zuzugeben: Sie hat mich in Paris unterstützt, sie hat wie eine Mutter Geldsummen für mich geopfert. Anfangs war es wohl nur eine fixe Idee von ihr, die sie durchsetzen wollte. Man belächelte sie, wie man die meisten ihrer besten Handlungen nicht ernst nahm. Aber allmählich erwarb ich mit dem Talent, das Gott mir gab, ihre Anerkennung, und sie wusste, was sie wollte. Ich freue mich, dass ich ihr in gewissem Maße Ehre machen konnte."

Elisabeth hörte verwundert zu und erinnerte sich nun auch an den bleichen, musikalischen Mann, der mit verbundenem Arm auf den Gutshof gekommen war und einige Zeit mit einer Hand musiziert hatte. Er war immer so still und bedrückt gewesen. Wie anders trat er hier auf, als anregender, selbstbewusster Unterhalter! Nie zuvor hatte sie jemanden mit solcher Zuneigung und Wärme von der alten Frau erzählen hören.

„Ich fand immer, dass die Frau Baronin ein besonders guter Mensch war", versicherte Moritz. „Ich habe sie ja auch gekannt. In vielem war sie allerdings etwas seltsam, sodass man es der Welt eigentlich nicht verdenken kann, dass sie so urteilt, wie sie es tut."

Nun erzählte der Kammerjunker von der Kindheit der gnädigen Frau; wir kennen die Geschichte. Von ihrem Vater, dem langen Rasmus, war die Rede, der auf dem „hölzernen Pferd“ reiten musste – und nun wohnte und herrschte sie als alte Frau selbst auf dem Gut. Der Kammerjunker wies nach, dass sie sich, bedingt durch die Umstände, denen sie in ihrer Jugend unterworfen war, zu jenem seltsamen Charakter entwickeln musste, den sie zeigte, und dass in dieser verdrehten Persönlichkeit die besten und edelsten Elemente lagen. Die Welt hebe jedoch, wie man wisse, nur das Kantige und Lächerliche hervor.

„Ich möchte Ihren an sich richtigen Glauben an die alte Dame nicht erschüttern“, sagte Moritz, „aber in ein paar Fällen werden weder ich noch Sie ihre unbillige Handlungsweise entschuldigen können. So war dieses Mädchen“, er zeigte auf Elisabeth, „einst ihr erklärter Liebling, aber zur Strafe für eine Handlung, für die ein Kind dieses Alters eine Ohrfeige verdient gehabt hätte, jagte sie die Kleine hinaus in die Welt. Natürlich ließ sie das Kind nicht verhungern, aber sie stieß es von sich, und es war ihr gleichgültig, wohin es käme und was aus ihm würde. Seitdem hat sie sich nicht ein einziges Mal nach Elisabeths Schicksal erkundigt. Ich denke aber auch an ihren Enkelsohn, ihr eigen Fleisch und Blut, den sie nie sehen wollte und den sie ebenso gleichgültig in der Welt herumziehen lässt – wie einen Fremden!“

„Das ist unrecht“, stimmte der Kammerjunker zu. „Hier wird sie nicht entschuldigt werden können. Aber ihre Eigenheiten lassen sich alle durch ihre Persönlichkeit erklären. Sie wird, was den Sohn ihrer Tochter angeht, der ein tüchtiger und vortrefflicher Mensch sein soll, von einem Motiv geleitet, das vielleicht nur eine fixe Idee ist. Ich kenne es, habe aber nicht das Recht, darüber zu sprechen, auch nicht, um ihr Verhalten zu verteidigen oder zu entschuldigen. Doch in dieser unglücklichen Idee liegt das ganze Geheimnis ihres Benehmens. Er hat übrigens viele Jahre in Italien gelebt.“

„In der ganzen Zeit habe ich nur zwei Mal von ihm gehört; einmal gleich nach seiner Ankunft in Rom, als er mit Leib und Seele Maler werden wollte, das zweite Mal ein Jahr später, als er mir schrieb, er habe die Palette beiseitegelegt und sei Bildhauer geworden."

„Derzeit ist er, glaube ich, weder das eine noch das andere. Jedenfalls tritt er nicht damit an die Öffentlichkeit. Im Übrigen weiß ich sehr wenig von ihm."

Im Laufe der Gespräche über Freunde und Bekannte auf Fünen zeigte es sich, dass der Kammerjunker am besten unterrichtet war. Baron Holger hatte ihn im vorigen Winter in Paris besucht und ihm eines Tages versichert, dass man in Dänemark Paul de Kocks Romane am höchsten schätze; er habe jedoch in Paris festgestellt, dass es noch besser sei, so etwas selbst zu erleben. Er machte sich seinen lockeren Lebenswandel selbst zum Vorwurf, entschuldigte sich jedoch damit, dass er, hätte er Clara zur Frau bekommen, ein Muster von einem Mann geworden wäre. Wenn aber der Himmel keine Rücksicht auf tugendhafte Wünsche nehme, dann habe man auch keine Verpflichtungen dem Himmel gegenüber. Was Graf Frederik anbelangte, war er nach dem Tod seines Vaters Gutsherr und Aristokrat im höchsten Grad geworden. Die Wintermonate verbrachte er in Kopenhagen. Alle Großen und Vornehmen verkehrten in seinem Haus, Prinzen und Diplomaten, auch Künstler – Clara galt ja als die Beschützerin des Schönen. Sie male selbst und schreibe ganz herrliche kleine Verse, sagte man, und habe nicht nur selbst für den Bau von Thorvaldsens Museum gespendet, sondern auch mit Nachdruck zu diesem Zweck Geld von den Leuten gesammelt.

Das war ungefähr das Resultat des ersten Besuchs des Kammerjunkers auf den Halligen. Beim zweiten Mal zeigte er besonderes Interesse für Elisabeth, bekam ihre Geschichte zu hören und entdeckte bei ihr ein großes musikalisches Talent und eine sehr ausdrucksstarke Stimme. Dennoch war man höchst überrascht in dem stillen Pfarrhaus, als er eines Tages vorschlug, diese Stimme für die Oper ausbilden zu lassen, und in diesem Zusammenhang von den Verdiensten, Ehren und Reichtümern einer Grisi und einer

Albertazzi sprach. Moritz lachte, schüttelte den Kopf und erklärte, wie gern er seine Pflegetochter habe und dass es ihm sehr schwer fallen würde, sich von ihr zu trennen, auch wenn sie nur nach Kopenhagen ziehen sollte. Der vortreffliche Etatsrat Heimeran hatte gerade in einem seiner Briefe vorgeschlagen, Elisabeth könne doch einen Winter bei ihm in der Hauptstadt verbringen, dort etwas mehr von der Welt sehen und den guten Einfluss genießen, den eine große Stadt stets auf ein junges Mädchen auszuüben vermag. Doch sollte diese Reise erst nach ihrer Konfirmation stattfinden, und bis dahin waren es noch anderthalb Jahre.

Am Ende der Badesaison im September verließ erst der Kammerjunker und dann der Schotte die Insel Föhr. Wir werden ihnen später anderswo wieder begegnen; jetzt aber eilen wir zu einer Begebenheit, die wie ein Blitz aus heiterem Himmel in die Häuser des Kapitäns und des Pfarrers einschlug und zu einem Wendepunkt in Elisabeths Leben wurde.

6.
Verzweiflung – Hilfe durch „Das Herz von Midlothian"

Zwischen Elimars Abreise und seiner Rückkehr sollten nur wenige Monate liegen, doch es wurden, wie wir wissen, Jahre daraus. Der Kapitän hatte eingewilligt, dass sich Elimar in Holland, wo er bei Freunden und Bekannten gut untergebracht war, theoretische seemännische Kenntnisse aneignen sollte. Damit verging der erste Winter; Elimar schien lustig und zufrieden zu sein. Für Elisabeth schickte er immer einen Gruß mit; sie hörte zu, wenn seine Briefe vorgelesen wurden, und erfuhr so von all dem Neuen und Prächtigen, das er sah, den großen Schlössern und Kirchen, den allzeit klingenden Glockenspielen in den Türmen, den tiefen Kanälen in den Straßen, wo die großen Schiffe dicht unter hohen Bäumen lagen. Sie wusste von den Landstraßen, die im ganzen Land gepflastert waren wie der Fußboden in den Melkstuben der Marsch. Oh, wie musste man dort fahren können, ohne die Gefahr umzukippen, wie auf den schleswigschen Deichwegen! Elimar war auch schon in der Komödie gewesen, wo man die ganze Geschichte mit Musik und Gesang aufführte; er und alle anderen, die da saßen, hatten lange Pfeifen im Mund gehabt und vor sich hin geraucht, sodass man kaum noch etwas sehen konnte! Aber man unterhielt sich prächtig, und außerdem konnte man noch Tee trinken und Zeitungen lesen. Im Winter, wenn die Kanäle und Seen mit spiegelblankem Eis überzogen waren, würden draußen Pechkränze angezündet, schrieb er, und ganze Scharen verkleideter Menschen auf Schlittschuhen, Frauen und Männer, vergnügten sich mit einer Maskerade auf dem Eis. Einige schwangen Fackeln und schlugen sie gegen das blanke Eis, sodass es einen hellen Widerschein gab. Das sei eine noch schönere Komödie gewesen als im Theater, wo man Tee trinken und Tabak rauchen durfte. Elimar war in Holland unendlich glücklich; er liebte Land und Menschen. Im Jahr darauf fuhr er zur See und kehrte im Herbst nach Haarlem zurück. Die Orgel in der Kirche dort war die größte der Welt und klang, als säßen hundert Spielleute darin. Die Tulpen blühten in Farben, die man nicht einmal auf Madame Levsens Brautkleid fand, das als das bunteste auf den Halligen galt. Von Zeit zu Zeit kam auch die eine oder andere Klage über den „Streichemacher“, wie der Kapitän ihn nannte, aber nur ein einziges Mal gab es Anlass zu ernsten Worten. Wieder einmal ging es um Elimars aufbrausendes Wesen, das ihn noch ins Unglück stürzen werde, wie es in dem mahnenden Brief hieß. Er ging inzwischen Anfang des dritten Frühjahrs als Untersteuermann mit einem großen Schiff nach Nordamerika, kam aber zuvor nicht, wie es abgemacht war, zu Besuch nach Hause. In den Grüßen an Elisabeth nannte er sie nun zum ersten Mal schriftlich „meine kleine Braut“ und schickte ihr ein Paar hübsche Puppen aus Scheveningen. Mann und Frau waren aus kleinen Muscheln gefertigt, die so zusammengesetzt waren, dass sie Kleidung und Aussehen der dortigen Fischer wiedergaben.

Auch im nächsten und übernächsten Herbst kam Elimar nicht auf die Halligen. Er war ständig auf großer Seereise, und stets war Amerika das Ziel.

Wenn Elimar zurückgekehrt wäre und längere Zeit mit Elisabeth auf den Halligen verbracht hätte, wäre vielleicht der Nimbus, der ihn in ihren Gedanken umgab, verschwunden. Vielleicht hätte ihn das frühreife junge Mädchen dann anders gesehen, als er nun in ihrer Fantasie erschien. In den letzten Jahren hatte sie sich geistig sehr entwickelt, und auch körperlich war sie ihrem Alter voraus. Man konnte sie für sechzehn halten, obwohl sie erst vierzehn war. Für das kommende Frühjahr war ihre Konfirmation festgelegt, doch um Weihnachten wurde sie krank; es war eine Art Typhus. Moritz wachte Nacht für Nacht an ihrem Bett; noch einmal durchlebte er Sorgen wie schon an Carolines Krankenlager.

Doch Elisabeth erholte sich wieder, wenn auch nur langsam. Während der schwache Körper daniederlag, hatte sich ihr Geist zu Gott erhoben und war nun gleichsam mit einer größeren Kraft und Entwicklung zurückgekehrt. Der Körper bebte unter dieser Fülle; es war ein nervöser Enthusiasmus und Eifer, der beinahe Angst einflößte. Sie vertrug keinerlei Anstrengung; man durfte sie nicht lesen lassen. Die Konfirmation wurde auf das folgende Jahr verschoben. Für Elisabeth war es ein Trost, dass dann Elimar dabei sein konnte; man erwartete ihn genau zu dieser Zeit.

Der Konfirmationssonntag kam. Die kleine Kirche war mit langen Bändern geschmückt, an denen bunte Papierblumen hingen. Madame Levsen hatte sie alle höchstpersönlich ausgeschnitten, sie umrankten den Chor der Kirche. Auf dem Altar brannten Kerzen, und der Gesang der Gemeinde erfüllte das Gewölbe. Moritz sprach tief bewegt über die wundervollen Wege des Lebens, über dessen Endlichkeit und über Ungewissheit und Sorge. In seiner eigentümlichen, für alle verständlichen Ausdrucksweise fand er tröstende Worte. Besonders ein Bild beschäftigte Elisabeths Gedanken, ja blieb ihr für alle Zeiten im Gedächtnis.

„In der englischen Marine“, sagte Moritz nämlich, „zieht sich durch alles Tauwerk, groß und klein, ein roter Faden, der zeigt, dass alles der Krone gehört. Ebenso geht durch das Dasein des Menschen ein unsichtbarer Faden, der darauf hinweist, dass wir Gott angehören.“ Elisabeth schaute auf ihr Leben zurück und fühlte die Wahrheit dieser Worte. Ihre Augen leuchteten auf, das Blut schoss ihr in die Wangen und sie stellte sich vor, wie sie als Neugeborene in den Armen ihrer sterbenden Mutter gelegen haben musste. Trine hatte ihr einmal davon erzählt, Moritz nie. Sie erinnerte sich wieder lebhaft an die Szene mit der alten Baronin, die sie aus der geheimen Kammer gestoßen hatte, und gedachte jener schrecklichen Minuten, als sie mit Elimar vor Amrum vom Meer bedroht gewesen war. Gott hatte sie liebevoll und gnädig beschützt, das fühlte sie, und mit der ganzen Innigkeit eines Kindes klammerte sie sich an den ewigen, starken Vater und Freund.

Im Pfarrhaus herrschte an diesem Abend eine festliche, gelöste Stimmung. Die Konfirmanden, außer Elisabeth noch vier arme Fischerkinder, waren mit ihren Eltern eingeladen. Auch der Kapitän und Freunde von Föhr, Sylt und Amrum fanden sich ein.

„Ach, wäre doch auch Elimar hier!“, seufzte Madame Levsen. „Das süße Kind! Es fehlt doch immer etwas zum Glück. Aber bald kommt er! Dann gebe ich ein Fest, und ihr sollt tanzen! Mein Gott, ich habe ja ganz vergessen, dass du nicht tanzen gelernt hast …“ Sie verstummte einen Moment und meinte dann schuldbewusst: „Es ist nicht richtig von mir, dass ich an einem so heiligen Tag mit dir vom Tanzen rede, möge der Herr mich nicht strafen! Ich bin im Grunde so froh, so glücklich. Vielleicht dauert es keine acht Tage, und ich bin noch glücklicher, die glücklichste alte Großmutter!“ Und es standen Tränen in ihren Augen.

Am nächsten Sonntag sollte Elisabeth das erste Mal zum Abendmahl gehen, doch die dazwischenliegende Woche, die sozusagen von dem Ablegen des Gelübdes bis zum Empfang des Abendmahls reichte, wurde von einer dunklen Wolke überschattet. Für die Familie des Kapitäns und alle, die ihr in Freundschaft verbunden waren, brachte sie den bittersten Tag seit vielen Jahren.

Am Freitagmorgen erhielt Moritz einen Brief aus Föhr.

Wie viel Sonnenschein und Freude können nicht in einem Brief stecken, aber auch wie viel Nacht und Kummer! Wenn die Nachricht vom Tod Elimars gekommen wäre, sie hätte die beiden Alten tief gebeugt, aber dieser Schlag verletzte sie so tief, dass die Wunde jahrelang bluten musste. Der Brief versetzte sie so in Schrecken und Verzweiflung, dass die Gedanken gleichsam gelähmt wurden. Wenn eine geliebte Frau oder ein Kind gestorben ist, kann der Mann in den folgenden Tagen nachts beim Erwachen aus der Ruhe, zu der ihn der Körper gezwungen hat, seinen großen Verlust vergessen haben. Aber in seinem Blut und seinen Gedanken kreist eine Angst, und er fragt sich: Was ist geschehen? Und dann ist die schreckliche Erinnerung wieder da, und er kehrt aus der Traumwelt in die Wirklichkeit zurück. In einer solchen Seelenstimmung waren die beiden Alten. „Was soll das? Ist das überhaupt möglich?“, lauteten wohl die Fragen, die sie sich immer wieder stellten. Aber es hatte ja in dem Brief gestanden, und es war durchaus möglich. Und nun tauchten dunkle Bilder aus der Erinnerung auf: Wie oft hatte man ihn nicht wegen seiner Streiche, seiner Boshaftigkeit gescholten, aber nur im Stillen, und ihm immer verziehen! Ja, Elimar war nach Kopenhagen gekommen – aber wie! In Ketten hatten sie ihn gebracht! Weil das Schiff, auf dem er als Steuermann gedient hatte, vor der amerikanischen Küste gesunken war, hatte er eine andere Heuer annehmen müssen. Auf der „Susanne“ war er mit dem Steuermann in Streit geraten und hatte ihn im Jähzorn erschlagen. Nun saß er in Kopenhagen im Gefängnis, und weil er keine Papiere besaß – sie waren bei dem Schiffbruch verloren gegangen –, hatte die Polizei an den Landvogt auf Föhr geschrieben und um nähere Aufklärung gebeten. Von dort war der Brief an Moritz geschickt worden, weil er am besten geeignet war, das Ehepaar Levsen auf das Unglück vorzubereiten und ihnen zu erklären, wie die Sache stehe.

„Nein, nein“, barmte die alte Frau, „er kann es nicht getan haben! Und doch … seine Wildheit … Hätte uns doch der Herr die Augen geschlossen, bevor uns diese Nachricht erreichte! Nein, nein, das hätte ihm auch nicht geholfen. Wer fühlt so mit ihm wie wir? Er ist so jung, und es ist so viel Gutes in ihm!“ In Gedanken sammelte sie jeden Zug, jedes Lächeln, über das sie sich gefreut hatte, und es wurde eine so große Summe, dass sie den größten Verbrecher hätte freikaufen können.

Der Kapitän schrieb an seinen Sohn, den Bürgermeister von Husum, und bat ihn, alles für Elimar zu tun.

„Leben für Leben, sagt das Gesetz!“ Immer wieder murmelte der alte Mann die Worte vor sich hin und versank in düsteren Gedanken. „Mein Blut soll unter dem Henkerbeil fließen … Und wenn er das Leben behalten dürfte: Was ist das für ein Dasein, wenn man lebenslang im Gefängnis sitzt, unter all dem menschlichen Abschaum!“ Und der Mann lief unruhig hin und her, von seinem Haus zu Moritz und wieder zurück, um sich bald erneut auf den Weg zu machen. Madame Levsen saß in einer Ecke und weinte. Immer wieder schaute sie zum Porträt der Stammmutter Ose. „Ja, wenn sie noch lebte“, rief sie, „oder ich ihre Kraft hätte, ich ginge nach Kopenhagen, um ihn zu befreien!“ Elisabeth stand weinend daneben, das Herz voller Liebe zu Elimar. Und was hatte Ose getan? War ihre Geschichte wirklich so ergreifend?

„Elimar gleicht seinem Stammvater“, erklärte die alte Frau. „In ihm fließt Friesenblut. Sein Stammvater konnte auch aufbrausen und wie das Meer schäumen und toben, aber auch tief und klar sein. Er erschlug einen anderen Friesen; auch *er* vergoss Blut!“ Die alte Frau weinte ein wenig, dann fuhr sie fort: „Anschließend bereute er seine Tat – ach, was muss Elimar leiden! Mein Stammvater flüchtete von Haus und Hof, und seine Frau Ose, deren Bild dort hängt“, sie zeigte auf das Bild der Frau mit dem Lammfell und der silbernen Haube, „musste die Buße bezahlen, so war damals das Gesetz. Sie war gezwungen, Haus und Kleider zu verkaufen und selbst für sich und die Kinder zu sorgen. Das tat sie, und das konnte sie. Sie spann Tag und Nacht Wolle und verdiente so das Brot für sich und ihre Familie. Jahre vergingen, und allmählich vergaß man ihren Mann und seine Tat. Keine war so geachtet wie Ose; sie führte einen vorbildlichen christlichen Lebenswandel, ihr Fleiß und ihre Fürsorge für die Kinder waren groß. Allen galt sie als Vorbild. Doch dann merkte man, dass sie, die von allen Geachtete und Verehrte, die einsame Frau, erneut ein Kind bekommen würde. Nun spionierte man ihr nach, belauerte sie mit den Augen des Bösen und entdeckte, dass sie einmal in der Woche in ein abgelegenes Tal in den Dünen ging, an eine Stelle, wo es spukte, wo oft eine blutige Hand aus dem Sand ragte und man ein unheimliches Heulen hörte. Dort traf sie, die gottesfürchtige, mustergültige Frau, sich offenbar mit einem Liebhaber, der sich irgendwo versteckt hielt. Man fand ihn in einer großen Sandhöhle – es war ihr Mann, der in den vielen Jahren, in denen man ihn weit weg auf der Flucht wähnte, hier an dieser Stelle gewohnt hatte. Jede Woche war sie hinausgegangen, hatte ihm Nahrung gebracht, ihn getröstet und ihm Mut gemacht. Seine lange Buße und ihre Treue brachten die Richter und selbst seine Feinde dazu, ihm Gnade zu gewähren. Und so lebten sie schließlich glücklich und gut und wurden reiche, angesehene und ehrenwerte Leute. Aber so etwas gibt es heute nicht mehr! Oh, mein armer Elimar!"

„Elimar wird auch glücklich und gut werden!", rief Elisabeth. „Gibt es denn niemanden auf der Welt, der ihn retten kann? Niemanden?"

„Doch, den König", sagte Madame Levsen. „Der König steht über dem Gesetz. Er kennt ja meinen Kapitän. König Frederik VI. hat ein gutes Herz."

„Dann müssen wir ihn bitten! Vielleicht rühren ihn unsere Tränen? Auf alle Fälle können wir ihm schreiben – der König hört alle! Der Kapitän muss nach Kopenhagen reisen."

„Nein, nein", erwiderte Madame Levsen, „er meint, das Recht müsse seinen Lauf nehmen. Dabei leidet er doch genau wie ich! Er kann sich nicht aufraffen, er hat nur an unseren Sohn, den Bürgermeister, geschrieben, nur ist der auch ein Mann des Gesetzes. Aber *ich* will schreiben, als Großmutter des Unglücklichen will ich an das Herz meines Königs appellieren und für den Verwirrten sprechen, der noch gerettet werden kann. Aber das Alter lässt mich den Brief nicht abschicken", sagte sie nach kurzem Zögern. „Elisabeth, *du* musst ihn nach Föhr hinüberbringen, es gibt keine andere Möglichkeit. Auf dich kann ich mich verlassen, du bist vorsichtig und verschwiegen. Nicht einmal zu Hause darfst du darüber reden!" Die alte Frau zitterte. „Ich werde von meinem Schmerz schreiben, *unser Herrgott* führt mir die Feder, er lenkt alles!"

Und es wurde geschrieben und das Geschriebene wieder zerrissen und Neues geschrieben. Endlich war das Gesuch fertig. Einige Ausdrücke darin konnten einen Fremden wohl zum Lächeln bringen, aber im Ganzen musste es doch eher Tränen hervorrufen. Das Schreiben war, wie der, für den es bat, in Angst und Schmerzen geboren.

Am Sonntag war Abendmahl. Am Tag davor sollte Elisabeth nach Föhr, um Einkäufe zu tätigen. Sie fuhr mit Keike in einem Fischerboot hinüber. Madame Levsen hatte ihr heimlich den aus Naivität und Besorgnis an den König geschriebenen Brief zugesteckt. Offiziell war noch ein Schreiben des Kapitäns an den Landvogt dabei; während Keike eine Verwandte besuchte, sollte Elisabeth die Briefe aufgeben.

In einer der schmalen Gassen zwischen den Gärten und den Hinterhäusern, wo Walfischzähne als Zaun dienen und aus den Zwischenräumen grünes Gras sprießt, blieb Elisabeth stehen und zog Madame Levsens Brief hervor, den sie unter dem Brusttuch getragen hatte. Sie las die Anschrift: *An den hohen Monarchen und Landesvater, König Frederik den Sechsten in Kopenhagen.* Allein diese Worte gaben dem Brief eine heilige Bedeutung; sie glaubte darin einen Teil der Majestät selbst zu sehen. Wenn nun der Postmeister fragt, von wem der Brief ist, überlegte sie. Wenn er einen Brief an den König nicht annehmen will? Der Gedanke ließ sie zittern. Sie näherte sich dem Haus – und lief daran vorbei. Was sollte sie tun? Unwillkürlich näherte sie sich doch der Tür. Draußen hing ein kleines Bücherregal; hier war eine Leihbibliothek. Einige Bücher lagen aufgeschlagen da; der erste Titel, den sie las, war „*Das Herz von Midlothian*“ von Walter Scott. Als sie an Jeanie Deans dachte, kam ihr der rettende Gedanke! Einen Moment stand sie still; ein Beschluss war gefasst. Sie drehte sich um, steckte den Brief wieder weg und ging Keike suchen. Nachdem sie die Besorgungen erledigt hatten, saßen sie wieder im Boot und segelten nach Oland zurück.

Die Spannung, in der sich Elisabeth befand, schrieb man teils ihrer Sorge und ihrem Kummer wegen Elimar zu, teils ihrer Nervosität in Erwartung der heiligen Handlung, an der sie am nächsten Tag teilnehmen sollte.

Fragend sah Madame Levsen sie an: Ist der Brief aufgegeben? Elisabeth nickte langsam, während das Papier auf ihrer Brust brannte.

Am Abend erzählte Elisabeth im Pfarrhaus, dass Madame Levsen zuerst daran gedacht habe, selbst nach Kopenhagen zu reisen, wo sie noch nie gewesen sei, dass sie es aber aufgegeben habe, weil es für eine alte Frau zu beschwerlich sei. Anschließend erkundigte sie sich nach dem Weg, wie weit es in die Hauptstadt sei und welche Route man am besten wähle. Das Gespräch darüber schien sie zu zerstreuen, deshalb gab Hedevig bereitwillig Auskunft. „Diese Reise wäre für die alte Frau zu dieser Jahreszeit unmöglich gewesen“, meinte sie abschließend. „Sie hätte ja den Weg über die Inseln nehmen müssen, wenn nicht zufällig ein Schiff nach Flensburg gegangen wäre. Tausende Schwierigkeiten hätten ihr das Leben schwer gemacht.“

Es war Sonntagmorgen und heiliges Abendmahl. Mit Tränen in den Augen schaute Elisabeth auf die Porträts des Königs und der Königin. Ach, mit der Königin zu reden hätte sie schon den Mut, aber es ging ja um den König. An ihn war der Brief gerichtet; er stand über dem Gesetz! Elisabeths Entschluss stand fest. Wie Jeanie Deans von Edinburgh nach London gegangen war, würde sie von Oland nach Kopenhagen reisen, um dem König den Brief zu überbringen und von ganzem Herzen für Elimar zu bitten. In ihrem Gedankengang war nichts Überspanntes; wir verstehen das, wenn wir uns erinnern, dass sie ganz im Reich der Illusionen lebte und die Welt nur aus Büchern kannte. Walter Scotts Romane waren ja die Wirklichkeit selbst und historisch wahr; *sie* wollte ja nur tun, was sich schon früher hatte verwirklichen lassen. Es war eine Art der Unschuld, die sich mit dem festen Vertrauen auf Gott verband. Und doch, welchen Kampf hatte sie nicht mit sich selbst auszufechten! Nach Kopenhagen gehen oder bleiben, das war nicht mehr die Frage – aber sollte sie Moritz oder Hedevig einweihen? Musste sie nicht fürchten, dass sie ihr die Reise verboten? Aber welche Angst musste ihr Verschwinden auslösen, wenn sie den Grund nicht kannten? Es war Unrecht, eine Sünde, ihnen einen solchen Schrecken einzujagen und gegen ihren Willen und ohne ihr Wissen zu handeln. Aber der Brief, den sie zurückgehalten hatte, brannte auf ihrer Brust. Ach, könnte sie sich doch Keike anvertrauen! Einmal war sie nahe daran, tat es aber doch nicht. Jetzt liefen ihr die Tränen über die Wangen, und sie fühlte sich ein wenig erleichtert. Die anderen wunderten sich nicht, dass sie weinte; die wussten ja alle, wie sehr sie Elimar liebte.

Das Fährboot nach Dagebüll legte immer zur Flutzeit ab, die morgens um drei Uhr begann, also zu einer Zeit, zu der jeder, der nicht mitwollte, im tiefsten Schlaf liegen würde. Elisabeth hatte keine Ruhe. Mehrmals ging sie ans Fenster; die Luft war klar. Draußen schimmerte noch der Karlswagen, das Sternbild, in dem die Inselbewohner das Fahrzeug erkannten, in dem Elias gen Himmel fuhr. Sie dachte daran, was Moritz von dem Propheten gesagt hatte: dass auch für andere Menschen das Leben oft ein glühender Wagen sei, auf dem der Weg in den himmlischen Frieden führe. Ja, sie fühlte schon, wie das Leben brennen konnte, fühlte den Ernst, der hinter den Kindheitstagen heraufzog. Aber sie erinnerte sich auch an den unsichtbaren Faden, der anzeigt, dass wir Gottes Eigentum sind, und das tröstete ihre Seele.

Ein paar Worte hatte sie geschrieben, die sie in ihrer Kammer hinterlegen wollte. Mit unterdrücktem Schluchzen las sie ihre eigene Schrift:

Gott, unser Herr, helfe mir und gebe, dass wir uns glücklich wieder sehen! Denkt nichts Böses von

Eurer lieben Elisabeth.

Halb drei Uhr stand sie mit ihrem kleinen Bündel und all ihren Ersparnissen – ungefähr drei Speciestalern – bereit. Ihre Goldringe hatte sie eingewickelt, um sie im Notfall verkaufen zu können. Reich genug für die Reise schien sie jedenfalls zu sein. Noch einmal fiel sie auf die Knie und betete. Dann verließ sie das Haus, wo alle schliefen, und eilte zum Boot hinunter.

„Die junge Dame will also mit, und ganz allein?“, erkundigte sich Jap-Lidt-Piders.

„Ja, nach Dagebüll“, antwortete sie. „Nimm mich mit, Jap. Aber“, fügte sie hinzu, als fühlte sie, er könnte ahnen, dass sie hinaus in die weite Welt wollte, „ich muss am Nachmittag wieder zurück. Vergiss mich nicht! Ich werde schon auf die Zeit achten, aber lass mich ja wieder mit zurück.“ Ihre Worte klangen so ängstlich, dass Jap lachen musste.

„Ja, auf dem Festland ist es gefährlich für junge Damen“, scherzte er. „Man läuft mit ihnen davon, wenn sie ein bisschen hübsch sind.“

Der Wind stand gut, die Taue wurden gelöst, und das Boot segelte in Richtung Dagebüll.

Elisabeth schaute zum Himmel und betete ein Vaterunser. *Er* da oben war nun ihre einzige Stütze.

In weniger als einer Stunde waren sie in Dagebüll; es war noch immer dunkel.

„Wo das Licht brennt, liegt das Gasthaus“, sagte Jap. „Findest du allein hin?“

„Natürlich“, antwortete Elisabeth. „Auf Wiedersehen Jap!“ Sie verließ ihn in die Richtung, in die er gezeigt hatte, bog aber bald auf den Deich ab, über den sie vor acht Jahren schlafend in dem Wagen des Herrn Petters davongefahren und später mit dem Fischer zurückgekommen war. Sie wusste, nach welcher Seite sie gehen musste, um nach Flensburg zu gelangen, und folgte diesem Weg. Es war dieselbe Jahreszeit wie damals, als sie mit Moritz und Hedevig zum ersten Mal hergekommen war. Alles war unverändert; der Regen hatte die Wiesen dort unten in große Seen verwandelt, und die Deichwege waren fast unpassierbar. Ein paar Mal verlor sie die Schuhe, fand sie wieder und lief mit nassen Füßen unverdrossen weiter. Der Wind wehte immer stärker; noch vor Sonnenaufgang verwandelte er sich in einen richtigen Sturm. Wie langsam sie vorankam! Mehrmals blieb sie stehen und vermochte es nicht weiterzugehen. Dann faltete sie die Hände und hob sie gen Himmel. Tatsächlich ließ der Sturm etwas nach; sie bekam Rückenwind, der ihr half. Jetzt fielen einzelne große Regentropfen, und bald goss es in Strömen. So musste sie dem Wind dankbar sein, der erneut zunahm und die Wolken vertrieb. So verging der Vormittag. Gegen Mittag war sie durch Weg und Wetter so ermüdet, dass sie gezwungen war, in dem Gasthaus einzukehren, das zwischen Marsch- und Geestland liegt.

„Ich möchte nach Flensburg!“, erklärte sie. Es waren viele Gäste in der Stube; keiner kümmerte sich um sie. Alle waren wegen des stürmischen Wetters geblieben und rechneten damit, von Unglücksfällen auf See zu hören.

Elisabeth bekam ein Bett für die Nacht – hier, Meilen von zu Hause, wo sie sicher schon vermisst wurde und alle den Brief gelesen hatten. Bei diesem Wetter, das wusste sie, konnte keiner nach Dagebüll segeln, und Jap-Lidt-Piders war wohl kaum zurückgekehrt.

Müde warf sie sich aufs Bett und schlief bis in den nächsten Tag hinein. Erschrocken sprang sie auf. Die Luft war ganz klar, doch der Wind blies noch immer kräftig. Das Meer musste in schrecklichem Aufruhr sein; es schien ihr, als hörte sie sein Toben. Der Weg zurück war ihr verschlossen, falls sie umkehren wollte, aber das wollte und konnte sie nicht. Im klaren Sonnenschein lief sie weiter, der Wind trieb sie geradezu voran. Aber der Weg war schwer und ermüdend; erst am Nachmittag erreichte sie die Anhöhe, von der man Flensburg unter sich sieht. Überrascht blieb sie stehen und schaute auf die große Stadt, die Bucht und die waldbewachsenen Hügel. Nein, waren das viele Bäume! So etwas hatte sie seit Jahren nicht gesehen; belaubte Bäume waren ihr Fantasiebilder aus der Kindheit. Sie fiel auf die Knie und betete zu Gott: „Hilf mir, du mein Einziger!“

Die Sonne schien so belebend auf die schöne, hohe Küste jenseits der Bucht; es war eine Lust, dieses Bild in sich aufzunehmen. Während sie noch kniete, kam eine ältere Dame mit ihrer Tochter vorbei. Sie schauten Elisabeth an, und als sie merkten, dass sie weinte, grüßten sie kurz und gingen weiter. Elisabeth glaubte, ein bekanntes Gesicht erkannt zu haben. Sie sprang auf und lief den beiden ein paar Schritte nach. Die Dame blieb stehen. Elisabeth erkundigte sich nach dem Weg in die Hauptstadt.

„Nach Kopenhagen? Oh, dahin führen viele Wege, zu Wasser und zu Land“, meinte die Frau. „Nach Kopenhagen ist es weiter als nach Hamburg. Aber habe ich dich nicht schon einmal gesehen? Warst du nicht auf Föhr?“ Elisabeth bejahte und erklärte, wer sie war.

„Es schien mir doch gleich so!“, rief die Frau. „Erinnerst du dich nicht an mich? Ich bin die Witwe Tiedemann und war auch auf Föhr und im Pfarrhaus. Wo willst du denn hin, so ganz allein? Doch nicht etwa nach Kopenhagen!“

Elisabeth konnte nicht sprechen; die seelische Anspannung, in der sie sich befand, löste sich in Tränen auf. Die Dame nahm sie mit nach Hause und erfuhr, dass es bei der Reise um ein Menschenleben gehe und der Brief unbedingt den König erreichen müsse. Das gab Anlass zu hunderten von Fragen. Doch die wichtigste wurde nicht gestellt: ob man im Pfarrhaus von dem Ganzen wisse. Das setzte die gute Frau natürlich voraus. Tief bewegt hörte sie Elisabeth zu, die lebhaft und rührend von dem Kummer des Kapitäns und seiner Frau erzählte. „Aber zu wem willst du denn in Kopenhagen gehen?“, fragte sie. „Wen kennst du dort?“ Daran hatte Elisabeth noch gar nicht gedacht. Plötzlich erinnerte sie sich an den Etatsrat Heimeran, Carolines Vater, mit dem Moritz im Briefwechsel stand. Der hatte einmal geschrieben, Elisabeth könne doch einen Winter zu ihm kommen. Sie erwähnte seinen Namen, doch ohne hinzuzufügen, dass sie kein Empfehlungsschreiben für ihn besaß und gar nicht wusste, wo er in der für sie fremden großen Stadt wohnte.

„Na, bloß gut, dass du den Etatsrat hast; anders wäre das mit der Reise ja gar nicht gegangen. Aber die zu Hause hätten besser für dich sorgen und an einige Dinge denken müssen! Ja, sie leben auf ihrer Insel in einer solchen Unwissenheit über die Welt! Hör mal, ich werde dich nach Holnis fahren lassen; möglicherweise findest du dort eine Gelegenheit, nach Kopenhagen zu kommen. Unser Schiff, das heute Morgen hätte absegeln sollen, müsste noch da liegen – es war ja ein furchtbarer Sturm! Es soll Mauersteine nach Karrebæksminde bringen. Wenn du also Glück hast, bist du ganz schnell auf Seeland. Deinen Pass muss ich auch abzeichnen lassen, sonst kann dich der Schiffer nicht mitnehmen. Am besten, du gibst ihn mir gleich."

Dass man einen Pass benötigte, hatte Elisabeth nicht gewusst. Sie erschrak und stammelte: „Pass? Ich weiß nicht … Ich habe keinen … Man gab mir keinen … Braucht man denn einen?"

„Du lieber Gott!", rief die Frau. „Man kann doch nicht nach Dänemark einreisen, ohne einen Pass für jedes bisschen Wasser zu haben, das man überqueren muss, und obendrein noch aus den Herzogtümern! Das ist ja reineweg verrückt!"

Doch die alte Dame war eine praktische Frau; es galt ja, keine Zeit zu verlieren. Als Ortsansässige und Grundeigentümerin bekam sie schnell einen Pass ausgestellt, und Elisabeth wurde in den Wagen nach Holnis gesetzt. Das Schiff lag glücklicherweise noch immer vor Anker. Schiffer Thömming las den Brief der Dame und nahm Elisabeth in Empfang. Am nächsten Morgen segelten sie los, und die herrlich bewaldete Küste machte einen solchen Eindruck auf Elisabeth, dass sie alles andere darüber vergaß. Der Wind war gut; bald ließen sie die Bucht hinter sich. Zur Rechten lag die offene Ostsee, zur Linken die Insel Alsen mit der Stadt Sonderburg, deren ziegelgedeckte Häuser und Windmühlen sich hinter dem unscheinbaren Schloss erhoben. Dort, im Turm, hatte Dänemarks König Christian II. achtzehn lange Jahre gelebt und gelitten.

7.
Die Gestrandeten – Brief von Elimar

Während Elisabeth segelt, kehren wir auf die Halligen zurück, wo man sie gleich nach Tagesanbruch vermisste. Moritz und Hedevig glaubten, sie wäre beim Kapitän, und da sie im Laufe des Vormittags nicht nach Hause kam, schickten sie Keike hinüber, um sie zu holen. Doch sie war nicht dort und auch nicht in den Nachbarhäusern. Nun fand Hedevig den Brief, den Elisabeth hinterlassen hatte, und die Angst war groß. Draußen herrschte ein solcher Sturm, dass zur nächsten Flutzeit kein Boot nach Dagebüll gelangen konnte. Jap-Lidt-Piders war auch nicht zurückgekehrt. Ein Fischerjunge, der in der Nacht beim Einschiffen dabei gewesen war, bestätigte, dass Elisabeth an Bord gegangen sei.

„Du lieber Himmel!", sagte Hedevig. „Ich begreife nicht, was sie dazu treibt, so etwas zu tun! Die Unglückliche, wohin will sie? Was hat sie im Sinn? Moritz, was hast du zu ihr gesagt? Was ist passiert?"

„Das arme, gesegnete Mädchen", seufzte Madame Levsen. „Jetzt fällt es mir ein! Ja – dazu war sie imstande!" Die alte Frau schlug die Hände vors Gesicht, dann jammerte sie: „Ach, mein Gott, sie hat den Brief in Wyk bestimmt nicht abgeliefert, sondern geht damit selbst zum König! Sie ist geradewegs nach Kopenhagen gereist!" Und nun gestand sie alles, fügte aber hinzu, dass Elisabeth vorgestern bei der Rückkehr von Föhr auf die Frage, ob der Brief abgeschickt sei, genickt habe.

Das schwere Wetter nahm zu; es war gerade die Zeit, da Elisabeth gezwungen war, in dem Gasthaus am Geestland einzukehren. Ein Schiff war in Sicht, der Sturm trieb es aufs Land zu. Große Wogen wälzten sich auf Oland zu, man konnte sich außerhalb der Häuser nicht mehr auf den Beinen halten. Der Sturm dröhnte, heulte, sauste und rüttelte an den Gebäuden, dass Türen und Fenster klapperten. Der lose Grund schien zu beben, man fühlte sich wie an Bord eines Schiffes. Weit rollten die Wellen über die Insel hin, ihre Ausläufer erreichten bereits die am niedrigsten stehenden Häuser.

„Oh, das arme Kind!“, seufzte Hedevig. „Wo mag sie gerade sein?“ Ihre Sorgen und Ängste galten nur Elisabeth, sie dachte gar nicht an das Schiff, das in diesem Augenblick gegen die Riffe bei Seesand trieb. Das ist eine große weiße Sandbank, die sich von der Insel Amrum aus erstreckt. Selbst bei Hochwasser bleibt sie trocken, nur bei Sturmflut wird sie überspült. Etwa in der Mitte hat man aus schweren Balken eine pyramidenförmige Bake errichtet, deren kugelrunder, sechzig Fuß hoher Aufsatz bei klarem Wetter noch aus zwölf Meilen Entfernung zu erkennen ist. Dieser Holzturm ist die einzige sichere Seemarke auf der Außenseite der Untiefen zwischen Amrum und Eiderstedt und von besonderer Wichtigkeit sowohl für Schiffe, die unter diesen Teil der Küste gelangen, als auch für jene, die in die Rinnen westlich und südlich von Amrum segeln wollen und einen Wegweiser benötigen. Das Schiff war nahe der Bake gestrandet. Man hatte es am frühen Morgen, bevor der Sturm richtig begonnen hatte, auf die Einfahrt zusteuern sehen. Da sich das Wetter verschlechterte und man die Gefahr kannte, hatte man versucht, wieder die offene See zu erreichen, aber zu spät. Die Wellen und der Wind trieben das Schiff gegen die Sandbank, auf der es bald festsaß. Es war unmöglich, dort draußen Hilfe zu bekommen. Glück im Unglück, dass sie nahe der Bake gestrandet waren, die nicht nur als Seemarke, sondern auch als Zufluchtsort diente, wollte man auf Seesand nicht weggespült werden. Oben in dem kugelförmigen Aufsatz gab es eine Art Schutzraum, wo eine Tonne mit frischem Wasser, einige Schiffszwiebäcke und eine Flasche Branntwein lagerten, sodass Gestrandete hier ein paar Tage lang das Leben fristen konnten, bis sich das Meer beruhigte und man von den Inseln Hilfe brachte.

Gegen Abend glaubte man ein gelbes Taschentuch auf der Bake flattern zu sehen. Das gestrandete Schiff lag in zwei Hälften zerbrochen und zur Seite gekippt in Schaum und Brandung; kein Mensch schien mehr an Bord zu sein. Es war die „Kalverstreet“, benannt nach der Hauptstraße Amsterdams.

Oben in dem Schutzraum saßen drei Gerettete – wir könnten auch sagen: vier, denn der Schiffshund war ebenfalls dabei. Er kroch in einen Winkel und legte sich, ohne den nassen Pelz zu schütteln, nieder. Mit großen, treuen Augen schaute er auf den alten Steuermann, der bald zu den Schiffszwiebäcken ging, sich ein Stück abbrach, einen Schluck Branntwein trank und es den anderen überließ, seinem Beispiel zu folgen. Der Hund wurde nicht vergessen, er bekam einen halben Zwieback. Dann faltete der alte Mann die Hände und dankte Gott dafür, dass er das Leben behalten hatte. Als Nächstes zog er seine Stiefel von den Füßen und schüttete das Wasser aus. Dann legte er alle Kleidungsstücke ab und wrang sie einzeln aus. Zum Schluss zog er alles wieder an. Der Matrose tat es ihm nach, nur der dritte Mann machte keine Anstalten, sich der nassen Sachen zu entledigen. Er trug einen engen schwarzen Anzug und einen weiten grauen Mantel. Er legte nur Letzteren ab und goss das Wasser aus den Stiefeln. Dann widmete er sich dem Schnaps und den Zwiebäcken.

„Machen Sie es doch wie wir“, riet der Matrose. „Dann trocknet es besser.“

Doch der bleiche, dünne Mann, den die nassen Kleider noch schmächtiger erscheinen ließen, schüttelte den Kopf.

„Ich habe Angst, mich zu erkälten“, erwiderte er. „Jetzt ist mir warm, schön warm, und es wird noch besser, wenn ich einen weiteren Schluck nehme.“

„Ja, aber nur einen!“, mahnte der Steuermann. „Wir müssen hier vielleicht mehrere Tage vor Anker bleiben, und Sie sehen ja, was uns zum Leben bleibt. Legen Sie wie wir die Kleider ab und pressen Sie das Wasser heraus.“

Der bleiche Mann schüttelte erneut den Kopf, ein Schauder durchfuhr ihn. Ihm sei warm genug, versicherte er noch einmal. Warum weigerte er sich? Darin lag ein charakteristischer Zug, an dem wir ihn vielleicht aus alten Zeiten wiedererkennen. Es gibt das Märchen von dem König, der an einer schweren, tödlichen Krankheit litt. Er konnte nur gerettet werden, wenn er ein Hemd überzog, das von einem vollkommen glücklichen Menschen getragen worden war. Man suchte überall, aber es war kein solcher zu finden. Schließlich traf man einen Hirten, der sang und jubelte und vollkommen glücklich war. Er vermisste nichts, wünschte sich nichts – ihn bat man, sein Hemd dem König zu überlassen. Doch er hatte gar keins! Der glücklichste Mensch der Welt trug kein Hemd! In diesem Kapitel gleicht unser Gestrandeter ganz dem vollkommen Glücklichen, denn hätte er seinen Anzug abgelegt, wäre offensichtlich gewesen, dass er kein Hemd trug! Also musste, abgesehen von den Stiefeln und Socken, alles am Körper trocknen.

Keiner der drei, die in der Bake saßen, hatte Lust zu reden. Müde und erschöpft kroch jeder in seine Ecke, die vierte hatte der Schiffshund Nieble ja bereits besetzt. Von dem Wasser aus den Kleidern und der Brandung, die durch die Luken hereinspritzte, war der Boden nass. „Zwei Dinge gibt es im Universum, die schwer ihresgleichen finden“, schrieb Walter Scott einmal, „die Sonne am Himmel und die Nordsee auf Erden.“ Die herrliche Unvergleichlichkeit des Meeres kannten die drei Schiffbrüchigen nun zur Genüge. Unter dessen ewig rollendem Donnern beugten sie das Haupt und schliefen ein.

Als sich der Sturm gelegt hatte, wagten sich bei Hochwasser einige Fischer zur Bake hinaus und bargen die Gestrandeten. Der Steuermann und der Matrose kamen in das Haus des Kapitäns. Den bleichen, dünnen Mann, er schien etwas über vierzig Jahre alt zu sein und sprach einen süddeutschen Dialekt, brachte man ins Pfarrhaus.

„Entschuldigen Sie meinen seltsamen Aufzug“, sagte er mit einer unter diesen Umständen erstaunlichen Lebhaftigkeit. „Ich reise immer in den schlechtesten Kleidern, die ich habe, die guten kommen in den Koffer. Rein und anständig, das ist mein Wahlspruch!“

Hedevig stand schon mit einem alten Schlafrock ihres Bruders bereit und öffnete eine Kammer für den neuen Gast.

„Ich wollte meiner Gesundheit wegen nach Föhr und einige Seebäder nehmen“, verriet der Mann. „Die habe ich ja nun schon gründlich bekommen.“

„Sie sind am Leben geblieben, dem Herrn sei Dank! Erholen Sie sich bei uns und schreiben Sie schnell Ihrer Familie, damit sich niemand Sorgen macht. Was leidet man nicht, wenn man in Ungewissheit lebt.“ Hedevig seufzte tief und dachte an Elisabeth.

Aufgewärmt und ausgeruht, durch Essen und Trinken gestärkt, erzählte der Mann Moritz, er sei ein bedeutender ungarischer Schauspieler, und versicherte, er habe besonders in den Städten Komorn und Gran als Max im „*Wallenstein*“ Furore gemacht. Durch ein allzu großes Interesse für eine Dame sei jedoch sein Pflichtgefühl mit seinem Glück kollidiert, weswegen er die Bemühungen aufgegeben habe. „In Petersburg“, fuhr er fort, „erregte ich durch dramatische Vorlesungen allgemeine Aufmerksamkeit, aber ich konnte das raue Klima nicht vertragen und zog nach Norwegen. Dort, wo man einen Laroche, einen Löwe, einen Anschütz nie spielen sah, ja diese Herren vom Wiener Burgtheater nicht einmal kannte, wurden meine szenischen Vorstellungen zu einer neuen Offenbarung im Reich der Kunst. Alle saßen ergriffen da! Da gab es ein junges Mädchen, Stella hieß sie – und eine Stella war sie!“ Er hielt kurz inne und hob den Blick zur Stubendecke. „Mein Spiel verzauberte sie, sie liebte mich und wurde von ihrer Familie verstoßen. Wir wurden getraut – und nun kam die Kabale im Theater. Es trat eine Partei auf, die mich auspfiff! Und wie sie pfiffen, ich kann Ihnen sagen! Aber das ganze gebildete Norwegen zog im Theater die Stiefel aus und prügelte die Pfeifer hinaus. Das war mein Sieg! Dann verließ ich das Land. Es war auf der Heimreise über eine der kleinen dänischen Inseln, da gebar meine Stella eine Tochter. Der kleine Engel kam so unerwartet zur Welt, dass wir von der Landstraße aus in einem Rittergut einkehren mussten. Mutter und Kind wurden dort gepflegt und gut behandelt, doch Stellas Herz brach.“ Mit dem Zeigefinger wischte er sich eine Träne aus dem Augenwinkel und fuhr fort: „Man behielt die Kleine da, denn sie war nicht mir, sondern ihrer Mutter wie aus dem Gesicht geschnitten. Dort wird sie mit den jungen Grafen erzogen und müsste jetzt schon vierzehn Jahre alt sein. Einmal wird sie in die hohen, gebildeten Kreise einheiraten, in denen sie lebt. Die jungen Grafen sind vortreffliche Menschen und beten sie an. Aber ich habe keine Verbindung zu ihr; ich will ihr erst unter die Augen treten, wenn ich es in einer Weise tun kann, die ihrer Umgebung angemessen ist. Es gibt etwas, Herr Pfarrer, das man edle Scham nennt, und das fühlt der würdige Arme, den der Zufall, der Augenblick auf die dunkle Stufe der Prüfung im Leben stellt."

Moritz sah ihn fest an und sagte: „Ich habe einst eine Geschichte gehört, die dieser, wenn man den Schluss ausnimmt, sehr ähnelte. Damals ging es um einen unglücklichen Leierkastenmann und seine Frau, die ihr Kind in einem alten, verfallenen Turm zur Welt brachte. Dort hielten sich zufällig einige junge, adlige Freunde auf, die sich des Kindes annahmen. Später wurde der Leierkastenmann im Billardzimmer des Grafen verhört und das Kind kam in das Haus einer alten Baronin. Ich war selbst dabei – wie Sie auch. Sie waren der Leierkastenmann!"

„Ja, da sehen Sie, dass meine Geschichte stimmt", sagte der Mann ohne jede Verlegenheit, denn er war so daran gewöhnt, seine Erlebnisse zu „gruppieren", dass er beim Erzählen wirklich glaubte, sie wären wahr oder hätten es wenigstens verdient, wahr zu sein.

Der Steuermann und der Matrose, die der Kapitän aufgenommen hatte, waren Föhringer. Auch das Schiff gehörte ungeachtet seines holländischen Namens auf die Nachbarinsel, ebenso der Schiffshund Nieble, den man nach seinem Geburtsort Nieblum auf Föhr benannt hatte.

„Ich habe einen Brief an Sie, Kapitän", sagte der Matrose. „Er ist in der Tasche etwas nass geworden und an den Ecken eingerissen, aber er lässt sich wohl noch lesen. Fast wäre ich verhindert gewesen, ihn herzubringen, aber Sie sehen ja, dass es dafür eine Entschuldigung gegeben hätte."

„Von wem hast du den Brief, Nickels? Von van Groote in Haarlem?“

„Nein, von Ihrem Enkelsohn. Ich kann mir denken, dass Sie nicht sehr froh gewesen wären, hätte er mit uns Schiffbruch erlitten.“

„Von Elimar!“, rief der Kapitän.

„Ja“, erwiderte der Matrose, „er will doch gern die Papiere haben, von denen er schreibt. Er braucht sie dringend.“

„Sie wurden auf einem anderen Weg geschickt“, sagte der Kapitän und konnte einen tiefen Seufzer nicht zurückhalten. Das Gesicht des alten Mannes drückte tiefen Kummer aus.

„Woher haben Sie es denn schon gewusst?“, fragte der Matrose mit einem verschmitzten Lächeln, das hier ganz unpassend schien. „Wir haben eine schnelle Reise gehabt, aber das war gegen den letzten Stoß, den wir bekamen, gar nichts.“

„Erzähl mir alles, was du von dem Unglücklichen weißt!“, forderte der Kapitän.

„So unglücklich kann man ihn wohl nicht nennen“, meinte der Matrose. „Früher oder später hätte es ihn doch erwischt, das bleibt nicht aus.“

„Pfui!“, wetterte der Kapitän. „Wie kannst du so reden – in meinem Haus in dieser schweren Zeit!“

Der Matrose starrte ihn an. „Warum? Sie ist doch eine gute Partie, wie man sagt. Warum hätte er sie nicht nehmen sollen, selbst wenn sie dem Alter nach seine Mutter sein könnte? Hätten Sie denn nicht dasselbe getan?“

„Von wem sprichst du?!“, brüllte der Kapitän.

„Von Elimar Levsen, Ihrem Enkelsohn!“, erwiderte der Matrose nun ebenfalls etwas lauter. „Er heiratet die Witwe dort drüben und bekommt ein eigenes Schiff! Das steht doch alles in dem Brief!“

„Du bist ja ganz verwirrt im Kopf!“, meinte der Kapitän. „Du hast wohl den Schiffbruch noch nicht verwunden, deshalb rappelt es bei dir. Ja, auch auf Land kann man Stürme erleben, die einem das Herz brechen.“

„Jedenfalls hat Elimar Levsen bei der Witwe sein Glück gemacht“, brummte Nickels. „Man muss sich gar nicht wundern. Ein flinker Kerl ist er, gut sieht er aus, und das mögen die Weiber. So hat ihn die reiche Witwe, für die er in Amerika fuhr, vom Steuermann zu ihrem eigenen Kapitän gemacht. Ich habe ja selbst mit ihm gesprochen; die Verlobung war eben gefeiert, als ich nach Hause sollte. Da schrieb er den Brief, den ich hier habe und den er mir mitgab, weil er wusste, dass ich von Holland aus gleich mit einem unserer Föhringer nach Hause fahren würde."

„Aber Elimar ist doch in Kopenhagen!", rief der Kapitän. „Weißt du das nicht? Er sitzt doch in Ketten im Gefängnis!"

„Wie soll er denn dahin gekommen sein?", wunderte sich Nickels und machte ein ungläubiges Gesicht. „Da müsste ich ja völlig verrückt sein, und das bin ich nicht! Hier ist der Brief in seiner schönen Schrift, ein wenig feucht, aber immer noch das Trockenste in meiner Tasche."

Mit zitternder Hand griff der alte Mann nach dem Papier – es war Elimars Schrift. Er riss den Brief auf und breitete ihn auf dem Tisch aus, denn er war dort, wo er gefaltet worden war, durchgescheuert und zerfiel in Einzelteile.

„Es dürfte aber nichts fehlen", meinte Nickels.

Der Kapitän las, wankte, setzte sich, stand wieder auf, ging zu dem Schubfach, in dem das Schreiben des Landvogts von Wyk lag, nahm es heraus und kontrollierte: Ja, da stand eindeutig, dass Elimar in Ketten nach Kopenhagen gebracht worden sei und wie ein Verbrecher behandelt werde, weil er den Untersteuermann seines Schiffes erschlagen habe. Aber nun dieser allerdings früher datierte Brief aus Amerika, den Nickels gebracht hatte: Das war Elimars Schrift – und alles darin Ausgelassenheit und Freude. Er berichtete von glücklichen Reisen und der reichen Witwe, in deren Auftrag er unterwegs war, dass sie Gefallen an ihm gefunden habe und sie heiraten wollten, dass er überaus froh und glücklich sei und für die Hochzeit seinen Taufschein und seine Papiere benötige. In einer Nachschrift ließ er seine kleine Braut Elisabeth grüßen, auf die er nun nicht mehr warten könne, doch er verspreche, sie zu heiraten, falls er einmal Witwer werde.

„Er hat keinen erschlagen!“, rief der alte Mann und brach weinend auf seinem Stuhl zusammen.

Madame Levsens Freude und Glückseligkeit war unendlich groß. Sie küsste Nickels und lief gleich zu Moritz und Hedevig hinüber, wo sie lachend und weinend berichtete. Doch deren Gedanken galten vor allem Elisabeth. Was war aus ihr geworden, wohin war sie gekommen? Moritz hatte einige Briefe verfasst, die er an verschiedene Überfahrtstellen schicken wollte, wo man Elisabeth, so glaubte er, festhalten musste, da sie ja keinen Pass besaß. Außerdem schrieb er an Etatsrat Heimeran und bat ihn, in Kopenhagen nach ihr zu suchen, falls sie es doch bis dorthin schaffen sollte. Nicht einmal Hedevig hatte er verraten, dass ihr Gast, der Gestrandete, Elisabeths Vater war. Jener wiederum erfuhr nicht, dass sich seine Tochter noch am Morgen zuvor in diesem Haus aufgehalten hatte und dass man sich ihretwegen sorgte. Es wäre auch unnötig gewesen, es ihm zu erzählen, und weder dienlich noch erfreulich.

Jetzt kam der Kapitän herüber, wirkte aber nicht so vergnügt wie seine Frau, die in ihrem Glück gleich losgelaufen war. Auch er hatte sich einen Augenblick lang gefreut, dann war der traurige wie vernünftige Gedanke aufgekommen: gut und schön, so standen die Dinge, als der Brief geschrieben wurde, aber kann das Böse nicht später geschehen sein, vielleicht am selben Tag, an dem Nickels losgesegelt war? Die Verlobung wurde möglicherweise wieder gelöst; Elimar kann einen tollen Streich gemacht und alles aufgegeben haben, ist vielleicht auf ein anderes Schiff gegangen, wo dann passierte, was wir fürchten – und fürchten müssen. Die Kopenhagener Polizei hat doch genau darüber geschrieben. Es wäre ja verrückt, sich jetzt zu freuen und an ein so unglaubliches Glück zu denken!

Madame Levsen wurde bleich vor Schreck, als sie diese Version hörte. Sie rang die Hände und war genauso schnell wieder bereit, an das Schlimmste zu glauben, wie sie die Glücksbotschaft aufgegriffen hatte.

Moritz musste dem Kapitän recht geben. Eine Hoffnung gebe es aber noch, sagte er, eine Hoffnung, die man nicht aufgeben dürfe. Er öffnete den Brief an Etatsrat Heimeran noch einmal und fügte einige Nachrichten über Elimars Brief und Nickels' Mitteilungen hinzu. Dann bat er den Etatsrat inständig, Nachforschungen zu dem Gefangenen anzustellen und unverzüglich zu schreiben, sollte er etwas erfahren haben. Jap-Lidt-Piders, der aus Dagebüll gekommen war, bestätigte, dass Elisabeth mit ihm hinübergefahren sei, doch im Gasthaus habe man sie nicht gesehen. Sie musste ihre Reise unmittelbar fortgesetzt haben.

Wir wollen sehen, wie weit sie gekommen ist. Sie durchquerte gerade den Großen Belt und befand sich vor Langeland, etwa an derselben Stelle, wo am Abend ihrer Geburt Moritz und seine jungen adligen Schüler im offenen Boot Fünen angesteuert hatten. Auch jetzt hatten sie Gegenwind, der Schiffer musste kreuzen. Erst am folgenden Nachmittag erreichte er Karrebæksminde, wo Elisabeth an Land ging, um nach Kopenhagen zu wandern und den König und Elimar zu suchen.

DRITTER TEIL

1.
Die Witwe

Elisabeth war in Karrebæksminde[3] an Land gegangen. Der Schiffer Thömming hatte ihr den Weg nach Nestved gezeigt und ihr geraten, dort zu übernachten. Am nächsten Morgen würde frühzeitig der reguläre Wagen nach Kopenhagen abgehen; so könne sie die Hauptstadt für wenig Geld noch vor dem Abend erreichen. Das sei die sicherste und beste Reisemöglichkeit. In Nestved solle sie bei dem Weinhändler an der Ecke von Heiligengeiststraße und Katechismusgasse wohnen. Das sei ein gutes Gasthaus, außerdem fahre die Kutsche von dort ab. Alles werde wie von selbst gehen, fügte er noch hinzu. Nicht ohne Wehmut verabschiedete sich Elisabeth von dem freundlichen Schiffer und begab sich auf den Waldweg nach Nestved.

Es war im Oktober. Die Bäume trugen noch immer dichtes, buntes Laub, die Luft war nach dem Sturm klar und rein. Die hohen Stämme, die ganze Waldnatur in ihrer sinkenden Pracht, so fremd und doch so bekannt, das alles wirkte auf ihr poetisches Gemüt. Sie fühlte sich wie in einer Kirche, und die Sonne schien wie ein Wort, wie eine Predigt Gottes hinein. Sie nahm nicht den kürzesten Weg, das wusste und merkte sie aber gar nicht. Plötzlich hörte sie durch die Bäume hindurch eine Orgel spielen. Sie befand sich nahe der alten Klosterschule Herlufsholm; einige Schüler spielten auf dem noch grünen Rasen vor dem alten roten Gebäude. Die Sonne schien, die Orgel klang, und alles sah so heimelig und gut aus. Einer der Schüler grüßte sie freundlich, das tat ihr gut. Sie wagte es, ihn nach dem Weg nach Nestved zu fragen, und er zeigte ihr den Pfad, der entlang dem Fluss an der Wassermühle vorbeiführte, wo Brigitte Gjøe gewohnt hatte. Jetzt allerdings diente das Staatszimmer der frommen, ritterlichen Frau als Schweinekoben.

Bald sah sie die Stadt vor sich liegen, dahinter erhob sich der Sandberg, der ebenso hoch war wie der Kirchturm. Sie fand das Gasthaus und ließ sich eine kleine Kammer geben. Brot hatte sie sich auf der Straße beim Bäcker gekauft; das aß sie jetzt und trank Wasser dazu, damit die Rechnung nicht zu hoch wurde. Elimar war ihr ständiger Gedanke; bald würde sie ihn sehen, vielleicht schon morgen Abend. Aber wie sollte sie zu ihm kommen? Was musste er nicht leiden! Und sie dachte an ihre Pflegeeltern, denen sie den bitteren Kummer bereitet hatte fortzugehen, ohne Auf Wiedersehen zu sagen, nur weil sie es ihr vielleicht nicht gestattet hätten. Und was würde der Monarch sagen? Hätte sie überhaupt den Mut, ihn anzuflehen? Ich will zu seinen Füßen weinen, beschloss sie. Und er wird den Brief der alten Großmutter lesen und gerührt werden von all dieser Not! Tränen rollten ihr die Wangen hinab. Da drang Musik von der Straße herauf. Es war der Trompeter, der zum Zapfenstreich blies. Elisabeths Gedanken wandten sich nach außen, und ihr wurde leichter ums Herz. Leise betete sie und schlief ein.

In der Morgenstunde wurde sie von der Magd geweckt, die ihr riet, sich zu beeilen, wollte sie nach Kopenhagen mitkommen. Unten auf der Straße warteten zwei große viersitzige Wagen. Mehrere Damen und Herren, lauter vornehme Leute, wie es Elisabeth schien, stiegen ein. Man saß sehr hoch, Elisabeth bekam einen Mittelplatz. Der Kutscher blies – und schon rasselten sie durch die Straßen. Überall kamen Leute an die Fenster. Es war ein Nicken und Grüßen, Rufe gingen hin und her. Das Tempo war hoch, aber nur bis zur Stadtgrenze, denn die Wagen liefen im Linienverkehr. Es begann die übliche Konversation, Bekanntschaften wurden geknüpft. Es waren, wie gesagt, lauter vornehme Leute.

Der Himmel war bedeckt und es blies ein starker Wind. Mit der üblichen dänischen Anspruchslosigkeit, was das Klima betrifft, tröstete man sich gegenseitig damit, dass der Wind immerhin den Regen vertrieb. Zwei Damen überboten sich mit Schauergeschichten über Fahrten mit dem Linienverkehr. Angeblich war am Tag zuvor eine Kutsche umgestürzt und im vergangenen Jahr hatte man ein Kind überfahren. Man könne also mit allem Möglichen rechnen. Nun sprachen sie allgemein von Unglücksfällen. Von der Kutsche kamen sie auf den Luftballon, der über England abgestürzt war.

Elisabeth lauschte auch der Rede eines älteren Mannes, der sich sehr gewählt ausdrückte und von einem Studenten bestärkt wurde, der die Klugheit selbst zu sein schien:

„Ich sage wie Shakespeare: *no, no!*“, verkündete der Alte – denn er verstand es zu zitieren.

„Wo sagt Shakespeare das?“, erkundigte sich der Student.

„Er sagt es an vielen Stellen. Das ist eine sehr bekannte Replik.“

„Ja, und dann sagt er wohl noch etwas mehr?“

„So? Glauben Sie das?“, erwiderte der Alte, und dann war er beleidigt.

Eine Dame sprach ständig von der Speisenzubereitung und davon, was man jetzt in den Zeitungen schreiben dürfe.

Ein alter, kränklicher Herr saß neben seiner sehr jungen Frau und einem Freund, den er hier im Wagen getroffen hatte. Der beglückwünschte ihn zur Vermählung und bezeichnete sie als vernünftig; er habe Recht daran getan, sich eine junge, lebhafte Frau zu nehmen, die ihn in Alter und Siechtum pflegen und der er sein Vermögen hinterlassen könne, damit es ihr nach seinem Tod gut gehe. Die junge Frau schwärmte für zwei Dinge: für ihren alten Mann, mit dessen Fingern sie spielte, und für die Komödie in Kopenhagen. Ihre Zeitrechnung hatte sich stets an den Öffnungszeiten der Theater orientiert. Wenn sie in den Zeitungen las, dass die Logen für die kommende Saison jetzt verkauft wurden, war es für sie, als würden wir lesen, dass sich der erste Storch gezeigt hätte oder die Erdbeeren reif wären. Nach und nach wurden alle miteinander bekannt, und bald entdeckte man, dass Elisabeth eine „Fremde aus Holstein“ sei und ganz allein reise. Niemand wusste, wo die Halligen lagen, nicht einmal der Student; er meinte, die Aussprache stimme wohl nicht, denn sonst würde er die Inseln wohl kennen. Aus den Halligen machte er Haligoland und schließlich Helgoland. Elisabeth schüttelte den Kopf, ließ sich aber nicht auf weitere Erklärungen ein. So fuhren sie über das hoch gelegene, hügelige Heideland mit der weiten Aussicht, an Gisselfeldt und dem Bregentveder Wald vorbei. Elisabeth sah die Landschaft nicht in ihrer Frische und erlebte sie auch nicht als sommerliche Waldeinsamkeit, wenn das Wild im hohen Gras herumspringt und der Storch über die Wiesen spaziert. Sie sah die sterbende Natur, sah sie in ihrem Fall, und doch wurde sie von ihr wie von schöner Musik ergriffen, die das Geschwätz in der Kutsche übertönte. Endlich erreichten sie Kjøge. Der kränkliche Mann zeigte die ganze Fahrt über große Lust, Elisabeth über alle Gegenden und Häuser zu berichten, doch sie verstand ihn nicht, denn seine Auswahl der Sehenswürdigkeiten schien merkwürdig. „Das ist nun das rote Haus", kommentierte er ein Gebäude, das am Weg stand. In Kjøge zeigte er auf ein anderes Haus und verriet: „Hier wohnt mein Schwager!" Doch Elisabeth schaute auf die andere Seite. Dort stand die Kirche. Eine niedrige Mauer trennte sie von der Straße, an der Mauer wuchs eine ganze Decke von Immergrün empor. Das Bild erinnerte sie an den Hof der Baronin auf Fünen. Seit ihrer Kindheit hatte sie ein solches Grün nicht mehr gesehen. So hatte das armselige Kjøge für sie die schönste Erinnerungs-Blume aufzuweisen. Wenn man den Ort durchfahren hat, kommt man zum Wirtshaus. Nach dem Wagenwechsel saß Elisabeth neben den beiden Damen, die sich über Unfälle unterhalten hatten. Sie mussten unbedingt wissen, wer die kleine „Holsteinsche" war. Mit kindlicher Unbefangenheit erzählte Elisabeth, warum sie unterwegs war und dass sie zum ersten Mal nach Kopenhagen reise und dort niemanden kenne. Jetzt hatten die beiden Damen, die eine war Witwe, ein neues Unglück, das sie ihrer Sammlung hinzufügen konnten.

„Aber an wen wollen Sie sich denn wenden, wenn Sie in die Stadt kommen?", erkundigte sich die Witwe neugierig.

Elisabeth nannte den Etatsrat Heimeran, den sie zwar nicht kenne, der aber mit ihrem Pflegevater Briefe wechsle. Der Etatsrat sei neben dem König ihre Hoffnung und Stütze.

„Ja, aber wo wollen Sie den Etatsrat denn heute Abend finden? Kopenhagen ist eine riesengroße Stadt mit vielen bösen Menschen! Ein armes Mädchen wie Sie kann nicht allein auf der Straße gehen, dort lauern schlimme junge Menschen! Ach, ist das schrecklich!"

Und sie machten Elisabeth noch mehr Angst.

„Ich weiß nicht, was ich ihr raten soll", sagte die Witwe kopfschüttelnd.

Sie näherten sich Kopenhagen. Es war, wie wir wissen, im Oktober, ein feuchter, grauer Umzugstag. Zu jeder Jahreszeit hat es etwas Bedrückendes, vom Land in eine Festung wie Kopenhagen hereinzukommen, zum ersten Mal über schmale Brücken und durch enge, dunkle Festungsanlagen und ein tunnelartiges Tor hinein in diese engen Straßen mit hohen Häusern zu beiden Seiten zu fahren. Elisabeth erlebte es nun zur Herbstzeit, bei strömendem Regen in einem offenen Wagen, am Abend eines Umzugstages. In anderen Ländern ist ein solcher Tag unbekannt; bei uns gibt es ihn einmal im Frühjahr und einmal im Herbst. Alle Familien, die ihre Wohnung wechseln wollen, ziehen mit ihrer gesamten Habe von einem Haus zum anderen. Es herrscht dabei ein Wirrwarr, der vielleicht dem Genremaler ein herrliches Motiv bietet, für die Beteiligten aber keinesfalls lustig ist. Der Fremde, der ausgerechnet an einem Umzugstag nach Kopenhagen kommt, muss glauben, dass er in eine Straße geraten ist, wo die angrenzenden Häuser in Flammen stehen und deshalb alle Bewohner ihre Betten und Möbel auf Wagen und Bahren fortschleppen und retten wollen. Ganze Straßen liegen voll von Stroh und Abfällen, mit allem, was nicht wert ist, aufbewahrt zu werden. Was für ein Bild der Vergänglichkeit! Da liegt ein schrecklicher alter Seidenhut, der einst den Neid der ganzen Nachbarschaft erregte, obwohl er auf einem hässlichen Kopf saß, hier liegt ein grauer Handschuh, der einmal weiß war und von einem Bräutigam am Hochzeitstag getragen wurde. Durch dieses Chaos fuhr Elisabeth. Sie fühlte sich wie bedrängt, unwohl und ängstlich. Der Wagen hielt vor dem Gasthof und alle stiegen aus. Die meisten entdeckten sofort Bekannte, die sie erwarteten. Man begrüßte sich, tauschte Neuigkeiten aus, suchte nach Koffern, wich vorüberfahrenden Fuhrwerken aus und stürzte sich ins Gedränge. Elisabeth fühlte sich verlassen wie nie zuvor; mit ihrem Bündel stand sie am Straßenrand und wusste nicht wohin. Auch die Witwe suchte nach jemandem. Plötzlich schrie sie: „Sanne!“ Ein kleines, spindeldürres Mädchen, dem die Haare in das schmutzige Gesicht hingen, schob sich durch die Gaffer, küsste der Witwe die Hand und nahm ihr die Schachtel ab, die sie während der Reise auf dem Schoß gehalten hatte. Die Kleine schwatzte unentwegt, drehte und wendete sich, bohrte sich geradezu durch die Menge und rief mit dünnem Stimmchen nach einem Landsoldaten, der den Koffer tragen sollte. Die Witwe nickte Elisabeth zu, sah sie noch einmal an und wollte gehen. Da klammerte sich Elisabeth vor Verzweiflung an ihren Mantel und fragte, während ihr die Tränen über die Wangen kullerten: „Herrgott, wo soll ich denn hin?“

„Armes Kind“, sagte die Witwe, „es ist ja fast dunkel. Also gut, kommen Sie mit mir. Für eine Nacht oder zwei finden wir wohl einen Platz. Sie könnten in schlechte Hände geraten, armes Kind. Es ist eine gefährliche Stadt mit vielen bösen Menschen!“ Der Landsoldat hievte sich den Koffer auf den Rücken, Sanne lief mit der Schachtel voraus. „Wir müssen in die Laxegade“, erklärte die Witwe. „Wissen Sie, wo das ist? Zwischen Börse und Theater. Dort hat sich vor ein paar Jahren der Teufel gezeigt, von dem so viel gesprochen wurde. Die Polizei hat ihn nie gefasst.“

Im strömenden Regen wanderten sie durch den Unrat, kämpften sich durch die Menschenmassen. All das ängstigte Elisabeth. So viele Menschen um mich herum, und niemand kennt mich und kümmert sich um mich, dachte sie. Endlich waren sie in der Laxegade, die aussah wie alle anderen Straßen auch, knöchelhoch lag der Schmutz. Ein Kupferschmied stand mit seinen Gesellen vor der Werkstatt und hämmerte an einem großen Kessel. Sie betraten das Haus daneben und stiegen eine Treppe hinauf, die gewiss höher war als die im Kirchturm von Oland. In der Stube herrschte eine Unordnung, die gar nicht zu den feinen Kleidern der Witwe passte. Alles lag durcheinander. Sanne lief voraus, um Feuer zu machen, und kam dann zurück, um Geld für Holz, Sahne und Punschextrakt zu holen.

„Die Kleine ist unkonfirmiert“, erklärte die Witwe. „Sie kommt jeden Morgen und Abend zum Aufwarten. Die andere, die ich hatte, war eine schlechte Person, die ich entlassen musste. Nachher werden Sie eine junge Dame kennenlernen, Adelgunde, ein kluges, gebildetes Mädchen. Sie verkehrt in den besten Familien und hilft beim Putz, das kann sie ausgezeichnet. Bestimmt macht sie einmal eine gute Partie in dem höheren Stand, eigentlich ist sie die geborene Prinzessin!“

Elisabeth wusste nicht, was sie antworten sollte; verlegen saß sie da und küsste der Frau die Hand. Nun wies ihr die Witwe eine Schublade zu und gab ihr einen Schlüssel, damit sie ihre Sachen und ihr Geld verwahren könne. Etwas Barschaft müsse sie doch haben, und dann wollten sie sich an diesem Abend keine Sorgen mehr machen, sagte sie, bald käme Adelgunde, und sie würden jede ein Glas Punsch trinken. Morgen werde man weitersehen und Elisabeth könne zum Etatsrat Heimeran gehen, der werde sich ihrer schon annehmen.

Die Frau legte sich einen sehr schönen Schal um, der Tisch wurde gedeckt, und dann kam Adelgunde mit Samthut und seidenem Mantel. Sie war schlank und kaum zwanzig Jahre alt, hatte strahlende Augen und ein loses Mundwerk. Von Beruf war sie – Näherin.

In Kopenhagen bilden die Näherinnen eine eigene Klasse. In der Regel handelt es sich um höchst respektable Mädchen – mit einigen Ausnahmen. Sie fristen meistens ein schweres, ärmliches Dasein. Der Verdienst ist sehr gering, die Arbeitsbedingungen ähneln denen in einem Zuchthaus. Vom frühen Morgen bis zum späten Abend müssen sie in einer ihnen fremden Familie durchgehend arbeiten und unterschiedliche Behandlungen ertragen. In der Bürgerklasse zählen sie gewöhnlich mit zum Hause und speisen in der Stube mit der Familie oder im Kinderzimmer. In höherrangigen Haushalten werden sie oft mit ihrem Nähzeug in eine Kammer gesperrt, die außer ihnen kein lebendes Wesen betritt. Wie im Arrest wird ihnen das Essen gebracht. Obwohl hier der Verdienst oft höher ist als anderswo, scheuen viele Näherinnen diese Häuser, denn sie halten die Absonderung und das ewige Schweigen nicht aus.

Adelgunde hatte es sich seit Langem zur Gewohnheit gemacht, nur dorthin zu gehen, wo sie sich amüsierte, und das waren nicht viele Stellen. Doch sie hielt es wie die Lilien auf dem Feld, sie war immer gut gekleidet. Sie wusste die Familien, bei denen sie nähte, immer von der komischen Seite aufzufassen und das Beobachtete zu Hause mit echtem dramatischem Talent wiederzugeben. Sie war in alle Verhältnisse eingeweiht und kannte sich in allen Schichten aus.

Die Witwe erzählte ihr gleich Elisabeths Geschichte, und Adelgunde war so gerührt über die Entscheidung ihrer Freundin, dass sie ihr um den Hals fiel und sie „meine gute Frau" nannte. Sie fand auch Elisabeths Verhalten ganz herrlich. Hoffentlich werde der Junge nicht zum Sklaven gemacht, das sei so erniedrigend, meinte sie. „Ist er dein Liebster?", wollte sie dann wissen. „Das könnte ich mir vorstellen, bei deinem Alter. Mir ginge es auch so, das liegt in uns. Ach, sieh nur, sie wird rot!", rief sie. „Das gefällt mir. Sie ist im Grunde nicht übel, die Kleine; sie wirkt so fein und so klug! Nur das Kleid ist vom Lande." Adelgunde lachte und erzählte den ganzen Abend lang ihre Geschichten; sie wusste ja so viel. Es wurde angestoßen und Punsch getrunken, und die Witwe flüsterte Adelgunde einen Trinkspruch zu, dass jene sich vor Lachen auf dem Sofa zurückwarf. Es war im Grunde ein seltsames Bild: auf der einen Seite die beiden kichernden Frauen, auf der anderen die verschüchterte Elisabeth. Sie kam erst spät zu Bett. Eine Vorratskammer, die durch eine Bretterwand von der Küche abgetrennt war, wurde zu ihrem Schlafzimmer. Sie sprach ihr Abendgebet und dankte Gott, dass es gute Menschen gebe und dass sie solche in der großen, schrecklichen Stadt gefunden habe.

Es war schon mitten am Tag, als sie gerufen wurde; sie hatte lange geschlafen. Adelgunde brachte ihr den Kaffee höchstpersönlich ans Bett. Als Elisabeth aufstand und ans Küchenfenster trat, war der Himmel klar, und die Sonne schien über den Nachbarhäusern. Ein Fenster der Dachkammer stand offen, von dort sang ein kleiner Vogel in seinem Bauer laut und lustig – ein gutes Zeichen für den Tag. Schnell war sie fertig und bereit, zu Elimar zu gehen. Ihn zu sehen und zu trösten war ihr erster Gedanke, aber die Witwe meinte, das gehe nicht, man müsse erst die Erlaubnis der Polizei einholen. Es mache viele Umstände, zu einem Gefangenen zu gelangen, noch dazu zu einem, der zum Tode verurteilt ist; sie wolle sich erkundigen, was zu tun sei. Aber Elisabeth müsse gleich heute zum Etatsrat Heimeran gehen; Sanne könne sie ja begleiten. Die Adresse werde sie von dem Kaufmann gegenüber erfahren, der ein Adressbuch besitze.

Es war weit bis nach Christanshavn hinaus, wo das Haus des Etatsrates stand. Sanne wählte den Weg durch die Börse, wo es viel zu sehen gab: ganze Reihen von Boutiquen, zwei lange, überdachte Straßen, und draußen lagen Schiffe aller Art Seite an Seite, von der kleinen Obstschute mit Äpfeln und Töpfen bis zum großen Kohlenschiff. Es herrschte ein Gedränge von Wagen und Tragbahren; Hausmädchen kamen mit Marktkörben, Schuljungen mit Büchern rannten durch den Matsch. Amager-Mädchen und Fischweiber versuchten sich zu überschreien, die einen heiserer als die anderen. Sanne war bald vor, bald neben Elisabeth; sie wusste auch einiges zu erzählen. Ihre ältere Schwester habe einen Mann geheiratet, der Zeitungen austrage, berichtete sie; die Hochzeit sei bei den Eltern gefeiert worden. Die Schwester habe von ihrer Herrschaft fünf Reichsbanktaler zur Aussteuer bekommen, für zwei davon sei im botanischen Garten ein Myrtenbouquet gekauft worden, denn so eines brauche eine Braut. Dann habe man die ganze Nacht in der kleinen Stube getanzt, nachdem Bett und Truhe auf den Flur gestellt worden seien. Sie habe auf dem Fensterbrett gesessen und Punsch und Klippfisch bekommen. Und die kleine Sanne lachte mit ihrem schmutzigen Gesicht und verlor zweimal die Pantoffeln, die sie beim Tanzen niedergetreten hatte. Aber sie fand sie wieder, und dann erreichten sie das Haus des Etatsrates. Jørgen öffnete, der gute alte Jørgen, mit dem Caroline so gern gescherzt hatte. Elisabeth kannte ihn aus Erzählungen, ja sie wusste sogar, wo jedes Möbelstück stand, so oft war über dieses Haus gesprochen worden. Sie erklärte, dass sie von den Halligen komme – und von Moritz. Jørgen zog sein freundlichstes Gesicht, bedauerte aber; der Etatsrat sei gerade heute aufs Land gefahren und kehre erst in fünf bis sechs Tagen zurück. Elisabeth stand erschrocken da und war den Tränen nahe. Sie brachte kein Wort heraus, und als Jørgen sie fragte, wo sie wohne, musste Sanne für sie antworten. Dann gingen sie wieder heim. Dort saß Adelgunde und las in einem Roman von Johannes Wildt. Das Buch sei so spannend, sagte sie, ganz anders als die von Walter Scott – der habe ja keine Ahnung von der Liebe! Sie tröstete Elisabeth; fünf oder sechs Tage seien keine Ewigkeit, dann komme der Etatsrat ja zurück; sie werde mit der Witwe reden. Die hörte mit nicht gerade vergnügter Miene von der neuen Entwicklung der Dinge, doch Adelgunde wusste sie zu überzeugen; sie sei nun einmal die Beschützerin der kleinen Jungfrau, und das könne ja jederzeit ausgeglichen werden.

„Mein gutes Herz kostet mich viel!“, seufzte die Witwe. „Immer geht es mit mir durch. Ja, wenn ich eine reiche Frau wäre, dann gäbe es kein Problem, dann könnte ich mich mit Vergnügen aufopfern, keine Frage! So aber muss ich weiterdenken. Na, dann bleibst du eben hier, bis der Etatsrat kommt. Aber du musst ihm auch erzählen, was ich für dich getan habe, etwas Entschädigung muss ich haben.“ Und sie nahm Elisabeth zur Seite und bat sie, ihr vorläufig drei von ihren Reichstalern als Darlehen zu geben; sie sei vorübergehend in finanziellen Schwierigkeiten. Was Elimar angehe, so sei mit dem Assistenten gesprochen worden; Elisabeth werde die Erlaubnis erhalten, ihn zu sehen, wahrscheinlich am folgenden Nachmittag. Morgen sei auch Audienztag; so könne sie den Vormittag nutzen, um beim König vorzusprechen, es sei keine Zeit zu verlieren.

Also würde noch ein ganzer Tag vergehen, bis sie Elimar sehen konnte! Ihr Herz klopfte vor Kummer und Sehnsucht, ihr Kopf drohte zu zerspringen. Doch sie musste hinnehmen, was die anderen sagten; das war das einzig Richtige und Mögliche. Adelgunde las ihr laut aus „*Der Totenfinger*" vor, eine der schönsten Stellen, wie sie versicherte. Am Abend kamen zwei Frauen zu Besuch, und es wurde lustig gelebt, wahrscheinlich für die drei Reichstaler, die Elisabeth gegeben hatte. Aber sie fand weder Trost noch Freude, nicht einmal an der Liebesgeschichte der Witwe, die Intrige genannt wurde und davon handelte, wie sie ihren seligen Mann bekommen hatte.

Von frühester Jugend an hatte sie ihn geliebt, er aber hatte es erst gemerkt, als er Geschäftsmann wurde. Damals waren sie sich in Helsingör begegnet und dort begann auch die Intrige. Eines Tages, sie war in Kopenhagen, las sie in der Zeitung, dass ein Mann in Slagelse seinen entlaufenen Hund suche. Da bekam sie ihre Idee. Sie schrieb einfach, der Hund sei in Kopenhagen dort und dort gesehen worden. Daran war kein Wort wahr, aber in diesen Brief legte sie einen anderen und bat den Mann in Slagelse, denselben nach Helsingör zu bringen. Er war an den gerichtet, den sie liebte; darin gestand sie ihm geradeheraus ihre Liebe, denn das ist immer das Beste. Sie unterzeichnete nicht mit ihrem Namen und meinte, der Umweg würde ihn irreführen. Außerdem hatte sie geschrieben, falls er sie nun, nachdem er um ihren Herzenszustand wisse, kennenlernen wolle, könne er am Sonnabendnachmittag bei vier verschiedenen Mädchen Ähnlichkeiten mit ihr feststellen. Die eine sei die Tochter des Tuchhändlers an der Ecke, dort könne er sich Proben von feinem Stoff geben lassen, die andere arbeite beim Eisenhändler, dort bekomme er kleine Nägel zu kaufen, als Drittes solle er in den Gang hineingehen und nach jemandem fragen, der nicht dort wohne, und an der vierten Stelle, das sei beim Konsul, könne er dasselbe tun. Wenn er alle vier gesehen habe, dürfe er darüber nachdenken. Falls er dann am Sonntag in die Kirche gehe, würde er alle vier Mädchen auf der letzten Bank antreffen. Beim Hinausgehen sollte er diejenige ansprechen, die ihm am besten gefiele; wenn er die Richtige erwählt hätte, erhielte er ein kleines Billett, und die Verlobung wäre abgemacht. Der Brief erreichte seinen Adressaten, und alles lief wie geplant – er ging in alle vier Häuser und am Sonntag in die Kirche, traf die Richtige, und dann war die Liebe gegenseitig! Sie wurden Mann und Frau, und jetzt war sie Witwe! Adelgunde starrte sie mit aufgerissenen Augen an, lachte lauthals und versicherte, aus diesem Stoff, richtig zusammengesetzt, könne der beste Roman werden. Auch die anderen beiden Frauen bewunderten die Geschichte und gaben dann eigene Episoden zum Besten, die beweisen sollten, dass auch sie in Liebesdingen Fantasie bewiesen hatten. Elisabeth wusste zuletzt gar nicht mehr, wovon die Rede war; sie versank in ihrem eigenen Kummer und geriet in finstere Gedanken. Am nächsten Morgen sollte sie den König aufsuchen und am Nachmittag Elimar sehen. Es war der wichtigste Tag in ihrem Leben, das fühlte sie. Wie würde er enden? Mit welcher Ruhe, welchem Trost konnte sie morgen zu Bett gehen? Sie war so jung und doch so alt in Sorge und Angst!

2.
Im Vorzimmer, im Rathaus, im Theater und was später darauf folgte

Die kleine Sanne sollte Elisabeth den Weg nach Amalienborg zeigen, wo König Frederik VI. wohnte und an diesem Tag jedermann Audienz gewährte. Sanne war so zappelig, dass weder die Haare noch die Pantoffeln festsitzen wollten. Sie hatte wieder eine Geschichte: Ihr Schwager, der Zeitungsausträger, sollte nun seinen Namen in das Blatt gedruckt bekommen, als Verantwortlicher für den Inhalt. Elisabeth fragte, einfach um irgendetwas zu sagen, denn ihr war all das gleichgültig: „Schreibt er denn die Zeitung?"

„Er schreibt sie nicht, er liest sie nicht einmal", verriet Sanne. „Er trägt sie aus und ist der Verantwortliche!"

Jetzt waren sie am Schloss angekommen. Soldaten und ein rot gekleideter Portier mit einem Silberstock standen unter den Kolonnaden. Elisabeth verneigte sich ganz tief und blieb stehen. Sie erwartete, fortgeschickt zu werden, aber der Portier zeigte auf einen Gang, wo Gardisten mit gezogenen Säbeln standen. Ihr Herz klopfte, doch dann nahm sie den Weg, den sie gehen sollte, und kam in den Raum, wo die Lakaien saßen. Wieder und wieder verneigte sie sich, bis ihr die Diener mit einem Lächeln die Tür öffneten. Nun befand sie sich im Audienz-Vorzimmer. Eine Anzahl Menschen, Damen und Herren, standen dort schweigend und erwartungsvoll. Weiter hinten gingen mehrere Herren in silber- und goldbestickten Röcken auf und ab; sie sahen allesamt wie Könige aus. Manche hatten einen Stern auf der Brust und alle trugen Ordenszeichen. Sie sprachen viel, jedoch mit leiser Stimme und nur untereinander. Die Schwarzgekleideten ignorierten sie, es sei denn, sie waren Priester in samtbesetzten Röcken mit Ordenszeichen. Wer keine Abzeichen trug, schien hier überflüssig zu sein. An der Wand hingen einige alte, silberbestickte Fahnen über zwei Pauken; das war in diesem Raum das einzig Bemerkenswerte. Hier also wohnte der König. Dass er nicht täglich mit Zepter und Krone herumlief, wusste Elisabeth schon. Sie hatte sich nach dem Porträt, das am Altar in der Kirche zu Hause auf Oland hing, eine gewisse Vorstellung von seiner Person gebildet. Wie wird er sie anhören, wie wird Gott ihre Rede fügen? Sie versuchte, ihre Worte in Gedanken zu ordnen, und war mit dem Ergebnis zufrieden. In der Gruppe, in der sie stand, lief einer der geputzten Kavaliere herum, fragte jeden nach seinem Anliegen und schrieb alles auf. Er kam auch zu Elisabeth und erkundigte sich nach ihrem Namen und woher sie komme. Ihre Stimme zitterte, als sie ihm Antwort gab. Eine Stunde verging und eine zweite, Menschen gingen zum König hinein und kamen wieder heraus, aber noch immer warteten viele. Nach einer weiteren halben Stunde winkte der Offizier Elisabeth; sie war ja von fern her angereist und er gönnte es ihr, dass sie vorgelassen würde. Sie trat neben die Tür zum königlichen Gemach, wie sie es von den anderen gesehen hatte. Jetzt also war der Augenblick gekommen! Sie schloss die Augen, faltete die

Hände und sammelte ihre Gedanken. Da kam ein Lakai heraus und flüsterte dem verantwortlichen Offizier etwas zu. Dieser ging hinein und kam bald darauf mit der Nachricht zurück, der König empfange heute niemanden mehr. „Gib mir dein Gesuch“, sagte er zu Elisabeth. „Ich sorge dafür, dass der König es bekommt.“

„Ich muss aber selbst mit ihm reden!“, stammelte sie. „Oh, mein Gott!“ Und sie war nahe daran, in Ohnmacht zu fallen.

„Komm am Montag, und du wirst vorgelassen“, versprach der Offizier.

Alle gingen. Auch Elisabeth musste gehen – dabei hatte sie schon vor der Gnadentür gestanden und sich alle Sätze so schön zurechtgelegt.

Traurig kehrte sie in die Laxegade zurück. Die Witwe, die wusste, wie es in den Vorzimmern zugeht, hatte nichts anderes erwartet. Am Nachmittag wollte sie selbst mit Elisabeth zu dem Sünder gehen, wie sie Elimar nannte. „Ich begleite dich ins Rathaus“, sagte sie, „obwohl es ein abscheulicher Ort ist, an dem ich noch nie gewesen bin. Aber nun habe ich mich einmal deiner angenommen, also muss ich auch *das noch* aushalten.“

Sie gingen zum Rats- und Gerichtshaus. Für Elisabeth war es ein noch schwererer Gang als der zum Schloss des Königs. In wenigen Augenblicken also sollte sie Elimar sehen, den Freund ihrer Kindheit, der sie in der steigenden Flut festgehalten hatte und dem ihr „steter Gedanke“ galt.

Die hohen Säulen des Rathauses, die großen, vergitterten Fenster, die breite Treppe, das Maß, in dem sich dieses Gebäude von allen anderen am Platz unterschied, all das trug dazu bei, Elisabeths Stimmung zu erhöhen. Sie stiegen die breiten Stufen hinauf, gingen durch lange Korridore und über eine Galerie, von der aus sie in einen großen Saal hinabschauten. Alles war so groß und entsprach gar nicht der Vorstellung, die sich Elisabeth von einem Weg ins Gefängnis gemacht hatte. Hier war es nicht dunkel, moderig und verfallen wie im Kerker von Edinburgh, und doch schwatzte die Witwe beständig vor sich hin, wie schrecklich es hier sei, dass sie die Luft nicht aushalten könne und ihr die Beine zitterten.

Nun betraten sie ein als Büro eingerichtetes Zimmer, und der Assessor befahl einem Bediensteten, Elimar Levsen zu holen. Elisabeth wurde totenbleich und musste sich am Stuhl festhalten. Es war, als drehe sich alles um sie. Der Gerichtsdiener kam mit dem Gefangenen zurück, der Seemannskleider von Kalmuk trug. Er musterte alle mit einem dreisten Blick. Elisabeth hatte einen Schritt auf ihn zugemacht, blieb aber plötzlich stehen …

„Nun könnt ihr miteinander reden“, forderte sie der Assessor auf.

„Aber das ist er ja gar nicht!“, rief Elisabeth. „Das ist nicht der Elimar Levsen, den ich suche! Den da kenne ich nicht!“

„Das ist Elimar Levsen.“

„Nein, nein, er ist es nicht! Ich suche den Elimar von Oland, den Enkel des Kapitäns, der …“, sie konnte nicht aussprechen: der gemordet hat, sondern sagte: „… der als Gefangener aus Amerika hergebracht wurde.“

„Aber das ist er ja!“, sagte der Assessor und erkundigte sich, an den Seemann gewandt: „Heißt du nicht Elimar Levsen?“

„Das ist mein Name!“, antwortete der Mann mit einem hintergründigen Lächeln. „Ich bin ein Enkel des Kapitäns auf Oland.“

„Nein, das ist nicht möglich!“, rief Elisabeth mit ungewohnter Heftigkeit. „So sieht Elimar nicht aus, er kann sich nicht so verändert haben! Das sind nicht seine Augen, das ist nicht sein Gesicht, das ist er nicht!“

Der Assessor hörte ihr aufmerksam zu, musterte sie und den Gefangenen und begann eine Art Verhör. Elisabeth berichtete offen und glaubhaft von dem Kummer, der auf den Alten daheim laste, sowie dass Madame Levsen einen Brief an den König geschrieben und sie ihn nach Kopenhagen gebracht habe, um ihn während einer Audienz dem König zu überreichen.

„Der Kapitän und Mutter Levsen nehmen sich das also sehr zu Herzen?“, fragte der Seemann mit einem gemeinen Grinsen. „Das gefällt mir; so habe ich es mir gedacht. Die sollen noch an Jes Jappen denken!“

„Jes Jappen!“, rief Elisabeth.

Ja, er war es, Jes Jappen, der Sohn des Dienstmädchens. Er hatte tatsächlich vor der amerikanischen Küste Schiffbruch erlitten und seine Papiere verloren und sich ohne eine bestimmte Absicht, aus dem Augenblick heraus, Elimar Levsen genannt, als er auf einem neuen Schiff anheuerte. In einem Streit hatte er den Steuermann niedergestochen und war in Ketten nach Kopenhagen gebracht worden. Unterwegs war ihm klar geworden, welche Verwirrung die Nachricht im Haus des Kapitäns auf Oland auslösen musste, dass das „Nesthäkchen“, wie er Elimar nannte, so ins Unglück geraten war. Einen kleinen Puff könnten die da oben wohl vertragen, hatte er gemeint, und wenn die Lüge herauskam, hätten sie ja doppelte Freude!

All das gestand er ohne Weiteres. Als er aber sah, wie Elisabeths Augen leuchteten, wie ihr Antlitz vor Glückseligkeit strahlte, kehrte das gemeine Grinsen auf sein Gesicht zurück, und er sagte: „Es wäre ja Sünde, wenn Elimar die reiche Witwe da drüben heiratet, wo er doch hier so eine treue Braut hat!“

Elisabeth wurde knallrot. Man führte den Gefangenen ab, um ihn später erneut zu verhören. Der Assessor teilte Elisabeth mit, dass sie möglicherweise noch einmal herkommen müsse, aber nur, wenn Jes Jappen eine neue Lüge auftische; dann werde man ihre Aussagen gegenüberstellen. Er ließ sich die Adresse der Witwe geben und gratulierte Elisabeth zu dem für sie glücklichen Ausgang der Angelegenheit. Sie ergriff seine Hand und küsste sie so innig, als wäre ihr in dieser Stunde ein Menschenleben geschenkt worden. Nun kam ihr das ganze Gebäude mit seinen Treppen und Korridoren schön wie ein Feenschloss vor. Sie lachte, weinte und küsste der Witwe die Hand.

„Gott bewahre, Kind!“, sagte die Frau. „Das ist ja schön und ganz wunderbar, aber bleibe bei Sinnen! Lass uns endlich dieses Diebesloch verlassen und nach Hause gehen. Uh, diese Luft hat sich in unseren Kleidern festgesetzt. Rathäuser und Spitäler haben immer so einen Geruch, der in den Stoff eindringt." Und sie pustete an sich herum und wedelte mit dem Taschentuch.

Elisabeth war froh und glücklich wie nie zuvor. Sie musste gleich nach Hause schreiben, dass es nicht Elimar sei, der im Gefängnis sitze, sie selbst sich in guten Händen befinde, bei einer braven Frau, die sie in der Kutsche kennengelernt habe, und dass sie in zwei Tagen den Etatsrat, der gerade auf dem Land weile, bitten werde, ihr bei der Rückfahrt nach Oland zu helfen. Sie erinnerte sich nun auch, dass sie noch eine Bekannte in Kopenhagen hatte, die liebe Trine, verheiratet mit dem Schuster Hansen, jene Trine, die als Kind beim Theater gewesen war und mit Flügeln auf dem Rücken und paillettenbesetzten Schuhen getanzt hatte. Elisabeth fragte nun die Witwe, ob sie Trine kenne und wisse, wo sie wohne, oder ob sie vielleicht auch in dem Buch stehe, in dem sie das Haus des Etatsrats gefunden habe?

„So ein gewöhnlicher Schuster steht sicher nicht im Adressbuch", meinte die Frau. „Hier wimmelt es von Leuten, die Hansen heißen. Die meisten ziehen alle halbe Jahre um. Viele haben nichts als eine Ahle und einen Spannriemen und außerdem eine schreckliche Menge Kinder!"

„Ja doch, die kann es sein", meinte dagegen Adelgunde. „Ich kenne sie; die Leute haben keine Kinder und wohnen hier um die Ecke im Keller. Sie hat einst beim Theater im Chor gesungen und heißt Trine Hansen. Ich habe nie mit ihr gesprochen, aber man sagt, sie habe auf Fünen bei der Baronin mit dem Turban gedient."

„Richtig, bei der alten Baronin!", rief die Witwe. „Weißt du, sie ist vor acht Tagen aus Fünen herübergekommen. Ist nicht auch ihr Enkel dabei? Aber er logiert drüben im Hotel Royal. So ein hübscher Mensch, er sieht aus wie ein Italiener! Er würde dir gut gefallen, Adelgunde!"

Sanne brachte einen halben Bogen Briefpapier vom Krämer. Dass er trotzdem sauber geblieben war, verdankten sie dem Ladenburschen, der Sannes wie immer schmutzige Finger mit kleinen Fetzen Löschpapier umwickelt hatte. Feder und Tinte wurden gebracht, und bald war Elisabeth eifrig dabei, all die großen Ereignisse zu Papier zu bringen. „Es wäre Sünde, wenn Elimar die reiche Witwe da drüben heiratet, wo er doch hier so eine treue Braut hat“, hatte Jes Jappen gesagt. An diese Worte musste Elisabeth immer wieder denken. Sie hatten wenigstens im Augenblick einen großen, verstörenden Eindruck hinterlassen. Vielleicht waren sie nur so dahingesagt gewesen, doch sie entfalteten eine ähnliche Wirkung wie das Haar vor der Linse, das, schaut man durch das Fernrohr, zu einem Ankertau wird und den Gegenstand verdeckt, der betrachtet werden soll. Aber wie gesagt, es war nur ein Augenblick. Während sie schrieb, hellte sich ihre Seele immer mehr auf. Elimar war ja frei und unschuldig; das Ganze war ein böser Traum gewesen! Sie dachte an die Freude der Alten, wenn sie es erfuhren. Ihre einzige Sorge war – sie sprach sogar mit der Witwe und Adelgunde darüber –, dass der Brief auch wirklich ankam. Wie lange mochte er bis nach Oland unterwegs sein? Darauf wussten die beiden Frauen keine Antwort, aber sie konnten Elisabeth beruhigen, was die Sicherheit der Beförderung anging. „Alle Briefe“, sagten sie, „werden auf dem Postamt in ein Buch eingetragen; so kann nichts verloren gehen.“ Sanne sollte den Brief wegbringen, aber Elisabeth machte sich solche Sorgen, dass sie ihn verlieren oder an der falschen Stelle abgegeben könnte, dass sie lieber selbst mitging und auf dem Postamt darum bat, man möge ihn doch sicher befördern, da er so wichtig sei. Man versprach es ihr ganz bestimmt. Nun musste sie also nicht mehr zum König, sondern nur noch zum Etatsrat Heimeran. Und Trine wollte sie besuchen, die liebe, brave Trine! Ob sie einander noch wiedererkannten?

Mit vergnügtem Gesicht, froh und außergewöhnlich gesprächig kam sie mit Sanne heim. Diese Lebhaftigkeit kleide sie, meinte Adelgunde, in einem hübschen Kleid könne sie ganz pikant aussehen. Und nun wurde wieder gelacht und erzählt und Punsch getrunken – und verabredet, dass Elisabeth am nächsten Tag mit der Witwe ausgehen und die Stadt besichtigen sollte.

Ihre Betrachtungen während dieses Spaziergangs waren nicht gerade tiefsinnig. Wir können jedoch durch den Ausflug auf andere hingeleitet werden, die, wenn auch ebenfalls nicht tiefsinnig, so doch als Brücke dienen können für das, was weiter zu erzählen ist. Angelei und Bettelei haben etwas sehr Verwandtes. Der Angler kann den ganzen Tag am selben Platz sitzen und warten, um oft nur einen kleinen Blei zu erwischen. Der Bettler sitzt auch den ganzen Tag am selben Platz und wartet auf einen kleinen Schilling. Der Unterschied besteht darin, dass der eine davon spricht, sich „zu amüsieren", während es der andere „sein Leben fristen" nennt. Wer zum Vergnügen angelt, reißt oft den unschuldigen kleinen Fisch vom Haken, sodass die Kiemen und Augen zerfetzt werden. Ist der Fisch zu klein, wird er blutig ins Wasser zurück oder achtlos auf den Rasen geworfen, wo er verreckt. Der Bettler, zumindest der, der an einem festen Platz sitzt, tut niemandem so blutiges Leid an. Aber es gibt eine andere Sorte, den gut gekleideten, umherwandernden, würdelosen Bettler, der oft in moralischer Hinsicht Schaden anrichtet. Es ist nicht zu verbergen – wir befinden uns in der Gesellschaft eines dieser wohlgekleideten, umherwandernden Bettler, wenn wir die Witwe begleiten.

„Du musst mir einen Gefallen tun", sagte sie unterwegs zu Elisabeth. „Hier in diesem Garten wohnt ein Mann, von dem ich Geld zu bekommen habe. Geh mit diesem Brief hinauf, zweiter Stock links, der Herr ist Kammerrat. Wenn er fragt, von wem der Brief sei, antwortest du einfach, er ist von deiner Mutter. Ich wollte ihn nicht gern mündlich mahnen, denn dann redet er so eindringlich, dass ich mich erweichen lasse. Deshalb habe ich ihm geschrieben. Viel werde ich ja nicht kriegen. Es ist hart, nicht an sein mühsam erworbenes Geld zu kommen. Aber kein Wort von dem, was ich dir gesagt habe, es würde ihn genieren, und das will ich nicht."

Elisabeth ging mit dem Brief in das Haus. Der Kammerrat öffnete, er war im Schlafrock, ein netter alter Mann. Mit säuerlichem Gesicht las er den Brief, schüttelte den Kopf und sagte: „Ich würde ja gern, aber es ist unmöglich. Ich habe in der letzten Zeit so große Ausgaben gehabt; alle Leute kommen zu mir! Hm, hm! Arme Frau." Er trat an seine Schatulle, nahm einen Ein-Taler-Schein heraus und reichte ihn Elisabeth. „Sagen Sie Ihrer Mutter, das ist alles, was ich im Augenblick geben kann!", meinte er, sah sie recht freundlich an und schloss dann die Tür.

Die Witwe, die in der nächsten Toreinfahrt wartete, kam heran und erkundigte sich, was er gesagt habe. Elisabeth wiederholte alles Wort für Wort und gab ihr den Reichstaler.

„Ist das alles?", fragte die Frau. „Dass er sich nicht schämt! Ich sollte so viel Geld von dem Menschen bekommen, und er gibt mir einen Taler! Das grenzt ja an Beleidigung! Er verdiente, dass ich zu ihm hinaufginge! Er muss betrunken gewesen sein; ich sage dir, er ist dem Alkohol verfallen! Redete er nicht wirres Zeug? Sagte er nicht etwas Seltsames im Zusammenhang mit dem Geld, das ich von ihm forderte?"

Elisabeth wiederholte noch einmal wörtlich, was er gesagt hatte, und die Witwe war zufrieden. Nichts deutete darauf hin, dass der Mann gemerkt hatte, mit welcher Masche sie ihn abzog.

„So ein elender Mensch", beschimpfte die Bettelbriefschreiberin den würdigen alten Kammerrat, der glaubte, dass die „höchst bedrängte Witwe, die bessere Tage gekannt" habe, ihn in diesem Augenblick segnete. „Das reicht nicht einmal zu einem Paar französischer Handschuhe, das ich so gut gebrauchen könnte", maulte sie. „Da muss ich ja noch zwei Mark drauflegen, um sie zu bekommen." Und das tat sie.

Als sie nach Hause kamen, hatte Elisabeth immerhin die meisten Läden der Østergade gesehen und war darin gewesen. „Wir haben uns ein wenig umgesehen", sagte die Witwe.

„Dann werde ich ihr jetzt ein Vergnügen bereiten", verkündete Adelgunde. „Sie haben ja wohl kein Theater da drüben in Holstein auf ihren Inseln. Gott!", unterbrach sie sich, „ich habe nie daran gedacht, dass auch Inseln zu Holstein gehören. Wir groß doch die Welt ist! Elisabeth, du darfst heute Abend mit mir in die Komödie gehen. Ich habe von meinem

Liebsten zwei Karten für die Loge im zweiten Rang bekommen. Wir müssen früh genug hin, damit wir Plätze in der ersten Reihe bekommen. So, und jetzt putzen wir das Kind erst einmal." Zu der Witwe sagte sie: „Sie leihen ihr den Schal, den alten, und ich mache ihr die Haare."

Sie fing gleich damit an. Elisabeth musste sich mitten ins Zimmer setzen.

„Keine Löcher in den Ohrläppchen!", stellte Adelgunde fest. „Sie hat noch nie Ohrringe getragen. Was hat sie versäumt! Sie muss meine Stirnkette tragen, dadurch wirkt der Kopf schlanker. Aber niedlich ist sie! Sie wird ihr Glück machen; so ein kleines unschuldiges Gesicht kleidet gut!"

Und die beiden gingen in die Komödie.

„Wir gehen durch diese kleine Straße", sagte Adelgunde. „Ich muss mir beim Kollekteur die Lotterie-Nummern ansehen. Ich habe die Zahlen geträumt und einen Schein mit drei Mark pro Nummer gekauft. Wenn ich gewinne, bekommst du ein Geschenk."

Sie gingen beim Kollekteur vorbei, aber die Zahlen waren nicht die richtigen. „Dort unten im Keller wohnt übrigens die Trine Hansen, die du kennst. Siehst du das Schuhmacherschild und den Namen? Jetzt kannst du aber nicht da runterlaufen, denn wenn wir in der ersten Reihe sitzen wollen, dürfen wir keine Zeit verlieren."

Und sie gingen weiter. Elisabeth merkte sich das Haus nahe der Ecke, wo der Kollekteur wohnte. Sie kamen zum Theater, als gerade geöffnet wurde. Mit einer besonderen Fähigkeit beim Schubsen und im Gebrauch der Ellbogen führte Adelgunde ihren Schützling durch das Gedränge die Treppe hinauf und bald saßen sie in der ersten Reihe des zweiten Rangs.

Adelgunde kannte fast alle Menschen, besonders die Herren; sie wusste sogar, wie sie hießen. Von all den Namen kam Elisabeth nur einer bekannt vor: Thorvaldsen. Der alte, kräftige Mann mit dem freundlichen Gesicht und dem langen weißen Haar stand dort unten und schien genau zu ihr heraufzuschauen. Ihr Herz klopfte so stark, als würde sie den

König sehen. Wie oft hatte sie nicht in den letzten Jahren den Namen Thorvaldsen gehört! Die Beschreibung seines prächtigen Empfangs hatte Moritz Tränen in die Augen getrieben. Dort unten stand er, im selben Haus mit ihr, unterm selben Dach! Ihr schien es, als wären all die anderen nur gekommen, um ihn zu sehen, um mit ihm zusammen zu sein. Adelgunde sah das anders. Die Musik setzte ein, der Vorhang öffnete sich, man gab das Vaudeville „*Das Hauskreuz von Kjøge*“. Es führte sie nach Kjøge, in die Stadt, durch die Elisabeth vor drei Tagen in der Kutsche gerollt war, in der sie Bekanntschaft mit der Witwe geschlossen hatte. Natürlich erkannte sie die Häuser nicht wieder, aber die grünen Bäume und das Meer – ja, das war Kjøge! Aber das Hauskreuz hatte nichts mit der schrecklichen Spuk- und Hexengeschichte zu tun. Elisabeth verstand sehr gut, dass der brave Maurergeselle, der von seinem Gerüst außen am Haus wie eine Schwalbe hineinschaute und wusste, was drinnen geschah, das Übernatürliche war, das Hauskreuz, das den Liebenden half. Es war eine ganze Geschichte, so wirklich und doch nicht ganz wie die Wirklichkeit, denn sie sangen so viel. Aber schön war es. Während des ganzen Stückes gab Adelgunde Erklärungen ab.

„Das ist Frau Heiberg“, sagte sie. „Aber sie hat eine schlechte Rolle, trägt ihre eigenen Kleider und hat ganz gewöhnliche Sätze zu sagen. Stell sie dir vor, wie sie in Gold und Seide gekleidet ist und Verse vorträgt! Eigentlich mag ich Vaudevilles gar nicht.“ Das war nun ihr Urteil, und es war genauso klug wie das der meisten anderen.

Die leeren Plätze im Hofparkett und die nummerierten in der Löwen-Reihe, wie man die Sitze direkt an der Bühne nennt, weil sie gewöhnlich von den Kopenhagener Löwen besetzt werden, füllten sich, denn jetzt begann das eigentliche Schauspiel, nämlich das Ballett. Unter den Eintretenden war ein junger Mann in einem üppigen Pelz; er hatte ihn anbehalten, wohl weil er ihn so gut kleidete. Das gescheitelte Haar war etwas dünn, der Bart dagegen dicht und stattlich. „Siehst du den Mann, der gerade gekommen ist“, fragte

Adelgunde, „den hübschen im kostbaren Pelz? Ist er nicht ein Bild von einem Mann? Sieh doch, er lächelt! Schau durch mein Glas, da, jetzt zwinkert er mir zu! Siehst du, das ist mein Liebster." Adelgunde hatte ganz rote Wangen, lachte und schwatzte, sprang auf und setzte sich, legte sich den Schal um die Schultern und nahm ihn wieder ab – sie war so zappelig, als sollte sie selbst im Ballett auftreten.

Wieder begann die Musik. Der Vorhang öffnete sich, nun wurde „*Das Fest in Albano*" gegeben. Die lieblichen Melodien, die südlichen Dekorationen, die italienischen Kostüme, das lebendige Treiben auf der Bühne waren wie ein Sonnenstrahl für Elisabeths Fantasie. Vor ihr lag die Campagna mit Rom, sie war dort; die Tanzenden stiegen den Berg hinauf, die Kinder mit wehenden Fahnen, der ganze Hochzeitszug.

„Sie kommen aus einem Loch im Fußboden", verriet Adelgunde. „Siehst du die große Luke, die in den Keller führt?"

Doch Elisabeth sah Berg und Tal, den blauen, klaren Himmel, das Fest der Künstler; sie verstand alles, nur nicht, warum die beiden Pilger zu griechischen Göttern wurden. Danach fragte sie.

„Das ist der Ballettmeister höchstpersönlich", erklärte Adelgunde, die auf alles eine Antwort wusste.

Und die Musik wogte, die bunten Trachten blendeten das Auge. Die Abendsonne schien auf Rom, die Nacht brach herein, und unter jubelnden Tänzen wurden Fackeln angezündet. Elisabeth rechnete alles Gesehene zu dem, was sie zu Hause über das schöne Italien gelesen und gehört hatte; Tränen standen ihr in den Augen.

„Es ist vorbei, komm jetzt!", flüsterte Adelgunde. Der Vorhang war noch nicht gefallen, aber sie zog ihre Begleiterin schon mit sich fort. Die Menge strömte nach. Als sie sich dem untersten Ausgang näherten, wo die Türen zur Straße offen standen, sahen sie, dass es in Strömen regnete. Die Menschen stauten sich und kamen sich mit ihren Schirmen ins Gehege. Mittendrin stand der Herr im Pelz, er suchte jemanden – Adelgunde! Sie hängte sich bei ihm ein, Elisabeth folgte, und ehe sie es sich versah, saßen sie alle drei in einer Droschke. Es war ja so ein schlechtes Wetter, also fuhren sie. Elisabeth überlegte noch, was sie davon halten sollte, da hielt der Wagen an, aber nicht vor dem Haus der Witwe.

„Wo sind wir denn?“, fragte sie ein wenig ängstlich.

„Wir trinken Tee bei meinem Liebsten“, sagte Adelgunde. „Das ist so ein kleines Vergnügen, das in Kopenhagen einfach dazugehört.“

„Seien Sie kein Spielverderber!“, bat der Herr ganz freundlich, und Elisabeth ging mit. Wohin sollte sie sonst gehen? Und es war ja nichts Böses daran, mit Verlobten Tee zu trinken.

Im Vorzimmer teilte der Diener mit, jemand warte in der Stube. Es sei der Herr, der gestern bei dem Baron gefrühstückt habe. Er sei einfach hineingegangen, als er die Teemaschine und den gedeckten Tisch gesehen habe.

„Er … hm, das macht nichts“, sagte der Hausherr zu Adelgunde, die bereits umkehren wollte. „Er ist einer meiner engsten Freunde, kein Kopenhagener, ein halber Ausländer.“

Er ordnete an, außer dem Tee noch Champagner zu bringen. Im selben Augenblick öffnete sich die Tür, und ein schöner, etwa dreißigjähriger Mann von italienischem Aussehen ging lächelnd auf den Baron zu – denn Adelgundes Begleiter, oder wenn man will Verlobter, war nichts Geringeres als ein Baron.

Der Freund begann mit einer Entschuldigung, so einfach eingedrungen zu sein, stutzte plötzlich und rief: „Oh, Damen sind anwesend! Ich bitte um Verzeihung!“

„Mach keine Umstände, mein Freund“, beruhigte ihn der Baron. „Ich will euch gleich einander vorstellen. Du sollst meine niedliche kleine Baronin kennenlernen und ihre jüngere Schwester und treue Freundin … Stell du sie vor!“, sagte er zu Adelgunde.

Der fremde, schöne Mann lächelte, zeigte seine blendend weißen Zähne und schaute Elisabeth, die noch verlegener wurde, mit einem durchdringenden Blick an.

„Das ist mein Freund, der Baron von Montefiascone, est, est, est, und mehreren anderen Ländern“, sagte der Hausherr. „Er ist, wie die Damen sehen können, ein außerordentlich hübscher Mensch und, ich darf das hinzufügen, ein großer Kenner des Schönen. Nun wollen wir Tee trinken, und du musst amüsant sein, meine kleine Hexe!“, rief er Adelgunde zu und wirbelte sie herum.

Adelgunde lachte, warf sich in einen Schaukelstuhl und war im Nu wieder auf den Beinen. Sie sollte ja die Hausfrau spielen und Tee einschenken. Währenddessen stand Elisabeth immer noch da, nestelte an ihrem Schal und wusste nicht, ob sie gehen oder bleiben sollte.

„Sie haben doch keine Angst vor mir?“, erkundigte sich der Fremde und schaute sie aus seinen dunklen, lebhaften Augen so seltsam an, dass sie den Blick senkte. Ihr Herz fühlte eine Angst, als ob ihr der Mann etwas Böses wollte.

„Das ist ja ein niedliches kleines Gesicht!“, sagte er und ergriff ihre Hand. Unwillkürlich schrie sie auf und lief zur Tür.

Adelgunde schaute sie missbilligend an. „Sei doch kein Kind!“, schimpfte sie. „Man könnte ja glauben, du wärst noch nie unter Menschen gewesen. So ist Kopenhagen nun einmal, meine Kleine.“

„Gott, ich bin ja auch ein Kind!“, rief Elisabeth. „Lasst mich nach Hause!“ Und sie sah den Baron so bittend an – ihn, zu dem sie in diesem Augenblick das meiste Vertrauen hatte.

„Du kleine Närrin!“, antwortete er. „Du bist doch zu Hause, du bist bei deiner Freundin!“ Und er lachte und nickte Adelgunde zu.

Der Fremde schaute wieder so seltsam zu Elisabeth, die totenbleich war und einen weiteren Schritt auf die Tür zuging.

„Ist es Ihr Ernst, dass Sie fortwollen?“, fragte er. „Sie sollen Ihren Willen haben. Aber allein können Sie nicht gehen. Gestatten Sie, dass ich Sie begleite.“

„Nein, nein“, rief Elisabeth, riss die Tür auf und lief durch das Vorzimmer, die Treppe hinunter und aus dem Haus, wo sie sich nicht auskannte und in einem feuchten Sandhaufen landete.

„Die kommt nicht davon“, meinte Adelgunde. „Sie ist vom Lande und kennt den Weg nicht.“

Der Fremde, der zurückgeblieben war, sah Adelgunde an, rannte dann ins Vorzimmer, ergriff Mantel und Hut und kam aus der Haustür, als sich Elisabeth gerade aufrappelte.

„Lassen Sie mich gehen!", flehte sie. „Tun Sie mir nichts!"

„Aber, mein liebes Kind, ich will Ihnen doch nichts Böses", beruhigte er sie. „Ich will Ihnen helfen, will Sie begleiten. Habe ich ein einziges Wort gesagt, das Sie erschrecken könnte? Sie kennen doch den Weg nicht, weil Sie vom Lande sind, wie Ihre Freundin gerade mitteilte."

Elisabeth schwieg und ging immer schneller, sie wusste selbst nicht, wohin. Der Fremde blieb an ihrer Seite.

„Ich versichere Ihnen, dass Sie mir vertrauen können", sagte er. „Wenn Sie unschuldig in schlechte Gesellschaft geraten sind, was ich annehmen muss, so will ich Ihnen erst recht behilflich sein und Sie führen, wohin Sie wollen. Falls ich Ihnen gegenüber etwas zu vertraulich aufgetreten bin, so werden Sie einsehen oder wenigstens später zu der Einsicht gelangen, dass ich zu entschuldigen bin und dass dies von meiner Seite ganz natürlich war. Geben Sie mir Ihren Arm und sagen Sie mir, wohin ich Sie begleiten darf!"

In seiner Stimme klang etwas so gut und ehrlich, dass ein unschuldiges Mädchen wie Elisabeth daran glauben musste. Dennoch nahm sie seinen Arm nicht an, sondern sagte leise: „Seien Sie mir nicht böse. Ich weiß einfach nicht, was ich tun soll. Ich bin fremd in dieser großen Stadt. Oh, wie betrübt sie zu Hause sein würden, wüssten sie, wie es mir hier ergeht!"

Noch einmal fragte der Fremde freundlich und teilnahmsvoll, was denn eigentlich los sei, und erfuhr die ganze Geschichte: wie sie in die Stadt gekommen war, um den König aufzusuchen, dass die Witwe sie bei sich habe wohnen lassen und dass sie dort Adelgunde kennengelernt habe. So sei sie ins Theater gekommen. Sie habe geglaubt, die Droschke würde sie nach Hause bringen, doch dann sei sie in dem Haus des Barons gelandet.

„Mein liebes Kind, die Witwe und diese Adelgunde sind durchaus keine gute Gesellschaft für Sie", sagte der Fremde. „Es wäre ja Sünde, Sie wieder dorthin zu bringen. Aber was kann ich sonst für Sie tun? Kennen Sie denn keine anderen Menschen?“

„Nein“, antwortete Elisabeth. „Nur einen Etatsrat draußen in Christianshavn. Den habe ich noch nie gesehen und außerdem ist er nicht zu Hause.“

„Das ist genau so, als würden Sie niemanden kennen“, meinte der Herr. „Was sollen wir tun? Wir können nicht auf der Straße bleiben, es regnet ja schrecklich!“

„Die Witwe ist so gut zu mir“, sagte Elisabeth. „Sie ist eine anständige Frau.“

„Oh nein, ganz gewiss nicht“, erwiderte der Fremde. „Das verstehen Sie nicht, und das ist auch gut so! Wüsste ich nur eine verlässliche Person – aber ich bin ja selbst so gut wie fremd hier … Wo wohnt denn diese Witwe? Wir müssen wohl dorthin – und doch kann ich es nicht übers Herz bringen.“

„Hätte ich nur mit Trine geredet!“, jammerte Elisabeth. „Sie ist so gut und ehrlich …“

„Wer ist Trine?“, fragte er.

„Die Frau eines Schusters, die ich als kleines Kind gekannt habe; sie mochte mich sehr. Sie wohnt gleich bei der Witwe um die Ecke, aber ich habe sie weder gesehen noch gesprochen, seit ich in der Stadt bin.“

„Dann lassen Sie uns zu Trine gehen!“, beschloss der Fremde und fügte mit einem Lächeln hinzu: „Ich glaube, Schusterfrauen sind besser geeignet als Witwen, auf ein so junges Ding aufzupassen.“

„Ja, ja, ich danke Ihnen!“, rief Elisabeth. „Aber ich habe solche Angst! Wenn es nun nicht die Trine ist, die ich kenne – was soll dann aus mir werden? Gott helfe mir!“

„Ich bringe Sie bis an die Tür, Sie gehen hinein, und wenn es die falsche Trine ist, dann kommen Sie gleich wieder heraus. Ich verspreche Ihnen, dass ich eine Viertelstunde warten werde. Kommen Sie in dieser Zeit nicht, so gehe ich davon aus, dass Sie in guten Händen sind. Wissen Sie denn, welchen Weg wir gehen müssen?“

„Ich werde mich erinnern, wenn wir erst wieder am Theater sind.“

Er führte sie hin, aber sie erkannte das Gebäude nicht wieder, das jetzt im Dunkeln lag. Statt der Lichtmasse, die zuvor herausgestrahlt hatte, drang jetzt nur ein matter Schimmer aus dem Fenster unter dem Dach, wo die Brandwache saß. Das große Haus, das vor wenigen Stunden ein belebter Ort gewesen war, wo Musik brauste und sich große Ideen regten, hatte sich in einen gespenstischen, seelenlosen Kasten verwandelt. Elisabeth schaute sich um. Als sie die Säulen am Kaffeehaus entdeckte, erinnerte sie sich an die Seitenstraße, die sie nehmen mussten, um dahin zu gelangen, wo Trine wohnte. Sie orientierte sich am Lotterieschild und zeigte auf den Keller, wo hinter den Scheiben Licht brannte. Der Fremde war ganz gerührt, als sie sich bei ihm bedankte: „Der Herr segne Sie für all die Wohltaten, die Sie mir erwiesen haben!"

„Ich warte eine Viertelstunde", versprach er und drückte ihr einige Münzen in die Hand. Sie sah ihn noch einmal dankbar an und stieg dann die Kellertreppe hinunter.

Der Fremde ging langsam bis zur Straßenecke, blieb stehen, lief ein paar Mal auf und ab, schaute zur Kellertreppe, schlenderte ein wenig herum und stand wieder still: Es kam keine Elisabeth.

„Das ist ja ein Abenteuer", sagte er zu sich selbst. „Aber so unschuldig, wie es nur sein kann. Was tue ich nur, wenn sie zurückkommt? Soll ich wieder ihren Ritter spielen? Das ist eine seltsame Situation!"

Und er stand noch immer an der Straßenecke. Der Nachtwächter wünschte ihm einen guten Abend.

3.
Der Keller des Schuhmachers

Wenn man an Trines Wahlspruch denkt: „Aber die Leute urteilen doch nur nach dem Schein, Madame!" und sich erinnert, wie streng auch ihr Hansen in dieser Hinsicht dachte, kann man sich vorstellen, welche Überraschung es für diese beiden braven Menschen war, als plötzlich spätabends ein junges Mädchen mit langem Schal, Stirnkette und nassen Haaren eintrat und sich verwirrt und aufgeregt nach Trine erkundigte. Man habe sich zuletzt auf Fünen gesehen – aber dort war Trine seit sieben Jahren nicht mehr gewesen.

„Wer sind Sie? Was wollen Sie?“, fragte Hansen, der in seiner Kattunjacke beim Abendessen saß und sich nun halb aufrichtete. Aber Elisabeth antwortete ihm nicht, sah ihn nicht einmal an; sie hatte nur Augen für Trine, die reinlich und hübsch gekleidet auf dem anderen Stuhl saß.

„Trine! Ja, du bist es!“, rief Elisabeth. „Erkennst du mich nicht? Ich bin die kleine Elisabeth, die bei der alten Baronin gewohnt hat! Du hast mich doch so gern gehabt und mir immer Geschichten erzählt und Lieder vorgesungen. Beim Abschied hast du mir ein Buch geschenkt und hineingeschrieben: Für meine kleine Elisabeth!“

„Ach, du mein Gott!“, erwiderte Trine. „Wer ist das? Hansen, wer ist dieses Frauenzimmer?“

„Was wollen Sie?“, fragte Hansen noch einmal. „Was ist denn los?“

„Oh, Trine, jag mich nicht fort!“, bat Elisabeth und streckte ihr flehend die Hände entgegen. „Du bist es, ich erkenne dich! Ich war allerdings noch so klein. Weißt du nicht mehr, wie du mich zu Cathrinesen geführt hast? Dort gabst du mir das Liederbuch, in das du hineingeschrieben hast!“

„Herr Jesus, bist du die kleine Elisabeth?“, rief Trine. „Aber wo kommst du her und …“ Sie hatte sagen wollen: Und wie siehst du aus? Aber sie verkniff sich die Bemerkung, sondern musterte ihr Gegenüber, von der Stirnkette über den langen Schal bis zu den Schuhen, die ganz durchgeweicht waren.

„Lass mich bei dir bleiben, bis der Etatsrat zurück ist“, bettelte Elisabeth. „Ich will nicht wieder zu der Witwe! Ich traue keinem Menschen mehr, nur dir! Du warst immer so gut zu mir! Ich erinnere mich daran, wie ich mich lange, lange nicht mehr erinnert habe.“

„Bist du es wirklich, Elisabeth?“, fragte Trine zweifelnd. „Ich erkenne dich nicht wieder, aber ich glaube, du bist es. Wie groß du geworden bist! Und so …" Sie hielt inne und betrachtete sie mit einer Mischung aus Zweifel und Anteilnahme.

„Jetzt rede ich!", verkündete Hansen. „Junge Dame, Sie erscheinen hier zu einer ungewöhnlichen Zeit. Meine Frau denkt wie ich und ich denke wie meine Frau. Sagen Sie uns also schnell, worum es geht und was Sie von uns wollen!"

„Ich komme von zu Hause, vom Pfarrhof auf Oland", begann Elisabeth. „Wir dachten, es ginge um ein Menschenleben. Ich wollte zum König, und dann …"

„Herrgott, ich glaube ihr", unterbrach Trine sie. „Dieses Gesicht kann nicht lügen. Ich glaube ihr, obwohl sie seltsam aussieht und mir einiges nicht klar ist. Setz dich, armes Kind! Und dann erzählst du noch einmal von Anfang an."

Und Elisabeth erzählte und wurde befragt, antwortete und erklärte noch einmal.

Der Bericht über Elimar, die Sorgen der Großeltern und der Entschluss, allein nach Kopenhagen zu reisen, bewegten Trine tief.

„Ist das wahr, was du sagst?", wollte Hansen wissen. „Trine, vielleicht tischt sie uns hier ein Märchen auf?"

„Nein, nein", rief Trine und fiel Elisabeth um den Hals. „Jedes Wort ist wahr, ich fühle es! Es ist genau wie in den ‚Elfen'! Ich sah sie als kleines Kind und nun kommt sie als erwachsener Mensch zurück. Steht denn der Kavalier noch draußen? Die Viertelstunde ist längst um. Hansen, schau doch mal nach. Der Herr hat sich sehr anständig verhalten, obwohl er gewiss eine äußerst unmoralische Person ist."

Es war mehr als eine Dreiviertelstunde vergangen. Draußen war niemand mehr zu sehen. Elisabeth musste beschreiben, wie die Witwe aussah und wo sie wohnte.

„Ach – die!", rief Trine. „Das ist eine Betrügerin. Sie lebt davon, Bettelbriefe zu schreiben und Lotterienummern auf gestickten Kissen zu verkaufen. Diese Adelgunde kenne ich auch. Gott, du armes Kind, in welche Hände bist du geraten! Der Kavalier war wirklich der Anständigste von allen, und ich nehme zurück, was ich gesagt habe: dass er eine unmoralische Person ist. Man darf niemals dem Schein trauen."

Um mit dem kleinen Haushalt besser klarzukommen, war Trine als Choristin wieder zum Theater gegangen. Inzwischen sei der Stand höchst respektabel, meinte sie, denn dort seien nur noch anständiger Leute Kinder. Die im Chor sangen, mussten auch im Ballett aushelfen, Trine war an diesem Abend eine der Bauersfrauen in „*Das Fest in Albano*“ gewesen. Sie war nach dem Umkleiden gerade erst nach Hause gekommen und hatte mit ihrem Mann beim Abendessen gesessen. Elisabeth hätte die beiden auch später noch wach angetroffen, denn Hansen pflegte jeden Abend aus einem Geschichtsbuch vorzulesen, zum Beispiel aus Pontoppidans Atlas, der Beschreibung Kopenhagens oder dem alten dänischen Magazin. Der Schuster war, wie Trine sagte, über seinen Stand hinaus gebildet. An diesem Abend wurde nicht gelesen; es war so viel zu fragen, so viel zu hören, dass es Mitternacht wurde, bevor man daran dachte, für Elisabeth ein Lager auf Stühlen herzurichten.

„Schlaf jetzt, in Gottes Namen“, sagte Trine. „Das hätte ich nicht gedacht, als ich heute Morgen aufstand, dass du herkommen und mir solche Geschichten erzählen würdest. Unser Herr sieht doch auf uns alle herab, wenn wir in Not sind.“ Und sie küsste Elisabeth und dann ihren Hansen. „Er ist ein guter und gebildeter Mann, mehr als man glaubt. Du wirst ihn mögen, genau wie ich.“

Am nächsten Morgen erwachte Elisabeth durch Hammerschläge, mit denen Hansen eingeweichtes Leder weich klopfte. In der Werkstatt war alles ordentlich zurechtgestellt, das Glätteisen, die Ahlen und die Leisten. Auf einem Regal gegenüber der Glaskugel standen die Bücher; der Kanarienvogel schrie und die Kaffeetasse dampfte. Elisabeth sollte zuerst zu der Witwe gehen, ihre wenigen Sachen holen und Abschied nehmen.

„Du lieber Himmel! Schämen Sie sich nicht, eine ganze Nacht wegzubleiben?“, wurde sie empfangen. „Wo sind Sie gewesen? Sie haben sich ja abscheulich betragen, wie ich von Adelgunde hörte. Hier können Sie nicht bleiben; keine Stunde dulde ich Sie mehr in meiner Wohnung! Die Ehre ist mir das Wichtigste! Was würde mein seliger Mann dazu sagen, wenn er das sähe?"

Elisabeth teilte ihr mit, dass sie nur komme, um auszuziehen. Sie danke ihr für die Güte und wolle jetzt ihre Sachen und ihr Geld holen.

„Das habe ich nun von meinem guten Herzen", lamentierte die Witwe. „Die Undankbarkeit ist einem gewiss! Ja, nehmen Sie Ihr Zeug, aber was mir gehört, bleibt hier. Also her mit dem Schal!" Elisabeth trug ihn zusammengelegt über dem Arm und reichte ihn der Frau. „Wo bist du damit gewesen? Der riecht ja nach Keller! Sie sollen Ihres bekommen, aber ich muss auch sehen, wo ich bleibe. Hier liegen fünf Taler, das ist das Mindeste, was ich für vier Tage Kost und Logis und alles, was ich getan habe, verlangen kann. Bitte sehr, jedem das seine! Hier sind Ihre Sachen. Adelgunde hat mir alles erzählt – dass Sie fortgelaufen sind mit dem fremden Herrn! Sie geraten ja zeitig auf Abwege, Sie Undankbare!" Und dann weinte die Witwe, warf den Mantel um sich und bedeutete Elisabeth, sie möge gehen, denn hier wäre kein Platz mehr für sie. Aber vorher rief sie noch die kleine Sanne herein, damit sie höre und sich ein Beispiel daran nehme, wie es schlechten Frauen ergehe.

Sanne rieb sich mit ihren schmutzigen Fingern die Augen und sah aus, als hätte sie schwarzer Peter gespielt – wenn man verliert, wird man mit einem Korken, der in Kohlenstaub getaucht wurde, schwarz gemacht.

Dann kam Elisabeth zu Trine, die den ganzen Vormittag in der Gesangsschule und auf Theaterproben zubringen musste. Aber sie nahm Schuhe mit, die eingefasst werden mussten, denn Normas Priesterin im heiligen Hain der Irminsäule vergaß nicht die Frau des Freimeisters Hansen in der Nellikegade. An diesem Abend war keine Vorstellung; also las Hansen laut aus dem dänischen Magazin, las von Meister Brockmann, dem Sekretär König Christian des Zweiten, der in seiner Jugend in Deutschland studiert hatte und Magister geworden war, oder, wie er genannt wurde, *Meister.*

„Daraus ersieht man, dass Meister eigentlich Magister bedeutet und dass ich als Schuhmachermeister also Schuhmachermagister bin“, erklärte Hansen, der über das Gelesene stets einen belehrenden Vortrag hielt. Er betonte, dass gerade aus seinem Handwerk bemerkenswerte Personen hervorgegangen seien, und erwähnte den Schuhmacher von Jerusalem, Pasquino in Rom und den Meister-Sänger Hans Sachs. Bei diesen Worten spielte ein eigentümliches Lächeln um seinen Mund, es konnte Ironie oder auch Selbstzufriedenheit bedeuten. Wie auch immer, in der kleinen Stube war es gemütlich und stets „lehrreich“, wie Trine sagte. Ihre Augen strahlten, wenn sie ihren tüchtigen Mann ansah, den nur sie so kannte, wie er wirklich war. Auch Elisabeth lauschte andächtig. Aber jetzt klopfte es an der Tür. Das war Hansens Cousin, der Taucher, ein treuer Freund, der immer nach ihnen sah, wenn er in der Stadt war. Er hatte seine Maschine selbst erfunden und konnte so spannend von seiner Werkstatt erzählen, dem tiefen, unendlichen Meer. Das Lesen geriet dadurch ins Stocken, dafür wurde umso mehr geredet. Das Gespräch kam auf die Geschäfte des Tauchers und seinen Gewinn, und Elisabeth hörte noch aufmerksamer zu als bei der Geschichte von Meister Brockmann, Pasquino und Hans Sachs. In der ärmlichen Stube des Schuhmachers wurde an diesem Abend ein neues geistiges Saatkorn in ihre Seele gelegt. „Gut, dass dein Cousin gekommen ist“, sagte Trine. Von ihm hatten sie auch erfahren, dass Herr Heimeran an diesem Tag nach Kopenhagen zurückgekehrt war. Elisabeth konnte also gleich am nächsten Morgen um seinen Rat und seine Hilfe bitten. Dieses Wichtige wurde aber über der interessanten Darstellung des Tauchers, der seinen Beruf so anschaulich und einfach schilderte, als berichte der Schuster, wie er den Spannriemen übers Knie lege und den Pechdraht benutze, fast vergessen. Elisabeth hatte das Meer in Flut und Ebbe gesehen, ja es hatte sich ihrem Mund einmal zum Todeskuss genähert. Sie kannte es im Kampf und in der Ruhe, nicht aber aus der Perspektive des Tauchers. Es schien ihr viel kühner, viele Faden tief hinabzusteigen, auf dem Grund frei herumzuwandern und den Tod über sich schwebend zu haben, als über die Oberfläche zu segeln. Noch als der Cousin längst gegangen war und alle im Bett lagen, glaubte Elisabeth, ihn erzählen zu hören. Sie folgte seinen Worten, vergaß ihr eigenes Schicksal und den Besuch, den sie morgen bei Heimeran machen sollte; selbst Elimar entglitt ihren Gedanken.

Es war die Fantasie, die sich mit ihrer unendlichen Kraft zum ersten Mal am veränderten Ort, bedingt durch den Kontrast der Umgebung, zu erheben begann. Wie wunderbar war es doch in der Tiefe des Meeres! Wie wunderbar, dort als Taucher bis zum Hals in Schlamm und Modder zu stehen und seinen Beruf auszuüben, immer in Gefahr, an den eisernen Haken des Schiffes hängen zu bleiben oder zwischen dessen Kupferplatten und Planken eingeklemmt zu werden!

„Wenn ich dort unten stehe", hatte er gesagt, „dann schlängeln sich große Wasserschlangen, man kann sie auch Aale nennen, um mich herum. Die Fische sind so furchtbar neugierig! Die Flundern schwimmen gerade auf mich los, die Dorsche kreisen um mich herum und glotzen mich an. Bei der geringsten Bewegung schnellen sie davon, kehren aber gleich zurück, um weiter zu glotzen. Am schlimmsten sind die Krabben. Die großen wehren sich, ja gehen sogar auf mich los! Sie sehen aus wie Spinnen und sind tellergroß; sie kratzen und schaben, und die fetten Wasserschlangen winden sich mittendurch. Vielleicht sehen sie in mir auch eine seltsame Krabbe. Ich trage einen Helm auf dem Kopf, von dem zwei Lederschlangen ausgehen; durch diese wird vom Boot Luft zu mir heruntergepumpt, die in zwei Strömen über mein Gesicht bläst. Rund um meinen Hals sprudelt das Wasser; es will aufsteigen, doch die Luft drückt es herab. Wenn sie aufhörten zu pumpen, wäre ich schnell hinüber. Aber daran habe ich gedacht; ich würde dann schnell die Bleigewichte von den Füßen streifen, die mich unten halten, und wie ein Pfeil nach oben schießen."

Für Elisabeth war es, als hätte sie einen Roman von Walter Scott gehört. Das müsste ja, meinte sie, wenn man es aufschriebe, eine richtige Erzählung ergeben, die man drucken könne, eine Geschichte aus dem Meer sozusagen. Und sie erinnerte sich an die versunkenen Städte bei Sylt und Amrum und die schwimmenden Inseln, die sie als kleines Kind angetrieben am Strand des Wirtes gesehen hatte, nachdem sie in Herrn Petters Wagen schlafend ins Abenteuer hinausgefahren war. Ihr kamen die Sagen wieder in den Sinn, die Keike ihr erzählt hatte, und Elimars Geschichte von dem Riesenschiff. Sie sah ein wunderbares Meerbild vor sich; es war, unbewusst, ihre erste poetische Komposition. Hier in der kleinen Werkstatt des Schuhmachers, in einem Kopenhagener Keller, rollte sie eine unbegrenzte Dichtung auf, die aus dem zusammengesetzt war, was sie gesehen und gehört hatte. Es war wie ein schöner Traum, als fühlte sie eine ganze Novelle, für die sie aber keine Worte hatte, so wie sie auch nicht begriff, dass dieses Gefühl geklärt, gestärkt und zu einem großen, herrlichen Bild entwickelt werden kann. Erst im Morgengrauen schlief sie ein.

Etatsrat Heimeran hatte schon am vergangenen Abend den Brief von Moritz gelesen und war nun dabei, verschiedene Schreiben aufzusetzen, um Elisabeth auf die Spur zu kommen und nähere Auskünfte über Elimar Levsen zu erhalten – da wurden ihm Trine und Elisabeth gemeldet. Der alte Mann nahm sie mit sichtbarer Teilnahme und Freude auf. Aus Gesicht und Worten leuchtete seine Gutmütigkeit, und als er hörte, dass der Gefangene gar nicht Elimar sei, lächelte er sogar. Es hatte mit dem von Moritz erwähnten Brief, der erst später beim Kapitän eingegangen war, also seine Richtigkeit. Alles war gut ausgegangen.

„Und das ist die kleine Lisbeth?“, fragte er. „Nun, dann habe ich dich bei mir und kann denen zu Hause noch heute schreiben, damit sie sich beruhigen. Du hast ihnen einen großen Schreck eingejagt und mehr Glück als Verstand gehabt, aber du bist ein gutes Mädchen.“

Trine erzählte dem Etatsrat die ganze Geschichte in kurzen Auszügen, und es war schnell ausgemacht, dass Elisabeth zu ihm ziehen würde, bis sich eine Möglichkeit anbot, nach den Halligen zurückzureisen. Ein wenig sollte sie ja noch von der Stadt sehen, wenn sie schon einmal da war.

„Ja, nimm das Angebot an“, riet Trine. „Ich würde dich ja gern bei mir behalten, aber hier ist es doch besser als bei uns im Keller, und außerdem bin ich ja einen großen Teil des Tages im Theater.“

Der Etatsrat las aus Moritz’ Brief vor; so erfuhr Elisabeth, dass sich Elimar in Amerika mit einer reichen Witwe verheiraten wolle. Tränen rollten ihr die Wangen hinab, sie schluchzte laut.

„Das kommt nur, weil sie von zu Hause hört“, meinte Trine.

Elisabeth bekam eine hübsche kleine Kammer mit Fenstern zum Garten hinaus. Dort wuchsen Bäume, und über dem Nachbarhaus erhob sich der hohe Turm der Erlöserkirche mit seiner außen liegenden Wendeltreppe, die zu der Statue des Erlösers, die über Stadt und Meer schaut, hinaufführt.

Also war Elisabeth nun im Hafen.

4.
Der Salon der Baronin

Am selben Nachmittag machte Etatsrat Heimeran einen Geschäftsbesuch bei der alten Baronin von Fünen. Sie hatte ihn im vergangenen Jahr zu ihrem Kurator gemacht, nachdem der frühere verstorben war.

„Der Bandit ist hier!“, begrüßte sie ihn. „Er hat Sie wohl schon besucht? Ich bin recht zufrieden mit ihm! Ganz Sklavenspross ist er nicht. Ich habe bald genug auf der Welt herumgealbert; als mein Enkel soll er ja den Hof übernehmen. Denn der Sohn meiner Tochter ist er, das lässt sich nicht leugnen. Bevor er die Regierung übernimmt, muss er aber noch Leute und Vieh kennenlernen. Wir sind jetzt alliierte Mächte; das kann man gut sein, ohne sich zu lieben.“

Der Etatsrat erzählte, dass Graf Frederik den schmucken kleinen Hof verkaufen wolle, den sein Vater für ihn hatte bauen lassen – jenes ehemalige Rittergut, auf dem Elisabeth geboren wurde und wo die Freunde damals in Sturm und Regen Unterschlupf gefunden hatten. Graf Fredrik war nach dem Tod seines Vaters in das Stammhaus der Familie gezogen. Der kleinere, neu bebaute Hof in der Nachbarschaft stand schon zwei Jahre verlassen. Frederik wollte ihn, wie gesagt, verkaufen, und Baron Herman hatte Lust, ihn zu erwerben, um sich dort in Landwirtschaft zu üben.

„Ja, er weiß wohl, was er will!“, kommentierte die alte gnädige Frau. „Und Sie haben ihm nicht geschadet, als Sie ihm den Rat gaben. Aber ich tue es nicht, weil er es will und Sie ihn unterstützen, sondern weil ich schon vorher auf denselben Gedanken gekommen war – sonst würde nichts daraus. Meine Bedingung ist, dass sich bald eine Schwiegertochter einfindet; ich will keinen Hagestolz in der Familie! Ja, sehen Sie, auf dieses Wort bin ich selbst gekommen, und es passt sehr gut. Rechtschaffen und anständig muss ein Mann sein! Er soll den Hof haben, aber er muss eine Schwiegertochter heranschaffen, allerdings keine wie Gräfin Clara! Lieber eine, die sich mit Melkeimern auskennt, als eine, die nur den Staatskalender kennt!“ Die alte Frau stimmte ihr eigentümlich kreischendes Gelächter an und warf auf charakteristische Weise den Kopf zurück. Sie war augenscheinlich gut gelaunt. Der Etatsrat glaubte deshalb, ihr von den Ereignissen des Morgens erzählen zu können, wie Elisabeth zu ihm gekommen war, welche Briefe er erhalten hatte, kurz gesagt: die ganze Geschichte. Er begann, und sie stutzte, doch das war nur gespielt. Trine war nämlich vor ein paar Stunden da gewesen und hatte Madame Krone alles erzählt, die es wiederum in ihren Worten an die Baronin weitergegeben hatte. Trine war von der alten Dame zwar als Plaudertasche beschimpft worden, hatte aber Kaffee und Zucker für einen ganzen Monat bekommen. Jetzt dagegen legte die Baronin den Finger auf den Mund und wollte nichts hören.

„Ich kenne diese Lisbeth nicht und will sie nicht kennen“, erklärte sie. „Geschichten kann ich selbst erfinden. Haben Sie aber eine Pflegetochter, ein kleines Fräulein oder eine junge

Dame, die sich ein wenig unter den Menschen umsehen soll, so ist sie mit Ihnen willkommen. Aber es ist Ihre Pflegetochter; ich kenne sie nicht! Sie kommt als Ihre Begleitung! Bringen Sie sie am Montag mit, dann sind hier alle Münzen im Spiel, silberne, kupferne und auch ein paar Rechenpfennige!"

„Und zu welcher Sorte gehöre ich?", erkundigte sich Heimeran lächelnd.

„Eine aus der Münzsammlung", antwortete die Baronin, „ein seltenes Einzelstück. Deshalb dürfen Sie nicht fehlen!" Sie lachte, nickte ihm zu und rief ihm noch nach, als er schon aus der Tür war: „Seien Sie nicht zu gutmütig, Herr Etatsrat! Gewöhnen Sie sich das ab! Die Gutmütigkeit ist wie ein Hühnerauge. Merken die Leute erst, dass man eines hat, kann man sicher sein, dass sie einem jeden Augenblick auf den Fuß treten."

Am nächsten Tag kam Madame Krone hinaus nach Christianshavn, um Elisabeth zu begrüßen, die sie durch ihr kluges Gesicht und ihr natürliches Wesen sofort für sich einnahm. Der Etatsrat war von der lebendigen Weise, in der Elisabeth sich unterhalten konnte, ganz erfüllt; sie hatte ihm am Abend zuvor so viel von den Halligen, Föhr und Amrum erzählt, dass es ihm vorkam, als wäre er selbst dort gewesen. Kein Buch, keine mündliche Beschreibung hatte ihm zuvor eine so klare Vorstellung vermittelt. Elisabeth war sich ihrer Gabe gar nicht bewusst; ihre Augen hatten unwillkürlich das Charakteristische erfasst, und das lebendige Wort wirkte nun in seiner ganzen Einfachheit.

Am Abend setzte sie sich ans Klavier. Der Etatsrat bat sie um ein kleines Lied; er wusste ja, dass sie alle Lieder konnte, die Caroline einst gesungen hatte. Leise begann sie mit Weyses Lied „Die klaren Wellen rollen" zu dem Text von Oehlenschläger. Allmählich wurde ihre Stimme kräftiger und klangvoller, doch der weiche, anrührende Ton blieb. Sie dachte an die Heimat, wo sie das Lied zuerst gesungen hatte, und an Elimar, der sicher schon verheiratet war und nie mehr nach Europa kommen würde. Ein melodisches Zittern, ein Herzensklang mischte sich in den Gesang. Dem alten Heimeran liefen die Tränen übers Gesicht; es war ihm, als lauschte er seinem geliebten Kind, der gesegneten Caroline. Und er trat zu Elisabeth, küsste sie, wie er seine Tochter geküsst hätte, und sagte: „Du darfst mich nicht so bald verlassen! Bleib doch den Winter bei mir, mein liebes Kind!"

Am Montagabend sollte bei der Frau Baronin „großes Roulette" sein. Der Etatsrat wollte Elisabeth mitnehmen. Sie hatte allerdings nichts Passendes anzuziehen und wäre in der Gesellschaft mit Befremden aufgenommen worden, hätte nicht die Frau, die von der Welt „die verrückte Alte" genannt wurde, auch daran gedacht.

Am Montagmorgen kam ein großes Paket zu Elisabeth, mit Grüßen von einer Unbekannten. Darin befand sich die feinste Unterwäsche und, was „noch reizender" war, ein schwarzes Seidenkleid, das so genau passte, als hätte jemand Maß genommen. Alles kam von der Baronin; sie wusste wohl, dass der Etatsrat, wie praktisch er sonst auch sein konnte, an solche Notwendigkeiten nicht dachte und Elisabeth kaum davon sprechen würde.

Der Wagen kam etwas spät; sie wollten nicht zu denen gehören, die zuerst eintrafen. Treppe und Vorzimmer waren hell beleuchtet, doch in dem Salon, in dem es von Fremden wimmelte, herrschte nahezu Dunkelheit.

„Bitte fallen Sie nicht über einen Konferenzrat oder einen Studenten, aus dem ein Konferenzrat werden könnte", begrüßte sie die Baronin. „Wir feiern Weihnachten. Ich mag es nicht, dieses Fest zur selben Zeit wie alle anderen zu feiern, und habe es deshalb auf den heutigen Abend gelegt. Ich liebe es sehr, ein paar Monate voraus zu sein, wie die deutschen literarischen Kalender, die immer schon Monate alt sind, wenn das Jahr beginnt."

Elisabeths Herz bebte vor Schreck, als sie diese Stimme vernahm. Es schien ihr, als hätte sie sie erst gestern rufen hören: „Aus dir kann alles Schlechte werden. Du wirst mein Haus verlassen!" Diese Worte, in der verbotenen Kammer gesprochen, hatten sich in ihr Gedächtnis eingebrannt. Elisabeth schwankte und musste sich an dem Etatsrat festhalten.

Hier waren alle Arten von Leuten vertreten, zusammen bildeten sie einen Querschnitt durch die Kopenhagener Bevölkerung. Hier saß ein braves Ehepaar aus der Beamtenklasse, dessen ästhetischer Sinn von der Adresszeitung und dem *Corsar* begrenzt wurde und das sich dennoch an der Diskussion über das Schöne beteiligte. Dort stand das Mitglied mehrerer gelehrter Gesellschaften, solcher, die gegründet worden waren, um denen einen Namen zu geben, die sonst nichts hätten. Hier war ein junger Mann vom Gottes-Adel, zu dem der Töpfersohn Themistokles und bei uns der Schneiderjunge Tordenskjold und der Sohn eines Holzschnitzers, Albert Thorvaldsen, gehören. Hier saßen Liberale, die Tyrannen werden wollten, und dort Tyrannen, die noch nicht fertig waren. Leute, die zu bescheiden waren, standen neben Leuten, die sich zu viel einbildeten – kurz, hier hatte sich eine bunte Gesellschaft versammelt. Die Baronin sagte sehr richtig: „Mein Haus ist wie eine Adresszeitung. Hier kommen alle zusammen, sowohl solche, die einen Dienst suchen, wie auch jene, die einen geben." Im Augenblick saßen alle, wie gesagt, im Dunkeln; entweder erwartete man weitere Gäste, oder das bevorstehende Arrangement im Saal war noch nicht fertig.

„Hier gibt es doch bestimmt jemanden, der für uns Klavier spielen kann!", forderte die Baronin auf. „Einen, dem es nichts ausmacht, wenn ihm dabei keiner zusieht."

Niemand antwortete, eine Pause entstand.

„Dann bin ich wohl dran, Großmutter", ertönte eine Männerstimme, die Elisabeth bekannt vorkam; das Blut schoss ihr in die Wangen. Er sang schnell und lebendig die neapolitanische Tarantelle mit italienischem Text.

„Bravo!", rief die alte Dame. „Bravo!", kam es von allen Seiten, und gleich folgte das nächste Stück, italienisch oder spanisch. Es war eine Beschwingtheit, ein Klang, der mitriss; nach einer kurzen Pause ging es mit fremdländischen Liedern weiter.

„Was ist das für ein Nikodemus, der jetzt kommt?", fragte die Gastgeberin.

„Wir sind es, Frau Baronin", sagte Clara, die mit ihrem Gemahl Graf Frederik eintrat. „Na, hier ist es aber dunkel!"

„Ja, ich bin boshaft!", lachte die Baronin. „Niemand kann sehen, wie schön du bist, mein Kind, und wie geschmackvoll gekleidet. Wenn man so spät nachts kommt, sind die Lichter heruntergebrannt. Aber jetzt soll Madame Krone die Sonne aufgehen lassen! Jetzt steigt der Ballon!" Sie lachte laut, und die Flügeltüren wurden geöffnet. Drei große, reich geschmückte Weihnachtstannen standen mitten im Saal. Kerzen in allen Farben brannten zwischen den Zweigen, und komische Papierfiguren schauten aus dem Grün hervor, das voll von vergoldeten Äpfeln und Weintrauben hing. Als Fußstück für die Bäume diente eine Rabatte aus Blumen, die in Töpfen standen. Doch man sah nur die Blüten; die Töpfe waren mit frischem Moos bedeckt, in dem künstliche Johanniswürmchen, ganze Scharen von Marienkäfern und einige mechanische Frösche saßen, die hochsprangen, wenn man sie berührte. Alles war sehr vergnüglich! Elisabeth war nur einen Augenblick von diesem Neuen und Bunten überrascht, denn vor sich sah sie plötzlich – Adelgundes Verlobten! Der feine, vornehm gekleidete Herr stand mitten im Raum und schaute sie überrascht und verwundert an. Dann tippte er seinem Nachbarn auf die Schulter, dieser drehte sich um – es war der Mann, der sie an jenem schrecklichen Abend bis zu Trines Tür begleitet hatte. Es war ihr, als drehte sich der ganze Saal um sie; Licht und Farben flossen ineinander.

Die beiden Herren waren die Barone Holger und Herman.

„Wer ist das junge Mädchen dort?", erkundigten sie sich bei Madame Krone.

„Nanu, Sie kennen sie nicht?", antwortete Madame Krone mit einem Lächeln, dem das schlechte Gewissen der beiden eine andere Deutung unterlegte als die beabsichtigte. Ihr Gedanke war: Das ist doch Ihr Findelkind von Fünen! Laut sagte sie: „Haben Sie denn Ihr Abenteuer vergessen?"

Herman wurde knallrot und schaute zu Holger.

„Soll das eine Überraschung sein?", flüsterte der Freund.

Madame Krone hatte viel damit zu tun, jeden eine Nummer für die Weihnachtstombola ziehen zu lassen. Darauf folgte, wie die Baronin es nannte, jedes Mal ein „Nachspiel", was das Netteste war, nämlich eine Gabe, die sie persönlich jedem Einzelnen überreichte. Graf Frederik bekam einen Band Ständezeitungen, Clara dagegen eine große Kiste, in der in Fächern abgeteilt Mauerstücke lagen. Auf jedem klebte ein Zettel, auf dem die Herkunft vermerkt war: Ninive, Babylon, Theben und so weiter. Clara war ganz hingerissen. „All diese Schätze sind für mich?", rief sie. „Wo haben Sie die denn her?"

„Aus meinem Kuhstall!", antwortete die Baronin mit der freundlichsten Miene. „Die Namen sind richtig, die habe ich selbst aus meinem Atlas abgeschrieben. Von diesem Buch habe ich überhaupt schon viel Nutzen gehabt."

„Aber dann sind das ja alles Fälschungen!", stellte Clara erstaunt fest.

„Glaub nur, dass sie echt sind!", riet die alte Dame. „Dann sind sie echt."

So bekam jeder sein „Nachspiel".

Holger und Herman erfuhren bald, wer Elisabeth war, und Herman, als der von ihr selbst Belehrte, begriff die Zusammenhänge am schnellsten.

Dieses Kind war es, dachte er, diesem Kind haben wir versprochen, Vater und Beschützer zu sein! Er war plötzlich in einer ernsten Stimmung. Zugleich freute er sich, richtig gehandelt zu haben, und dankte Gott für den Schutz, den er ihr und ihm selbst gewährt hatte.

„Ich habe nicht den Mut, sie anzusprechen", bekannte er.

„Aber ich", sagte Holger und ging schnell zu Etatsrat Heimeran. Er freue sich sehr, ihn zu sehen, sagte er; und die junge Dame habe sicher ein Glückslos gezogen. Deshalb fragte er gleich, was sie bekommen habe, ob sie zum ersten Mal in Kopenhagen sei, welche Stücke sie schon im Theater gesehen habe und ob sie oft Bälle besuche. Kurz, er ging die übliche Konversationsliste durch. Holger unterhielt sich so ungezwungen, dass Elisabeth fast an ihrem Gedächtnis zweifelte. Herman dagegen näherte sich erst, als sich der Etatsrat entfernen wollte. Zu diesem sagte er einige Worte und verbeugte sich dann wie ein Fremder vor Elisabeth.

Was für ein Abend! Nie war die Erinnerung an die verbotene Kammer so lebendig gewesen wie bei diesem ersten Besuch in der Salon-Welt, der ausgerechnet bei der alten Baronin stattfand. Das Zusammentreffen mit den beiden Männern, die sie am schrecklichsten Abend ihres Lebens kennengelernt hatte, ließ ihren ganzen Körper zittern. Endlich saß sie im Wagen.

„Das war wohl zu viel auf einmal?“, fragte der Etatsrat. „Aber jetzt hast du den Staat gesehen.“

Elisabeth antwortete nicht. In ihrer Seele tobte ein Kampf, ob sie ihm sagen sollte, sagen konnte, dass sie diesen Männern schon einmal begegnet war und dass der eine, der so fremd vor ihr gestanden und kein Wort gesagt hatte, an jenem Abend ihr Begleiter gewesen war. Sie fühlte sich unsicher, meinte plötzlich, dass sie es nicht erklären könnte; ihr fehlten die Worte. Und wer waren die beiden Männer?

„Du bist doch nicht krank, mein liebes Kind?“, fragte der alte Mann besorgt.

„Oh nein, nur müde, sehr müde“, flüsterte sie.

„Ja, du kanntest ja auch niemanden dort, außer Madame Krone. Ich werde dir die Bedeutendsten unter den Gästen nennen.“ Und der alte Mann erzählte von allen, nur nicht von Herman, und verriet auch nicht, wer dieser war, denn er glaubte, das wäre deutlich genug zu sehen gewesen; er hatte die Baronin ja auch Großmutter genannt. Während er erzählte und sie so dahinfuhren, prasselte der Regen herab. Es war ein Abend wie der, an dem Herman die unglückliche Elisabeth durch die große Stadt begleitet hatte. Daran dachte sie. Und der Regen peitschte gegen die Scheiben, und die Laternen flackerten. Aber in der Dunkelheit, im Sturm und Regen sang der Nachtwächter: „Es war zur Mitternachtsstunde, ein Erlöser wurde uns geboren!“

5.
Herman und Elisabeth

Wir hatten von Herman nichts gesehen oder gehört, seit er nach Frederiks Hochzeit mit Clara Kopenhagen verließ – bis wir ihn nun, viele Jahre später, mit Elisabeth bei Holger antrafen. Neun Jahre lagen dazwischen, neun Jahre, die er in fremden Ländern zubrachte, wo Natur, Kunst und Weltleben seine Lehrmeister gewesen waren. Man muss einräumen, dass, wie hoch man Schulweisheit und alle Kenntnisse auch bewertet, die durch Fleiß und mühsame Arbeit erworben werden, das Leben selbst doch etwas mehr zu geben hat. Es hatte ihn nicht umgebildet, sondern weitergebracht und ihm zu größerer Klarheit über sich selbst und die Welt verholfen. Indem er fremde Länder sah, war er dazu gekommen, sein Vaterland wieder höher zu schätzen, dessen Lichtseiten anzuerkennen und Patriot zu werden, ohne gegen andere ungerecht zu sein. Wir wollen die alte Bekanntschaft in Etatsrat Heimerans Stube bald erneuern.

Von Trines Tür war er an jenem Abend nicht zu Holger und Adelgunde zurückgekehrt, sondern in das Hotel, in dem er wohnte. Elisabeths Angst, ihre Verlassenheit und ihr unschuldiger Glaube an Gott und die Welt beschäftigten seine Gedanken. Das arme Kind – wie mag es im Keller aufgenommen worden sein? Wie ist es ihr später ergangen? Am Tag darauf ging er durch die Straße, halb entschlossen, zu dem Schuhmacher hinunterzusteigen, doch dann tat er es nicht. Indessen war sein Interesse geweckt und durch das Zusammentreffen im Salon seiner Großmutter noch verstärkt worden, nachdem er erfahren hatte, dass Elisabeth das Findelkind war, dessen er sich einst zusammen mit seinen Freunden angenommen hatte. Dort, in großer Runde, war es ihm unmöglich gewesen, sie anzusprechen, aber reden wollte er mit ihr. Am nächsten Vormittag kam er deshalb zum Etatsrat hinaus; zuerst wurde das Geschäftliche erledigt, danach lenkte er das Gespräch halb im Scherz auf sein Abenteuer auf Fünen und auf seinen Anteil an der

„kleinen Elisabeth". Das Zusammenreffen mit Holger wurde nicht berührt.

„Ich erfuhr von Madame Krone, dass das junge Mädchen auf eine ganz romantische Weise hierher in die Stadt gekommen ist", sagte Herman. „Ich befürchte, dass sie ziemlich überspannt ist. Das hat sie nicht von unserem guten Moritz Nommesen, den Sie besser kennen als ich; er ist eine robuste, gesunde Natur."

„Das ist sie auch", antwortete der Etatsrat. „Aus reiner Unschuld und bestem Herzen hat sie diesen seltsamen Ausflug in die Welt unternommen." Und der alte Mann sprach warm und gut von ihr und vergaß auch nicht zu erwähnen, wie schön ihre Stimme klinge und wie begabt sie überhaupt sei.

Herman blieb bis Mittag, er blieb sogar bis zum Abend. In der ganzen Zeit sprach Elisabeth zwar nicht viel, aber sie begrüßte ihn erfreut, drückte seine Hand und schaute ihn aus klugen, ehrlichen Augen an, aus denen Dankbarkeit und Vertrauen leuchteten. Mit lebhafter Aufmerksamkeit, die ihr mehrmals das Blut ins Gesicht trieb, lauschte sie ihm, und er hatte viel zu erzählen. Der Etatsrat wusste ja so wenig über seine Aufenthalte draußen in der weiten Welt und war doch so an dem Leben in fremden Ländern interessiert. Besonders Italien und England hatten es Herman angetan; begeistert schilderte er Rom und London, die Städte aller Städte, wie er sie nannte, die so verschieden waren und doch im Gegensatz so gleich. Rom war die Nacht, die große, herrliche Nacht, reich und erhebend für Gedanken und Fantasie; London der Tag, der geschäftige Tag, der mitreißt zu Leben und Wirken. Rom hatte Herman zuerst gesehen; dort hatte er am längsten gewohnt und sich geistig weiterentwickelt. Wir wollen nur hören, was er von dort zu erzählen hatte; das abendliche Gespräch würde sonst ein ganzes Buch füllen. Die Weltstadt Rom hatte auf ihn, wie auf viele Fremde, den mächtigen Eindruck von Größe und Harmonie gemacht, sodass er dort wie festgewachsen war.

„Es ist eine nicht benennbare Macht in dieser Luft, in dieser Erde!", schwärmte er. „Könnte ich doch Rom mit seinen

Palästen, Kirchen und Ruinen vor Ihnen aufrollen und Ihnen einen Eindruck von dem Zusammenleben mit den tüchtigen Künstlern geben! Deren Frische und Genialität wirkten so gesund auf mich; das bunte Volksleben erfüllte mich und gab mir Beschäftigung. In Dänemark hatte ich als junger Student ein Talent, das Grelle festzuhalten; der Aufenthalt in Italien veredelte mich, und zwar in der Weise, das Charakteristische herauszufinden. Mein seelisches Auge wurde für das Poetische und Malerische im Alltagsleben geschärft; zum Schluss bildete ich mir wirklich ein, ein zweiter Pinelli zu sein."

„Und doch gaben Sie es auf, Maler zu werden!", bemerkte der Etatsrat.

„Ja, schon nach dem ersten Jahr. Ich legte den Pinsel weg und griff zum Meißel. Ich hatte erkannt, dass die Skulptur noch eine Stufe höher steht als die Malkunst. Der Bildhauer ist noch mehr als der Maler gezwungen, seine Idee zu begrenzen, seine Gedanken zu vereinfachen und der Natur, die doch unser Ideal ist, so nahe wie möglich zu kommen. Lange studierte ich die Antiken in Rom und die Bronzen in Neapel, bis mir bewusst wurde, dass es mir an Genie fehlte, etwas Ähnliches hervorzubringen. Für einen jungen Menschen ist das eine bittere, aber gesunde Erkenntnis. Es ist in der Welt auch etwas wert, das Schöne zu begreifen und es verstehen zu können. Im dritten Jahr, das ich in Rom verbrachte, war ich in meinem Urteil über mich selbst genau so weit gekommen."

Elisabeth war eine aufmerksame, aber schweigende Zuhörerin. Erst als vom Leben in den Bergen die Rede war, stellte sie die für Fremde aus dem Norden übliche Frage nach den Räubern, die es dort geben solle. Gerade bei dieser Frage – oder geschah es, weil das junge Mädchen ihn zum ersten Mal ansprach – überzog eine leichte Röte Hermans Gesicht. Er schien ein wenig zu zögern, wiederholte das Wort Räuber und erklärte dann, dass er nur einen einzigen Räuber gesehen habe, und zwar, als derselbe zur Richtstatt geführt worden sei.

„Es war ein nicht mehr junger, aber schöner, kräftiger Mann. Er habe, so hieß es, viele Jahre lang zu verschiedenen

Zeiten im Sabinergebirge gehaust. Man sagte, er habe viel Lösegeld für gefangene Ladys erhalten. Ich sah, wie man ihn zur Richtstatt fuhr. Mit auf dem Rücken gefesselten Händen saß er auf einem Karren, der von zwei weißen Ochsen gezogen wurde. Er war, als führte man ihn zu einem Fest! Lächelnd und stolz schaute er auf die Gaffer. Er trug einen schwarzen Samtanzug mit Silberknöpfen und eine Nelke im Knopfloch; Seidenbänder flatterten ihm vom Hut. Ach, alles ist so malerisch in diesem Land!" Herman schwieg einen Augenblick. Er sprach den Gedanken nicht aus, der ihn damals beim Anblick des Räubers durchschaudert, die Erkenntnis, die ihn wie ein Blitz getroffen hatte. Hätten wir gehört, was ihm seine Großmutter damals ins Ohr flüsterte, als er sie auf Fünen besuchte und die kleine Elisabeth tief in ihrer Kammer schlief, wir hätten ihn verstanden.

„Das war ein herrlicher Abend!", sagte Heimeran, als sich Herman gegen Mitternacht verabschiedet hatte. „Ich hätte ihm noch länger zuhören mögen; hoffentlich kommt er bald einmal wieder."

„Wie groß ist doch die Welt!", schwärmte Elisabeth, und ihre Augen leuchteten. Sie hatte nicht mehr Worte für das, was sie bewegte. Wie eine reiche, unendliche Landschaft in einer neuen Natur lag Hermans Erzählung vor ihr. Der Geist, der diese geordnet und beleuchtet hatte, erfüllte sie mit Bewunderung. Zu Hause auf den Halligen hatte sie den Schotten über seine Berge erzählen hören, von Abbotsford und Walter Scott, und auch damals waren ihre Gedanken von Bildern erfüllt gewesen. Die Romane Scotts waren noch mehr mit der Wirklichkeit, in der sie lebte, verwachsen, aber Knox hatte doch nicht so gesprochen wie Baron Herman, der ebenso edel und gut wie klug und begabt war. Sie erinnerte sich an jedes behutsame Wort, das er an jenem Abend gesprochen hatte, als er ihr verständnisvoller und umsichtiger Begleiter durch Regen und Unwetter gewesen war. Tausend Gedanken gingen ihr durch den Kopf, und sie saß in ihrer kleinen Kammer noch lange auf der Bettkante, weil sie keine Ruhe finden konnte. Und wenn sie es auch nicht wie Heimeran sagte, so dachte sie es doch: Hoffentlich kommt er bald einmal wieder!

Und Herman kam wieder und war bald täglich zu Gast. „Das ist nett von ihm“, meinte der Etatsrat. „Denn besonders unterhalten können wir ihn doch nicht. Gut, er mag deinen Gesang; das habe ich gemerkt. Du singst auch immer schöner! Mir ist, als hörte ich Caroline wieder. Er hat sie ja auch gekannt. Sie mochte ihn sehr und war auf ihre Weise betrübt, als er in die Welt hinauszog.“

Bald schien es Elisabeth, als wäre sie selbst an all den Orten gewesen, von denen Herman erzählte. Sie sah sie in ihrer Fantasie vor sich und meinte dann, dass ihr Dänemark, Kopenhagen und alles hier zu Hause klein und armselig vorkommen müsse.

„Glauben Sie das nicht“, erwiderte Herman. „Indem man fremde Länder bereist und sieht, was die Welt das Größte und Beste nennt, verliert man die Illusionen, es könnte etwas ganz und gar Vollkommenes geben. Es werden einem die Augen geöffnet und die Liebe zu unserem Vaterland wächst. Man fühlt, dass man seine Wurzeln in der heimatlichen Erde hat, man lernt zu schätzen, was man selbst besitzt. Ich kenne nichts, was das Bild Italiens besser in sich vereint als ein sizilianischer Klostergarten. Es ist ein besonders sybaritisches Gefühl, sich dort an einem recht heißen Tag in einem schattigen, offenen Säulengang auszustrecken, wo die Wände mit künstlerischen frommen Bildern bemalt sind, und von dort zu den Palmen und den hohen pappelartigen Zypressen hinaufzublicken. Man hört das Wasser im Marmorbassin plätschern und glaubt, in das Reich der Märchen versetzt zu sein. Gerade dort wurde ich an eine Naturschönheit erinnert, die Dänemark allen anderen Ländern voraus hat und die eine genauso bezeichnende und schöne Vignette für unsere *grünen Inseln* ist wie ein sizilianischer Klostergarten für Italien – unseren Buchenwald! Wo findet sich eine Klosterhalle, die bessere Kühlung bietet als dieser in seiner Größe, mit seinen herabhängenden duftenden Zweigen? Üppiger ist das Grün im Süden jedenfalls nicht. Denken Sie an unsere hohen, mächtigen Buchen, an denen tausende kleine Zweige den Stamm hinaufsprießen, als könnte die Rinde den Ansturm des Laubes nicht aufhalten, der sich nach der Krone drängt und sich dort zu einem lebenden Blätterdach entfaltet. Denken Sie an den frischen Grasteppich darunter mit Waldmeister, Anemonen und Veilchen, auf den sich hier und da einzelne Sonnenstrahlen verirren! Die Wollust, die ein Schwan empfinden mag, wenn er in das frische, klare Meer taucht, habe ich empfunden, als ich sozusagen in den dänischen Buchenwald eintauchte. Er bietet eine Naturpracht, die sich in ihrer Art mit allem messen kann, was der Süden aufzuweisen hat. Selbst seine vergängliche Schönheit, sein herabfallendes Laub und die Winterzeit sind nur neue Offenbarungen! Stellen Sie sich die bereiften Bäume vor, die unendlichen Farbabstufungen, die er darbietet, die Pracht, wenn jeder Ast und jeder Zweig im Sonnenlicht strahlt!"

„Ja, ja", bestätigte Elisabeth und dachte an den dänischen Buchenwald, wie sie ihn in ihrer Erinnerung bewahrte.

„Und außer dem Wald besitzen wir das Meer", fuhr Herman fort, „wenn auch nicht das seidige, durchsichtige Mittelmeer, so doch das lebendige Wasser, das ewig wechselnde Meer. Als ich das erste Mal die Themse hinaufsegelte, diese große Straße des Welthandels, war jedes Auge auf dem Schiff, auf dem ich stand, vom Anblick dieser Heerscharen an Fahrzeugen überwältigt. Man begriff, dass England die Königin des Meeres ist. Hundertweise, wie Schwäne in Scharen, flogen Fischerboote mit vollen Segeln dahin. Dann folgte Schiff auf Schiff, sodass man beim Zählen ermüdete, und schließlich Dampfer auf Dampfer. Alle neben mir standen erstaunt und hingerissen da, nur ich wunderte mich nicht, denn ich hatte etwas Ähnliches schon in Dänemark gesehen, im Sund von Helsingör. Das ist bei uns gewiss die einzige Stelle, wo sich ein solcher Anblick zuweilen darbietet, wenn an einem Tag eine russische Flotte und Hunderte Handelsschiffe mit vollen Segeln an Kronborg vorbeisegeln."

„Das hört sich gut an", meinte Heimeran, innerlich froh. „Ja, unser kleines Land ist ein gesegnetes Land. Man ist sich dessen gar nicht bewusst. Da hat mir nun auch Elisabeth von Oland und Amrum erzählt, diesen zu Schleswig gehörenden Inseln. War es nicht, als hörte ich von Ländern in anderen Weltteilen berichten? Wie gut sie erzählt!"

Und Herman lächelte Elisabeth an, die bei diesem Lob ganz rot wurde.

„An dieser Seite ist es wild und nackt", fügte Heimeran hinzu. „So ist es auch auf den Heiden Jütlands, die ich selbst gesehen habe."

„Ich noch nicht", bekannte Herman, „aber ein begeisterter Schotte hat mir gesagt, dass sie wie aus seinem Heimatland herausgeschnitten sein sollen. Auf den jütländischen Heiden habe er den Ernst und die Einsamkeit seiner Heimat wiedergefunden. Die feuchten Nebel, die vom Sturm über das dunkelbraune Heidekraut gepeitscht werden, entsprächen ganz dem schottischen Bild. Er zeigte mir zwei Ginsterzweige, die er zwischen die Seiten eines Buches gelegt hatte; der eine stammte von Ben-Lomond in Schottland, der Landschaft Rob Roys, der andere von Viborg auf Jütland. Und die Ginsterblüten waren nicht voneinander zu unterscheiden, als wären sie vom selben Strauch gepflückt. Diese Ähnlichkeit der Pflanzen beruht auf der Gleichartigkeit des Bodens."

Durch die Erwähnung Schottlands und Rob Roys kam Elisabeth auf ihren Lieblingsdichter, in dessen Wertschätzung sie sich einig waren. Als sie aber äußerte, Walter Scott habe nie eine Szene in unsere Tage verlegt, weil die Gegenwart so gar keine Poesie besitze, widersprach ihr Herman.

„Es würde ja sonst für die kommenden Dichter traurig aussehen", meinte er. „Die Begebenheiten unseres Zeitalters betrachte ich sogar als eine der reichsten Goldgruben für die Poesie. Hat nicht auch das kleine Dänemark, wo alles seinen ruhigen, alltäglichen Gang zu gehen scheint, eine ganze Reihe von Begebenheiten zur dichterischen Behandlung zu bieten? Nehmen wir den Aufenthalt der Spanier in unserem Land 1808. Denken Sie an all das südliche Leben, das hier in unserer dänischen Natur auftritt! Ein katholischer Gottesdienst auf offenem Feld neben einem Hünengrab, spanische

Tänze zwischen Haselbüschen und Weidenbäumen, Nachtquartier unter Rüstwagen und Kanonen in den Kleinstädten, Märsche und heillose Flucht! Gehen wir zurück in das Jahr 1801; da hatten wir die Schlacht auf der Reede, brennende Schiffe, unsere Kanonenboote und den Helden von Abukir und Trafalgar. Aber ich merke, Sie wollen nicht so weit zurück, Sie wollen unserer Zeit näher sein als 1801 und 1808. Nun gut, in den letzten Tagen hatten wir Thorvaldsens Ankunft, den nationalen Jubel, das ganze Volksfest."

Solche Gespräche, solche Stunden waren es, die ihre Sonnenwärme über jedes in Elisabeths Seele schlummernde Samenkorn ausgossen. Von ähnlicher Wirkung waren die Besuche im Theater. – Sie fanden zweimal wöchentlich statt, denn so oft stand die Loge der alten Baronin zur Verfügung. Sie hatte Elisabeth einen Platz darin angeboten, damit diese, wie sie sagte, das Theater beizeiten sattbekomme, wie auch der Krämerbursche bald genug von den Zwetschgen habe, wenn die Schublade jeden Tag offen stehe. Viele Operngläser und einige lächelnde Gesichter wandten sich in der Pause dieser Loge zu, und bald bemerkte man das fremde junge Mädchen, das in das „Irrenhaus" aufgenommen worden war. So nannten manche die Loge der Baronin, dabei war in ihr mehr Weisheit zu Hause als in den meisten anderen Logen – obwohl das Geografiebuch in der letzten Zeit nicht mehr dahin kam, weil Madame Krone es satthatte, das große Werk, das sie ja auswendig kannte, mit sich zu schleppen! Elisabeth schaute sich andächtig und hingebungsvoll jede Vorstellung an und sprach sich erst zu Hause bei dem Etatsrat oder bei Herman darüber aus. Ihr Urteil war frisch und natürlich. Kopenhagen war eine herrliche Stadt, die größte und einzige große, die sie kannte. „Hier gibt es so unendlich viel zu denken", sagte sie. „Man wird klüger, lernt schnell mehr als auf der stillen Insel Oland. Aber dort war es auch gut – es war eben anders. Alle Menschen kannten einander und man dachte mehr an …", sie hielt inne, als machte es sie plötzlich verlegen, ihre Gedanken auszusprechen, fuhr dann aber mit einem besonders sanften Ausdruck fort, als wollte sie die

Worte mildern, „... man dachte dort mehr an Gott! Ich glaube, die Menschen hier in Kopenhagen sind im Herzen genauso gottesfürchtig wie die da drüben, aber sie haben hier in all dem Trubel und der Geschäftigkeit keine Zeit zum Beten. Ich vermisse ... ja, ich weiß nicht ... aber ich war so daran gewöhnt, dass vor dem Essen gebetet wurde. Gott kam dort mehr in Wort und Gespräch vor; hier wird er nur sonntags in der Kirche erwähnt."

Herman war Zeuge ihrer Glückseligkeit, als sie den ersten Brief von zu Hause bekam. Sie lachte und weinte zugleich, sprach von der Heimkehr, als wollte sie sich schon am nächsten Tag auf den Weg machen – sie hatte allen so viel zu sagen! Aber bis zur Rückreise war es noch viel Zeit; sie solle erst noch den Wald aufblühen sehen, hatte Heimeran gesagt. Es war unmöglich, sie nicht gern zu haben; sie nahm alle für sich ein. Selbst Clara widmete ihr Aufmerksamkeit und lud sie in ihren erlauchten Kreis ein, wo sie liebenswürdig aufgefordert wurde, ein paar ihrer kleinen Lieder zu singen. Alle waren hingerissen, nur Herman nicht; still und ernst saß er in der Ecke und wirkte unzufrieden.

6.
König Frederik VI.

Auch Oktober und November waren mit Gesellschaften und Komödien vergangen. Die Weihnachtszeit nahte mit all ihren Freuden – plötzlich hüllte sich alles in Trauer. Es hieß, König Frederik VI. sei krank. Er lag nicht zu Bett, sondern gab noch jeden Morgen in voller Uniform die Parole aus, aber die letzten beiden Male hatte er bereits wie ein Toter ausgesehen. Seine sonst so aufrechte Gestalt war gebeugt; mit sichtbarer Anstrengung stützte er sich auf den Tisch. Am frühen 3. Dezember 1839 verbreitete sich die Nachricht wie ein Lauffeuer: Der König ist tot! Nach altem Brauch schloss man alle Tore der Stadt, während die Truppen vereidigt wurden. Vom Altan des Schlosses Amalienborg erscholl dann der Ruf:

„Frederik VI. ist tot! Es lebe Christian VIII.!“ Und alle Kirchenglocken klangen.

Damit war eine lange Regierungszeit zu Ende, eine ganze Generation war in dieser Ära aufgewachsen. Zwischen König und Volk hatte ein patriarchalisches Verhältnis geherrscht, mit Pietät sah die Menge zu seinen Handlungen auf. Es war ein großes Ereignis für Dänemark, das Volk fühlte Wehmut. Alle, selbst die Ärmsten, kleideten sich schwarz. Der Patriotismus äußerte sich in Trauergesängen. Das Leben Frederiks des Sechsten, dem selbst die Poesie fremd war, bot poetische Momente für den Dichter. Besonders in seinem Wirken für den unterdrückten dänischen Bauern leuchtete der ehrliche, gute Sinn des Königs hervor. Das klang in allen Trauergesängen mit, klang aus dem Herzen des dänischen Bauern, der darum bat, die Leiche seines Wohltäters die vier langen Meilen von Kopenhagen in den Dom von Roskilde tragen zu dürfen. Die Liebe dieses Königs zum Bauernstand, seine edle Menschlichkeit, berührte die innersten Saiten der alten Baronin. Die alte Frau war seltsam erschüttert. Bei jedem Schritt voran für die Sache der Bauern war sie im Herzen fester mit König Frederik verwachsen. Sie stellte seine Büste auf ihren Tisch und umgab sie mit den schönsten Blumen. Herman fand sie, wie sie, die Hände im Schoß, einfach dasaß und das steinerne Gesicht anschaute.

„Heute ist ein braver Mann gestorben“, sagte sie nach einer Weile. „Jetzt ist mein Zeitalter zu Ende. Alle gehen sie fort; auch der Letzte kommt bald dran.“ Und sie saß da, still und betroffen.

Herman berichtete von den letzten Stunden des Königs, was ihm zu Ohren gekommen war. „Es ist kalt. Man muss an Brennholz für die Armen denken!“, habe er noch gesagt, als ihn schon die Kälte des Todes durchfuhr.

„Ja, er hat immer an die Armen gedacht“, bestätigte die alte Frau. „Er verstand die schwere Zeit; er hatte ja selbst harte Tage erlebt, als Kind wie als erwachsener Mann. Du weißt sicher etwas darüber, Herman, aber nicht so wie ich. Den Vater brachten sie dahin, dass Sonne und Mond in seinem Kopf stillstanden; die Mutter führten sie gefangen aus dem Land! Arme Mathilde, sie kannte nicht die Sitten des Landes, sie war so jung und so allein! Eine hübsche Braut bekam König Frederik. Ich erinnere mich noch an den Einzug; es war im September. Acht schöne weiße Hengste zogen den vergoldeten Staatswagen! Ich sah, wie seine blauen Augen strahlten. Jetzt sind sie geschlossen, für immer. Wie reizend und graziös war Maria Sophia Frederika; jetzt sitzt sie als trauernde Witwe im Schloss. Nun, da er im Sarg liegt, lässt sich sicher das eine oder andere über ihn sagen. Seinetwegen haben wir Norwegen verloren; er wollte seinen Willen durchsetzen, weil er glaubte, dass der vornehmste Mann des Landes auch der fähigste sein müsste! Aber ich schreibe nicht seine Geschichte. Ich halte mich an sein Herz, an das, wofür das Land ihn segnen muss: Er dachte an den armen Mann, er war gut zum Bauern. Ich erinnere mich an die schlimmen Zeiten, ich habe miterlebt, wie ehrliche Männer ins ‚Hundeloch' gesteckt wurden oder auf dem ‚hölzernen Pferd' reiten mussten und unschuldige Kinder die Peitsche des Gutsherrn zu spüren bekamen!" Die alte Frau hielt inne und kniff die Lippen zusammen; ihre Wangen waren ganz rot geworden. „Jetzt ist dieses Zeitalter vorbei! Der Bauer wird wie ein Mensch behandelt, er sitzt neben dem Gutsherrn und spricht da draußen in Roskilde ein Wort mit. Ich habe die guten Tage gesehen, ich will die schlechten vergessen und den Bösen verzeihen! Herman, ich will dir etwas geben, das dich an den heutigen Tag und meine Worte erinnern soll. Du bekommst das Landgut, das Graf Frederik verkaufen will. Ich glaube nicht, dass du gelernt hast, Bauer zu sein, aber es gibt andere, die etwas davon verstehen und von denen du lernen kannst. Misch dich aber erst in den Ackerbau ein, wenn du ihn beherrschst. Der einfache Mann kann dir viel beibringen, und dann weißt du Bescheid, wenn ich König Frederik nachreise!"

In Kopenhagen herrschte Totenstille, alle Musik war verstummt. Trauerflor hing über Instrumenten und Fahnen. Die Menschen strömten nach Amalienborg, um König Frederik VI. auf dem „Lit de parade" zu sehen, wie es noch wie in alten

Zeiten genannt wurde, als man die Sprache mit fremden Wörtern herausputzte. Der König auf „Leichenparade", so übersetzte es die Allgemeinheit. Zehn Tage waren seit seinem Tod vergangen. Vertreter aller Stände kamen, um den Verstorbenen noch einmal zu sehen, am Vormittag die verschiedenen Abteilungen von Hof und Militär, am Nachmittag die gemischte Menge, und es herrschte ein schreckliches Gedränge und „Niedertreten". Um Ordnung zu halten, wurde die Straße mit Husaren und Polizei besetzt. Auch die alte Baronin wollte König Frederik noch einmal sehen, doch Madame Krone, die fürchtete, dass es die alte Frau zu sehr erschüttern würde, sprach sich entschieden dagegen aus.

„Das ist doch nicht mehr der König, der da liegt", meinte sie. „Das ist eher eine Puppe! Sie haben ihn ja einbalsamiert, weiß geschminkt und ausgekleidet! Erinnern Sie sich an das lebendige, gesegnete Gesicht, das ist besser! Von mir bekommen Sie keine Erlaubnis, ihn zu sehen!"

„Gut, mein Kind", sagte die alte Baronin. „Dann lass ich es eben sein, wir wollen deshalb nicht zanken. Hausfrieden ist gut, sagte der Mann, als er seine Frau verprügelte."

Doch es sollte anders kommen, als es sich die Baronin und Madame Krone gedacht hatten.

Sie speisten zu Mittag bei Etatsrat Heimeran; es wurde über die vielen schönen Verse gesprochen, die über den toten König verfasst worden waren. Das Gedicht Ingemanns:

Auf seinem Leichenbett liegt König Frederik weiß,
Von der Wiege an seine Kissen waren hart,

das auf die Melodie von „Königin Dagmars Lied" abgefasst war, ließ sich singen. Elisabeth trug es vor. Es war das erste Mal, dass die Baronin sie singen hörte; sie hatte sich nie darum gekümmert. Jedes Wort war deutlich zu verstehen; Elisabeth sang weich und gefühlvoll, mit einer ungekünstelten Innerlichkeit. Der alten Frau liefen die Tränen übers Gesicht; sie küsste Elisabeth und bat sie, den Vortrag zu wiederholen. Dann verlangte sie, Elisabeth möge sie nach Hause begleiten, um ein Geschenk entgegenzunehmen, Tee zu trinken und noch einmal zu singen.

Bald saßen sie zu dritt im Wagen. Es war dunkler Abend, gerade die Zeit, als die Türen zum Rittersaal geschlossen wurden, wo der König aufgebahrt lag. Von dort kamen die Menschen in Scharen gelaufen.

„Wollen wir nicht diesen Weg nehmen? Die Fackeln sind sicher noch nicht gelöscht, da kann Elisabeth die Illumination sehen!"

Und der Kutscher wurde angewiesen, einen kleinen Umweg zu fahren. Doch kaum war er durch die Menschenmasse hindurch in die Straße eingebogen, da wurde er auch schon angehalten. „Zurück in die Reihe!", rief ein Polizist. Der Rittersaal war noch nicht geschlossen; eine große Menge wartete geduldig darauf, eingelassen zu werden.

Der Kutscher begann gerade zu erklären, dass er seine Herrschaft nach Hause bringen müsse.

„Reden Sie nicht!", herrschte ihn der Polizist an, der kaum begriffen haben konnte, worum es ging. „Ordnen Sie sich ein!"

„Was ist denn los?", wurde im Wagen gefragt, als sich dieser langsam in Bewegung setzte, anhielt und wieder losfuhr. Es war dem Kutscher nicht möglich auszuscheren; jedes Mal, wenn er davonfahren wollte, kam ein Polizist oder Husar und scheuchte ihn in die Reihe zurück. Endlich hielten sie an der Kolonnade, und der Schlag wurde geöffnet.

„Beeilen Sie sich! Es ist schon weit über der Zeit und es warten noch mehr Wagen!"

„Wir wollen ja gar nicht hinein", erklärte Madame Krone, die der Tür am nächsten saß.

„Sie sind doch gewiss nicht hergekommen, um einfach weiterzufahren", sagte der Bedienstete. „Also beeilen Sie sich!" Und er reichte ihr die Hand.

„Geschwind, geschwind!", mahnte die alte Dame und stieß Madame Krone in die Seite. Also stieg diese aus; die Baronin folgte, auf Elisabeth gestützt.

„Nun bekomme ich ja doch meinen Willen!", frohlockte sie. „Und Sie haben uns angeführt, Madame Krone!"

„Wie ich aussehe!", klagte die Angesprochene. „Muss ich

gerade heute meinen alten Hut aufhaben? Und dort oben ist es ganz hell!“

Aber es blieb keine Zeit, den Hut in Ordnung zu bringen, die Hintersten drängten nach, eine Umkehr war unmöglich. Die Treppen, Wände und Decken waren schwarz verkleidet; ab und zu hing da eine weiße Lampe, in deren Licht man kaum die Bürgersoldaten erkennen konnte, die reglos Spalier standen – ein Bild wie aus einer Laterna magica. Die Luft ließ sich wegen der vielen Menschen kaum atmen. Für die alte Dame war es beschwerlich, so viele Treppen zu steigen. Madame Krone unterstützte sie nach Kräften; Elisabeth folgte nach, wunderbar ergriffen von diesem Totengang, dem Schweigen und der Stille. Schritt für Schritt ging es durch die schwarz verhüllten Gemächer; Offiziere, Pagen und Lakaien in Trauerkleidern mit bunten Achselschnüren waren wie Bildsäulen aufgestellt. Der langsame Gang, die gleichartigen Räume und die Erwartung ließen den Weg doppelt lang erscheinen. Niemand sprach ein Wort. Elisabeth fühlte eine seltsam nervöse Mattheit; es war, als bewegte sich der Boden unter ihr. Endlich betraten sie den Rittersaal. Sechzehn hohe silberne Leuchter standen hier; die Wappen des Reichs und der Provinzen strahlten von den schwarz verhüllten Wänden, vor denen Trabanten mit Hellebarden postiert waren. Mitten im Saal hielten sich die ältesten Hofbeamten König Frederiks auf; sie trugen ihre feierlichste Tracht. Unter dem schwebenden Thronhimmel von schwarzem Samt und weißer Seide lag in seinem Krönungsgewand König Frederik VI.[4]

Ein Zittern lief durch Elisabeth. Das war also der König, bei dem sie um Gnade für Elimar hatte bitten wollen; dies war der Herrscher, hier lagen Szepter, Krone und der ganze reiche, kostbare Schmuck – des Toten.

Der Rittersaal war ein würdiger Trauertempel. An derselben Stelle hatten wir vor vierzehn Jahren den Hofball miterlebt, wo Clara mit Holger getanzt und am Tag darauf die Putzfrau einen Knopf weggekehrt hatte, dessen Fall zu Boden folgenreich gewesen war.

Elisabeth fühlte sich matt und schwindlig; hätte man sie nicht aus dem Trauersaal in einen luftigeren Gang geführt, wäre sie zu Boden gesunken. Ihre Knie zitterten, und als im selben Augenblick die alte Baronin nach ihrer Schulter griff, um sich aufzustützen, stolperte sie ein paar Schritte, raffte sich allerdings gleich wieder auf. Die alte Frau aber blieb ohnmächtig liegen. Man brachte sie in die Stube des Portiers, wo sie schnell wieder zu sich kam. Als sie dann im Wagen saßen, war das Lächeln auf das Gesicht der Baronin zurückgekehrt. Madame Krone begann zu zanken.

„Ich habe es doch gleich gewusst! Frau Baronin hätten nicht herkommen dürfen!"

„Ich bekam meinen Willen, das macht einen froh", erwiderte die alte Dame, doch ihre Wangen brannten wie im Fieber. „Ich werde ein wenig Kinderpulver nehmen, wenn ich nach Hause komme, das ist meine Apotheke und mein Doktor!"

Als Elisabeth am nächsten Morgen aufstand, waren ihre Knie steif. Es tat weh, aber sie dachte nicht daran, sich Ruhe zu gönnen. Gräfin Clara wollte sie an diesem Vormittag in Thorvaldsens Atelier führen; sie sollte den großen Künstler persönlich kennenlernen und mit ihm sprechen dürfen.

Elisabeth begab sich zur Gräfin und sie fuhren zu Thorvaldsens Wohnsitz nach Charlottenburg hinaus. Der freundliche alte Künstler empfing sie herzlich und führte sie selbst herum. Wenn sich die gnädige Gräfin etwas zu exaltiert äußerte, sodass er eigentlich hätte ärgerlich werden müssen, dann holte er sich die gute Laune wieder, indem er ihr schönes Gesicht und ihre strahlenden Augen auf sich wirken ließ, denn eine Schönheit war Clara noch immer. Alles musste besichtigt werden, das Atelier wie auch die Wohnräume mit den vielen Bronzen und Gemälden.

„Auch das Allerheiligste will ich sehen", forderte Clara, „Ihr Schlafzimmer!"

„Da stehen nur meine alten Stiefel und Pantoffeln", warnte der Hausherr.

„Auch die werden einmal Platz in unserem Museum bekommen“, versicherte sie, und sie konnte sagen: *in unserem,* denn sie hatte ihren guten Anteil daran.

„Da wird wohl ein Flickschuster im Keller wohnen“, sagte Thorvaldsen, und ein Zug von Langeweile flog über sein Gesicht.

Clara musste noch einmal ins Atelier und jede Statue, jedes Basrelief betrachten. „Und wo führen diese beiden Türen hin?“, erkundigte sie sich.

„Hinaus in den botanischen Garten“, sagte der Künstler. „Man kann sie auch als Ausgang benutzen“, fügte er unwillkürlich hinzu, denn er war müde. Er öffnete die Türen; in der Nacht war starker Nebel gefallen, nun herrschten Frost und Sonnenschein. Alle Büsche und Bäume waren vom Reif wie kristallisiert; es sah feenhaft aus.

Elisabeth, die mit feierlichem Ernst alle Kunstwerke schweigend betrachtet hatte, rief überrascht: „Mein Gott, wie schön!“

Thorwaldsen wandte sich mit einem Lächeln an sie und schaute in ihr seelenvolles Gesicht; er hatte zuvor kaum auf sie geachtet.

„Das ist tatsächlich ein schöner Anblick“, bestätigte er.

„Aber es ist zu viel Reif auf jedem Zweig“, meinte Clara. „Ein bisschen weniger, und es wäre noch malerischer.“

„Ich finde, unser Herr hat es ganz gut hingekriegt“, sagte Thorvaldsen mit einem ironischen Lächeln. Jetzt sollten die Treibhäuser besichtigt werden, dann noch einmal das Atelier und die Wohnräume. Als Elisabeth wieder im Wagen saß, fühlte sie eine große Müdigkeit in allen Gliedern. Die Knie schmerzten, und als sie endlich wieder in Christianshavn war, musste sie sich hinlegen. Am nächsten Tag kam der Arzt und verordnete Blutegel und Umschläge; sie musste im Bett bleiben.

Aus Tagen wurden Wochen. Die alte Baronin nahm es sich sehr zu Herzen, an der Erkrankung Elisabeths schuld zu sein. Täglich schickte sie Botschaften und Präsente: italienische Trauben, seidene Tücher und Bücher. Herman brachte ausgewählte Werke und der Etatsrat benahm sich wie ein guter

Vater. Trine versorgte die Kranke mit hundert Neuigkeiten aus der Stadt und dem Theater. Dennoch war Elisabeth so manche Stunde allein, aber auch das fand sie angenehm. Sie nutzte die Zeit, um im Innersten ihres Herzens einzukehren, wo alle Erinnerungen sitzen und wie alte Melodien sprechen, das Ungewisse in wechselnden Gestalten sich aufrollen zu sehen und ganz sie selbst zu sein.

„Ich sammle mich so gut“, versicherte sie. „Körper und Geist können sich ganz ausruhen.“

Es war ihr eine liebe Beschäftigung, all die Eindrücke aus Kopenhagen zu Papier zu bringen und zu kommentieren, doch niemand merkte es, niemand ahnte es. Sie hütete noch das Bett, als zu König Frederiks Begräbnis die Glocken im ganzen Land erklangen. Sie hörte sie von den nahe gelegenen Kirchen und wusste, dass jetzt der Trauerzug durch die erleuchteten Straßen zog, wo das Militär aufgestellt war. Sie hörte die Schüsse von den Wällen und sah es durch das Fenster aufblitzen, wenn die Kanonen Salven feuerten. Sie war fast allein zu Hause, alle waren unterwegs, um den Trauerzug zu sehen. Ihre Gedanken folgten ihnen, wie sie einst Elimar begleitet hatten, als sie ebenfalls krank gewesen war und er mit den anderen Seeleuten von Föhr nach Holland fuhr. Die Erinnerung an Elimar verdrängte die Gedanken an König Frederik. Tränen traten in ihre Augen, sie ließ den Kopf sinken, schlief ein und träumte, wie man manchmal träumt, dass man noch nicht eingeschlafen ist und alles um sich herum wahrnimmt. Sie sah den Himmel bei jedem Schuss aufleuchten, hörte die Glocken läuten, und dann saß Elimar plötzlich an ihrem Bett. Sie wunderte sich keineswegs, sondern unterhielt sich wie in alten Tagen mit ihm. Gemeinsam lasen sie in einem Buch ihre ganze Zukunft. „Erinnere dich nur gut daran, wenn du aufwachst!“, mahnte er, und nun war er nicht mehr Elimar, sondern ein ganz anderer, an den sie sich, als sie plötzlich aufschreckte, nicht mehr erinnern konnte – wie sie auch vergessen hatte, was in dem Buch stand. Alles war wie weggewischt, und doch schien es so klar und natürlich gewesen. Aber am nächsten Morgen wusste sie noch, dass sie in der Nacht, in der König Frederiks Leiche in den Dom von Roskilde gebracht wurde, etwas Merkwürdiges geträumt hatte.

Am Tag kam Trine, die mit dem Chor des Theaters in der Kirche gewesen war und alles gesehen hatte.

„Die Bauern waren das Beste!“, schwärmte sie. „In ihren langen Kitteln mit Silberknöpfen trugen sie den Sarg durch die mittlere Kirchentür. Die Orgel spielte, alle Glocken läuteten und König Christian VIII., kohlschwarz gekleidet, sowie der Bischof im Mantel und mit Krummstab gingen ihnen entgegen. Es war ein feierlicher Anblick, aber gestern Abend hier in Kopenhagen, das hat mir nicht gefallen. Das Tempo stimmte überhaupt nicht; die Vordersten ritten zu schnell, und die anderen mussten folgen, sodass der Sarg hin und her rutschte. Die armen alten Leute, die Kommandeure und Etatsräte, mussten laufen! Das fand ich nicht passend. Man muss doch immer auf den Schein achten! Einer der alten Männer wäre fast ohnmächtig geworden. Man hat mir gesagt, dass er sich am Westtor hinten auf den Leichenwagen setzen musste. Jetzt soll er tot sein, genau wie König Frederik. Vom Wall wurde wunderschön gesungen, das war ein Lebewohl, und bei der Freiheitssäule sangen die Bauern. Dann kam das Militär mit den Kanonen, die waren seit dem eisernen Tor dabei und fuhren so langsam, dass ich den Anschluss verlor. Das war nicht schön, denn nahe der Stadt zogen wilde Haufen herum, grölten und schrien Hurra! Außerdem warfen sie Schneebälle und abgebrannte Fackeln nach uns. An jeder Kneipe hielten die Soldaten mit dem Leichenwagen an und rannten hinein, um zu trinken. Das machte keinen guten Eindruck, aber es war auch eine kalte Nacht für die armen Menschen. Und wie rot die Fackeln schienen! Wo ich an ihnen vorbeikam, standen Scharen von Bauern um den Leichenwagen herum und sangen geistliche Lieder. In allen Dörfern läuteten die Glocken und aus jedem Fenster leuchtete ein Licht auf die verschneiten Felder und Wälder. Auch Baron Herman habe ich in der Kirche gesehen; er erkannte mich, und als alles vorbei war und wir gingen, grüßte er mich.

Das tut er immer; er ist ein netter und höflicher Herr! Jetzt bekommt er einen kleinen Hof, hat die Baronin gesagt, und noch in diesem Jahr soll er heiraten."

Trine hatte keine Ahnung, wen, aber das wusste Herman ja auch noch nicht.

7. Der Kammerjunker

„Jetzt reist Herman, aber ich werde gleich einen Mann an seine Stelle setzen", sagte die Baronin. „Sie sollen ihn zu sehen bekommen, Etatsrat; das kostet acht Schilling. Dafür wird er Ihnen auch vor die Tür gefahren."

Die Rede war vom Kammerjunker, der mit dem ersten Dampfschiff in Kopenhagen eintreffen wollte, um in den Sommermonaten auf dem Gut der Baronin eine neue musikalische Arbeit zu vollenden – „*Der Sturm*" nach Shakespeares Drama.

Der Etatsrat bedauerte, dass er Herman verlieren sollte, an den er sich gewöhnt hatte, dessen vernünftige Ansichten er schätzte und der so anschaulich von seinen Reisen erzählte.

„Ja, das konnte auch Gert Westphaler!", sagte die Baronin. „Glauben Sie nicht, dass ich es auch könnte, wenn ich will? Ich bin schneller gereist als die anderen! Haben Sie schon von meiner Berliner Reise gehört? Ich war in Hamburg und wollte mir, bevor ich über Lübeck zurückfuhr, noch Eulenspiegels Grab in der Stadt Mölln ansehen. Wir kamen also auf eine breite Straße. Ich erkundigte mich. Wohin geht die Straße? Nach Berlin, antwortete man. Was? Sind wir auf der Berliner Straße? Dann lasst uns nach Berlin fahren, entschied ich. Und so fuhren wir nach Berlin, sahen die Parade, spazierten Unter den Linden und bekamen Sand in die Augen. Ich wohnte gegenüber vom Posthof bei einem Wirt, der Poet war, ein braver Mann, etwas theaterverrückt, aber das bin ich ja auch. Wir kamen also gut miteinander aus. Hat

Ihnen Herman etwas Besseres erzählt? Ich will damit nichts gegen ihn sagen; er ist beinahe gut genug. Aber der, den ich an seine Stelle setze, ist eine wahre Perle! Er hat Genie, er hat das, wovon Herman nur reden kann, wenn er forscht und sagt: Das ist richtig! Es soll aber für beide gesorgt werden. Der eine hat mit Malerei und Ton gepfuscht, nun kann er sich an Gras und Kartoffeln ausprobieren. Der andere, den gewisse Leute klein machen wollten, der aber zu gut dafür war und ihnen jetzt die Posaune blasen kann, soll verwöhnt werden, in der Stadt und auf dem Lande."

Darum ging es ihr hier: ihren „guten Jungen" während seines Aufenthalts in Kopenhagen in anständigen Händen zu wissen. Der Etatsrat hatte zwei möblierte Zimmer frei; die sollte er haben.

Nach dem Tod des Königs ging alles wieder seinen gewohnten Gang. Gesellschaften und Komödien fanden am laufenden Band statt, doch Elisabeth erholte sich nur langsam. Es war Anfang März und noch immer konnte sie sich nur an Krücken durch das Zimmer bewegen.

Herman kam, um sich vor seiner Reise nach Fünen von ihr zu verabschieden.

„Ich sehe Sie bestimmt nie wieder!", sagte sie und konnte die Tränen nur mit Mühe zurückhalten.

„Glauben Sie denn, dass ich sterben werde?", fragte Herman erstaunt.

„Nein, das nicht, aber mein Zuhause ist am Ende der Welt. Bald bin ich so gesund, dass ich reisen kann, und dann fahre ich nach Oland hinüber."

„Dahin kann ich auch kommen", versicherte Herman. „Ich will den guten Moritz Nommesen besuchen und die Bäder auf Föhr ausprobieren. Tja … in diesem Sommer wird das nichts, aber wer weiß, im nächsten Jahr …"

„Ihre Großmutter ist eine alte Frau", gab Elisabeth zu bedenken. „Der Herrgott kann sie zu sich rufen, und dann bekommen Sie einen neuen, größeren Wirkungskreis."

„Dann kommt eben Moritz zu mir und Sie begleiten ihn. Sie werden mich ja wohl nicht ganz vergessen."

„Sie vergessen!“, rief sie mit Wärme und Heftigkeit. „Sie, der Sie so unendlich gut zu *mir* waren, einem unbedeutenden Mädchen! Ich habe durch Ihre Besuche bei uns so viel gehört und gelernt! Und glauben Sie, ich könnte jenen Abend vergessen, als …“ Sie brach ab und wurde rot; Tränen rannen über ihre Wangen. „Damals schaute ich in Ihr Herz; Sie sind edel und gut!“

„Sprechen Sie nicht von jener Stunde“, bat Herman. „Mein Benehmen damals, meine Worte … ja, ich erinnere mich nicht, was ich im ersten Augenblick zu Ihnen gesagt habe, aber ich kann doch darum in keinem besonders vorteilhaften Licht vor Ihnen stehen. Seitdem habe ich mich lediglich so verhalten, wie sich jeder anständige Mann verhält. Und nun – leben Sie wohl! Danke für die schönen Lieder, die angenehmen Abende! Gott segne Sie, liebe Elisabeth!“ Er drückte ihre Hand und wollte aufstehen, da kam der Etatsrat herein. Es entwickelte sich noch ein kleines Gespräch, sodass Elisabeth die Fassung zurückgewinnen konnte. Herman war guter Laune und freute sich auf seine neue Tätigkeit auf dem Lande. So trennten sie sich.

Drei Wochen später traf das Dampfschiff mit dem Kammerjunker ein.

Der Frühling hatte sozusagen Einzug gehalten. Die Luft war milder geworden, oder genauer, es regnete statt zu schneien. Auf den Straßen stand eine Pfütze an der anderen, in den Rinnsteinen stand das Wasser und drohte bei jedem Schauer in die Keller zu laufen und ein paar Kleinkinder oder Greise zu ertränken. Schwimmendes Stroh und Kohlstrünke trieben als Frühlingsboten herum. Zwischen den abgenutzten Gehwegplatten bildeten sich Wasserlöcher und die Leute belästigten einander mit ihren nassen Regenschirmen. „Es war“, sagte man, „herrlich mildes Wetter!“ Und bei diesem milden Wetter traf der Kammerjunker ein. Noch so mager wie beim letzten Mal, aber vielleicht noch lebhafter und mit der wunderbaren Beweglichkeit seiner Gesichtszüge, die seine Gedanken gleichsam illustrierten, stand er vor

Elisabeth. Er erinnerte sich gut an sie und ihre schöne Stimme, überhaupt an die Besuche im Pfarrhaus auf Oland.

Die gute Laune des Kammerjunkers, seine geistreiche Beredsamkeit, selbst der Sarkasmus gefielen dem Etatsrat sofort, der nur einwandte, dem Gast mangele es an wahrem Patriotismus. Das sagte er ihm auch.

„Ich liebe die dänische Natur", erwiderte der Kammerjunker lächelnd, „aber nicht diese Generation, nicht das kleinliche Kopenhagen – deshalb wohne ich ja in Christianshavn. Es ist seltsam, hierher zurückzukehren, nach Jahren so reich, als wäre ein Menschenalter vergangen, so bewegt, als hätte man außerhalb der Welt gestanden und zugesehen, wie sie sich dreht. Alles hier zu Hause läuft im gewohnten Tritt, ist so unverändert wie der Schatten, den die Häuser auf die Straße werfen. Dieselben Leute im selben Trott, im Theater dasselbe *Charmant* an den unmöglichsten Stellen, dasselbe falsche Taktschlagen, dieselben sinnreichen Bemerkungen. Gestern Abend schnappte ich bei Mozarts „*Don Juan*" eine ganz vortreffliche auf! Ein Hofkavalier sprach; der Name tut nichts zur Sache, die Dummheit mag uns genügen. Er äußerte sich, als der Geist des Kommandeurs erschien, und zwar dahingehend, das Gespenst wirke unnatürlich; es könnte ja auch ein guter Freund sein, der sich verkleidet habe, um Don Juan zu warnen. Aber die Musik deute doch keinesfalls auf einen guten Freund, erwiderte ich. Nur glaubte er mir nicht."

„Aber trifft man solche Leute nicht auch in anderen Ländern?", fragte der Etatsrat. „Steht Paris wirklich so viel höher?"

„Keinesfalls", sagte der Kammerjunker, „aber davon reden wir jetzt nicht. Ich habe eben mit Kopenhagen noch ein Hühnchen zu rupfen!" Und er lachte und verspottete sich selbst, wie immer.

Elisabeth verglich den Kammerjunker mit Herman, zu dem sie in allem aufsah, wie manches Auge in der Wüste zum Täufer aufschaute. Der neue Gast erhielt bei ihr nur einen geringen Platz. Das änderte sich nach einigen Tagen, als sie ihn spielen und über Musik und Poesie mit jener Begeisterung und Originalität reden hörte, die Teil seiner Persönlichkeit war. Was den Streit über die Schattenseiten seiner Heimat betraf, so blieben sie uneins, kamen sich jedoch näher und wurden vertrauter miteinander. Ihr Vortrag der Schubert'schen Lieder sowie schwedischer und dänischer Volksweisen hätten ihm die Idee zu „*Miranda*" eingegeben, bekannte er. „Aber wer singt diese Partie so wie Sie? Keiner würde das können. Ich kann leicht eine kräftigere, anders ausgebildete Stimme finden, aber die Seele, die Unschuld, die ich gehört habe, bekomme ich nicht. Mirandas Partie soll einfach sein, wie eines von Rousseaus Liedern; sie soll all die Melodie besitzen, die ein Herz von sich geben kann. Die Verzierungen, Rouladen und Imitationen von Instrumenten wie Flöte oder Violine lege ich unter die Partien Ariels und Calibans; dahin gehören sie, dort bekommen sie Wahrheit und Natürlichkeit."

Während der Kammerjunker komponierte, was alle wussten, saß Elisabeth in ihrem kleinen Zimmer und komponierte ebenfalls, was niemand wusste. Es war eine Komposition aus Gedanken und Worten. Wenn sie allein war, sank ihr oft das Nähzeug auf den Schoß, oder das Buch, in dem sie las, klappte zusammen. Dann wiegte sie sich in Gedanken. Das Nebelbild eines Gedichts, das in Trines Wohnung vor ihrem geistigen Auge entstanden war, erschien wieder, verblasste und kehrte zurück, jedes Mal klarer in den Konturen. Sie musste es aufs Papier bringen. Eine kleine Novelle entstand, deren Stoff aus der ersten Kindheitserinnerung stammte – an das schwimmende Stück Marschland, das vom Meer angetrieben worden war. In wenigen Worten entwarf sie ein Bild davon. Auf der Insel lagen die Überreste eines eingestürzten Hauses, und drinnen in der Schänke wuchsen zwei Kinder auf, ein Mädchen und ein Junge – Elisabeth und Elimar. Es war ihre Kindheit mit der Not und der Angst, als die Flut kam und ihnen das Wasser bis zur Brust stieg. Alles war lebendig ausgemalt, ihr Schrecken und der drohende Tod, aber hier kam kein Jap-Lidt-Piders zu ihrer Rettung, sondern das Riesenschiff, das ungeheure Gespensterschiff nahm sie auf! Und nun ging die Fahrt hinaus aufs Weltmeer, zum Mohrenland und nach Indien, diesem Land der Fantasie, von dem ihr Keike frei nach der Chronik vom Prediger Jon erzählt hatte, dem Land mit weißen und roten Bären, dem Vogel Phönix und fünfzehn Ellen großen Menschen. Jahre waren vergangen, ehe sie es erreichten; die Kinder waren erwachsen und bereits zu Greisen geworden. Mit silberweißem Haar und aufeinander gestützt gingen sie an Land und tranken aus dem Jungbrunnen. Sogleich waren sie wieder so alt wie an dem Tag, als sie an Bord des Riesenschiffes gingen. Hand in Hand wanderten sie in Prediger Jons Schloss. Es war aus Gold und Elfenbein erbaut und hatte Tore aus Zedernholz, Fenster aus Kristall, Betten aus Saphir sowie ein Dach aus Zauberstein, das böse Geister fernhielt. Zwanzigtausend Mann wachten darin; alle waren Könige, Herzöge und Erzbischöfe. Vor dem Schloss stand eine Kristallsäule, in der man sehen konnte, wer in der Welt den Bewohnern des Schlosses Gutes oder Böses wollte.

Keiner ahnte, womit sich Elisabeth beschäftigte. Sie sprach von der neuen Komposition des Kammerjunkers; diese war ein Teil ihres Zusammenlebens. Wie aus seinem Gesicht jeder Gedanke, jede innere Bewegung hervorleuchtete, so gab auch seine Musik seelische Stimmungen wieder. Er war so empfänglich für alles rundherum wie die Wasserfläche, die das Morgenrot ebenso spiegelt wie bleigraue Regenwolken. Es war bei ihm eher eine ausgedehnte Empfänglichkeit für einzelne Naturerscheinungen als eine Zusammensetzung von verschiedenen. Von allen Bekannten in Kopenhagen war Holger derjenige, mit dem er am meisten verkehrte, was Elisabeth ganz unerklärlich erschien. Die beiden konnten gar keine Berührungspunkte haben! Oder doch? Das „Adelgunde-Thema“, wenn wir es so nennen dürfen, die orientalischen Elemente, die Holgers Lebensaufgabe waren und ihm den reichsten Gesprächsstoff boten, hatten für den, der allein in der Welt der Töne lebte, etwas Verlockendes. Der Schmetterling ruht zuweilen auf dem grünen Sumpfmoos, schlägt mit den Flügeln und fliegt dann wieder der Sonne entgegen.

Stunden später hörte er bei Elisabeth mit natürlicher, reiner Seele, was sie in ihrer Unschuld sprach; dann war er in seinem innersten Kern vollkommen fromm und gut. Sein Herz strömte über vor Dankbarkeit gegen jeden, der ihm mit freundlichem Sinn entgegengekommen war, und zugleich zeigte er ein merkwürdiges Gedächtnis für jede erlittene Kränkung aus früheren Jahren. Während er als vernünftiger Mensch den Adel des Geistes als das Höchste anerkannte, gab es doch Augenblicke, in denen „der Kammerjunker" Macht über ihn gewann und er, um einen Ausdruck der Baronin zu verwenden, „den Staatskalender küssen" musste. In ihren Augen war er ein Beispiel für alle, jede seiner Äußerungen schien vortrefflich, und kam er einmal mit einer Meinung, die der ihren entschieden widersprach, dann sagte sie: „Das ist nicht er, der da spricht; was er wiedergibt, ist das Geschwätz anderer. Für uns ist es gut genug, seine eigenen guten, gesunden Ansichten verdienen wir nicht." Mit klarem Blick sah er seine Schwächen und begriff durch das Studium der eigenen Person andere Menschen besser. Aber dieses Verweilen bei sich selbst verleitete ihn oft dazu, allzu viel von sich zu sprechen und sich in den Mittelpunkt des Gesprächs zu rücken, wodurch andere in ihrem Urteil allmählich freier wurden, als ginge es um einen fremden Dritten. Elisabeth vertraute ihm; das Verhältnis war offener als das zu Herman. Das Leben des Kammerjunkers war für sie wie ein aufgeschlagenes Buch. Er erzählte ihr Erinnerungen aus seiner bitteren Jugendzeit zwischen stolzen Träumen, wie die Josephs, und kränkenden Zurücksetzungen, weil er arm war. Er spielte ihr seine ersten niedergeschriebenen Kompositionen vor und verriet ihr, was zu mehreren von ihnen Anlass gegeben hatte. In einem solchen Gespräch fragte er sie, ob sie nie solche musikalischen Stimmungen fühle, ob die Töne nicht gleichsam aus ihrer Seele hervorquellen würden, wenn der Gedanke keine Worte habe. Sie antwortete darauf, dass es ihr an Worten nie mangele und dass sie glaube, für jeden Gedanken Worte zu haben. Leider seien diese oft so flüchtig, dass sie es nicht schaffe, sie rechtzeitig zu Papier zu bringen. Indem sie sich näher erklärte, wurde ihr Geheimnis offenbar, und schließlich, nach beharrlicher Überredung, kam das Geschriebene auf den Tisch und der Freund erhielt die Erlaubnis, es zu lesen, aber ja kein anderer! Elisabeth war knallrot; sie fühlte sich, als hätte sie eine Sünde begangen. Trivial und kindisch erschien ihr nun ihre ganze Dichtung. Der Kammerjunker las, verwundert über die frische Sprache und die poetischen Bilder, die besonders in den Naturschilderungen über das Übliche hinausgingen; er fühlte eine Dichterseele darin. Als er wieder bei ihr saß, bestärkte er sie, indem er Einzelheiten hervorhob und ihnen Bedeutungen gab, an die sie nie gedacht hatte, die aber tatsächlich hineingelegt werden konnten. Das Reich des Predigers Jon war das Land der Poesie und Kunst, in dem der Ältere die Kraft seiner Jugend und die Schönheit des Lebens wiederfand. Der Kammerjunker wurde ein Kommentator, wie so viele es geworden sind. Seine Begeisterung wertete die Dichtung für Elisabeth wieder auf, die Ermunterung war wie ein Sonnenkuss für die Blume nach der Regenzeit. Sein Interesse für Elisabeth blieb nicht verborgen, wohl aber dessen Ursache, und die konnte ja keine andere sein als: „Er ist verliebt!"

Das war jedenfalls der Gedanke der alten Baronin. Sie sah ihn mit einem Ausdruck innigster Anteilnahme an und schüttelte dann leicht den Kopf.

„Mein gutes Kind", sagte sie, „legen Sie sich nur nicht im Traum eine Frau zu, wie Adam es tat. Aber er hatte Pech; die Frau taugte nichts. Es gibt Frauenherzen, die sind wie Postsäcke – voller versiegelter Briefe, aber sie wissen selbst nicht, was darin steht."

Indessen kam die Baronin öfter als vorher zum Etatsrat hinaus, um mit Elisabeth „vernünftig" zu reden, wie sie es nannte. Das junge Mädchen stieg mehr und mehr in ihrer Gunst und wurde eines Tages im Mai, kurz vor der Abreise nach Fünen, von der Baronin unverhofft dazu eingeladen, sie zu begleiten. „Das kann dir nur guttun", meinte die alte Dame. „Dort hast du Ruhe und Frieden und grüne Wälder; auch ein Doktor ist in der Nähe, und der Kuckuck kann dir sagen, wie lange du noch leben wirst. Wir nehmen das Dampfschiff; es ist nur eine Tagesreise, und dann bist du schon auf halbem Wege zu deiner Insel."

Dasselbe sagte sie dem Etatsrat; der Vorschlag wurde besprochen, man schrieb an Moritz, und die Sache war abgemacht. Der Kammerjunker fand es vortrefflich. Elisabeth lächelte unter Tränen; es hieß ja Abschied nehmen von ihrem Kopenhagener Zuhause, andererseits lockten die Wälder Fünens und die Heimkehr nach Oland. Trine freute sich am meisten darüber. „Ach, könnte ich doch mit!", rief sie. „Und Hansen! Gott bewahre, ich würde nie ohne ihn verreisen. Es ist so schön auf Fünen! Das ist mein Land, obwohl ich Kopenhagenerin bin. Grüß Madame Cathrinesen; der Küster ist ja, wie ich las, verstorben. In der Zeitung stand dazu ein kleiner Vers, und weißt du, woraus der stammte? Aus meinem Hochzeitslied, das Cathrinesen höchstpersönlich gedichtet hatte! Ja, reise du nach meinem geliebten Fünen! Gott gebe, dass du einmal die Baronin beerbst. Aber wie auch immer, vergiss mich und meinen Hansen nicht, das ist ein seltener Mann! Sein Cousin, der Taucher, sprach gestern von dir und lässt dich grüßen! Und bitte, schreib mir, du kennst ja den Keller in der Nellikegade!"

Heimeran war verstimmt. Ihm sei zumute, als solle er wieder eines seiner Kinder verlieren, sagte er. „Alle sind sie weit verstreut! Der älteste Sohn lebt in Ostindien, der Zweite in Archangel, und die beiden jüngsten – nun, der Herr teilte mit mir und nahm sie wieder zu sich; die beiden sind mir also am nächsten."

Und das Dampfschiff fuhr nach Fünen.

Das Wetter war herrlich, der Wind stand gut; man konnte zusätzlich Segel setzen. Die Sonne war noch nicht untergegangen, da erreichten sie bereits Svendborg. Von dort waren es nur noch wenige Meilen bis zum Gut der Baronin.

Was auf Fünen lebhaft an England erinnert und auf beiden Inseln das Auge verzaubert, ist das frische Grün, sind die dichten Hecken und die schmucken Baumgruppen auf den Feldern, was dem ganzen Land etwas Parkähnliches verleiht.

Dieser Anblick gefiel Elisabeth außerordentlich. Zwar war die Sonne schon untergegangen, als sie Svendborg hinter sich ließen, aber der Himmel war noch wie vergoldet, und mittendrin in dieser Herrlichkeit stand der bleiche Mond. Eine Ruhe lag über der ganzen Natur, als ob die Wälder rundum schliefen, und in den Dörfern, wo gerade noch die Glocken zum Sonnenuntergang geläutet hatten, sah man Gruppen von plaudernden Mädchen und Bauernburschen, die kegelten. Die Tochter eines Häuslers trieb ihre Kuh nach Hause, die den ganzen Tag am Weg gegrast hatte und nun in den Stall sollte. Die Felder mit der Frühjahrssaat sahen aus wie grüner Samt, die Gräben wie ein Füllhorn von Blumen. Wie sie so dahinfuhren, wurden die Wolken bleicher und der Mond bekam einen helleren Glanz. Auf der Landstraße und in den Dörfern wurde es immer stiller. Von den Wiesen erhob sich ein bläulicher Nebel wie ein Gespenst des Sees, den es hier einmal gegeben hatte. In Elisabeths Herz wurden alle Kindheitserinnerungen wach. Sie näherte sich der Garteneinsamkeit und dem alten Gutshof darin; seine mit Grün bewachsenen Giebel hoben sich scharf gegen den Nachthimmel ab. Ganz oben hatte ein Storch ein Nest gebaut, wo er nun mit seiner Familie schlief – es war ja nach Mitternacht. Drinnen, hinter den Fenstern, bewegten sich Lichter.

Elisabeth sah wieder das lebendige Grün in dem Raum mit den alten Porträts, den Kommandeur mit dem Stern und die Dame mit dem Papagei in der Hand. Das Ganze war ihr so vertraut, nur war alles kleiner als in der Erinnerung. Der lange Gang mit dem schiefen Fußboden – er war noch immer geneigt – kam ihr nur noch halb so lang vor wie in ihrer Kindheit. Ein hübsches Zimmer mit Blick auf den Garten wartete auf sie, und als sie sich hier ins Bett legte und der Mond durch das Fenster auf die Tapete mit den springenden Hirschen schien, glaubte sie beinahe, dass ihr Leben auf Oland und in Kopenhagen nur ein Traum gewesen war, der sie älter und klüger gemacht und den unsichtbaren Faden finden lassen hatte, der sich, wie durch jedes, so auch durch ihr Menschenleben zog.

8.
In der geheimnisvollen Kammer und in der Dorfkirche

Elisabeth war also auf Fünen.

Sie saß wieder unter den hohen, frühlingsgrünen Buchen; der ganze Wald hatte jenes jungfräuliche Gepräge, das unseren Augen so guttut und unsere Gedanken so erfrischt. Die Nachtigall sang, nicht Trauermelodien, sondern glockenhelle, seelenvolle Töne. Ein kleiner Esel war für Elisabeth gesattelt, der Kammerjunker lief neben ihr her, und so wurden Ausflüge im Garten und in den Wald gemacht. Manchmal, wenn die Baronin Menschen sehen wollte, ließ sie anspannen und dann ging es über die befahrenen Landstraßen in die Dörfer. Die kleinen Bauernjungen – weißblondes Haar und sonnengebräunte Gesichter hatten sie fast alle – grüßten durch ein komisches Kopfnicken, das aussah, als hätte sie jemand in den Nacken geschubst, und die Mädchen, große und kleine, knicksten artig vor der Baronin, die sich sehr darüber freute.

„Sie sind nicht wie Trine auf die Tanzschule gegangen", erklärte sie. „Das sind Natur-Knickse. Ich beherrschte sie auch einmal, mit der Zeit bin ich aber etwas faul geworden."

Sie besuchten die reichen Bauern, bei denen man in der Wohnstube zwischen aufgetürmten Betten saß, in denen Menschen versinken konnten. Dort wurde begutachtet, was gesponnen und gewonnen war, was man an Garn und Wolle hervorgebracht hatte. Aber sie kam auch in die Lehmhütte des Armen, wo das Huhn einen Winkel neben dem Familienbett hatte, wo unter der niedrigen Decke oft so viel Gutes und Braves beisammen war, dass auch andere als „unser Herr" es aufgezeichnet hätten. Darüber sprach die alte Dame auf ihre Weise. An der Tür des Kranken hielt sie an und erkundigte sich nach dem Befinden; der beste Wein aus ihrem Keller war hier gerade gut genug. Der einfache Dank des Armen, der Blick, der sprach, wenn die Worte fehlten, drang durch und war so wohltuend wie der Sonnenschein und der frische Wald.

Herman, der schon am Tag nach der Ankunft seiner Großmutter einen Besuch gemacht hatte, war jeden Sonntag zu Gast, obwohl sein Gut drei Meilen entfernt nach dem Großen Belt zu lag. Er und der Kammerjunker hatten sich vor vielen Jahren kennengelernt, als sie, auf verschiedene Weise behandelt, Gäste bei Graf Frederiks Vater gewesen waren. Bald erfreuten sie sich gegenseitiger Wertschätzung. Wenn sie über Kunst und Poesie diskutierten, setzte sich Elisabeth näher heran, aber sie war nie dazu zu bewegen, sich an der Unterhaltung zu beteiligen. In Hermans Nähe fühlte sie sich ganz klein und brachte kaum ein Wort heraus. Eines Tages, sie merkte es gleich, lenkte der Kammerjunker das Gespräch auf jene Art von Dichtung, der auch ihre novellistische Skizze zugerechnet werden musste. Es schien ihr, als würde Hermans Urteil strenger, als heftete er seine Augen forschender auf sie, obwohl er doch ihren „einzigen Fehler", wie ein Dichter es genannt hat, nicht kannte.

„Es genügt nicht, seine Gedanken korrekt niederschreiben zu können", meinte Herman, „das gehört zur Bildung unserer Zeit. Es kommt vielmehr darauf an, wie diese Gedanken beschaffen sind. Es reicht nicht, dass sie das Tüchtige widerspiegeln, das wir bereits haben. Es muss eine neue Blüte an den Baum der Poesie gesteckt oder ein schwächeres Blatt gestärkt oder entwickelt werden."

„Ich nehme auch an", sagte der Kammerjunker, „dass eine Dichtung höchst mittelmäßig ist, wenn man bei der Lektüre nicht wenigstens um einen Gedanken bereichert wird, der neu ist oder zuvor unklar in uns geruht hat. *Sie* aber scheinen eine ganz neue Art der Dichtung zu verlangen, scheinen einen Messias unserer Zeit in der Welt der Dichtung zu erwarten – dürfen wir das?"

„Ich glaube, die Zeit ist noch nicht reif", antwortete Herman. „Vieles deutet sich an, was noch nicht ausgeführt ist; vieles muss erst noch zur Wahrheit gebracht werden. Vom Roman erwarte ich nicht nur Begebenheiten, sondern auch Charaktere und Poesie. Ein Roman, der nicht mehr als seine Handlung bietet, wird nur ein Mal gelesen. Das Unerwartete, das Überraschende, das den lebenden Nerv darin ausmachte, ist später tot. Treten dagegen Menschencharaktere mit all ihren feinen Lehren hervor, kleidet sich der Gedanke in lebendige Worte, lässt die Poesie ihre immergrünen Zweige wachsen, dann liest man das Buch gern immer wieder und geht erfrischt aus ihm hervor, wie nach einer Frühlingswanderung aus dem Wald."

„Aber haben wir nicht zum Teil einen solchen Schriftsteller in Jean Paul?", fragte der Kammerjunker.

„Er kommt meinem Ideal nahe", antwortete Herman, „und könnte zu den Interessantesten gehören, wäre er nicht einer der ermüdendsten Schriftsteller, die ich kenne. Er kann den Weg weisen, wird aber doch nicht der Kolumbus unseres Zeitalters sein, der uns an die Küsten einer neuen Dichtung führt. Die Reise mit ihm ist lang genug und hat auch ihre schimmernden Naturwunder, aber wir schweben, wir schaukeln; er besitzt keine Bodenhaftung. Die Menschen, denen wir begegnen, sind nicht Fleisch von unserem Fleische; das Geistige verbirgt uns gleichsam das Körperliche. Wir fühlen, wenn ich den Ausdruck gebrauchen darf, den Duft der Blume, aber wir sehen sie nicht körperlich fassbar vor uns, wie zum Beispiel bei Walter Scott. Dieser Dichter und Jean Paul, so verschieden in ihren Werken und doch so gleich in ihrer dichterischen Kraft, würden, miteinander verschmolzen und in eine komprimierte Darstellung gebracht, ein Typus für die neuen Dichter unserer Zeit sein. Alles muss wahr, klar und kurz sein, umgeben von einem Duft, wie er über unseren Heldenliedern liegt, und einer Lyrik, wie sie Calderons Dramen umstrahlt; und diese können selbst der prosaischsten Erzählung eingehaucht werden. Es ist nicht die metrische Verschlingung des Wortes, sondern das Metall darin, das zu den Herzen und Völkern klingt."

Während Herman sprach, erhob sich Elisabeths Gedanke zu dem Ideal, auf das er wies. Sie fühlte, wie kindisch ihre Schreibereien waren. Der Kammerjunker dagegen fand in diesen gerade eine unbewusste Annäherung an das Ideal, die Herman erkennen würde, wenn er sie las. Das musste er tun;

deshalb bat der Kammerjunker Elisabeth, sie freizugeben, doch sie wurde bei diesem Vorschlag rot und wies ihn energisch zurück.

„Und das können Sie denken und sagen, nachdem Sie ihn heute reden hörten?“, fragte sie empört. Aber der Kammerjunker ließ nicht locker; er war ehrlich überzeugt, und so hatten seine Worte Gewicht. Zögernd und mit gemischten Gefühlen gab sie schließlich nach, unter der Bedingung, dass Herman, wenn er – wovon sie überzeugt war – feststellen würde, dass ihre Dichtung wertlos für die Welt sei, nie zu ihr darüber reden sollte.

Wochen vergingen.

„Herman ist begeistert!“, sagte der Kammerjunker.

„Das glaube ich nicht“, zweifelte Elisabeth. „Er verlor bei seinen letzten Besuchen kein Wort darüber. Sie wissen gar nicht, wie unwohl ich mich fühlte. Es war, als läge ein Berg zwischen uns. Ich wagte nicht, mit ihm allein zu sein.“

„Dann sind Sie selbst schuld daran, dass er keine Möglichkeit erhielt, Ihnen zu danken und mit Ihnen zu sprechen.“

Herman hat meine schriftstellerischen Versuche als das betrachtet, was sie sind, die Beschäftigung einer Kranken, dachte sie. Und doch behielt sie jedes lobende Wort, das ihr der Kammerjunker als von Herman stammend weitergab. Sie betrachtete es wie ein Metall, von dem sie nicht wusste, ob es echt oder unecht war, und das sie doch nicht wegwerfen konnte.

An einem Sonntagnachmittag, als Elisabeth unter dem Rotdorn saß, kam Herman – sie waren allein.

„Danke, dass Sie mir Ihr Vertrauen schenkten“, sagte er. „Was Sie geschrieben haben, ist hübsch und natürlich und besitzt, was den meisten Schriften in unserer Zeit fehlt – Religiosität! Ich sollte Ihnen Glück wünschen, weil ich Sie wie ein älterer Bruder liebe! Sie haben Augen für die Natur und den Menschen; Sie besitzen das Herz und die Reinheit, die eine Frau haben soll, und doch bin ich bei all diesen Mitteln Ihretwegen betrübt, weil diese in einem Drang zur Tätigkeit hervorbrechen. Ja, ich meine es wirklich gut mit Ihnen! Sie haben den Mut, vor die Welt zu treten, um gleichsam mit ihr zu teilen, was Gott Ihnen gegeben hat. Aber vergessen Sie nicht: Von dem Augenblick an, in dem Sie das tun, gehören Sie nicht mehr sich selbst. Sie müssen darauf gefasst sein, dass Ihre besten Gefühle missverstanden werden. Sie wissen, dass ich immer das Gute an unserem Vaterland hervorgehoben habe, aber hier muss ich jetzt auf die Schattenseite verweisen. Gutmütigkeit ist derzeit kein Kennzeichen der Dänen; das Element des Spottes überwiegt bei uns eindeutig. Wir haben viel Sinn für das Komische, deshalb besitzen wir eine Lustspiel-Literatur, aber bei den meisten wird dieser Sinn zu einer Lust, Schwächen ins Licht zu zerren und alles lächerlich zu machen. Haben Sie Mut und Kraft, es auszuhalten, dass der Dummkopf Sie verspottet, dass selbst die Edelsten und Besten Sie kränken könnten, nun, dann sage ich kein Wort mehr. Was eine göttliche Mission bei uns ist, wird sich Bahn brechen, aber beschwören Sie nicht diese Stimmungen herauf, kultivieren Sie nicht eine Blumenhecke, die Ihnen den guten Boden aussaugt und das am Wachsen hindert, was vielleicht nützlicher und besser wäre!"

„Oh, Sie meinen es ehrlich und gut mit mir", erwiderte Elisabeth. „Ihnen vertraue ich fest und innig! Aber glauben Sie mir auch, dass ich nie mehr darin gefunden habe als das Vergnügen, eine Melodie zu singen, die mir gerade so in den Sinn kam, wenn ich allein war. Aber ich hätte mich durch einen anderen verleiten lassen können, der seine eigene poetische Seele in meine niedergeschriebenen Worte legte. Ich versichere Ihnen, dass ich von diesem Augenblick an nie mehr etwas Ähnliches aufs Papier bringen werde!"

„Das wäre Unrecht gegen mich und gegen Sie selbst!", rief Herman. „Und doch wird Ihre gesunde Natur Sie leiten. Was ich sagte, kam aus dem Herzen eines älteren Bruders und sollte ein Gegengewicht sein zu dem, was ein anderer Ihnen vielleicht an allzu großer Begeisterung eingeflößt hat. Und nun geben Sie mir Ihre Hand darauf, dass Sie meine Worte genauso wohlmeinend aufgenommen haben, wie sie gemeint waren – dass wir Freunde sind!"

„Mehr als je zuvor!“, rief Elisabeth mit einer Heftigkeit, einer Wärme, dass sie fast erschrak. Und sie drückte nur sacht die Hand, die sie selbst ergriffen hatte.

Es war der vierzehnte August, der Tag im Kalender, den sich die alte Baronin als Geburtstag ausgesucht hatte. Am Vormittag sollten die Armen kommen, um sich ihre Geschenke abzuholen, wie es noch immer Sitte war; zum Essen war dann eine große Gesellschaft geladen. In der frühen Morgenstunde ging die alte Baronin wie immer in die geheimnisvolle Kammer, aber diesmal nahm sie Madame Krone mit, die über diese Einladung sehr verwundert war.

„Niemand sieht, wenn der Schlaf kommt“, erklärte die alte Dame, „und noch weniger, wenn der Tod naht! Es ist gut, aufgeräumt zu haben, bevor man sich zur ewigen Ruhe legt. Ich will es heute tun, und Sie werden mir helfen, Madame Krone. Mit dem Gedanken trage ich mich, seit ich mich von König Frederik verabschiedet habe. Er war kein Kriegsmann, sosehr er die Soldaten auch liebte, und auch ich will Frieden schließen, heute, an meinem Geburtstag. Da sitzt mein Schwiegervater!“ Und sie zeigte auf das alte Porträt, das auf den Resten des „hölzernen Pferdes“ stand. „So böse sah er aus, eigentlich noch schlimmer; das ist das Erste, woran ich mich aus meiner Kindheit erinnere. In so einem roten Rock stand er da, den Ochsenziemer in der Hand. Er ließ ihn über meinem Kopf knallen und schlug mir einen langen, blutigen Striemen über Hals und Nacken. Ich war nur ein unschuldiges kleines Kind, das über die Pflastersteine unter das ‚hölzerne Pferd‘ kroch, auf dem mein armer Vater ritt, die Füße mit Steinen beschwert. Ich kann mich an die jämmerlichen Schreie meiner Mutter erinnern und wie der Mann im roten Rock so nach der kranken, elenden Frau trat, dass sie auf das Pflaster fiel. Ich habe das nie vergessen können! Noch manches Mal habe ich im Kopf die Schreie gehört und den brennenden Peitschenhieb gespürt. Dass ich nicht verrückt wurde, ist nicht meine Schuld. Aber wir sollen Christenmenschen sein! Ich wollte gern eine gute Christin sein, aber wir taugen nicht richtig dazu, Madame Krone! Der Wille ist nicht genug. Nun ist diese Epoche Vergangenheit; König Frederik liegt in seinem Grab und ich feiere wohl zum letzten Mal Geburtstag. Aber ich will nicht mit dem da unter ein Dach gebracht werden, ohne mich versöhnt und ihm vergeben zu haben.“ Sie nahm das Bild, das sich halb aus dem wurmstichigen Rahmen gelöst hatte. „Es soll den Suppenkessel des armen Mannes heizen helfen“, beschloss sie, „und das ganze alte Holz hier auch! Helfen Sie mir, Madame Krone! Ich will ihn verbrennen, und wenn er sich dann samt seiner Folterbank in Asche verwandelt, werde ich wünschen, dass er nicht an anderer Stelle brennen muss. Sehen Sie nur, wie stabil das scharfe Brett noch ist, das den Pferderücken bildete. Das will ich nicht verbrennen; es soll mir noch gute Dienste leisten. Keine Angst, ich plane keinen Schabernack; ich verfolge einen christlichen Gedanken!“

„Sie sind immer christlich und gut gewesen“, sagte Madame Krone. „Es ist richtig und vernünftig, all das zu verbrennen. Das hätten Sie schon vor langer Zeit tun sollen.“

„Er hat schlecht gegen mich und die meinen gehandelt, gegen jedes arme Kind, ja gegen sein eigen Fleisch und Blut. Sein Sohn war von Natur aus gut, wurde aber verdorben; ich habe deshalb viele Tränen geweint. Aber *das* habe ich in den letzten Tagen herausgefunden: Der tote Mann schläft nicht so fest, es ist ja etwas von ihm da, das hört und weiß, was hier oben geschieht. Er, der den Ochsenziemer hob, musste still in seinem Sarg liegen und mit ansehen, wie die arme Dorothea vierspännig auf den Hof fuhr, wie sein Sohn und sein Name untergingen und die Tochter des langen Rasmus Baronin wurde. Nach mir kommt ein fremder Name, und dann gibt es keinen mehr, der die Familie kennt. Ein fremder Name, der vielleicht nicht einmal der ehrliche ist!“ Sie hielt inne und lächelte bitter.

„Sagen Sie doch nichts mehr gegen Baron Herman!“, rief Madame Krone. „Allein der Gedanke ist Sünde.“

„Und davon haben wir viele“, bekannte die alte Dame. „Ich habe es ihm selbst einmal gesagt. Es sollte mich freuen, wenn ich beim lieben Gott um Verzeihung bitten müsste.

Aber mein Enkel ist er, und deshalb bekommt er auch den Hof, wenn ich in die Kirche umziehe."

„Seine Mutter hat bittere Tränen um ihn geweint, als er klein war", erinnerte sich Madame Krone. „Seine Mutter war so engelrein wie nur eine auf dieser Erde."

„Ja, denken Sie nur nicht anders über sie!", sagte die Baronin mit plötzlicher Heftigkeit. „Sie war rein und rechtschaffen im Herzen wie auch in Gedanken! Aber meine Meinung ist doch nicht auf Luft und falsche Worte gebaut. Engelrein war sie, sage ich, und das ist sie bei Gott. Mich trifft mehr Schuld! Man soll immer Gott fürchten und auf der Landstraße bleiben! Hätten wir die Landstraße nach Neapel nicht verlassen, wäre es für uns alle besser gewesen. Ich habe es Ihnen nie richtig erzählt, Madame Krone – es ist eben kein Vergnügen, davon zu sprechen. Ich war mit meiner Tochter in Rom; sie heiratete Büncke-Rönnow, den Holsteiner. Die Trauung fand frühmorgens statt, dann setzten wir uns schnell in den Wagen, um nach Neapel zu reisen. Aber ich wollte nicht auf der Landstraße bleiben, sondern über die Berge reiten. Wir kamen dort um die Mittagszeit an und stiegen auf Esel um. Während wir ritten, liefen die Führer nebenher. Die Gegend sah wild aus, wir trafen keinen Menschen. Als der Abend kam, wuchs unsere Gefolgschaft immer weiter an, es waren Männer mit Messern und Gewehren. Als ich gerade überlegte, was daraus werden sollte, liefen unsere Führer davon. Nur ein Schuss wurde abgefeuert, dann lag Rönnows Diener, der groß und stark war, in seinem Blut. Sie waren drei gegen jeden von uns. Rönnow wurden die Hände gefesselt – da hatte er ja einen schönen Hochzeitstag! Zum Schluss mussten wir uns alle durch Büsche und Felsspalten zwängen, und dann ging es mal bergauf, mal bergab. Einer der Räuber, ein junger, flinker Kerl, half meiner Tochter; er war auf seine Art ein attraktiver Mann. In den Bergen gab es einige Höhlen, groß wie Pferdeställe. Da mussten wir hinein, und dann berieten sie erst einmal. Schließlich banden sie Rönnow los; er sollte zu einer gewissen Stunde Geld an einen bestimmten Ort bringen. Er bekam einen Bewacher mit – ich und meine

Tochter mussten bleiben. Sie taten uns nichts Böses, gaben uns zu essen und zu trinken. Ich sagte ihnen, dass es hart sei und gar nicht christlich, sagte ihnen, es sei der Hochzeitstag meiner Tochter und dass man sie erst an diesem Morgen getraut habe. „Armes Kind!", höhnte der Spitzbube, der ihr so galant geholfen hatte, und lachte mit den Augen, die noch schwärzer waren als Hermans. Seine Zähne schimmerten weiß, genau wie die Hermans. Und dann blieben wir in diesem Pferdestall. Man wies mir ein Loch zum Schlafen zu – und ich hatte damals einen guten Schlaf. Für meine Tochter sorgte der mit den schwarzen Augen. Am nächsten Abend kam schon das Lösegeld. Wir wurden wiederum höflich über Stock und Stein geführt und auf die Esel gesetzt. Man sagte uns, wir sollten nur diesem Pfad folgen und würden dann auf den Ehemann treffen – das taten wir. Der Erste, dem wir begegneten, war Rönnow, der von ihnen gezwungen worden war, an genau dieser Stelle zu warten. Bevor uns die Räuber endlich gehen ließen, war der mit den schwarzen Augen und den weißen Zähnen zu uns gekommen – und küsste mein armes Kind, das bleich war wie eine Leiche. Er sagte Worte, die ich in meinem Herzen bewahrt habe, wie auch sein Lächeln und die ganze Gestalt, die er zeigte, als er auf einen Felsen stieg und uns beim Davonreiten mit einem roten Halstuch zuwinkte. Ja, so war das! Aber die Geschichte sollen Sie nicht drucken lassen, Madame Krone, und das will ich auch nicht! Nehmen Sie nun das übrige Gerümpel, ich habe schon auf dem Arm, was ich tragen kann, und dann gehen wir in die Küche. Wir wollen unter dem Herd mit dem Kessel für die Armenspeisung ordentlich Feuer machen."

Bevor sie die geheimnisvolle Kammer verließen, hatte Elisabeth, die nun schon ohne Stock herumlaufen konnte, den Hof verlassen und war in den Wald gegangen. Als sie ihn durchquert hatte, blieb sie auf dem Weg, der über die Wiese zur Kirche führte. Die Tür zur Kapelle stand offen und sie konnte die Orgel hören. Es war, das wusste sie, der Kammerjunker, der manchmal den Schlüssel nahm, um hier allein für sich zu spielen. An einem Grab blieb sie stehen. Es war Cathrinesens. Einer der Verse, die er für Trines Hochzeit verfasst hatte – er war auch in der Todesanzeige der Zeitung abgedruckt gewesen –, stand hier als Epitaph geschrieben. Seine Reime hatten also einen hohen Gebrauchswert! Vom Grab ging Elisabeth in die Kirche, bis vor zum Altar, wo das Orgelspiel am besten zu hören war. Es war eine ansehnliche Dorfkirche mit weiß gekalkten Wänden und einem Gewölbe. Rechts auf dem Chor hing ein altes Gemälde, auf dem ein geistlich gekleideter Mann mit langem Bart zwischen seinen beiden Frauen und allen seinen Kindern stand, die Söhne zur Rechten, die Töchter zur Linken, das jüngste vornan, alle gleich gekleidet und mit gefalteten Händen. Gegenüber befand sich die herrschaftliche Kapelle, die von der Kirche durch ein Eisengitter getrennt war. Darin stand eine Reihe von Särgen – und in der Mitte der prächtige Marmorsarkophag aus Italien, in dem der böse Gutsherr, der Schwiegervater der Baronin, lag. An dieser Stelle hatte er mit seinen Kumpanen gezecht und am offenen Sarg ruchlose Trinksprüche ausgebracht – bis er plötzlich schwieg und mit schwarzblauem Gesicht tot dasaß. Jetzt war es hier friedlich und still, ein Sonnenstrahl fiel durch das Fenster auf die aufgehängten alten Fahnen und den weißen Marmorsarg, an dessen Fußende zwei ausgehauene Engel weinten. Aber es träten nie Tränen in ihre Augen, sagten die Bauern, denn das habe dieser Kerl nicht verdient!

Die letzten Orgeltöne erstarben. Der Kammerjunker stieg zu Elisabeth in die Kirche hinunter.

Oben auf dem Gutshof war zur selben Zeit Herman eingetroffen. Sein Pferd wurde in den Stall gebracht, und er ging von Zimmer zu Zimmer, ohne jemanden anzutreffen. „Der Kammerjunker ist wohl drüben in der Kirche“, sagte der Diener. Also nahm auch Herman den Weg durch den Wald. Die Orgel hörte er nicht, aber die Tür zur Kapelle stand offen; also musste dort jemand sein. Als er eintrat, sah er, dass Elisabeth und der Kammerjunker auf der Bank vor dem Altar saßen und miteinander sprachen. Sie bemerkten ihn nicht. Ihm kam eine Idee; er ging wieder in die Kapelle und stieg über eine kleine offene Treppe auf den Kirchenboden. Das Gewölbe wirkte, als stünde ein Backofen neben dem anderen. Er schlich bis nach vorn und befand sich nun genau über dem Altar. Leise entfernte er ein Brett und konnte nun die beiden dort unten sehen und belauschen. Sie hatten nichts gemerkt.

Nur wenige Minuten vor Hermans Ankunft hatte das Orgelspiel aufgehört und der Kammerjunker war zu Elisabeth hinabgestiegen. Sie betrachteten gerade das Gemälde mit der Familie des Geistlichen, und Elisabeth fand, dass besonders der Mann so lebendig wirkte, als könnte er jeden Augenblick aus dem Bild heraustreten und zu ihnen sprechen. „Aber jetzt, am Tag, im Sonnenlicht, würde ich mich sicher nicht fürchten."

„Es käme wohl darauf an, welche Frage er Ihnen stellen würde", sagte der Kammerjunker lächelnd.

„Ich habe gehört, dass man Geistern kurz und bestimmt antworten soll, dann haben sie keine Macht", erwiderte Elisabeth. „Außerdem weiß ich nicht, mit welcher Frage er mich erschrecken könnte!"

„Es ließe sich wohl eine finden!"

„Und die wäre?"

„Wenn er sich nun vor uns stellen und Sie fragen würde – ja, das könnte er tun –, ob Sie den Mann, der neben Ihnen sitzt, heiraten wollten?"

„Dann würde ich antworten: Wir sind nicht verlobt und denken auch nicht daran", gab Elisabeth zurück.

„Aber wenn ich nun daran dächte?", sagte der Kammerjunker ernst und ergriff ihre Hand. Es war gerade der Augenblick, in dem Herman herunterschaute, doch sie hatten so leise gesprochen, dass er kein Wort verstehen konnte.

„Ja, Elisabeth! Ich liebe Sie sehr und weiß, dass ich mit Ihnen glücklich werden könnte, unendlich glücklich! An diesem heiligen Ort wage ich es, Ihnen zu sagen: Werden Sie meine Frau!"

Nein, Herman verstand nicht, was gesprochen wurde, und doch fuhr er unwillkürlich zurück, überrascht von der Innigkeit, mit der der Kammerjunker Elisabeths Hand ergriffen hatte, verlegen, weil er heimlicher Zeuge einer intimen Szene geworden war. Er erhob sich und stand unschlüssig da, unsicher, ob er sprechen oder schweigen, gehen oder bleiben sollte. Er wagte nicht, das Brett wieder über die Öffnung zu schieben; das Geräusch könnte ihre Aufmerksamkeit erregen. Leise wollte er davonschleichen. Aber was war da gesagt worden? In welcher Beziehung standen die Worte zu dem, was er beobachtet hatte? Sie sprachen dort unten noch immer miteinander. Er wollte nun gar nichts mehr hören, da vernahm er deutlich seinen Namen.

„Herman!“, rief der Kammerjunker. „Sie lieben Herman? Antworten Sie mir!“

Und Herman hörte es. Das Blut stieg ihm in den Kopf, er wollte fort, stolperte aber und fiel. Schnell kroch er zur Treppe zurück und überlegte erneut, ob er bleiben oder sich davonmachen sollte. Im selben Augenblick hörte er Schritte, und die Tür zur Kapelle wurde zugeschlagen. Es war Elisabeth, die das Gespräch abgebrochen hatte und, vom Kammerjunker gefolgt, die Kirche verließ. Als Herman in der Kapelle stand, fand er sich eingeschlossen. Vielleicht bot die Kirche selbst einen Ausgang? Schlimmstenfalls musste er durch eines der Fenster steigen, die allerdings sehr weit oben saßen. Seine Gedanken kreisten; er setzte sich vor den Altar auf die Bank, wo sich die beiden eben gerade noch unterhalten hatten. „Sie lieben Herman?“, wiederholte er vor sich selbst. Was hatte sie darauf geantwortet? Und was hatte diesen Ausruf provoziert? In welchem Verhältnis standen die beiden zueinander? Die Gedanken sanken von der Stirn ins Herz; er lief ein paar Schritte und blieb vor dem Gitter an der offenen Begräbnisstätte stehen. Vorn stand ein kleinerer Sarg mit einem vertrockneten Blumenkranz darauf. Hier ruhte seine Mutter, in dem größeren Sarg daneben lag sein Vater. Zum ersten Mal stand er an der Kapelle und sah die Toten so aus der Nähe. Er hatte keine Erinnerungen an sie; beide waren gestorben, als er keine zwei Jahre alt gewesen war. Aber er erinnerte sich daran, was ihm seine Großmutter in ihrer Bitterkeit vor Jahren über seine Geburt erzählt hatte. Vor seine Gedanken schob sich das Bild des in Samt und Seide gekleideten Räubers auf dem Weg zur Richtstätte – ein Spiegelbild seiner selbst mit schwarzen Augen und glänzend weißen Zähnen. Neben diese Gestalt trat eine andere; es war Elisabeths Vater, wie er im Billardzimmer stand und sich mit der Troddel seiner Mütze die Augen wischte. Jetzt sah er die beiden vor sich, wie sie vor dem Altar saßen – was war da nur gesprochen worden? All diese Gedanken flogen ihm durch Kopf und Herz, zu schnell, als dass wir sie mit Worten unterlegen könnten. Aber auch ohne diese werden wir ihn verstehen. So stand er noch einige Minuten, da drehte sich ein Schlüssel im Schloss. Die alte Baronin und Madame Krone traten ein und schauten ihn verwundert an.

„Herman!“, rief die Großmutter. „Du hier?“

„Oben im Haus war niemand“, antwortete er. „Also ging ich hierher und wurde eingeschlossen. Ich erwartete freilich nicht, dass Sie herkommen würden. Das ist nicht der Ort, Ihnen zum Geburtstag zu gratulieren.“

„Gratulieren darfst du“, sagte sie. „Wusstest du nicht, dass heute gar nicht mein Geburtstag ist? An den kann sich sowieso niemand erinnern. An das heutige Datum jedoch knüpfen sich andere Erinnerungen. An diesem Tag hat vor vielen Jahren der da in dem protzigen Sarg meinem Vater, meiner Mutter und mir Gewalt angetan. Deshalb soll es heute allen armen Leuten gut gehen! Aber dafür sollst du mich nicht loben und ich will auch nicht damit prahlen. Ich hasste ihn von Herzen, aber jetzt hat der alte König Frederik vor Gott für den bösen Gutsherrn gebeten, wie er für die Bauern bat.“

Herman nickte der alten Frau freundlich teilnehmend zu.

„Nun habe ich heute Morgen im Haus aufgeräumt“, fuhr sie fort, „und in meinem Herzen auch; das sollte man immer tun! Ich kam her, um zu sagen, dass das Alte vergessen ist. Und jetzt setze ich keinen Fuß mehr in dieses Gemäuer, bis sie mich hierhertragen! Weißt du was, Herman? Ich könnte Lust haben, draußen zu liegen und meinen Sarg nicht zur Schau zu stellen wie eine alte Kommode. Gib mir deine Hand! Hier schläft deine Mutter; sie war rein und unschuldig wie Gottes Engel. Mach ihr und mir die Freude und sei gut zu den Armen! Wir sind alle aus einem Stück, alle aus demselben Erdkloß gemacht. Einer war in alte Zeitungen, ein anderer in Goldpapier gewickelt, aber auf die Vergoldung soll der Erdkloß nicht stolz sein! Adel gibt es in jedem Stand, aber er sitzt in den Gedanken und nicht im Blut! Denn wir sind doch alle ein Blut, was sie auch sagen. Was durch die Adern an der Ferse strömt, ist vorher im Herzen gewesen und kann wieder dorthin gelangen. So ist es in uns, und so ist es mit den Menschen um uns. Nimm dir das zu Herzen. Und jetzt gehen wir, mein Kind!"

9.
Trennung und Wiedersehen

In dem großen Saal im Gutshaus bekamen die Bauern ihre Geschenke, Wolle und Leinen, Lebensmittel und Spielzeug. Und es hieß: „Die Frau Baronin hat sich richtig mit uns unterhalten!" Am Frühstückstisch saß Herman ganz allein. Der Kammerjunker hatte sich entschuldigen lassen, er komponiere. Ein wenig später ließ sich Elisabeth sehen und reichte Herman die Hand. Sie wirkte unruhig und sagte, sie habe viel zu tun – und wieder saß Herman allein da. Er ging in den Garten hinunter. Plötzlich stand der Kammerjunker vor ihm und begrüßte ihn freimütig, lebhaft und herzlich, gar nicht so, als hätte ihn kürzlich etwas stark bewegt. Er sprach von seiner Musik, seiner neuesten Komposition, die rasch vorankam.

„Ich fühle mich hier wie in einem ruhigen Hafen und kann mich in mich selbst zurückziehen, ohne von außen gestört zu werden", sagte er. „Für mich waren es fruchtbare Monate, aber meine Natur ist für so einen anhaltenden Frieden nicht geschaffen. In den letzten Tagen habe ich immer wieder Unruhe und Reiselust gespürt; auch heute kam wieder so ein Anfall. In mir ist etwas von der Natur der Zugvögel, dieser Trieb, der sie unerklärlicherweise das bequeme Nest aufgeben lässt, um gerade am schönsten Tag wegzufliegen. Ich glaube, ich bin schon beim Abflug, ohne dass es mir bewusst ist."

„Dieses Gefühl kannte ich früher auch", bestätigte Herman. „Das liegt an dem jugendlichen Sinn, den Sie sich, als eine begabte poetische Natur, länger bewahrt haben als ich. Diesen Trieb hat auch die Biene, die davonfliegen muss, um Honig zu suchen."

Während sie so im Gespräch über Stimmungen und Zustände durch den Garten spazierten, wobei die Begebenheit am Morgen in der Kirche mit keinem Wort erwähnt wurde, rollte ein Wagen nach dem anderen auf den Hof und lud Gäste ab. Sie schienen es nicht zu bemerken; schließlich kam der Diener heraus und sagte ihnen, wie spät es sei.

An der Mittagstafel bekam Herman neben einem alten Bekannten Platz, der glücklich war, neben einem Mann zu sitzen, der so viel von der Welt gesehen hatte.

„Das bildet, das belehrt!", erklärte er. „Wie habe ich mich nicht an Ihre Stelle gewünscht. Denn ich weiß ja, was es heißt zu reisen; ich habe das meiste in Deutschland gesehen, bin in Hamburg, Hannover, Frankfurt und rundherum gewesen, aber was ist das gegen Ihre Erfahrungen?" Es war der Justizrat aus Odense, wir erinnern uns an ihn aus alten Tagen. Er war nun ein deutliches Stück älter, das graue Haar war über der Stirn dünn geworden. Seine Begleiterin auf der Lebensreise hatte ihn verlassen; er war Witwer.

Elisabeth saß auf der gegenüberliegenden Seite. Nicht ein einziges Mal schaute sie zu Herman. Dagegen schien sie dem Kammerjunker wiederholt nachdenkliche Blicke zuzuwerfen – ja, einmal traten sogar Tränen in ihre Augen, die sie aber unterdrückte.

Und er kann glauben, dass sie mich liebt, dachte Herman. Er vergisst wohl, welch ein Unterschied zwischen meinem und ihrem Alter liegt. Sie ist sechzehn, ich bin vierunddreißig, mehr als doppelt so alt! Sie, dieses Kind, das ich auf meinen Armen getragen, an mein Herz gedrückt habe! Aber ist er nicht ebenso alt wie ich? Vielleicht sogar noch älter! Mag sein – aber das steht nicht in seinem Gesicht, nicht in seiner Seele; die ist –

jung, wie ihre! Die Seele ist doch Wurzel und Blüte an unserem Lebensbaum! Gedankenvoll senkte er den Blick, und als er wieder aufsah, heftete er ihn auf Elisabeth, die ihm so jungfräulich schön gegenübersaß. Ja, er fühlte es: Der Mensch ist nach Gottes Bild geschaffen. Er schaute in Elisabeths Gesicht, um es sich einzuprägen und mit nach Hause zu nehmen, wo es, wie im Brennglas gesammelt, umso stärker wirken konnte.

Am selben Abend, die Gesellschaft war bereits aufgebrochen, hatte der Kammerjunker ein langes Gespräch mit der Baronin, in dessen Folge sich Madame Krone am nächsten Morgen einen kleinen Vortrag anhören musste. Der wird uns in diesen Begebenheiten einen Schritt weiter bringen, er behandelte das Thema „Ehe".

„Man soll nicht lieber Gott spielen und Menschen miteinander verkuppeln. Das taugt nichts, Madame Krone, und ich habe so etwas niemals getan."

„Ja, ich auch nicht", versicherte Madame Krone. „Ich weiß gar nicht, warum Sie das zu mir sagen."

„Weil ich es zu mir selbst sage", erklärte die Baronin. „Ich habe in einem alten Buch gelesen – oder habe ich es mir selbst ausgedacht?, ich weiß es nicht mehr; ist ja auch gleichgültig, denn es soll ja nicht gedruckt werden –, dass jeder Mensch eine halbe Kugel ist, die in der Welt herumrollt und nach der passenden anderen Hälfte sucht. Der Mensch strebt also nach Ganzheit."

„Ja, und wozu soll das gut sein?"

„Dann rollen sie besser! Da kommt eine Hälfte und dort eine andere; sie klatschen aneinander, passen aber nicht zusammen. Die Folge ist: Sie eiern herum und fallen oft auseinander, aber das ist nicht das Schlimmste. So glaubte ich auch von meinem ‚lieben Kind' und Elisabeth, dass sie zwei Hälften zu einem richtigen Ganzen wären. Ich habe sie nicht zusammengeklatscht und wollte auch nicht Gott spielen, aber ich brachte beide auf die Bahn und dachte: Nun sollen sie aufeinander zurollen! Denn es ist schlecht, Madame Krone, wenn die eine Hälfte in Grönland herumrollt und die andere in Frankreich – sie finden einander nicht! Ich habe mir also etwas ausgedacht, aber es ging schief; sie wollen nicht zusammenlaufen. Er hat plötzlich Fahrt aufgenommen und rollt nach Paris – dann mag sie nach Oland rollen; ich bin mit meiner Kunst am Ende."

Der Tag für die Abreise des Kammerjunkers war festgelegt; er wollte fort, er musste fort.

„Ich bin nicht so egoistisch, ihn zurückzuhalten", sagte die Baronin. „Er gehört in die Welt, er ist ein Wein, der in eine goldene Schale gegossen werden muss und nicht hier in einem Spülnapf stehen bleiben darf. Er soll reisen, ich selbst will es so!" Dabei traten der alten Frau Tränen in die Augen.

Es war, als ob die Unruhe, die den Kammerjunker vom Gutshof vertrieb, auch Elisabeth ergriffen hätte. Sie war wieder ganz gesund, und es war fast ein Jahr vergangen, seit sie ihr Zuhause auf Oland verlassen hatte. Wie reich diese Zeit gewesen war! Sie fühlte, dass sie ein neuer, reiferer Mensch geworden war; die Kindheit schien lange zurückzuliegen. Milde Augen hatten auf sie geschaut, alle waren ihr liebevoll entgegengetreten, aber nun, in den letzten drei Tagen, war das anders. Es war, als hätte sie einen Menschen gekränkt, der ihr innig zugetan war und den sie wie einen lieben Bruder mochte, nicht weniger – aber auch nicht mehr.

Es war der letzte Abend, den der Kammerjunker auf dem Gut verbrachte. Er war so lebhaft und beweglich, als stände er schon mit einem Bein im Pariser Leben. Vom Klavier erklang wieder die Marseillaise, das infernalische Thema aus „*Robert*" und Berangers Lieder, unter diesen am kräftigsten: „*Reine du monde, o France, o ma patrie!*" Die alte Baronin war ebenso lebhaft, aber als die Uhr zehn schlug, die gewöhnliche Schlafenszeit oder besser die Zeit, zu der die Gesellschaft auch im Sommer aufgehoben wurde, bekam sie ein ernstes Gesicht und Tränen in die Augen.

„Leb wohl, mein gutes Kind! Sei brav und tüchtig wie immer! Ich stehe morgen nicht mit der Sonne auf; ich sage ein für alle Mal mein Lebwohl." Sie nahm seinen Kopf zwischen ihre Hände: „Lass mich dein Gesicht noch einmal richtig sehen! Gut, jetzt habe ich es und werde mich daran erinnern, wohin ich auch komme. Gott segne dich, mein gutes, braves Kind! Geh, geh! Leb wohl!“

Und der Kammerjunker musste sich beeilen fortzukommen. Er drückte Elisabeths Hand, aber beide schwiegen. Die alte Frau winkte in Richtung Tür. Seine Augen ruhten eine Sekunde zögernd, wehmütig, flehend auf Elisabeth, dann schaute er die Baronin noch einmal an, nickte und verließ den Raum.

Als Elisabeth in ihr Zimmer kam, setzte sie sich gleich an den Schreibtisch. Sie konnte nicht anders, sie musste dem Freund, dem Bruder schreiben und ihm ein liebevolles, herzliches Lebwohl sagen. Mit unschuldigen, innigen Worten schilderte sie ihm, wie betroffen sie sei, und bat ihn, ihr zu verzeihen und ihr gut zu sein, wie ein Bruder. Ein Verliebter hätte zwischen diesen Zeilen Hoffnung und Glück gelesen – und sich darin geirrt. Ein kleiner Geldbeutel aus dreifarbiger Seide war seit einer Woche fertig und als Erinnerung für den Kammerjunker vorgesehen gewesen. Durch die vorgezogene Abreise hatte Elisabeth ihn vergessen. Nun wurde er hervorgeholt und der Brief hineingesteckt. Dann ging sie zu Bett, um am nächsten Morgen früh aufzustehen und sich noch einmal von ihm zu verabschieden. Doch sie konnte nicht einschlafen, die Stunden vergingen unter wehmütigen Gedanken. Erst im Morgengrauen schlummerte sie ein wenig, fuhr aber gleich wieder hoch, als sie auf dem Hof Räder rasseln hörte. Es war der Wagen, der den Kammerjunker nach Assens bringen sollte, von dort verkehrte ein Dampfschiff nach Kiel. Elisabeth sprang aus dem Bett und zog sich schnell an. Dann zog sie den Brief heraus; sie musste ihn unbedingt noch einmal lesen. Im selben Augenblick rollte der Wagen vom Hof. Der Kammerjunker hatte schon zur Abfahrt bereitgestanden und wollte keine Zeit verlieren. Elisabeth steckte den Brief schnell in den Geldbeutel und eilte zum Fenster. Der Kammerjunker fuhr unter ihr vorbei; sie hätte ihm ihr Präsent in den Schoß werfen können. Sie dachte kurz daran, doch dann war die Gelegenheit schon vorüber. Er drehte sich um und schaute zu ihrem Fenster herauf. „Leben Sie wohl! Leben Sie wohl!“, rief sie mit bewegter Stimme. Er schwenkte den Hut zum Gruß, doch den Geldbeutel mit dem Brief behielt sie fest in der Hand. Der Wagen bog um das Nebengebäude und fuhr zum ersten Tor hinaus. Elisabeth schaute zu den Wolken hinauf, die von der aufgehenden Sonne rot gefärbt wurden.

Acht Tage später sollte Elisabeth ihre Heimreise nach den Halligen antreten. Moritz wollte sie an einem bestimmten Tag bei der Ankunft des Dampfers in Flensburg abholen; bis dahin musste sie allein reisen. Hermans Hof sollte sie nicht mehr sehen; ein Besuch dort hatte, als der Kammerjunker noch da war, mehrmals auf der Tagesordnung gestanden, war aber immer wieder verschoben und schließlich, wie gesagt, ganz aufgegeben worden. Nur Madame Krone, der das kleine Gut sehr gefiel, wollte, dass Elisabeth ihren Geburtsort kennenlernen sollte. Ja, jetzt sah es dort ganz anders aus! Statt des verfallenen Fachwerkhauses und der sumpfigen, überwucherten Wallgräben erstreckte sich dort ein kleines Paradies, ein reizender Landsitz, herrlich gelegen mit Aussicht auf den Belt und Langeland. Es wäre eine Sünde, wenn Elisabeth nicht dahin käme! Drei Tage vor der Abreise hatte es Madame Krone mit diplomatischem Geschick durchgesetzt, dass sie mit Elisabeth hinfuhr. Die Baronin erklärte dagegen, sie sei froh, die beiden einmal los zu sein, und wolle sich zu Hause vergnügen.

Es waren ein paar Meilen zu fahren, doch die Gegend schien sehr reizvoll, besonders nachdem sie die Landstraße verlassen hatten. Man gelangte da in ein hügeliges Waldgebiet, das an vielen Punkten einem Park ähnelte. Der Weg führte an einem Abhang vorbei, wo man durch die Gipfel alter, hoher Buchen auf große Mühlendämme hinunterschauen konnte. Die Wassermühle lag so tief unten, dass der bläuliche Rauch des Schornsteins kerzengerade vor der dunklen, feierlichen Waldkulisse aufstieg. Hübsche Waldwiesen zogen sich, von Gehölz umgeben, die Hügel hinauf, und nahe am Weg stand ein alter Weidenbaum, so knorrig und zerrissen, dass man glaubte, er müsste jeden Augenblick umfallen. Aus seinen Ritzen wuchsen Himbeeren und Waldblumen; die Samen hatten Wind und Vögel hierher getragen.

„Das ist ja wunderschön!“, rief Elisabeth. „Welcher Frieden, welcher Segen über allem ruht!“ Ihre Augen strahlten, doch zugleich zogen wehmütige Gedanken durch ihre Seele. Hier ist vielleicht meine Mutter gegangen, krank und verlassen, dachte sie. Hier auf dem Friedhof, den ich nicht kenne, hat man sie begraben. Niemand kennt wohl ihr Grab!

Auch Madame Krone fand die Gegend wunderbar, meinte aber, Elisabeth müsse erst „durch den Sack“, dann würden ihr die Augen übergehen.

So bezeichnete sie einen langen Hohlweg mit lebendigen Hecken; das Schönste, was ganz Fünen zu bieten hatte. Die wilden Rosen, deren Blätter einen Apfelduft verbreiteten, hingen mit ihren dornigen Zweigen so keck herüber, dass sie die Pferde an den Köpfen streiften. Große Kletten erhoben ihre riesigen Blätter, die Fliederbüsche neigten sich unter der Fülle ihrer Früchte und die Haselsträucher waren übersät mit Nüssen, während Kletterpflanzen mit den Himbeeren um die Wette rankten.

Der Weg machte eine Biegung, und nun lag ein kleiner, freundlicher Landsitz vor ihnen; zwei seiner Ecken wurden von Türmen begrenzt. Eine alte, prächtige Linde, jener Baum, den die seefahrenden jungen Freunde damals in dem verfallenen Burghof sahen, zierte den Eingang.

Mit freudestrahlendem Gesicht trat Herman seinen Gästen entgegen, dieser Besuch überraschte ihn nicht. „Endlich, endlich!“, rief er. „Das ist so schön, und ich habe es wohl Madame Krone zu verdanken!“

„Ganz und gar“, antwortete die Dame, und dann wurden sie in die pompeijanisch gemalten Zimmer geführt. Alles war hübsch und gemütlich. Der Frühstückstisch wurde in einem runden Erkerzimmer gedeckt, wo man Aussicht über Feld und Wald hatte. Es war gerade die Stelle, an der Elisabeth geboren worden war. Jetzt wurde hier auf ihre Gesundheit getrunken. Die Unterhaltung schien sie an den Tisch zu fesseln; beinahe vergaßen sie, dass Haus und Garten ebenfalls besichtigt werden mussten. Die Stunden verflogen. Es war fast Sonnenuntergang, als Madame Krone an den „Thingplatz“

erinnerte, den Rest einer vorzeitlichen Kultstätte, der in der Nähe der „Meierei“ lag – der Name wurde für das alte Gebäude noch immer verwendet.

„Meine schönste Aussicht“, schwärmte Herman. „Die weiteste von allen. Wie schnell dieser Tag verging – wo ist nur die Zeit geblieben?“ Er bot Madame Krone, die auf einmal müde wirkte, den Arm, und sie folgten einem Pfad unter Erlen und Haselbüschen, die voller Nüsse hingen. Ein natürlicher Wall erhob sich zur Rechten. Es schien unmöglich, dass hier Pferde vor dem Pflug gehen konnten, und doch war gepflügt und gesät worden. Das bewies der reife Weizen, der sich auf dem welligen Gelände wiegte. Bald standen sie an dem Thingplatz mit den Steinen, die im Oval angeordnet waren. Schlehdornbüsche und Brombeergesträuch bildeten hier ein kleines Dickicht. Eine Schar Krähen stob schreiend auf und flog über die Hügel und Täler davon, wo sich Kornfelder, Wiesen und Waldstücke abwechselten.

„Der Mühlbach dort unten ist einmal ein mächtiger Fluss gewesen“, erzählte Herman. „Darauf fuhren die Schiffe der Wikinger ins Land hinein; man kann das breite Strombett noch deutlich erkennen. Hier aber saßen die alten Hünen und hielten Rat. Jeder saß auf einem Stein, der Häuptling auf dem größten dort. Diese starken Männer sind alle fort, sind alle vergessen, ihre Namen und selbst ihre Zeit. Auch von dem, der dort oben ruht, bestimmt ein König, kennt keiner mehr den Namen!“ Und Herman wies auf einen Steinhaufen, der sich dort erhob, wo der natürliche Wall plötzlich abbrach. Drei große Steine trugen einen mächtigen dritten, der in der Luft zu schweben schien.

„Von dort haben wir eine noch weitere Aussicht, einen richtigen Panoramablick“, versprach er. Sie kletterten hinauf, und es breiteten sich der Große Belt mit einzelnen Segeln, die seeländische Küste und Langeland vor ihnen aus. Madame Krone wollte nicht so hoch hinaus; sie setzte sich unter einen Nussbaum. Elisabeth stand auf dem oben liegenden Stein, der so breit war, dass auch Herman zu ihr hinaufklettern konnte. Die Sonne schickte ihre letzten Strahlen und der Wind kühlte angenehm. So standen sie in Luft und Sonne auf einem Stein wie einst Elisabeth und Elimar, als die Flut sie verschlingen wollte. Wo waren die Gedanken, die hier Leben erhielten? In der Heiligen Schrift steht, dass „Feuer und Wirbelwinde die Diener des Herrn“ sind. Auch die warmen Sonnenstrahlen und die milden Winde melden seine Botschaft. Sie tragen Worte, die zu heilig sind, um vor den Ohren der Menge zu erklingen; Worte, die eine Poesie enthalten, wie sie Petrarca in seine Sonette gelegt hat, wie sie jeder junge und erotische Dichter in seinen ersten Liedern zu geben glaubt. Herman und Elisabeth hatten sich auf den obersten Stein gesetzt; dort fand sie Madame Krone.

„Lassen Sie mich einfach da unten sitzen!“, schimpfte sie lächelnd. „Sie hören nicht, wenn ich rufe, und kommen auch nicht wieder herunter! Ist es hier oben wirklich so schön?“

„Wunderschön!“, rief Herman und war ganz hingerissen. „Hier kann man sogar tanzen!“ Und er schwenkte Madame Krone herum, bis sie beide vor Lachen nicht mehr konnten. Auch Elisabeth war aufgestanden; ihre Wangen brannten rot – es schien sogar, als stünden Tränen in ihren blauen Augen.

Was war geschehen? Ja, zwei Tage später war es kein Geheimnis mehr – Elisabeth und Herman waren Braut und Bräutigam.

„Ich habe gesagt, und das ist meine Meinung: lieber eine vom Melkeimer als eine vom Staatskalender. Elisabeth gehört mehr zu ersterer Gruppe; sie ist ein Kind armer Leute, wie ich. Also haben wir denselben Stammbaum. Ein Christenmensch wird sie immer bleiben, und dann kann sie den jungen Baronen, die nachkommen, beibringen, dass auch sie mit armen Leuten verwandt sind. Ich will ihr auch einen guten Denkzettel geben. Ihr könnt ihn Großmutters Brautgabe nennen. Es ist ein Stück meines Lebens, die Blüte auf meinem Stammbaum, von der man viel lernen kann.“

Und was war „Großmutters Brautgabe“? Sie wurde am Hochzeitstag gebracht, zu dem wir schleunigst hineilen wollen. Ende September, genau am Jahrestag, an dem die Freunde in dem verfallenen Rittergut Unterschlupf gefunden hatten, das sich nun in ein schönes, gemütliches Heim verwandelt hatte, genau am Jahrestag, als Herman das Neugeborene an sein Herz gedrückt hatte, wurde dieses Kind, das jetzt seine Braut war, seine Frau.

Der Porträtmaler wählt den besten Augenblick, um das bestellte Bild zu malen; wir wählen den glücklichsten – den Hochzeitstag. Elisabeth steht vor uns. Sie trägt ein schlichtes Kleid aus weißem Atlas; das glänzende braune Haar liegt in einer natürlichen Flechte. Sie ist etwas blass, doch die Augen leuchten und die Seele strahlt aus diesem Gesicht hervor. Man sieht, dass sie erst sechzehn Jahre alt ist! Armer Leute Kind, mit körperlicher Schönheit gesegnet, im Denken und Auftreten von geistigem, jedem anderen überlegenem Adel, steht sie hier vor uns. Erst so wenige Lebensjahre und doch eine Geschichte für viele Seiten! Bisher nur ein stilles Leben, allerdings in einem abgerundeten Ganzen, noch nur eine alltägliche Geschichte, aber von einer poetischen Seele an ihrem besten Sonnenscheintag gesehen, mit allen ihren Blumen. Sie erinnerte sich an Moritz' Worte von dem roten Faden, der sich durch alles Tauwerk zieht, um das Eigentum der Krone anzuzeigen, und von dem unsichtbaren Faden, der im Kleinen und Großen durch das Leben eines jeden Menschen läuft und uns zeigt, dass wir Gottes Eigentum sind. Sie sah ihn in den Jahren, die sie gelebt hatte; sie sah, wie notwendig, wie segensreich jeder schwere Tag gewesen war. Sie verstand, dass in dem einsamen Leben auf Oland, zwischen Natur und Bibel, eine reichere Saat in ihre Seele gelegt worden war, als es auf dem reichen Gutshof der Baronin möglich gewesen wäre. Selbst die Begegnung mit der Witwe war notwendig gewesen. Die Fahrt mit Adelgunde hatte zum Teil über sumpfigen Grund geführt, aber auch dort wuchsen Lilien, in deren Staubfäden der unsichtbare himmlische Faden lag. Mit Dankbarkeit und Zuversicht erhob sich Elisabeths Herz zu Gott – so wird es auch uns ergehen, wenn wir, wie sie, in unserer Lebensgeschichte den *unsichtbaren Faden* suchen.

Mitten auf dem Tisch stand „Großmutters Brautgabe", verborgen in einem kleinen Kästchen, das vor ihrem Tod nicht geöffnet werden durfte. Niemand durfte vorher sehen, was sie als die Blüte ihres Stammbaums und Denkzettel für das kommende Geschlecht bezeichnet hatte. Groß konnte das Geschenk nicht sein. „Das ist mein Schatz“, hatte sie beim Überreichen gesagt, „und ihr müsst mir versprechen, am vierzehnten August in der Familie davon Gebrauch zu machen!“ Waren es Gold und Kostbarkeiten, die ausgeteilt werden sollten? War es ein Schmuck, den Elisabeth tragen sollte?

„Ihr werdet die Bestimmung schon erfahren!“, sagte die alte Frau und warf den Kopf zurück.

Und die Gäste versammelten sich an der Hochzeitstafel. Es waren Moritz, Hedevig und der Pfarrer, der sie getraut hatte. Sonst war niemand da; so hatten es sich Herman und Elisabeth gewünscht, hatten es die Großmutter und – wir können das sagen – auch Madame Krone gewollt.

Der Vollmond war der Fackelträger, als das glückliche Paar am frühen Abend nach Hause fuhr – dorthin, wo Elisabeth geboren worden war. Der Weg hätte hundert Meilen lang sein können; es wäre ihnen nicht aufgefallen. Elisabeth hielt das kleine Kästchen auf dem Schoß – was mochte darin sein?

Wir wollen zu dem Zeitpunkt eilen, an dem es geöffnet werden durfte: am Todestag der Großmutter. Aber noch ist er nicht gekommen. Der Vollmond, der dem Brautpaar heimleuchtet, scheint auch in das Zimmer der wunderlichen alten Frau, die vor ihrem Bett kniet und betet.

10.
Ein wenig von allen – „Großmutters Brautgabe“

Aus dem stillen, glücklichen Heim wollen wir wieder hinausfliegen, weit hinaus, um ermüdet zurückzukehren und die Ruhe noch besser zu genießen und gedanklich das ganze Bild zu umfassen, das auf diesen Seiten niedergelegt wurde. Wir wollen alle alten Bekannten besuchen und sehen, wie es ihnen geht. Vier Jahre sind seit Hermans und Elisabeths Hochzeit vergangen.

Die Witwe ist im Zuchthaus gelandet; dort sitzt sie gut und gewöhnt sich an die „Polizei-Luft“.

Adelgunde – ja, es geht wunderbar zu in dieser Welt, aber so ist es nun einmal – ist mit Holger verheiratet; das hat sie geschafft! Er ist Postmeister in einer Provinzstadt und sie Frau Postmeisterin. Daran war der Knopf schuld, der unglückliche Knopf, der abging. Sonst hätte Holger vielleicht an Claras Seite gesessen. Clara, die jetzt in der Kunst und in der großen Welt lebt, hat ihre Loge in der Kopenhagener italienischen Oper, schwärmt für die Italiener, bringt ihnen regelmäßig Kränze, ruft sie heraus und ist glücklich – wie die vornehme Welt, das halbe Kopenhagen. Genauso begeistert ist sie für das Äußere von Thorvaldsens Museum, obwohl ihr Bild nicht auf die Mauer gemalt wurde.

Frederik ist aus den Ständen ausgetreten; auch auf dem Staatsschiff hat er die Lust am Steckenpferd seiner Jugendzeit, der Steuermannskunst, verloren.

Die kleine Sanne wurde vor drei Jahren konfirmiert und war schon zweimal verlobt. Ihr jetziger Liebster arbeitet in der Dampfwäscherei, und das muss uns für die kleine Sanne freuen, denn so hat sie die Chance, doch noch sauber zu werden!

Der Leierkastenmann, Elisabeths Vater – nun, sie weiß immer noch nichts von ihm und er auch nicht von ihr; er hat seine Geschichte so gruppiert, dass man die Spur ganz verliert – lebt inzwischen in Kopenhagen und ist verheiratet – mit der Schwester der kleinen Sanne. Deren erster Mann hat nicht nur sein Amt als Zeitungsausträger, sondern auch das wichtigere als verantwortlicher Redakteur vererbt! So gibt der ehemalige Leierkastenmann selbst ein neues Blatt heraus, mit Familiengeheimnissen und Holzschnitten, das wird viele Abonnenten bekommen! Aber wir entfernen uns weit von Kopenhagen bis ans frische, offene Meer und auf die stillen Halligen. Auch dort haben wir Bekannte. Auf Oland war alles so wie zu der Zeit, als Elisabeth abreiste, selbst Piltitz lag noch auf demselben Stuhl und schaute zum Bild der Stammmutter Ose hinauf, dem Elimar die Augen ausgestochen hatte – Elimar, der jetzt im Wohlstand bei der Witwe lebte. Jap-Lidt-Piders hatte um Keikes Hand angehalten, aber sie waren sich nicht einig geworden. Nichts hatte sich verändert, nur der Stachelbeerbusch am Pfarrhof war eingegangen. Im Frühling rollte er nicht mehr seine feinen grünen Blätter aus, und das Meer hatte ein großes Stück von dem alten Friedhof weggeschnitten.

Aber auf Fünen brachten alle Jahreszeiten Reichtum und Glück. Auf dem kleinen Gut bauten und wohnten Herman und Elisabeth und wurden mit jedem Jahr noch glücklicher, wenn das möglich war. Was sie in der Nacht geträumt hatte, als König Frederiks Leiche nach Roskilde gebracht wurde, kam ihr wieder in den Sinn. Sie erinnerte sich, dass es Herman gewesen war, der Elimars Platz eingenommen hatte, als sie im Traum das Buch ihrer Zukunft las. Sie glaubte daran, ihr schien, dass ihr Glück in Wirklichkeit ein fortgesetzter Traum war. Es lag ein Segen über dem kleinen Heim, ganz als ob gute Elfen – die Sage erzählt ja so etwas – hier jede Wurzel nährten. Die Obstbäume bogen sich unter ihrer Fülle, das Korn hatte die schwersten Ähren, und vorn im Kanal schoss Elisabeths Lieblingsblume empor, die weiße Wasserlilie, die Lotuspflanze des Nordens. Sie lag wie ein großer, schwimmender Busch mitten auf dem Wasser, ein ganzes Blumenmärchen. In dem Winkel des Hauses, wo Elisabeth geboren worden war, verwahrten sie das ungeöffnete Kästchen mit „Großmutters Brautgabe“ in einem prächtigen Rokoko-Schrank. Eines Tages legte Elisabeth einige Blätter dazu, auf denen die Geschichte der Großmutter bis zum Hochzeitstag der jungen Leute aufgeschrieben war. Es war ein gelungenes Bild der alten Baronin, das der Wahrheit entsprach; man hätte es auch eine Novelle nennen können. Und tatsächlich war darin die Aufgabe des Dichters gelöst: die Augen zu öffnen für das Poetische im Alltagsleben um uns, auf den unsichtbaren Faden zu verweisen, der im Leben jedes Menschen daran erinnert, dass wir Gott gehören, das Eigentümliche in der Natur der Heimat und den Menschen darin zu zeigen und das Gepräge Gottes zu finden, selbst wenn es sich unter Narrenkleidern und Lumpen verbirgt.

Herman hob drohend den Finger und lächelte. „Du hast den Dichter in dir noch nicht erschlagen!“, mahnte er.

„Den Geist kann man nicht töten“, antwortete sie scherzend. „Das ist nur eine Erklärung zu Großmutters Brautgabe, was immer sich in dem Kästchen verbergen mag, eine Erinnerung an sie.“

„Und an mein liebes Findelkind!“, sagte Herman und umarmte Elisabeth. „An sie und an dich! *Die zwei Baroninnen!*“

Und nun besuchen wir die ältere, die wunderliche alte Frau.

Sie residierte noch immer oben in dem großen Gutshaus, und mit ihr Madame Krone. Es war in der Rosenzeit; das große Beet auf dem Hof, wo einst das „hölzerne Pferd“ gestanden hatte, blühte in voller Pracht. Draußen auf dem Feld stand der rote Klee dicht und duftend, als wollte er es mit den Rosen aufnehmen. Die Luft war warm, die Wolken wirkten wie gemalt; Bienen summten herum und die Zweige der Weiden bogen sich unter ganzen Scharen von Sperlingen. Es war ein Wimmeln, ein Leben, und dabei näherte sich – kein weißgelbes Gerippe, wie es an die Kirchenmauer gemalt ist, nein – der Engel der Erneuerung, dessen Flügelschlag einen Lufthauch aus dem unbekannten Land bringt, in dessen erfrischendem Bad unser irdischer Körper ein Schaudern fühlt. Zwei Tage lang hatte die Baronin gekränkelt, nun hatte sie ihre gewohnte Lebendigkeit zurückgewonnen. Ihre Laune verbesserte sich noch mehr, als sie kurz vor dem Mittagessen einen Brief von ihrem guten Kind, dem Kammerjunker, erhielt. Darin teilte er mit, dass er nicht als Hagestolz enden würde. Ein vortreffliches Mädchen war seine Braut, eine Schottin, Schwester des Herrn Knox, der, wir erinnern uns, einst den Pfarrhof auf Oland besuchte. Seine neue Oper „*Der Sturm*“, nach Shakespeares Drama, war in London aufgeführt worden und hatte Furore gemacht.

„Hurra für England und Schottland!“, rief die alte Baronin. „Darauf wollen wir trinken, Madame Krone!“

Und sie füllte das Glas und leerte es; ihre Augen wurden ganz groß und klar. „Hurra für England und Schottland!“, wiederholte sie. Sie war wie die Lampe, die noch einmal aufflackert. Sie lächelte und saß still da, als würde sie an etwas Schönes denken. Ihre Augen fielen halb zu, dann öffnete sie sie wieder.

„Merkwürdig, wie müde ich bin“, murmelte sie. „Ganz plötzlich überfällt mich der Schlaf. Ich bin nicht einmal mehr stark genug, eine Freude zu ertragen. Am besten, ich setze mich ein wenig in den Lehnstuhl.“

Und da saß sie und schien zu schlafen, aber nur ein paar Minuten, dann riss sie die Augen auf. „Wo ist Herman? Wo ist Elisabeth?“, fragte sie. „Ich werde sie nicht mehr sehen, ich sterbe. Bringt mich nicht in die Kapelle, begrabt mich draußen, da hat man eine schöne Aussicht. *Ich* werde sie nicht nutzen, aber alle, die dorthin kommen, können sie genießen. Ich habe meine ‚Brautgabe‘ gegeben, hätte aber gern noch ein paar Worte dazu gesagt. Nun können sie das Kästchen öffnen. Was glaubst du, was darin liegt? Nur ein hölzerner Löffel! Aber er ist aus einem Balken von dem ‚hölzernen Pferd‘ geschnitzt, auf dem mein Vater reiten musste. Das war am vierzehnten August. Jedes Jahr an diesem Tag sollen sie ihn hervorholen für den jungen Stammherrn, wenn er kommt. Sie sollen den Löffel vor ihn hinlegen und ihm erzählen, woher er ist, und ihm sagen, dass wir alle armer Leute Kinder sind – vor unserem Herrn!“

Sie nickte, ein Lächeln schwebte um ihren Mund, und dann war die alte Baronin tot.

Draußen schien die warme Sonne, die Wolken waren wunderschön, und die Rosen blühten. Ein weißer Schmetterling flog auf, als wollte auch der Zufall Unsterblichkeit predigen, denn die leuchtete vom Gesicht der alten Frau und leuchtet im Herzen eines jeden Gläubigen.

Anmerkungen

1 Psalm 9,19
2 Halms *Sohn der Wildnis*
3 Karrebæksminde ist ein Hafen an der Küste Seelands für die eine Meile landeinwärts am Fluss Aa gelegene Handelsstadt Nestved.
4 Auch Christian VIII. wurde ja in der Kleidung begraben, die er bei seiner Krönung getragen hatte.

Nachwort

Der vorliegende Roman erschien am 28. September 1848 unter dem Titel *„The two Baronesses"* zunächst in englischer Sprache, sehr zum Ärger der heimischen Kritik, die den Briten ihre vergleichsweise neutrale Haltung im gerade begonnenen Krieg um Schleswig-Holstein verübelte. Der Verleger Richard Bentley hatte Andersen ein Honorar von 200 Pfund zugesagt. Ein solches Honorar für fremdsprachige Ausgaben seiner Werke konnte Andersen von einem Verleger nur dann verlangen, wenn er ihm das Manuskript zur Verfügung stellte, bevor die dänische Originalfassung erschien. Andernfalls bestand die Gefahr, dass mehrere Übersetzungen miteinander konkurrierten. Einen internationalen Urheberschutz gab es damals noch nicht, und die Verlage konnten Übersetzungen herausbringen, ohne dem Autor Honorar oder Tantiemen zu zahlen. Die meisten ausländischen Verlage sandten Andersen nicht einmal Belegexemplare. Das erklärt, warum ihm sein weltweiter Ruhm keine Reichtümer eingebracht hat, wie Bredsdorff herausarbeitet. Noch im selben Jahr erschien der Roman in deutscher Sprache. Er wurde unter dem Titel *„Die zwei Baronessen"* sowohl in die beiden Ausgaben gesammelter Werke (Leipzig 1847 bis 1872 bzw. 1864) als auch in die spätere Werkausgabe (Berlin 1880) aufgenommen. In Dänemark erblickten *„De to Baronesser"* am 25. November 1848, also zwei Monate später, das Licht der Öffentlichkeit. Als Erscheinungsjahr ist 1849 ausgewiesen.

Dem vorliegenden deutschsprachigen Text liegt die Neuübersetzung von 2005 durch Erik Gloßmann zugrunde. Sie folgt der Ausgabe *„Hans Christian Andersen, Romaner og Rejseskildringer, Band IV"*, herausgegeben von Morten Borup, erschienen im Verlag Gyldendal, Kopenhagen 1943. Bisher wurde der Titel des Romans üblicherweise mit „Die zwei Baronessen" ins Deutsche übersetzt, was jedoch dem Sachverhalt nicht entspricht, denn „Baroness" ist die Bezeichnung für ein Freifräulein: die Tochter eines Barons. Das trifft weder für Dorothea noch für Elisabeth, die beiden Titelgestalten des Romans, zu. Sie kamen, wie Hans Christian An-

Hans Christian Andersen, Porträt-Aquarell von Carl Hartmann (1818–1857), entstanden um 1845 Quelle: H.C. Andersens Hus/Odense Bys Museer

dersen selbst, aus ärmlichsten Verhältnissen und haben spät erst, wie er, ihr Glück gemacht. Andersen selbst erwähnt übrigens im Roman (in der vorliegenden Ausgabe S. 61) den sozialen Unterschied zwischen einem „erhaltenen“ Titel und dem „angeborenen“ Titel eines Barons.

Orte des Geschehens und sozialhistorischer Hintergrund

Das Romangeschehen zerfällt in drei Teile. Im ersten wird von der kleinen Elisabeth berichtet, die als Neugeborene von den drei Studenten Holger, Graf Frederik und Baron Herman sowie deren Hauslehrer Moritz in einem alten verfallenen Rittergut gefunden wird. Die vier bestimmen Moritz zum Vormund des Kindes. Zunächst jedoch nimmt sich die Großmutter Hermans ihrer an, die etwas verschrobene Baronin Dorothea, die namhafte Literaturwissenschaftlerin

Käte Hamburger nennt sie „eine der originellsten Gestaltschöpfungen der Romanliteratur des 19. Jahrhunderts". Elisabeth verbringt ihre Kindheit auf dem Gut der alten Dame, das auf der dänischen Ostsee-Insel Fünen gelegen ist. Im Alter von vier Jahren fällt sie jedoch bei der Baronin in Ungnade und wird des Hofes verwiesen, weil sie verbotenerweise jene Kammer betreten hat, in der die Baronin das Geheimnis ihrer eigenen Herkunft bewahrt: ein hölzernes Brett, auf dem ihr Vater, ein armer Fronbauer, zur Strafe gefoltert wurde, weil er über die schwere Arbeit gemurrt hatte. Später heiratete Dorothea, die diesen Vorfall nie vergessen konnte, den Sohn des hartherzigen Gutsbesitzers und wurde so überhaupt erst zur Baronin.

Nach ihrer Verweisung wird Elisabeth von ihrem Vormund Moritz aufgenommen; er ist inzwischen Pastor auf der in der Nordsee gelegenen Hallig Oland, die zu dieser Zeit noch zum dänischen Gesamtstaat gehörte. Davon handelt der zweite Teil des Romans. Auf Oland lernt sie auch den zur See fahrenden wilden und ungestümen Jungen Elimar kennen, der ihre Jugendliebe wird und den sie schwärmerisch verehrt. Als eines Tages die Nachricht eintrifft, Elimar sei wegen Mordes verhaftet und befinde sich im Gefängnis zu Kopenhagen, beschließt die inzwischen vierzehnjährige Elisabeth, allein in die dänische Hauptstadt aufzubrechen, um dort von König Friedrich VI. die Begnadigung Elimars zu erwirken.

Doch so weit kommt es nicht, und davon erzählt Andersen im dritten Teil des Romans. Es stellt sich nämlich heraus, dass nicht Elimar im Gefängnis sitzt und wegen Mordes angeklagt ist, sondern ein alter Bekannter von den Halligen, der sich für Elimar ausgegeben hat. Dennoch wird der Aufenthalt in Kopenhagen entscheidend für Elisabeths weiteres Schicksal. Sie trifft dort nicht nur die alte Baronin wieder, die sich mit ihr versöhnt und sie in die gute Gesellschaft einführt, sondern auch Baron Herman, in den sie sich verliebt. Der Roman endet mit dem Tod der alten Baronin und der Hochzeit zwischen Elisabeth und dem fast doppelt so alten Herman. Elisabeth wird so zur zweiten der im Titel genannten

Baroninnen, und das Hochzeitspaar lässt sich auf jenem inzwischen instand gesetzten alten Rittergut nieder, auf dem die Neugeborene einst von Herman und den anderen Studenten gefunden worden war.

Bei dem Roman *„Die beiden Baroninnen"* handelt es sich, wie Lutz Rühling ausführt, um einen Bildungsroman, der mit der Geburt der tragenden Titelfigur beginnt und mit ihrer Hochzeit und damit dem Erwerb einer gesicherten gesellschaftlichen Position endet. Die entscheidende Phase dieser Bildungsgeschichte setzt im zweiten Teil des Romans ein, als der Erzähler das bunte Treiben auf den Herrensitzen Fünens und in der Hauptstadt Kopenhagen hinter sich lässt und sich mit seiner Protagonistin auf die von der Außenwelt weitgehend abgeschiedene Hallig Oland begibt, wo sie, anders als im ersten Teil, in einem recht eingeschränkten Personenkreis die nächsten Jahre zubringt. Hier wird der Charakter Elisabeths in zweifacher Weise geprägt: durch die Natur und durch die Bibel. Auf Oland erreicht Elisabeth ein wichtiges, wenn nicht gar das wichtigste Bildungsziel: die Einsicht in das Wirken Gottes auf ihr weiteres Leben. Das geschieht bezeichnenderweise am Tag ihrer Konfirmation. Und nicht von ungefähr ist es ihr Vormund, der Halligpastor Moritz, der in einem Gleichnis von den wunderbaren Wegen des Lebens zu ihr spricht: „In der englischen Marine zieht sich durch alles Tauwerk, groß und klein, ein roter Faden, der als Zeichen dient, dass es der Krone angehört; ebenso geht durch das Leben eines jeden einzelnen Menschen ein unsichtbarer Faden, welcher darauf hinweist, dass wir Gott angehören" (S. 144). Das Bild des roten Fadens hat Andersen fast wörtlich aus Goethes *„Wahlverwandtschaften"* übernommen.

In der Entwicklung einer authentischen Persönlichkeit als Voraussetzung für ein gelingendes Leben besteht das Ziel des klassischen Bildungsromans. Es kann nur erreicht werden durch die geistige und emotionale Vervollkommnung des Individuums. Diese Reife hat Elisabeth erreicht, als sie nach langen Jahren mit Herman und der alten Baronin auf deren Hof zurückkehrt und Rückschau hält auf ihr eigenes

Dänische Karte vom nördlichen Nordfriesland, um 1845; zu sehen sind u. a. Föhr, Oland und Dagebüll.
Quelle: Sammlung Nordfriisk Instituut

Leben: „Da kam es ihr beinahe vor, als ob das Leben auf Oland und in Kopenhagen nur ein Traum gewesen sei, aber während dieses Traumes war sie älter, klüger geworden und hatte den unsichtbaren Faden gefunden, der sich durch ihr Leben wie durch jedes Menschenleben zog." Doch weit mehr noch: Elisabeth beginnt nicht nur, in Kopenhagen ihre Lebensgeschichte niederzuschreiben, sie reift dabei zu einer Dichterin heran, die das Charakteristische des Lebens erfassen und darstellen kann, auch wenn sie ihre „Novelle", die Geschichte der alten Baronin, wohl nie veröffentlichen wird (S. 199, 224, 230).

Für Andersen erschließt sich die zweckmäßige, göttliche Weltordnung durch Einsichten, die das Ergebnis eines gelungenen Bildungs- und somit eines individuellen Reifeprozesses sind. Allerdings lässt er keinen Zweifel daran, wie Rühling hervorhebt, dass stets offen ist, ob es einer Person gelingt, dieses Ziel zu erreichen, oder ob sie scheitert. Der menschliche Lebensweg ist in unvermeidbarer Weise durch

Zufälle geprägt. Er wird stets begleitet vom Wissen um die Möglichkeit des Scheiterns. Ja, das Wissen darum ist selbst ein wesentliches Element der Persönlichkeitsentfaltung. Oft hängt vieles von der Bestimmung eines einzelnen Augenblicks ab. In einer der stärksten Szenen des gesamten Romangeschehens schildert Andersen eine solche Augenblicksbegebenheit von größter Bedeutung: Ein Knopf führt ein Liebespaar zusammen und trennt ein anderes. Holger hat im Ballsaal dem Grafen Frederik die ebenso schöne wie leichtsinnige Clara abspenstig gemacht. Doch mitten im Tanz springt der Knopf seines Hosenträgers ab und lenkt Holgers Aufmerksamkeit statt auf Clara auf andere Dinge. Mit dem Knopf fallen Holgers Glück und Claras Entzücken. Sie wählt Frederik und beide verlassen gemeinsam den Ball. Für Holger ist „der verdammte Knopf schuld an dem Ganzen" (S. 63). Doch nicht Holger hat in dieser Sache das letzte Wort, sondern der Erzähler, der die Satire mit sicherer Hand zum tragischen Abschluss bringt, wenn er schildert, dass es in Holgers Herz so trübe aussah wie im königlichen Ballsaal am nächsten Morgen: „leer, ungemütlich, ein Mausoleum" (S. 64).

Hans Christian Andersen in Nordfriesland

Im Jahre 1843 hatte Hans Christian Andersen mit seinem Roman begonnen. Die Arbeit geriet jedoch ins Stocken und wurde erst wieder aufgenommen, als er auf Föhr, Oland und Amrum im Spätsommer 1844 neue Eindrücke und Impulse gewonnen hatte. Zu dieser Zeit steht er auf dem Höhepunkt seines dichterischen Schaffens und an der Schwelle zu europäischer Berühmtheit. Im Sommer hat er eine ausgedehnte Reise durch Deutschland unternommen, in den Jahren zuvor bereits andere Länder besucht – Italien, Griechenland, das Osmanische Reich, Österreich-Ungarn, Frankreich, wo er u. a. Victor Hugo, Honoré de Balzac und Heinrich Heine traf. „Reisen ist Leben!" Das war ein Lebensmotto Andersens.

Seine Reise durch Deutschland glich beinahe einem Triumphzug. Hier wurden seine Werke viel begeisterter aufgenommen als in Dänemark, wo er in seinen Augen viel zu lange die Rolle des unerkannten Schwans im Ententeich spielen musste. Nun, auf die Insel Fünen zurückgekehrt, ist er erschöpft, und sein Etat auch – da erreicht ihn am 25. August 1844 eine überraschende Einladung in die königliche Sommerresidenz auf der Insel Föhr.

Die Königin, die den Märchendichter einlud, war Caroline Amalie (1796–1881), Tochter des Herzogs von Augustenburg. Sie wurde ob ihrer Herkunft später, in der Zeit der nationalen Auseinandersetzung, in Dänemark mit einem gewissen Misstrauen betrachtet, erlangte aber doch große Beliebtheit im Volk. Sie förderte die christliche Bewegung, die der dänische Theologe Nikolai Frederik Severin Grundtvig (1783–1872) ausgelöst hatte, und war sehr an der Literatur interessiert. 1815, mit 19 Jahren, heiratete sie den dänischen Kronprinzen Christian (1786–1848), der sich von seiner ersten Frau hatte scheiden lassen, weil sie wohl ein intimes Verhältnis mit ihrem Gesangslehrer gepflegt hatte. Er teilte die künstlerischen Interessen Caroline Amalies. 1839 bestieg er den Thron. Die liberalen Kräfte in Dänemark erhofften sich von ihm Reformen, fühlten sich dann aber enttäuscht. Er starb kurz vor Beginn des Revolutionsversuchs von 1848.

Christian VIII. und Caroline Amalie pflegten seit 1842 in jedem Sommer einige Wochen in Wyk auf Föhr zu verbringen. Mit der Gründung dieses Seebades hatte im Jahre 1819 ein neues Zeitalter für Nordfriesland begonnen. Dass der Fremdenverkehr später einmal die wichtigste Erwerbsquelle der Region werden sollte, ahnte damals kaum jemand. Bis weit ins 18. Jahrhundert hinein war das Meer allgemein als feindliches und gefahrenvolles Element angesehen worden. Im Zuge einer Bewegung „zurück zur Natur“ wurden sodann Meer und Küste zögernd als Landschaft mit eigenen Reizen entdeckt, und fortschrittliche Mediziner erkannten dem Meerwasser und -klima Heilkräfte zu. Nach dem Vorbild Englands entstanden bald die ersten Seebäder in Deutschland: Heili-

Im Sommer 1842 wurde dem dänischen König Christian VIII. und seiner Frau in Wyk ein festlicher Empfang bereitet, wie auf dieser Lithografie von Sievert Steenbock (1822–1904) zu sehen ist. Vom Raddampfer „Eider“ aus wird das Königspaar eine Ehrenpforte durchschreiten. Eine große Menschenmenge hat sich eingefunden, Frauen in Föhrer Tracht haben am Weg in den Ort Spalier gebildet. Zahlreiche dänische Fahnen flattern im Wind.

Quelle: Sammlung Nordfriisk Instituut

gendamm bei Doberan in Mecklenburg war 1794 das erste an der Ostsee, an der Nordsee folgte 1797 die ostfriesische Insel Norderney. Wyk wurde das erste Seebad an der „Westsee“ Schleswig-Holsteins, einmal abgesehen von einer 1818 gegründeten kleinen, bald aufgegebenen Anstalt in Tönning. Für das nach einer dänischen Königstochter benannte „Wilhelminen-Seebad“ Wyk warb man 1824 mit einem Wort des schottischen Schriftstellers Walter Scott, das Hans Christian Andersen in seinem Roman zitiert: Zwei Dinge gebe es im Universum, die schwerlich ihresgleichen finden: die Sonne am Himmel und die Nordsee auf Erden (S. 158).

In Deutschland machte Heinrich Heine die Nordsee literaturfähig: „Ich liebe das Meer wie meine Seele.“ Heine besuchte neben Norderney auch die Insel Helgoland, die 1826 ebenfalls zum Seebad wurde. Vielleicht berichtete er Ander-

Der Sandwall in Wyk um 1900
Quelle: Sammlung Nordfriisk Instituut

sen davon, als sich beide in Paris trafen. In Wyk zählte man im Gründungsjahr 61 Gäste. 1820 kamen 102, aber erst um 1840 konnte das zweite Hundert übersprungen werden. Ferien, eine Urlaubsreise gar, das war damals eine Angelegenheit einer kleinen privilegierten Schicht. In besonderem Glanz konnte sie sich in Wyk sonnen, als in den Jahren 1842 bis 1847 das dänische Königspaar den kleinen Ort als Sommersitz erkor. Jeweils für mehrere Wochen residierten die Hoheiten mit einem etwa 80 Personen umfassenden Hofstaat in dem Nordseebad. Standesgemäße Gebäude wurden in dieser „Königszeit" errichtet, das gesellschaftliche Leben und der Wohlstand der Einwohner hoben sich, die Zahl der Sommergäste wuchs auf etwa 1000. In Hafennähe legte man einen „Königsgarten" an. Besonders gern promenierten die Hoheiten mit Blick auf die Kette der Halligwarften am „Sandwall", wie die Uferpromenade genannt wurde. Dessen Schatten spendende Ulmen hatte der Landesherr dem jungen Seebad zum Geschenk gemacht.

Der dänische König Christian VIII. und seine Frau Caroline Amalie
Quelle: Wikipedia

Dorthin also lud das dänische Königspaar Hans Christian Andersen im August 1844 ein. Dies war ganz gewiss höchst ehrenvoll. Und doch nahm der Dichter die Einladung nicht nur begeistert auf. Er schrieb seinem väterlichen Freund Jonas Collin, Finanzdeputierter und Geheimer Konferenzrat in Kopenhagen: „Es ist also nichts zu wollen, ich muss los, ohne Rücksicht darauf, dass meine Finanzen diese Reise ganz und gar nicht ertragen; es hat mich daher einigermaßen verstimmt, ungeachtet, dass ich mich sonst wohl durch diese Gnade geschmeichelt fühlen müsste." Seine Geldsorgen erwiesen sich später als unbegründet, das Königshaus ersetzte ihm die Reisekosten. Natürlich konnte er sich kaum eine größere Anerkennung wünschen als die Einladung durch das Königspaar. Und erstmals würde er die ihm bis dahin unbekannte Nordseeküste erleben. In seinem zwei Jahre später geschriebenen Buch *„Märchen meines Lebens"* (deutsch bereits 1847, dänisch erst 1855) hielt er fest: „Ich sollte auf diese Weise ganz unerwartet eine in der Heimat für mich fremde

Natur zu sehen bekommen; ich war glücklich über die Gnade meines Königs und meiner Königin."

So machte er sich auf die Reise, die mit mancherlei Beschwerden begann. Über die Anfahrt schrieb er im Rückblick: „die unbehaglichste, die ich auf meinen vielen Fahrten erprobt habe". Nach der stürmischen Schifffahrt von Assens auf Fünen gelangte er nach Flensburg und stieg im Hotel „Stadt Hamburg" ab. Bereits um 2 Uhr nachts am 29. August 1844 bestieg er die Kutsche nach Dagebüll, um noch die Fähre zu erreichen. Denn die Wege, so hatte man ihm berichtet, sollten sich in einem fürchterlichen Zustand befinden. Trotz seiner finanziellen Enge leistete er sich die „Extrapost": eine Kutsche, die manchen Komfort bot, außerhalb des normalen Fahrplans verkehrte und jeweils „Vorfahrt" beanspruchen konnte.

Gleich neben Flensburg „öffnet sich die einsame Heide; ich reiste in der mondhellen Nacht über sie hin, allein die Reise geht auf der Heide langsam, nur die Wolken flogen schnell; einförmig ging es durch den tiefen Sand, einförmig pfiff ein Vogel im Heidekraut." Etwa bei Leck und Stadum wird Andersen auf die Sprache aufmerksam. Die Menschen sprechen großenteils Süderjütisch, auch „Plattdänisch" genannt. „Ja, das können wir alle hier", bedeutet man ihm, „aber im nächsten Dorf, da fängt das Friesische an!"

Solange wie möglich war man auf der trockenen Geest geblieben, dann aber gab es keinen anderen Weg mehr: „Nun kam das Marschland; der fortwährende Regen hatte Wiesen und Kornfelder zu großen Seen verwandelt, die Dämme, auf denen man fuhr, waren wie Moorgrund, die Pferde sanken tief hinein; an mehreren Stellen musste der leichte Wagen von den Bauern unterstützt werden, um nicht auf die niedrigen Häuser unten am Damme zu stürzen. Mehrere Stunden gingen über jede Meile hin – endlich lag die Nordsee mit ihren Inseln vor mir." Immer wieder klagten Reisende um diese Zeit über die erbärmlichen Wegeverhältnisse. Andernorts gab es bereits erste befestigte Chausseen. Bevor die ersten in Nordfriesland angelegt wurden, sollten noch einige

Jahre vergehen. Die Eisenbahn hielt sodann 1854 mit der Linie Tönning–Husum–Flensburg Einzug.

Die Marsch fasziniert Andersen trotz aller Widrigkeiten. „Die Wiesen standen unter Wasser, sodass sie wie richtige Seen aussahen. Das Ganze kam mir wie etwas Finnisches vor." Endlich trifft die „Extrapost" in dem Fährhafen Dagebüll ein. Sage und schreibe elf bis zwölf Stunden sind seit der nächtlichen Abreise in Flensburg vergangen, für eine Strecke von etwa 50 Kilometern! Andersen ist ermattet, und in dieser Stimmung lässt er an dem kleinen Dorf kein gutes Haar: „Dagebüll ist das erbärmlichste Loch auf der Welt." Und grollend notiert er: „Unfreundliche Menschen!" Endlich kann er die Fähre besteigen, und die Stimmung bessert sich: „... der Wind war günstig, und in kaum einer Stunde gelangte ich nach Föhr hinüber, welches mir nach der beschwerlichen Reise wie ein wahres Feenland erschien." Welch eine märchenhafte Beschreibung der Insel Föhr! In seinem Tagebuch hielt er fest: „Die Insel sieht freundlich aus, die Stadt reinlich!"

Andersen erhält ein angenehmes Quartier in der Großen Straße, Nummer 16. Noch am Ankunftstag wird er für den Abend vom Königspaar eingeladen. Christian und Caroline Amalie residierten im „Königshaus", einem für die Wyker Verhältnisse stattlichen Gebäude, ebenfalls an der Großen Straße gelegen, an der Ecke zur Königstraße. Zufrieden berichtete Andersen in einem Brief an Jonas Collin: „Gleich nach meiner Ankunft wurde ich aufgefordert und war den ganzen Abend bei beiden Majestäten, die höchst gnädig waren; seitdem bin ich jeden Mittag zur Tafel gewesen und am ersten Tag hatte ich meinen Platz direkt gegenüber dem König und der Königin, die sich viel mit mir unterhalten haben. ... Ich habe meine Märchen dem König vorlesen müssen, und er sagte mir immer etwas Freundliches." Ungeteilte Freude allerdings gibt es nur selten bei Hans Christian Andersen – und er fügt hinzu: „Gott weiß, wie lang all dieser Sonnenschein währt, es scheint mir oft wie ein Traum, und sicherlich erwache ich bald!"

In der Großstraße 16 in Wyk wohnte der Dichter während seines Aufenthalts; heute befindet sich hier die Tageszeitung „Der Insel-Bote". Foto: Thomas Steensen, 2013

Gedenktafeln in deutscher und dänischer Sprache am Haus Großstraße 16 erinnern an den Aufenthalt Hans Christian Andersens. Foto: Thomas Steensen, 2010

Diese Lithografie von Sievert Steenbock aus dem Jahre 1843 zeigt das „Königshaus“ an der Ecke Große Straße und Königstraße. Hier nahm das dänische Königspaar jeweils im Sommer 1842 bis 1847 Quartier. Der Danebrog, die dänische Fahne, flattert im Wind. Man sieht Offiziere in roten und blauen Uniformen, vornehme Männer mit Zylindern und fein gekleidete Damen, aber auch Einheimische, zumeist Frauen in friesischer Tracht. Das „Königshaus“ wurde zwar in traditioneller Föhringer Art erbaut, weist aber zwei Giebel und Markisen an den Fenstern auf. Im Anbau befand sich hinter großen Fenstern der Saal, in dem Feste gefeiert wurden und in dem die Herrschaften wohl auch dinierten.

Quelle: Sammlung Nordfriisk Instituut

Der Sonnenschein jedoch hielt an, in jeder Beziehung. Andersen fühlte sich wohl auf Föhr, das er sehr günstig beschrieb, und sonnte sich in der Gunst der Majestäten: „Die größte Stadt, Wyck, wo sich die Bäder befinden, ist ganz holländisch gebaut, alle Häuser haben nur eine Etage, mit schrägem Dach und dem Giebel nach der Straße zu, aber die vielen Fremden und der Hof gaben der Hauptstraße eine eigene Lebendigkeit; fast aus jedem Hause schauten bekannte Gesichter hervor, die dänische Flagge wehte, Musik ertönte. Ich war bald einquartiert; jeden Tag bis zur Abreise der Majestäten hatte ich die Ehre, von ihnen zur Tafel gezogen zu werden, so wie an jedem Abend in ihrem Kreis zu sein; mehrere Abende las ich dem König und der Königin meine Märchen vor, und beide waren gnädig und liebreich gegen mich. Es tut so wohl, das edle Menschliche sich da offenbaren zu sehen, wo man sonst nur die Königskrone und den Purpurmantel erblickt. Wenige Menschen können im Privatleben liebenswürdiger sein als das regierende dänische Königspaar. Gott erfreue und segne sie, gleichwie sie meine Brust mit Freude und Sonnenschein erfüllt haben!" Besonderes Gefallen fand der König an den Märchen „Die Nachtigall" und „Der Schweinehirt", die Andersen an mehreren Abenden vorlesen musste.

Große Freude bereitete ihm das Baden in der Nordsee, mehrfach schon in morgendlicher Frühe. Darüber berichtet er in einem Brief an Edvard Collin: „Ich habe jeden Tag gebadet, und ich muss sagen, es ist das unvergleichlichste Wasser, in dem ich gewesen bin. Es ist so salzig, dass die Tränen einem aus den Augen laufen, wenn man heraufkommt. Das Blut wird in die wunderbarste Bewegung versetzt, man brennt den ganzen Tag wie Feuer." Anschaulich beschreibt er, wie man damals von einem Badekarren aus badete: „Es ist auch vergnüglich arrangiert, man kommt in ein kleines Ba-

Badekarren am Strand am Ende des 19. Jahrhunderts
Quelle: Sammlung Nordfriisk Instituut

dehäuschen hinein und während man sich auszieht, reitet ein Knecht ein Pferd, welches das ganze Haus weit ins Meer hinauszieht. Wenn dieses steigt, wird man hereingeholt; neulich kam die See so schnell, dass die Wellen direkt zu mir hereinschlugen. Ich musste die Flagge setzen, um den Knecht zu veranlassen, mich weiter hereinzuholen." Andersen gehörte übrigens zu den damals recht wenigen, die schwimmen konnten. In Kopenhagen hatte er Unterricht genommen.

Abwechslung brachte ein Ausflug auf die Hallig Oland, der für seinen Roman „*Die beiden Baroninnen*" besonders bedeutsam werden sollte. Mit dem königlichen Dampfschiff „Kiel" fuhren das Königspaar und etwa 50 Personen im Gefolge hinüber nach Oland. Aus der Ferne hatte Andersen die Hallig schon auf der Überfahrt von Dagebüll gesehen und er freute sich darauf, dieses eigenartige Eiland nun aus der Nähe betrachten zu können. Wegen des seichten Wassers musste man in die Ruderboote umsteigen und sich auf dem letzten Stück dem Rücken der Matrosen anvertrauen. Andersen war in das letzte Boot geraten, und als er endlich die Hallig betrat, machten sich manche der Herrschaften schon wieder bereit zum Aufbruch. Der Dichter beeilte sich nun,

Die Hallig Oland heute *Foto: Thomas Steensen, 2015*

Kirche und Glockenturm auf Hallig Oland um 1930
Quelle: Sammlung Ernst C. Payns, Nordfriisk Instituut

wenigstens einen oberflächlichen Eindruck zu gewinnen, sprang über Priele, rutschte auf dem glatten Halligboden aus, ärgerte sich über die ganze Situation – und stand plötzlich erhitzt vor dem König. Der forderte ihn freundlich auf, sich Zeit für die Erkundung der Hallig zu nehmen, mit den Menschen zu sprechen; ein Boot werde ihn später abholen.

Die Halligen sind niedrige Marschinseln im nordfriesischen Wattenmeer, die nicht durch hohe Deiche geschützt sind. Die Menschen wohnen auf Warften, künstlichen Erdhügeln, die bei Sturmfluten Schutz bieten sollen. Das Halligland wird jedes Jahr mehrfach überflutet, man nennt dies „Landunter". Oland ist die nördlichste Hallig. Zwar wird sie als Insel schon 1231 im „Erdbuch" des dänischen Königs Waldemar II. erwähnt, doch sind die heutigen Halligen erst nach den Sturmfluten von 1362 bzw. 1634 durch die Ablagerung von Sedimenten entstanden.

Heute wohnen auf Oland auf einer einzigen dorfartigen Warft etwa 20 Menschen. Bei der ersten Volkszählung im Jahre 1769 hingegen wurden noch 269 Einwohner registriert.

Ein Schiffsmodell in der Kirche auf Oland erinnert an die Seefahrtsepoche der Hallig. *Foto: Thomas Steensen, 2015*

Die Seefahrt brachte einen gewissen Wohlstand, aber deren Rückgang ab etwa 1800 ließ die Bevölkerungszahl schrumpfen. Das Meer nagte an der Hallig. Zunächst gab es drei Warften auf Oland, doch die Kirchwarft musste zu Beginn des 19. Jahrhunderts aufgegeben werden. Die neue, noch heute bestehende Kirche wurde 1824 auf der Hauptwarft errichtet. Als Hans Christian Andersen 1844 hierher kam, ragten noch „Trümmer von Särgen und menschliche Gebeine aus dem Boden“ (S. 111). Keike zeigt im Roman Elisabeth den alten und den neuen Friedhof, in ihrer Schürze sammelt sie Knochen und will sie auf den neuen Kirchhof bringen, „damit sie ruhen konnten, bis das Meer sie erneut erreichen würde“. Wohl bald schon nach Andersens Besuch ging auch die Warft „Piepe“ verloren.

Aus Andersens Erinnerungen wird deutlich, wie sehr die Halligwelt den Dichter beeindruckte: „Die großen Wellen haben das Festland in Inseln verwandelt, diese wieder zerrissen und Menschen und Dörfer begraben; Jahr für Jahr werden neue Stücke fortgerissen, und nach einem halben Jahrhundert

Fething auf Hallig Oland, in ihm wurde Regenwasser für das Vieh gesammelt *Foto: Thomas Steensen, 2015*

wird hier nur Meer sein. Die Halligen sind jetzt nur flache Inselchen mit einer dunkeln Rasendecke, wo einige Schafherden grasen; steigt das Meer, so werden diese auf den Boden des Hauses hinaufgetrieben und die Wogen wälzen sich über das kleine Land, welches meilenweit von der Küste entfernt liegt. Oland, welches wir besuchten, enthält eine kleine Stadt, die Häuser dicht beisammen, als wollten auch diese sich in der Not dicht aneinanderschließen; sie sind alle auf einer Balkenlage errichtet und haben kleine Fenster, wie in einer Schiffskajüte. Hier in der kleinen Stube sitzt die Frau mit ihren Töchtern am Spinnrade einsam das halbe Jahr hindurch; dort findet man immer eine kleine Büchersammlung, ich fand dänische, deutsche und friesische Bücher. Die Leute lesen und arbeiten, und das Meer steigt rings um das Haus, welches einem Wracke gleich in der See liegt; zuweilen treibt ein Schiff in der Nacht dorthin, glaubt das Licht von einem anderen Fahrzeuge zu erblicken und strandet. Die Sturmflut im Jahre 1825 spülte Häuser und Menschen fort, halbnackt saßen sie nächte- und

tagelang auf Dächern, bis diese versanken, von Föhr oder dem Festland konnte ihnen keine Hilfe gebracht werden; der Kirchhof ist halb weggespült, Särge und Leichen sind durch die Brandung von der Erde entblößt worden, es ist ein erschütternder Anblick. Und doch lieben die Halligbewohner ihre kleine Heimat; sie können es auf dem Festlande nicht aushalten, sondern werden von Heimweh zurückgetrieben. Wir fanden nur einen einzigen Mann auf der Insel und auch er war erst kürzlich vom Krankenlager aufgestanden, die anderen waren auf längeren Seereisen; nur Mädchen und Frauen empfingen uns." Ganz ähnlich beschrieb um diese Zeit ein anderer Schriftsteller, Theodor Mügge, die Verbundenheit der Halligleute mit ihrem Land: „Selbst der Bewohner der Blumentäler Indiens hängt nicht mit solcher Liebe an seiner schönen Heimat wie der Halligbewohner an seinem Eiland."
Drei Bemerkungen zu Andersens Beobachtungen:

– Er erwähnt die Sturmflut von 1825. Damals waren von den insgesamt 937 Bewohnern der Halligen, die auf ihren Warften eine wahre Schreckensnacht durchlebten, 74 der Sturmflut zum Opfer gefallen. Die Überlebenden mussten tagelang hungern und frieren. Nur 21 von insgesamt 339 Häusern waren nach der Flut bewohnbar geblieben, auf Oland nur drei von 36. Nach der Sturmflut setzte eine Welle der Hilfsbereitschaft ein. König Friedrich VI., Vorgänger Christians VIII., ordnete eine Kirchenkollekte und Haussammlung im Königreich und in den Herzogtümern an. Im Sommer besichtigte er die Flutschäden. Die Stube, auf der er auf der Hooger Hanswarft nächtigte, erhielt den Namen „Königspesel". Auf Föhr erinnert das „Monument" an der Chaussee zwischen Wyk und Nieblum an den Besuch des Königs.

– Andersen glaubt, dass die Halligen „nach einem halben Jahrhundert" verschwunden sein würden, also am Ende des 19. Jahrhunderts. So ist es nicht gekommen, wie wir wissen. Tatsächlich wurden aber die Flächen zunächst immer kleiner, denn die Halligkanten waren noch nicht gesichert und brachen immer weiter ab. Bald wurden grundsätzliche Überlegungen über die Zukunft der Halligen angestellt. Manche wollten sie nur noch als „salze Gräsung“ von den Inseln und vom Festland aus nutzen, also unbewohnt lassen. Weitblickende maßen den kleinen Inseln die Bedeutung von Wellenbrechern für das Festland zu. Am Ende des 19. Jahrhunderts wurde dann mit einem umfassenden Halligschutzprogramm begonnen.

– Er erwähnt „friesische Bücher“, aber solche gab es damals kaum. Vielleicht handelt es sich um eine Verwechslung mit niederländischen.

Aus der eigentümlichen Welt der Halligen kehrt Andersen zurück auf das königliche Dampfschiff, wo zunächst vorzüglich diniert wird. Dann verwandelt man das Schiffsdeck in einen Tanzsaal. Andersen zählt zu den Nichttänzern. Er wird nun um ein Stegreifgedicht auf das Königspaar gebeten und deklamiert: „Vom Meere eine Perle heim wir bringen, / Die Perle der Erinnerung voller Poesie, / In ihr wird tief bewegt das Herz uns klingen. / Mild steh’n die Züge unsres Königspaars darin!“

Zurück auf Föhr, wird Andersen aufmerksam gemacht auf eine Novelle, die auf den Halligen spielt: *„Die Hallig oder die Schiffbrüchigen auf dem Eiland in der Nordsee“*, verfasst von Johann Christoph Biernatzki (1795–1840), früher Pastor auf Hallig Nordstrandischmoor. Das Buch erschien 1835, in zweiter Auflage 1840. Andersen liest es sofort und ist vor allem von der Naturschilderung angetan. Auf einem Spaziergang lässt er sich durch den Landvogt von Osterland-Föhr, Hieronymus von Dorrien (1796–1858), genauer unterrichten über die Halligen und die Kulturgeschichte der Region. Der Landvogt erwähnt zum Beispiel, dass die Menschen hier eine eigene Sprache sprechen: „Es ist Friesisch, verwandt mit dem Englischen.“ Er erzählt von Kapitänen, die von hier auf „Grönlandfahrt“ zum Walfang gingen und die man Kommandeure nannte. Der Landvogt berichtet ihm von der friesischen Wohnkultur mit Fliesen, Alkoven, Bilegger. Und er erklärt dem Dichter die Volkstracht.

Andersen unternahm auch eine Rundfahrt über die Insel, besuchte Gottesdienste in St. Nikolai in Boldixum bei Wyk

In den Amrumer Dünen *Foto: Thomas Steensen, 2012*

und nahm zum Beispiel an einem Strandfest teil. Gegen Ende des Aufenthalts führte ein Ausflug auf die Nachbarinsel Amrum. Schon auf der Rückfahrt von Oland war Andersen fasziniert, als er im Mondschein „die Vorgebirge auf Amrom" sah, die sich „wie eine schneebedeckte Alpenkette" ausnahmen. Der König jagte auf der Insel Kaninchen, Andersen hingegen ging auf Jagd nach Ansichten: „Zur Ebbezeit zieht sich das Meer zwischen Föhr und Amrom ganz zurück, dann fährt man mit Wagen von der einen Insel zur andern; doch muss man die Zeit wohl abpassen und die Richtung genau kennen, denn kommt die Flut, so sind die Fahrenden ohne Rettung verloren; wenige Minuten nur, und wo eben erst trockenes Land war, da können große Schiffe segeln. Wir sahen eine ganze Reihe von Wagen von Föhr nach Amrom fahren; auf dem weißen Sand und gegen den blauen Horizont schienen sie doppelt so groß zu sein, aber ringsherum waren, einem Netze gleich, die Wasserflächen ausgespannt, als hielten sie den Sandboden fest, welcher dem Meere angehörte und bald wieder von demselben überspült werden sollte. Bei den Vorgebirgen wird man veranlasst, an den Aschenkegel des Vesuv zu denken, auch hier versinkt man bei jedem Schritt, das steife Moorgras kann die lose Erdschicht nicht zusammenhalten; die Sonne brannte zwischen den weißen Hügeln, es war wie eine Wanderung durch den Sand Afrikas. In den Tälern zwischen den Hügeln wuchs eine eigene Art von Rosen und das Heidekraut blühte, an anderen Stellen gab es durchaus keine Vegetation, nur den nassen Sand, in welchem die Woge ihren Abdruck hinterlassen hatte; das Meer hatte bei seinem Zurücktreten seltsame Hieroglyphen geschrieben." Die Insel Amrum war damals noch gar nicht touristisch erschlossen, der Fremdenverkehr setzte erst um 1890 ein.

Wieder auf Föhr angekommen, trat König Christian an Andersen heran: „Ach, dass die schönen Tage jetzt schon vorbei sind." Der Dichter erwiderte: „Ja, ich muss dasselbe sagen, Euer Majestät, es steht in der Bibel, dass, wenn man ein himmlisches Brot genossen hat, das irdische nicht mehr schmeckt!" Ferien auf Föhr – ein „himmlisches Brot"!

Am 9. September 1844 verließ Hans Christian Andersen die Insel, wo er zwölf märchenhafte Ferientage verbracht hatte. Im Anschluss besuchte er die Herzogin von Augustenburg, die ihn auf Föhr mehrfach zu sich eingeladen hatte. Im Schloss auf der Insel Alsen wird noch viel von den Tagen auf der Insel gesprochen. Die Herzogstöchter stellen Andersen die Aufgabe, in wenigen Minuten einige Zeilen zu schreiben, die vom schönen Leben am Wattenmeer handeln. Andersen notiert:

Jeg raader enhver baade Qvinde og Mand,
At reise til Föhr og det strax paa Stand.
Det er langt bedre end han tør haabe.
Jeg veed man vil strax en Vibat raabe.
Og er man saa sort, som en Skorstensfeier,
Man smukt sig i Vandet neier og dreier.
Ja rejs dog til Föhr, det bliver mit Raad.
Det er jo dog ei en forfærdelig Daad.
Vel skal du ei Marskveiens Qvaler smage,
Men see ikke frem, see ikke tilbage.
Kun frejdig og modig til Glædens Land
Det svømmer i, hvad mit Digt er: Vand!

In der von Jens Andersen verfassten Biografie findet sich die folgende deutsche Übertragung des Stegreifgedichts:

Jedem Mann rat ich und jeder Frau,
Nach Föhr zu reisen, ganz genau.
Am Strand, da wird man schnell zum Neger,
Man wird so schwarz wie'n Schornsteinfeger.
Ja, reist nach Föhr, das ist mein Rat.
Das wäre wahrlich eine gute Tat.
Des Weges Qual bereitet freilich Zorn,
Doch – schaut nicht zurück, schaut nicht nach vorn,
Schaut hin zum Land des Glücks, wie es da liegt im Licht,
Es schwimmt im Wasser, so wie mein Gedicht!

Abgesehen davon, dass sie nicht vollständig ist, weicht die Übertragung auch inhaltlich vom Original ab und wird der historischen Wirklichkeit nicht gerecht. Denn zu Andersens Zeit nahm man kein Sonnenbad, wurde nicht zum „Neger". In Andersens Vers heißt es dagegen, wenn man schwarz sei wie ein Schornsteinfeger, könne man sich im Wasser der Nordsee reinigen. Und im Original schwimmt das Gedicht nicht im Wasser, sondern es ist selbst Wasser, also flüchtig und vergänglich.

Bei seinem Besuch im Schloss Augustenburg spürte Andersen aber auch etwas von dem aufkommenden nationalen Gegensatz zwischen Deutsch und Dänisch im Herzogtum Schleswig. Schon auf Föhr hatte er den Prinzen Friedrich von Noer kennengelernt, Statthalter von Schleswig-Holstein. Er sollte später eine besondere Rolle spielen, denn er gilt als Leiter des Militärcoups vom 24. März 1848, mit dem die Erhebung gegen Dänemark begann. Über die deutschen Schleswig-Holsteiner schrieb Andersen – vor der Erhebung: „Sie fühlen in dieser Zeit der Sympathien den Drang, sich Deutschland anzuschließen, wie wir, uns an Skandinavien anzuschließen; lasst jeden das Seine tun!" Als man dann über die schleswig-holsteinische Fahne im Gegensatz zur dänischen sprach, brachte der Dichter seine Haltung in folgenden Zeilen zum Ausdruck: „Jeder liebt seine Farbe nach Ort und Zeit, / Ich kann sie alle gut leiden. / Doch hab' ich gelernt in der Kinderzeit / Zu lieben die roten und weißen!"

Mit „rot und weiß" ist die dänische Fahne, der *Danebrog*, gemeint. In diesen Zeilen zeigt sich eine bemerkenswert tolerante Haltung, vaterländisch dänisch, aber verbunden mit Verständnis für das nationalpolitische Gegenüber. Der aufkommende ausgrenzende, feindselige Nationalismus ist dem feinfühligen, weit gereisten Hans Christan Andersen fremd. Eine ganz ähnliche Haltung findet sich um dieselbe Zeit bei einem Nordfriesen, nämlich dem Pastor Christian Feddersen. 1842 hatte er seinen friesischen Landsleuten ins Stammbuch geschrieben: „Jeder Mensch muss immer sein eigentümliches, von Gott ihm aufgedrücktes, Gepräge bewahren, so denn auch jedes Volk; jeder Mensch muss alles im Leben gewonnene Gute bewahren und mehren, so denn auch jedes Volk. Nicht meine ich, dass ihr eure Nachbarn verachten sollet. Das werdet ihr auch nicht tun. Nur der Unerfahrene, der Welt und Menschen durchaus nicht kennt, der immer nur in seinem engen Volkskreise sich bewegte, vermag dieses zu tun …" Mit dem „Volksfest der Nordfriesen" in Bredstedt 1844 wurden die Nordfriesen dann in die nationalpolitische Auseinandersetzung einbezogen. Andersen ist noch ganz „Gesamtstaatler", Teile seines Vaterlands sind ihm ganz selbstverständlich auch die Herzogtümer Schleswig und Holstein. Sein Roman *„Die zwei Baronessen"* sollte gerade die Vielfalt und die Weite des mehrsprachigen dänischen Gesamtstaats vor Augen führen. Doch als er das Buch 1848 abschloss, hatte gerade der Krieg um Schleswig-Holstein begonnen, der den Anfang vom Ende dieses übernationalen Staatswesens bedeutete. „Ach, der Krieg ist ein furchtbares Ungeheuer", schrieb er in einem Brief am 16. Juli 1848.

Für den Dichter gehörten die beiden sommerlichen, unbeschwerten Wochen auf der Insel Föhr zu den schönsten seines Lebens: Baden im eigenen Badekarren, Tafeln am Strand, Musik auf dem königlichen Dampfschiff, sich sonnen in der königlichen Gunst, hohes Lob aus allerhöchstem Mund. Und diese Tage in Nordfriesland fanden in seinem Roman *„Die beiden Baronessen“* einen literarischen Widerhall mit Beschreibungen und Wertungen der nordfriesischen Landschaft und Kultur, in denen sich vorgefundene Realität und Fantasie mischen und wie wir sie uns schöner nicht wünschen können.

Etwa ein Drittel des Romans spielt in Nordfriesland, vor allem auf der Hallig Oland. Aber auch Föhr, Amrum und Sylt werden in die Handlung einbezogen, die in die 1830er-Jahre zu datieren ist. Denn es sind noch Folgen der „Halligenflut“ von 1825 spürbar, und erwähnt werden der dänische König Friedrich VI. sowie am Schluss der Wechsel zu Christian VIII. im Jahr 1839. Was die geografischen Verhältnisse angeht, sind manche Irrtümer festzustellen. So bezeichnet er Oland als „größte Hallig“, was auch damals nicht zutraf. Doch handelt es sich ja nicht um eine topografische Beschreibung, sondern um einen literarisch gestalteten Roman. Geschildert wird wieder die abenteuerliche Fahrt von Flensburg an die Nordseeküste: „Die Deichwege waren so aufgeweicht und halsbrecherisch, dass man sie eigentlich nicht Wege nennen konnte“ (S. 91). Dagebüll entrinnt im Roman der garstigen Charakterisierung, die Andersen in seinen Erinnerungen festhielt, doch wohnt hier ein unfreundlicher Marschbauer, der das Gasthaus unterhält, ein echter Friese, „stolz und selbstverliebt, Monarch in seinem Haus und im Bewusstsein handelnd, dass Dagebüll der größte Ort im Umkreis von mehreren Meilen war“.

Andersen geht auf die Sprachverhältnisse und sodann auf das Volk der Friesen ein: „In der Marsch gewinnt das Friesische die Oberhand. Hier wohnt das uralte Volk der Friesen, das Herodot und Xenophon zufolge einst aus Persien auswanderte“ (S. 91). Die Erwähnung durch Herodot entspricht nicht den Tatsachen, aber bemerkenswert ist das Bild, das Andersen von den Friesen entwirft: ein „uraltes Volk“ mit einer großartigen, dramatischen Geschichte, geprägt von der Lage an der Nordsee. Andersen vergleicht die Friesen mit den Schotten, deren abenteuerliche Geschichte Walter Scott (1771–1832) in seinen Romanen literarisch gestaltet hat. Dessen Werke liest man sich nun im Pastorat auf Hallig Oland vor und kommt zu dem Ergebnis: „Angesichts der vielen Geschichten und Sagen des friesischen Volkes und des ganzen Lebens an dieser Küste und auf den Inseln bedauerte man, dass diese Gegend keinen Walter Scott hervorgebracht habe, dass sich unter den Friesen kaum ein Dichter finden lasse. ‚Ja, hier ist Stoff‘, bestätigte Moritz, ‚aber er liegt noch wie Marmor im Berg und wartet auf den Bildhauer. Vor Homer gab es viele Helden, heißt es ja, aber die Welt weiß nichts von ihnen!‘“ (S. 124)

Die Geschichte Nordfrieslands also erscheint Hans Christian Andersen wie „Marmor im Berg“, würdig, von einem Homer oder Walter Scott bearbeitet zu werden! Der Roman ist angefüllt mit Stoffen aus der friesischen Geschichte und Sagenwelt. Andersen erwähnt bereits den Grütztopf, den die Nordfriesen als ihr „Emblem“ führen; nur vier Jahre vor dem Erscheinen des Romans war das Nordfriesen-Wappen mit diesem Symbol wohl erstmals gezeigt worden, beim Volksfest der Nordfriesen in Bredstedt am 10. Juni 1844, also nur wenige Wochen vor Andersens Besuch auf Föhr. Erzählt wird auch vom Schicksal des Sylter Dorfes Rantum, das sowohl vom Dünensand als auch von der Nordsee bedrängt wurde. Die Sage der treuen Ose von Sylt spielt eine besondere Rolle. Ose erscheint in Andersens Roman als Großmutter der auf Oland lebenden Kommandeursfrau Levsen. Oses Ehemann hatte im Streit einen Kontrahenten getötet, doch seine Frau hielt zu ihm. Ganz ähnlich hält im Roman Elisabeth zu ihrem Geliebten Elimar, der im Jähzorn einen Seemann erschlagen haben soll. Solche Geschichten gibt es mehrere aus Nordfriesland, im Roman wird dies geradezu auf eine friesische Charaktereigenschaft zurückgeführt: „‚Elimar gleicht seinem Stammvater‘, erklärte die alte Frau. ‚In ihm fließt Friesenblut. Sein Stammvater konnte auch auf-

Die älteste Fahne mit dem Nordfriesen-Wappen befindet sich heute im Nordfriisk Instituut in Bredstedt. Quelle: Nordfriisk Instituut

brausen und wie das Meer schäumen und toben, aber auch tief und klar sein. Er erschlug einen andern Friesen; auch er vergoss Blut'" (S. 146).

Die Sage vom gotteslästerlichen Ort Rungholt wird im Roman der Magd Keike in den Mund gelegt, die sie Elisabeth erzählt und diese damit zugleich ängstigt, fasziniert und inspiriert. Andersen führt das Rungholt-Motiv damit als Erster in die moderne Literatur ein. Es geht zurück auf Anton Heimreichs *„Nord-Fresische Chronick“* aus dem Jahr 1666, die 1819 von Nikolaus Falck neu herausgegeben wurde. Andersen fand den Stoff vermutlich in der Sammlung schleswig-holsteinischer Sagen, publiziert 1845 durch Karl Müllenhoff, der sein Material in diesem Fall von Theodor Storm erhalten hatte. Die von Keikes Erzählungen inspirierte Elisabeth entwirft in der Romanhandlung später tatsächlich eine „kleine Novelle“, in der sie den Stoff leitmotivisch für ihre eigene Geschichte und die ihrer Liebe mit Elimar gestaltet (S. 191 und 230). Was sie auf Oland hörte und erlebte, macht sie also in Kopenhagen zur Dichterin. Mehr als zwei Jahrzehnte später hat dann Theodor Storm die Rungholt-Sage in seiner Novelle *„Eine Halligfahrt“* (1871) erzählt und sie symbolisch in die Handlung eingefügt.

Die meisten Namen in Andersens Roman sind friesisch, er hat sie wahrscheinlich schon bei seinem Föhr-Aufenthalt „gesammelt“. Der alte Kommandeur auf Hallig Oland etwa heißt Momme Levsen, das Dienstmädchen des Pastors Keike, ein Föhrer Seemann trägt den Namen Nickels, ein anderer Schiffsjunge heißt Jes Jappen.

Andersen schildert manche Sitten und Bräuche Nordfrieslands. Man schimpft in der Dagebüller Wirtsstube, als dichter Nebel eine Überfahrt unmöglich macht, über neue Moden und hält die alten friesischen Sitten hoch. Der Dichter erkennt und beschreibt Besonderheiten friesischer Wohnkultur und sieht hier ein geeignetes Motiv für einen „Genremaler“ (S. 102). Wir müssen uns vor Augen führen, dass bis dahin so gut wie kein Kunstmaler jemals eine friesische Stube als Motiv gewählt hatte! Die Entdeckung der friesischen Inseln und Halligen durch Maler setzte erst im späteren 19. Jahrhundert ein. Hans Christian Andersen aber erkannte bereits, welche Schätze hier in Nordfriesland verborgen lagen – für Schriftsteller, Historiker und eben auch für Kunstmaler.

Neben der Kultur würdigt er die Natur an der friesischen Nordseeküste und insbesondere auf den Halligen, die er die „stillen Inseln in der stürmischen Nordsee“ nennt (S. 88). Die Schwester des Halligpastors kommt zu dem Ergebnis: „Wie sind die großen Städte mit ihren Gesellschaften und Schauspielen doch arm gegen das harmonische Zusammenleben in dieser Einsamkeit, gegen das Schauspiel, das Meer und Himmel hier jeden Tag und jeden Abend veranstalten“ (S. 131). Eindrucksvoll lässt er die Halligbewohnerin Keike die von der Nordsee drohende Gefahr beschreiben: Das Meer „kann das Haus und uns und alle Inseln wegspülen! Das wird einmal geschehen, aber bis dahin können noch hundert Jahre vergehen“, doch könne es auch schon in der nächsten Nacht geschehen (S. 114).

Welche Gefahr von der Nordsee ausgehen kann, wenn man unvorsichtig weit hinausgeht, beschreibt Andersen ebenfalls höchst eindrucksvoll: Elimar und Elisabeth haben einen Ausflug nach Amrum gemacht, sie suchen Bernstein, sammeln Muscheln und Steine, Elimar will noch Fische fangen. Da werden sie von der Flut und aufkommendem Nebel überrascht und entgehen nur mit knapper Not dem Ertrinken (S. 126–129).

Nur knapp zwei Wochen seines 70 Jahre währenden Lebens hielt sich Hans Christian Andersen in Nordfriesland auf. Doch es handelte sich um eine wichtige Zeitspanne in seinem märchenhaften Leben. Nordfriesland, die Welt seiner Inseln und Halligen hat den feinfühligen Dichter tief beeindruckt. Mit seinem Roman *„Die zwei Baronessen"* führte er die Halligen und die friesische Kultur als Erster in die große Literatur ein, eine bis dahin weithin unbekannte Welt.

Verbindungen mit Nordfriesland

Doch es gibt noch andere Anknüpfungspunkte zwischen Andersen und der Region Nordfriesland. Einen davon finden wir in einem Porträt von 1836, das zu den bekanntesten Bildern des Märchendichters zählt. Dieses Gemälde stammt von einem nordfriesischen Maler, geboren in Bredstedt. Christian Albrecht Jensen (1792–1870) zählte zu den bedeutendsten Porträtisten seiner Zeit. Er malte viele bekannte Persönlichkeiten in Dänemark und darüber hinaus. Sein Porträt des Naturwissenschaftlers und mathematischen Genies Carl Friedrich Gauß schmückte den letzten deutschen Zehn-Mark-Schein. Als das Porträt des Dichters, im Original etwas kleiner als ein DIN-A4-Blatt, entstand, war Andersen gerade 31 Jahre alt. Im Vorjahr waren sein erster Roman und seine ersten vier Märchen erschienen. Wir sehen auf diesem Bild einen Mann, der gerade seine ersten literarischen Erfolge verbuchen konnte und der dadurch auch der materiellen Not entronnen ist.

Andersen war mit dem von C. A. Jensen geschaffenen Porträt, das dann in sechs verschiedenen Reproduktionen ver-

Hans Christian Andersen 1836, gemalt von Christian Albrecht Jensen aus Bredstedt Quelle: H.C. Andersens Hus/Odense Bys Museer

breitet wurde, äußerst zufrieden. Er schrieb am 28. Oktober 1836 an seine Freundin Henriette Hanck in Odense: „Professor Jensen hat nun mein Porträt vollendet, es ist ganz besonders gut gelungen. Letzte Woche wurde es gezeigt im Kunstverein, und alle stellten es gleich mit Jensens berühmtem Porträt von Troels Lund, und das ist bestimmt das beste, das er gemalt hat. Die Damen saßen drum herum und betrachteten den Dichter mit ihren Gläsern, und der sieht darauf wirklich höchst genial aus – prachtvoll, finde ich. Na, ich bin froh, dass ich so auf die Nachwelt komme." Troels Lund (1802–1867) war ein damals recht bekannter dänischer Theatermaler. Christian Albrecht Jensen schuf 1847 ein weiteres Porträt des inzwischen zu Berühmtheit gelangten Dichters. Auch dieses wurde weit verbreitet. Es ist auf dem Umschlag dieses Buches zu sehen.

Über den Maler C.A. Jensen besteht also eine erste Beziehung zu Nordfriesland. Doch möglicherweise gab es eine Verbindung bereits vor Hans Christian Andersens Geburt. Ein Urgroßvater des Dichters trug den Namen Nommen Nommensen – und wohl nicht zufällig wird auch im Roman ein Holsteiner namens Moritz Nommesen genannt, der als

Vormund Elisabeths sogar eine besondere Rolle spielt. Nommen Nommensen soll 1707 geboren sein, er wird als „Holsteiner" Handschuhmachergeselle bezeichnet, heiratete 1742 und zog mit seiner Frau dann nach Odense, wo beide im Armenhaus endeten; er starb 1787. Die Angabe „Holsteiner" muss keineswegs auf eine Herkunft aus dem Herzogtum Holstein hindeuten, sie wurde damals häufig auf ganz Schleswig-Holstein bezogen. Möglicherweise wurde er in Flensburg geboren. Der Name Nommen verweist jedoch auf eine Herkunft aus Nordfriesland. Die Tochter dieses mutmaßlichen Nordfriesen Nommen Nommensen, Anne Cathrine, war jene Großmutter, die dem jungen Hans Christian besonders nahestand. Im *„Märchen meines Lebens"* beschreibt er den Abschied, als er im Alter von 14 Jahren seine Heimatstadt Odense verließ: Am Tor „stand die alte Großmutter; in der letzten Zeit war ihr schönes Haar grau geworden; sie fiel mir um den Hals und weinte, ohne ein Wort sprechen zu können; ich war selbst innig betrübt. So schieden wir. Ich sah sie nie mehr; sie starb im folgenden Jahre; ich kenne ihr Grab nicht, sie ruht auf dem Armenkirchhofe."

Das Ziel seiner Reise ist die dänische Hauptstadt, und insbesondere hier erfährt er ja dann das „Märchen seines Lebens". Vor allem seine Märchen machten ihn weltberühmt, mit denen er eine ganz neue Literaturgattung schuf: Er wandte sich an die Vorstellungskraft und Fantasie der Kinder, die damals eigentlich noch nicht recht ernst genommen wurden – und er sprach zugleich das Kind in den Erwachsenen an. Ein eifriger Leser dieser Märchen war zum Beispiel der zwölf Jahre jüngere Husumer Advokat und Schriftsteller Theodor Storm (1817–1888). In einem Brief von 1851 erwähnt er beiläufig, dass er ein entliehenes Exemplar beschädigt habe: „In den Andersenschen Märchen ist durch einen Schnitt im Finger beim Vorlesen ein Blutfleck gekommen." Storm stand zwar, wie immer wieder betont wurde, dem politischen Dänemark zeitweise scharf ablehnend gegenüber, wurde aber, was weniger bekannt ist, vor allem in seinen jungen Jahren von dänischer Literatur mitgeprägt, und zwar

Theodor Storm in den 1850er-Jahren
Quelle: Theodor-Storm-Zentrum, Husum

nicht zuletzt durch Hans Christian Andersens Werke. Storms schönste Märchendichtung, *„Der kleine Häwelmann"*, weist, so zeigt der Literaturwissenschaftler Heinrich Detering, deutliche Spuren der Andersen-Lektüre auf: „die sensible Entfaltung einer Kinderpsychologie im Märchengewand, das Spiel mit romantischer Ironie, die doppelte Adressierung dieses Märchens an kindliche wie an erwachsene Leser". Ganz unüberhörbar wird die „Andersen-Imitation" in jenem Augenblick, da der „kleine Häwelmann" zum ersten Mal durchs Zimmer fährt: „Und allmählich, leise, leise, fing es an zu rollen, über den Fußboden, dann die Wand hinauf, dann kopfüber die Decke entlang und dann die andere Wand wieder hinunter. … Es war ein großes Glück für den kleinen Häwelmann, dass es gerade Nacht war und die Erde auf dem Kopf stand; sonst hätte er doch gar zu leicht den Hals brechen können."

Andersens Werke blieben Storm zeitlebens wichtig. Noch auf dem Sterbebett bat der Dichter seine Tochter Gertrud, ihm aus dessen Roman *„O. T."* vorzulesen, in dem Andersen eine erzählende Reise durch das dänische Königreich unternimmt und in dem er von seinen lebenslangen Stigmatisierungs-Ängsten berichtet. Begegnet sind sich Andersen und

Storm wohl nicht, und auch Briefe wurden nicht gewechselt. Aber Storms Stadt Husum war dem dänischen Dichter durchaus ein Begriff; sie wird auch in seinem Roman *„Die beiden Baroninnen"* mehrfach erwähnt. Was darin für Nordfriesland und seine Geschichte erhofft wird, nämlich die Gestaltungskraft eines Walter Scott, das verwirklichte für manche Bereiche bald darauf Theodor Storm.

Vom hässlichen Entlein zum stolzen Schwan

Wie bei kaum einem anderen Autor prägte der Lebenslauf Andersens sein literarisches Schaffen. Vor allem im Frühwerk stilisiert er die kleinbürgerliche Herkunft zum immer wieder neu variierten Mythos von der Berufung zum Künstler, die allen Fährnissen des Lebens standhält. Der Glaube an diese Berufung tritt nirgends deutlicher zutage als in dem gleichnishaften Märchen vom hässlichen Entlein, das sich seiner Anlage gemäß schließlich zum strahlenden Schwan wandelt. Wahrer Adel, den Andersen sich als Künstler und durchaus im kritischen Kontrast zur tonangebenden Schicht des Hochadels zuschrieb, enthüllt sich ihm, wie bei der „Prinzessin auf der Erbse", in den vertracktesten Lebenslagen.

Ein erster oberflächlicher Blick auf Andersens Romane, Märchen, Schauspiele und Reisebücher vermittelt den Eindruck des Harmonischen, des in sich Gefügten, den der Dichter durch seine Autobiografie *„Das Märchen meines Lebens"* noch bewusst verstärkte: „Mein Leben ist ein schönes Märchen, so reich und so glücklich." Weil Andersen als Dichter in Deutschland früher anerkannt war als in Dänemark, nimmt man an, wie Lutz Rühling hervorhebt, dass er die Fiktionalisierung seiner eigenen Lebensgeschichte entsprechend den Erwartungen des deutschen Publikums vorgenommen hat, um das von ihm so genannte „goldene Dreieck" zu verdeutlichen: die vorgebliche Einheit von Autor, Leben und Werk.

Die erst spät publizierten Tagebücher zeichnen ein völlig anderes Bild. Hinter der mühsam errichteten, auf Ausgleich bedachten Fassade verbirgt sich eine zerrissene, oft disharmonische, egozentrische Persönlichkeit, die ihr Leben einerseits ehrgeizig und eitel arrangierte, andererseits in den Plan einer göttlichen Vorsehung einzuordnen suchte. Dazu schreibt Fritz Paul: „In diese Biographie fügen sich dann auch der in Deutschland beginnende Weltruhm, die zahlreichen Ehrungen, das unstete Leben des nie sesshaften, immer kränklichen und nervösen Dichters, die sexuellen Anfechtungen des Junggesellen, der als Zuschauer im Bordell ‚rein' bleibt, der ständige Hunger nach Liebe und Anerkennung, der düstere Pessimismus, allesamt Züge, die im Werk verdrängt oder durch Distanz und Humor sublimiert werden."

Ohne Kenntnis dieser Biografie mögen viele der von ihm gezeichneten Gestalten wie eine rein literarische Erfindung wirken, typische Romanhelden aus dem Zeitalter der Romantik. Manche Äußerungen, etwa wenn der Kammerjunker im Verlauf des Romangeschehens mitteilt, er habe mit Kopenhagen noch ein Hühnchen zu rupfen (S. 229), sind kaum verständlich, wenn man die Lebensgeschichte seines Autors nicht kennt, wie Ivy Möller-Christensen hervorhebt. Tatsächlich sind sie Ausdruck tief empfundener persönlicher Probleme. Im Grunde handeln viele seiner besten Erzählwerke, seien es Romane, Märchen oder Geschichten, von ihm selbst. Er ist das hässliche Entlein, aus dem ein schöner Schwan wird; er ist die überempfindliche Prinzessin, die eine Erbse durch 20 Matratzen und 20 Federbetten spürt; er ist der kleine Junge, der sehen kann, dass der Kaiser gar keine Kleider anhat; er ist die kleine Meerjungfrau – er ist einer, der nicht dazugehörte, der plötzlich da war und von der Welt, in der er sich nun bewegte, nie ganz akzeptiert wurde. „Andersen war zeitlebens ein Außenseiter; seine Einsamkeit ist ein Schlüssel zum Verständnis seines Charakters. Der ruhelose Junggeselle, der es nie zu einem eigenen Heim brachte, hauste in Hotelzimmern, in den Gästezimmern anderer Leute, bestenfalls in einer möblierten Kopenhagener Zweizimmerwohnung", schreibt Elias Bredsdorff. Seines gesellschaftlichen Außenseitertums war sich Andersen zeitlebens schmerzhaft bewusst. Die unterwürfige Bewunderung, die er für Herrscherhäuser empfand, seine Servilität gegenüber Fürsten und Herzögen stand ganz zweifellos in engem Zusammenhang damit, dass er der Sohn eines armen Schuhmachers und einer alkoholkranken Waschfrau war. Selten dürfte die psychoanalytische Theorie Sigmund Freuds ein lohnenderes Objekt für ihre Deutungskompetenz gefunden haben als in den literarischen Sublimierungsleistungen Hans Christian Andersens, meinen Mathias Jung und Josef Rattner.

Umstritten ist und nach wie vor wird kontrovers diskutiert, ob Andersen homosexuell veranlagt war. Einerseits wird argumentiert, „seine Liebe zu Riborg Voigt, Louise Collin, Jenny Lind und anderen sei nur vorgetäuscht gewesen – gewissermaßen eine Tarnung, um in einer Zeit, in der Homosexualität allgemein als verabscheuungswürdig galt, seine wahre Veranlagung zu verbergen“, wie Bredsdorff schreibt. Gloßmann verweist, unter anderem mit Bezug auf den Roman über die beiden Baroninnen, auf Andersens Unfähigkeit, „Liebesbeziehungen zwischen Mann und Frau überzeugend zu gestalten. So lässt er Caroline Heimeran einfach sterben und ersetzt sie durch Moritz' Schwester Hedevig. Auch Hermans und Elisabeths Ehe scheint sich nur auf geistiger Ebene zu vollziehen, denn sie sind nach Jahren noch immer kinderlos. Überhaupt bleiben die weiblichen Personen des Romans, von der alten Baronin abgesehen, seltsam gesichts- und körperlos, während Andersen vergleichsweise viele Worte für die Beschreibung schöner junger Männer mit dunklen Augen, schwarzen Haaren und engen Hosen verwendet.“ Gegen eine solche Deutung sprechen allerdings seine Tagebuchaufzeichnungen, aus denen hervorgeht, dass Frauen sehr wohl eine starke körperliche Anziehungskraft auf ihn ausübten. Gleichfalls ist ihnen zu entnehmen, dass er überhaupt niemals eine sexuelle Beziehung hatte, weder zu einer Frau noch zu einem Mann. Offensichtlich machte ihn das tief in seiner Natur wurzelnde Minderwertigkeitsgefühl dazu unfähig. Geistig suchte und fand er Zuflucht in gefühlvollen Freundschaftsbeziehungen, die zuweilen erotischen

Charakter annahmen. Hinzu kam vermutlich noch, dass seine äußere Erscheinung nach Meinung vieler Zeitgenossen wenig anziehend war. Er selbst fühlte sich dadurch stets benachteiligt, genau wie sein hässliches Entlein. „Wäre ich doch hübsch oder reich“, schrieb er am 9. April 1834 an Christian Voigt, „und hätte ich irgendein kleines Amt, dann würde ich heiraten, arbeiten, essen und am Ende auf dem Kirchhof liegen – was für ein schönes Leben das wäre! Aber da ich hässlich bin und immer arm bleiben werde, wird mich keine heiraten mögen, denn das ist es ja, worauf die Mädchen achten, und sie haben ganz recht. Ich werde also mein Leben lang alleinstehen wie eine arme Distel.“

Hinzu kam, dass Andersen an nervösen Beschwerden und psychischen Störungen litt, die so ausgeprägt waren, dass er sich zeitweise kaum unter Kontrolle hatte. Er aß zum Beispiel aus Angst vor Trichinen kein Schweinefleisch. Als er einmal, in der Meinung, es sei Kalbfleisch, ein Gericht aus Schweinefleisch zu sich genommen hatte, war er, wie seinem Tagebuch zu entnehmen ist, felsenfest davon überzeugt, er würde daran schwer erkranken. Auch befürchtete er, wie aus einer Notiz vom 18. Oktober 1861 hervorgeht, wahnsinnig zu werden oder einen Schlaganfall zu bekommen, weil er sich ungesund ernährte. Außerdem litt er unter Platzangst, sodass er ins Zittern kam und sich bei jemandem unterhaken musste, wenn er in einer Stadt einen größeren Platz überqueren wollte. Weil er ständig befürchtete, bei einem Hotelbrand ums Leben zu kommen, hatte er immer ein Seil in seinem Reisekoffer, um sich notfalls aus einem der Fenster abseilen zu können. Seine Angst, lebendig begraben zu werden, wurde ihm zur Zwangsvorstellung. So pflegte er, wenn ihm danach war, einen Zettel mit der Aufschrift „Ich bin scheintot“ auf seinen Nachttisch zu legen, und seinen Freunden nahm er das Versprechen ab, ihm eine Pulsader zu öffnen, bevor man seinen Sarg schließen würde, um ihn davor zu bewahren, nach der Bestattung wieder zum Leben zu erwachen.

Andersen glaubte an die göttliche Vorsehung. Sein Glaube war naiv und undogmatisch. Er war davon überzeugt, dass

Hans Christian Andersen mit 62 Jahren Foto: Wikipedia

der Herrgott ganz bestimmte Pläne mit ihm hatte. Zuweilen argumentierte er sogar mit ihm. So schrieb er während seiner Schulzeit in sein Tagebuch: „Es war nicht gerecht von Gott, dass er mich in Latein so schlecht abschneiden ließ." In glücklichen Momenten hatte er das Verlangen, „Gott ans Herz zu drücken". In Christus sah er den großen Lehrer und das Vorbild der Menschheit, die Natur galt ihm als die große heilige Kirche Gottes.

Werk und Wirkung

Lange Zeit schien es, als ob Hans Christian Andersen bevorstehen würde, was die literarische Welt einem Jonathan Swift und einem Daniel Defoe angetan hatte: ihn ins Kinderzimmer zu verbannen und nicht als einen Autor von hohem literarischen Rang anzuerkennen. Während seine Märchen weltweit Beachtung fanden, erfuhren seine Romane kaum die ihnen zustehende Würdigung. Zweifellos ist das Märchen das Wunder seines Schrifttums, keineswegs nur für Kinder. Aber sowohl vor wie nach der Entdeckung und souveränen Beherrschung dieses „kleinen Genres" war Andersen, was lange Zeit nicht zur Kenntnis genommen wurde, als Dramatiker, Lyriker, Roman- und Reiseschriftsteller äußerst produktiv.

Andersen, der zunächst Schauspieler werden wollte, begann seine Dichterlaufbahn mit dem parodistischen *„Wanderbuch"* über die „Fußreise von Holmens Kanal zur Ostspitze von Amager" (1829, deutsch 1882), das verschiedentlich als Keimzelle sowohl für die späteren Reisebücher wie für die Märchen angesehen wird. Nach zwei darauf folgenden Lyrik-Bänden trat seine spezifische Begabung zur realistischen und sprachlich genauen Schilderung erlebter Alltagswirklichkeit und historischer Ereignisse in einer Reihe von sechs Romanen hervor. Sowohl in seinen Romanen wie in seinen Reisebüchern gewinnt er Neuland für die Literatur. Bilder einer romantisch gezeichneten Natur wechseln mit Blitzlichtern eines realistisch geschilderten Alltagslebens und historischen Skizzen sich abzeichnender Zukünfte, die das Erschreckende und Bedrohliche industrieller Phänomene vorwegnehmen, wie Heinrich Detering zeigt. Vor allem von den Romanen aber soll hier die Rede sein. „Diese in der dänischen Literatur epochemachenden Werke, die heute durch den Weltruhm der Märchen zu Unrecht etwas verdrängt sind, kreisen nahezu durchgängig um das Thema der niederen Herkunft, des verkappten oder verkannten Künstlertums und des natürlichen Adels des Herzens", schreibt Fritz Paul.

Im ersten seiner Romane (1835) gewinnt, ähnlich wie im Falle Andersens selbst, ein Knabe durch seine Begabung als lyrischer *„Improvisator"*, so auch der Buchtitel, mithilfe reicher Förderer den Zugang zur Kunst und, im Gegensatz zur Erfahrungswelt des Autors, aber im Einklang mit seinen Wunschvorstellungen, zur Liebe. Die Hauptfigur des zweiten Romans (1836) trägt das titelgebende Signum seiner Geburt als stigmatisierendes Kainsmal am eigenen Körper eingeprägt; *„O. T."*, so der Titel, steht für das Zuchthaus von Odense. Mit seinen Umweltschilderungen zählt der dritte

Roman (1837), der das Lebensschicksal eines Musikers zum Thema hat *(„Nur ein Spielmann“)*, zu den bedeutenden Leistungen des poetischen Realismus. Alle drei Bücher sind autobiografischer Art. In einem Brief an Henriette Hanck äußert sich Andersen zum zweiten seiner Romane: „Es ist eine Schilderung unseres Zeitalters von 1829 bis 1835, sie bewegt sich nur in Dänemark; ich glaube, es mag verdienstlich sein und der Arbeit ein ungewöhnliches Interesse gewähren, dass der Dichter schildert, was er kennt, worin er lebt.“

Mit dem vierten seiner Romane, *„Die zwei Baronessen“* bzw. *„Die beiden Baroninnen“*, erweitert er diese Schilderung auf die Jahre bis 1848. In seiner Bewertung ist sich die Literaturkritik allerdings uneins. Auf der einen Seite heißt es: Anders als die Jugendromane kreise das Werk nicht mehr mit der vielfach bespöttelten Ausschließlichkeit und Offensichtlichkeit um Probleme, die in der Biografie des Autors begründet sind, sondern habe eher allgemein weltanschauliche Themen und Fragen der Zeit zum Inhalt. Vielen gilt es deshalb als Andersens bestes, weil reifstes und kompositorisch ausgeglichenstes Großprosawerk überhaupt, ein Buch, das sich mit den bedeutendsten Romanen des europäischen Realismus ohne Weiteres messen kann, wie Fritz Paul schreibt. Davon, dass es sein bester Roman sei, ist auch bei Børge Larsen die Rede. Ähnlich äußert sich Erling Nielsen: Während die drei ersten Romane Phasen in der Entwicklung des Dichters widerspiegeln und in verschiedener Verkleidung von ihm selber handeln, werde im vierten der Horizont wesentlich erweitert. Dieses reife und geschlossenste Werk, mit dem der Autor nach einer Pause von elf Jahren seine Romanproduktion wieder aufnimmt, sei einzigartig dadurch, dass es nicht ihn selbst zum Mittelpunkt hat. „Er ist nun über den Hang zur Selbstbespiegelung hinweg, der seine Jugendjahre kennzeichnete, und kann sich selbst in der bunten Personengalerie als komische Nebenfigur, der des Kammerjunkers, einreihen, während die Hauptrollen von zwei Damen aus der besten Gesellschaft belegt sind, beide jedoch mit einer düsteren Kindheit.“ Auf der anderen Seite heißt es bei

Elias Bredsdorff relativierend: „Obwohl kein Meisterwerk, ist dieser vierte Roman Andersens noch heute lesenswert. Er ist unterhaltsam, gut konstruiert und nicht zuletzt wegen seines drastischen, oft grotesken Humors von beträchtlichem Reiz.“ Verwunderlich sei deshalb, meint Erik Gloßmann, dass dieser „leicht zugängliche Lesestoff, den ‚*Die beiden Baroninnen*‘ bieten – man könnte ihn, oberflächlich betrachtet, unter ‚Herz, Schmerz und dies und das‘ einordnen – in Deutschland lange ignoriert wurde“.

Der fünfte Roman, *„Sein oder Nicht-Sein“* (1859), nimmt eine Sonderstellung ein. In ihm geht es um weltanschauliche Probleme, um den Konflikt zwischen Materialismus und christlichem Glauben. Mit dem sechsten Roman, *„Glücks-Peer“* (1870), kehrt Andersen zum Lieblingsthema der Romane seiner Jugendzweit zurück, zu seinem eigenen, unfassbaren Lebenslauf, aber hier als reine Idylle dargestellt.

Aus mehreren, sowohl inhaltlichen wie stilistischen Gründen sticht der Roman über die beiden Baroninnen aus Andersens Schaffenswerk besonders hervor. In den beiden Titelfiguren, der alten, aus einfachen Verhältnissen stammenden, exzentrischen, aber tief humanistischen Baronin und ihrem Schützling Elisabeth, einem Mädchen aus dem Volk, werden nicht nur Andersens Gedanken vom natürlichen Adel des Geistes und Herzens reflektiert (u. a. S. 249), sondern auch mit großer Sorgfalt und Scharfsicht soziale Missstände angeprangert (so auf S. 19, wenn Andersen ironisch von den „guten“ alten Tagen spricht, oder auf S. 171), wobei Humor und Innigkeit eine unnachahmliche Synthese eingehen. Stilistisch neu an diesem Roman ist, wie Fritz Paul hervorhebt, „die ständige Anwesenheit des Erzählers, der erläutert, umschreibt, beruhigt, mahnt und dabei die Doppelfunktion des Epikers und Didaktikers übernimmt“. Am Ende des zweiten Kapitels (S. 23) etwa hatten die vier jungen Leute mit ihrem Boot Fünen erreicht. „Nicht an der gewünschten Stelle“, unterbricht der Autor die Erzählung, um den Leser auf eine seltsame Begebenheit im nächsten Kapitel vorzubereiten, „sondern bei dem alten Rittergut, wo wir sie wieder aufsuchen wollen, während sie auf die seligen Frauen und Fräulein trinken, deren wurmstichige Bilder die Damengesellschaft in dem Saal darstellen, wo uns noch in dieser Nacht eine seltsame Begebenheit bevorsteht". Oder zu Beginn des achten Kapitels (S. 64), um ein weiteres Beispiel zu nennen: „Bisher sind wir (also der Leser, die Leserin und der Erzähler) den drei jungen Freunden und Reisekameraden gefolgt; nun wollen wir uns dem Mentor, oder kürzer: Moritz, zuwenden."

Obwohl der Roman *„Die beiden Baroninnen"* nicht so stark autobiografisch geprägt ist wie Andersens frühere Romane, enthält auch er zahlreiche Details, die an die Lebensgeschichte des Autors erinnern. So hat Andersen bei der Charakterisierung einer Nebenfigur des Handlungsgeschehens eine gewisse Selbstironie bewiesen, eines reiselustigen Kammerjunkers, der gern über sich selbst spricht und kein Glück in der Liebe hat (S. 29ff., 136ff., 226ff.). Oder er macht den jungen Baron Herman zu seinem Sprachrohr, wenn er ihn sagen lässt: „Gutherzigkeit ist, jedenfalls in unserer Zeit, kein Charakteristikum des dänischen Volkes. Unsere Spottlust ist viel auffälliger. Wir haben einen ausgeprägten Sinn für das Lächerliche, und deshalb werden bei uns viele Komödien geschrieben, aber bei der Menge schlägt dieser Sinn in eine Sucht um, alles zu verdrehen und auf den Kopf zu stellen – alles lächerlich zu machen" (S. 240). Und wenn Baron Herman etwas später erklärt, wie seiner Ansicht nach ein Roman beschaffen sein soll, dann spricht wiederum Andersen selbst aus ihm: „In Romanen möchte ich nicht nur Begebenheiten finden, sondern Charaktere und Poesie; ein Roman, der bloß Begebenheiten enthält, wird nur einmal gelesen; das Unerwartete, das Überraschende, das Leben in ihn gebracht hat, ist nach der Lektüre dahin, ist tot. Wo dagegen der menschliche Charakter eindrucksvoll und natürlich gezeichnet ist, wo der Gedanke im lebendigen Wort lebt, wo die Poesie zu unvergänglicher Entfaltung gelangt – zu einem solchen Werk kehren wir immer wieder zurück; dieses Buch wird gelesen und wieder gelesen, man verlässt es erfrischt wie nach einer Frühjahrswanderung im Walde" (S. 237f.).

Zu dieser Ausgabe

Die vorliegende Ausgabe ist textidentisch mit der Neuübersetzung durch Erik Gloßmann, die 2005 bei ars vivendi in Cadolzburg erschienen ist. Sie wurde mit dem 1982 beim Akademischen Verlag in Stuttgart erschienenen Nachdruck der Übersetzung von 1848 abgeglichen. In der ursprünglichen Fassung werden Sätze in indirekter Rede manchmal durch direkte Rede wiedergegeben und Punkte durch Kommata ersetzt; auch entfällt die Untergliederung des Romans in drei Teile (im Einzelnen dazu: Rühling 2002). Solche Abweichungen werden hier nicht kommentiert. Die vier Anmerkungen Hans Christian Andersens sind am Ende des vorliegenden Romantextes wiedergegeben. Die 17 Erläuterungen des Übersetzers wurden in das Register der Wort- und Namenserklärungen integriert. Sie sind im Folgenden durch *Kursivierung* kenntlich gemacht. Der Text wird in der heute gültigen Rechtschreibung wiedergegeben. Sie wird in diesem Nachwort auch bei Zitaten aus Andersens Lebenserinnerungen, Tagebüchern und Briefen angewandt.

Wort- und Namenserklärungen

Abbotsford: Herrensitz in Schottland, Geburts- und Wohnort Sir Walter Scotts

Abukir: Seeschlacht von Abukir zwischen britischer und französischer Kriegsflotte 1798

1801: Seeschlacht von Kopenhagen 1801 zwischen britischer und dänischer Kriegsflotte

1807: Bombardierung Kopenhagens durch die britische Flotte 1807

1808 bis 1809: dänisch-schwedischer Krieg unter Beteiligung spanischer Truppen

Adresszeitung: „Adresseavisen“, seit 1749 Kopenhagener Tageszeitung

Ærø: dänische Ostseeinsel am südlichen Eingang zum Kleinen Belt

Albertazzi (geb. Howson), Emma (1814–1847): eine englische Opernsängerin

Alsen: dänische Ostseeinsel, südlich von Fünen im Kleinen Belt

Altan: Söller; offene, auf Stützen oder Mauerwerk ruhende Plattform im Obergeschoss eines Gebäudes

Amagermädchen: Mädchen von der dänischen Insel Amager im Öresund; in Tracht oft dargestellt als Porzellanfigur von der Königlichen Porzellan-Manufaktur in Kopenhagen (Royal Copenhagen)

Andromeda: Tochter des äthiopischen Königs Kepheus und der Kassiopeia; auf Weisung Poseidons an einen Meeresfelsen geschmiedet, von Perseus befreit und zur Gemahlin genommen; später als Sternbild an den Himmel versetzt

Anschütz, Heinrich Eduard: siehe unter Roche, Karl von la

Argonauten: Heroen der griechischen Argonautensage, die von der Fahrt des Jason und seiner Begleiter nach Kolchis im Kaukasus auf der Suche nach dem Goldenen Vlies berichtet

Ariel: siehe unter Miranda

Ariosto, Ludovico (1474–1533): italienischer Humanist

Ars amandi, auch Ars amatoria (lateinisch: Liebeskunst): Lehrgedicht in drei Bänden des römischen Dichters Ovid

Artium: Der Titel *magister artium* war im Mittelalter der akademische Grad, den ein Student nach dem Studium der *artes liberales*, der sieben freien Künste, erhielt (Grammatik, Rhetorik, Dialektik, Arithmetik, Geometrie, Musik, Astronomie)

Balder: Gott der germanischen Mythologie; Personifizierung der Sonne, des Glücks und der Schönheit

Baron von Montefiascone: Stiefvater von *Cendrillon* (Cinderella) in der gleichnamigen Oper von Nicolas Isouard (hier im Roman ironisch gemeint)

Basrelief, auch Flachrelief: eine künstlerische Darstellung, die sich plastisch aus einer Fläche heraus vom Hintergrund abhebt

Berangers Lieder: Pierre-Jean de Beranger (1780–1857), Dichter volkstümlicher, später auch politisch-satirischer Lieder

Bernadotte, Jean Baptiste (1763–1844): französischer Marschall, später König von Schweden und Norwegen

Blaubart: siehe Rolf Blaubart

Blei, auch Brasse oder Brachse: Fischart aus der Familie der Karpfen

Burgtheater: eine der bedeutendsten Bühnen Europas; nach der Comédie Française das zweitälteste europäische und größte deutsche Sprachtheater, 1748 in Wien gegründet

Byron, George Gordon Noel (1788–1824): britischer Dichter

Calderon: Pedro Caldéron de la Barca (1600–1681): spanischer Dichter

Caliban: siehe unter Miranda

Candidatus theologiae: Bezeichnung eines Studenten der Theologie kurz vor dem Abschluss seines Studiums; in Dänemark, Island und Norwegen ein akademischer Grad, vergleichbar dem Titel eines Masters

Cassimir-Hosen: Casimir- bzw. Kasimir-Hosen, einfache und gut geschnittene Baumwollhosen; unerlässlich bei vielen Kostüm-Kombinationen

Cenci, Beatrice (1577–1599): römische Patrizierin, im Alter von 22 Jahren wegen des von ihr angestifteten Mordes an ihrem Vater hingerichtet

Cendrillon (Aschenputtel): Märchenoper nach Charles Perrault von Nicolas Isouard (1775–1818); „Cendrillon oder Der kleine gläserne Pantoffel", Märchen von Charles Perrault (1697)

Charmant: Beifall, Applaus

Christian II. (1481–1559): König von Dänemark, Norwegen und Schweden

Christian VIII. (1786–1848): König von Dänemark und Norwegen, Herzog von Schleswig und Holstein

Corsaren: seit 1840 satirisch-politisches Wochenblatt, herausgegeben von M. Goldschmidt

Dagmar von Böhmen (1186–1212): dänische Königin; ihr Leben ist in zahlreichen Volksliedern und Balladen verewigt; die bekannteste dieser Volksweisen heißt „Dronning Dagmar ligger ud i Ribe syg“

Das Fest in Albano: Ballett von Bournonville, 1839 in Kopenhagen uraufgeführt

„Der grüne Schuh“: eine Variante des Märchens um „Cendrillon“ („Aschenputtel und der grüne Schuh“)

Diable, Robert le: Oper von Giacomo Meyerbeer (1791–1864), Libretto von Eugene Scribe und Germain Delavigne

Die klaren Wellen rollen: Lied aus dem Werk „Sovedrikken“ von 1809; Text von Oehlenschläger (siehe unten), Musik von Christoph Ernst Friedrich Weyse (1774–1842)

„Ein feste Burg ...“: Kirchenlied; Text und wahrscheinlich auch Melodie von Martin Luther (1483–1546)

Elias (hebräisch: Elija): biblischer Prophet zur Zeit der Könige Ahab und Ahasja; gilt im Judentum als bedeutendster Prophet nach Mose

Eline von Villenskov: dänisches Volkslied (siehe Hermann Püttmann: Nordische Elfenmärchen und Lieder, Leipzig 1844, S. 131–137)

Elle: unterschiedliches Längenmaß; eine Elle entspricht etwa 50 Zentimetern

Erlöserkirche: Vor Frelsers Kirke in Kopenhagen, bekannt für ihren korkenzieherförmigen Turm und ihr Glockenspiel

Fensterln: Brautwerbung, bei der die Männer des Nachts heimlich durchs Fenster der Geliebten einsteigen, um ihre Aufwartung zu machen

Figurantin: Komparsin, Statistin

Frederik/Friedrich IV. (1671–1730): König von Dänemark und Norwegen, Herzog von Schleswig und Holstein

Frederik/Friedrich VI. (1768–1839): König von Dänemark und Norwegen, Herzog von Schleswig und Holstein

Galeotti, Vincenzo (1733–1816): italienischer Tänzer,

Choreograf, Ballettmeister; Direktor des Königlich Dänischen Balletts; inszenierte 1808 „Rolf Blaubart“, tragisches Ballett in vier Akten, Musik von Claus Schall (1757–1835)

Gran: deutscher Name der ungarischen Stadt Esztergom

Grisi, Giuditta (1805–1840): italienische Opernsängerin (Schwester von Giulia)

Grisi, Giulia (1811–1869): italienische Opernsängerin (Schwester von Giuditta)

Grütztopf: Bestandteil des erst 1844 erstmals gezeigten Nordfriesen-Wappens; er steht für die Gleichheit der Friesen, die alle aus einem Topf aßen; erst später wurde die Sage kreiert, dass friesische Frauen angreifenden Feinden Töpfe mit heißer Grütze über den Kopf stülpten, nachdem ihre Männer mutlos das Schlachtfeld geräumt hatten

Haarlemer Orgel: eine von Christian Müller (1690–1763) 1738 fertiggestellte Orgel in der St.-Bavo-Kirche der niederländischen Stadt Haarlem; galt zu ihrer Zeit als die größte Orgel der Welt

Herodot: Herodot von Harlikarnass (ca. 485–425 v. Chr.), antiker griechischer Geschichtsschreiber und Geograf

Herr Peder mit den Silberschlüsseln: Geschichte von Peter mit den Silberschlüsseln in einem 1480 erstmals gedruckten Volksbuch, das in viele europäische Sprachen übersetzt worden ist; dramatische Liebesgeschichte zwischen der schönen Magelone, Tochter des Königs von Neapel, und Peter, dem Sohn des Grafen der Provence

Hiob: eigentlich Ijob (hebräisch: wo ist der Vater?, im Sinne von Beschützer, Gott; von Luther eingedeutscht zu „Hiob“), Hauptgestalt des gleichnamigen Buches im Alten Testament, die in ihrem Gottglauben durch schwere Schicksalsschläge geprüft wird

Holberg, Ludvig (1684–1754): norwegisch-dänischer Schriftsteller, Essayist, Philosoph

Homer: sagenhafter Autor der Ilias und Odyssee

Hundeloch: auch Hundestall, Betzekämmerchen, Narrenkäfig; Form der Sozialdisziplinierung und des Strafvollzugs in einem Käfig o. Ä.; 1810 durch den napoleonischen Code pénal abgeschafft

Ingemann, Bernhard Severin (1789–1862): dänischer Schriftsteller

Ingomar und Parthenia: Liebespaar im äußerst erfolgreichen Drama „Sohn der Wildnis" (1843) von Friedrich Halm; das ist der Dichter Eligius Freiherr von Münch-Bellinghausen (1806–1871)

inklinieren: neigen zu, einen Hang haben zu, eine Vorliebe für etwas haben

Irminsäule: bei den Sachsen war die *Irminsul,* benannt nach dem Kriegsgott Irmin, ein großer heiliger Baumstamm, Sinnbild des Weltbaumes

Joseph: Sohn Jakobs; träumt die Zukunft voraus und deutet Träume anderer; einer der Stammväter der zwölf Stämme Israels

Kalmuk: Kalmuck; Bezeichnung für ein Baumwollgewebe mit einem fülligen Untergarn

Kalverstreet: Kalverstraat, bedeutende Geschäftsstraße in Amsterdam, benannt nach dem Kalvermarkt (Kälbermarkt)

Kapaun: auch Kapp- oder Masthahn; ein im Alter von zwölf Wochen kastrierter und gemästeter Hahn; sein mildes, weißes und fettreiches Fleisch gilt in der gehobenen Küche als besonders delikat

Karyatiden: Skulpturen von weiblichen Figuren mit tragender Funktion in der Architektur; sie ersetzen Säulen oder Pfeiler bei Portalen in der Fassadengliederung

Knox, John (1505–1572): schottischer Reformator, führte 1560 den Calvinismus ein

Kock, Paul de (1793–1871): französischer Romanschriftsteller und Dramatiker

Kollekteur: Sammler von Teilnehmern an einer Lotterie; Geschäftsmann, der die Lose vertreibt, die Einsatzgelder annimmt und bei der Lotteriedirektion abliefert

Komorn (ungarisch Komárom, slowakisch Komárno): deutscher Name zweier Städte, die sich auf den beiden gegenüberliegenden Ufern der Donau befinden und aus der Teilung der Stadt entstanden sind

Konchylien: Kalkschalen von Muscheln und Schnecken

Krüdener (geb. von Vietinghoff), Juliane von (1764–1824): Pietistin, Schriftstellerin, Beraterin des Zaren Alexander I.

Laterna magica (lateinisch: Zauberlaterne): auch Skioptikon; ein Projektionsgerät, das vom 17. bis zum 20. Jahrhundert in ganz Europa verbreitet war

Lavater, Johann Caspar (1741–1801): Schweizer Pfarrer, Philosoph und Schriftsteller

Lindø: dänische Ostseeinsel, westlich von Langeland; Standort einer bedeutenden Megalithanlage der Trichterbecherkultur

Lit de parade: Leichenparade; öffentliche Aufbahrung eines verstorbenen Staatsoberhauptes

Lolland: dänische Ostseeinsel, südlich von Seeland, westlich von Falster; Standort eines der größten Ganggräber Dänemarks („König Svens Hügel")

Lyø: sagenumwobene kleinere dänische Ostseeinsel, südlich von Fünen

Löwe, Ludwig: siehe unter Roche, Karl von la

Maître de plaisir (französisch: Unterhaltungskünstler): jemand, der bei einer Veranstaltung das Unterhaltungsprogramm leitet, bei einem Fest für die Unterhaltung der Gäste sorgt

Maria Sophia Frederika von Hessen-Kassel (1767–1852): Königin von Dänemark und Norwegen, Ehefrau von König Friedrich VI.

Mathilde: Caroline Mathilde von Hannover (1751–1775): Königin von Dänemark und Norwegen; wegen ihrer Liebesbeziehung zu Johann Friedrich Struensee (1737–1772) von ihrem Ehemann Christian VII. geschieden und nach Celle verbannt

Max: gemeint ist Max Piccolomini, Figur aus Friedrich Schillers Drama „Wallenstein"

Meerjungfrau: auch Seejungfrau oder Fischweib; weibliches Fabelwesen, ein Mischwesen aus Frauen- und Fischkörper, das in vielen Sagen präsent ist; älteste Vertreterin dieses Fabelwesens ist Undine (siehe dort), ein weiblich-jungfräulicher Wassergeist (erstmals im 14. Jahrhundert); charakteristisches Merkmal der Meerjungfrau ist ihre Erlösungsbedürftigkeit, meist handelt es sich um ein seelenloses oder verdammtes Wesen, das nur durch die Liebe eines menschlichen Gemahls erlöst werden kann; die bekannteste Meerjungfrau stammt aus der Feder Hans Christian Andersens: „Die kleine Meerjungfrau“ (1837)

Melusine: mythische Sagengestalt des Mittelalters; in der altfranzösischen Sage eine schöne Meerfee, die zur Stammmutter des Geschlechts der Lusignan wurde

Miranda, Ariel und Caliban: Figuren aus Shakespeares Drama „Der Sturm“

Nain: Auferweckung des toten Sohnes einer Witwe in Nain zum Leben durch Jesus (Lukas 7, 11–17)

Nikodemus: Heiliger aus dem Johannes-Evangelium

Normas Priesterin: Norma, Priesterin der Druiden, ist die Hauptfigur der gleichnamigen Oper von Vincenzo Bellini (1801–1835), 1831 in Mailand uraufgeführt

Odense: größte Stadt Fünens und Geburtsort Hans Christian Andersens

Odin (südgermanisch Wodan): Hauptgott der germanischen Mythologie

Oehlenschläger, Adam (1779–1850): dänischer Dichter der Romantik; die Romanze „Langelands-Rejsen“ erschien 1805

Ovid (43–17 v. Chr.): Publius Ovidius Naso, antiker römischer Dichter

Palnatoke (auch Palnatoki): legendärer dänischer Held und Häuptling der Insel Fünen; der Sage nach tötete er König Harald I. „Blauzahn“

Pasquino: ein Schneider oder Bäcker, auf jeden Fall ein Bewohner der Piazza Navone in Rom, der im 15. Jahrhundert in öffentlichen Schmähbriefen und Spottversen die Finanzpolitik der römischen Kirche anprangerte

Paul, Jean (1763–1825): deutscher Schriftsteller (eigentlich Johann Paul Friedrich Richter)

Perrault, Charles (1628–1703): französischer Schriftsteller, berühmt durch seine Märchensammlung, die dieses Genre in Europa populär machte

Perseus: Sohn des Zeus und der Danaë; einer der bedeutendsten Heroen der griechischen Mythologie

Petrarca, Francesco (1304–1374): italienischer Dichter

Phönix: mythischer Vogel, der am Ende seines Lebens verbrennt, um aus seiner Asche neu zu erstehen

Pinelli, Bartolomeo (1781–1835): italienischer Kupferstecher

Pontoppidans Atlas: Den Danske Atlas eller Konge-Riget Dannemark, Hauptwerk von Erik Pontoppidan (1698–1764)

Priester Jon: Jón Steingrimsson (1728–1791); isländischer lutherischer Geistlicher, Chronist der Laki-Katastrophe 1783/84; berühmt durch seine „Feuerpredigten", durch die er angeblich verhinderte, dass seine Kirche von den Lava-Strömen des Vulkans Lakagígar vernichtet wurde

Raffael Sanzio da Urbino (auch: Raffael Santi, 1483–1520): italienischer Maler und Architekt

Reichardt, Johann Friedrich (1752–1814): deutscher Komponist, Musikschriftsteller und -kritiker

Reichardts Melodien: Gedichtvertonungen von Johann Friedrich Reichardt, die zwischen 1791 und 1814 in der „Herberge der Romantik", auch „Reichardts Garten" oder „Giebichensteiner Dichterparadies", Treffpunkt wissenschaftlicher und literarischer Berühmtheiten, aufgeführt wurden

Reni, Guido (1575–1642): italienischer Maler und Radierer

Richtstatt-Reisemäntel, -Morgenröcke, -Ballkleider aus Atlasseide (Satin): Das berühmte Porträt, das Guido Reni gemalt hat, zeigt Beatrice Cenci mit weißem Turban und weißem, weit fallendem Toga-ähnlichen Gewand kurz vor der Hinrichtung. Beides diente der alten Baronin im Roman als Vorbild für ihre Bekleidung. Da Reni erst drei Jahre nach dem Tod der Cenci in Rom eintraf, kann es sich bei dem Bildnis allerdings nicht um ein authentisches Porträt handeln.

Roche, Karl von la (1794–1884), Ludwig Löwe (1795–1871) und Heinrich Eduard Anschütz (1785–1865) waren Schauspieler am Wiener Burgtheater

Rolf Blaubart: „Blaubart" ist ein Märchen aus der Sammlung von Charles Perrault; der Stoff um den frauenmordenden Blaubart wurde für zahlreiche Dramen, Opern, Ballette etc. adaptiert und weiterverarbeitet; gemeint ist hier die Kopenhagener Inszenierung durch Vincenzo Galeotti

Roulade: eine Folge von mehreren schnellen auf- bzw. absteigenden Noten auf einer Silbe gesungen

Rousseau, Jean-Jacques (1712–1778): Schweizer Philosoph, Pädagoge, Naturforscher und Komponist

Rungholt: Marschensiedlung in Nordfriesland, deren Reichtum sagenhaft überhöht wurde; zerstört in der Sturmflut von 1362

Sabinerberge: Sabiner Berge, westliches Randgebirge des Abruzzischen Apennin

Sachs, Hans (1494–1576): Nürnberger Schumacher, Meistersinger und Dramatiker

Scala: Teatro alla Scala, Mailänder Scala, eines der bedeutendsten Opernhäuser der Welt, 1778 eröffnet

Schall, Claus Nielsen (1757–1835): dänischer Komponist

Schilling (dänisch: skilling): Währung seit den 1540er-Jahren; eine Mark war 16 Schilling zu 12 Pfennig, bis diese Währung Anfang 1875 durch die dänische Öre und Krone ersetzt wurde

„Schlafender Wald": „Dornröschen oder Die schlafende Schöne im Walde", Märchen aus der Sammlung von Charles Perrault 1697 (La belle au bois dormant)

Schollenbindung (auch: Schollenzwang): bis ins 19. Jahrhundert geltende Verpflichtung des Bauern, bei seinem gepachteten Grund zu wohnen und dem Grundherrn Spann- und Frondienste zu leisten

Schuhmacher von Jerusalem: Ahasver, der sogenannte ewige Jude

Schwerttanz: Gruppe von Volkstänzen, die in Europa bis in die Neuzeit weit verbreitet waren

Scott, Sir Walter (1771–1832): schottischer Romancier und Lyriker; die Romane „The Heart of Midlothian“ und „Rob Roy“ erschienen 1818

Sheridan, Richard Brinsley Butler (1751–1816): englischer (sic!) Dramatiker; das Stück „The School for Scandal“ erschien 1777

Sheridans Lästerschule: „The School for Scandal“, englische Komödie von Richard Brinsley Sheridan, irischer (!) Dramatiker und Politiker

Sixtinische Madonna von Raffael Santi: Gemälde der Renaissance in der Gemäldegalerie Alte Meister in den Staatlichen Kunstsammlungen Dresden, nachdem es von Kurfürst August III. erworben worden war

Spanischer Mantel: auch Schandmantel, Schandtonne; ein Strafinstrument, aus Holz gefertigte Hülle zum Vollzug von Ehrenstrafen (Waldfrevel, Prostitution); wer ihn umgelegt bekam, durfte beschimpft, geohrfeigt oder mit Unrat beworfen werden

Speciestaler: eine vom 17. bis 19. Jahrhundert weit verbreitete Silbermünze, vor allem im norddeutschen und skandinavischen Raum, mit Brustbild des Münzherrn; lateinisch species: Gesicht, Brustbild

St. Carlo: Real Teatro di San Carlo, eines der größten und bedeutendsten Opernhäuser der Welt in Neapel, 1735 erbaut

Sturmflut von 1825: die verheerende Sturmflut vom 3. Februar 1825, die sogenannte Halligenflut, kostete 74 Menschen das Leben, darunter alle zwölf Bewohner von Südfall; 90 Prozent aller Häuser wurden zerstört

Svend Tveskjæg (960–1014; deutsch: Sven I. „Gabelbart“): König von Norwegen und England mit dem Beinamen „Tveskjæg“ (Gabelbart), Vater von König Knut dem Großen (995–1035), Sohn von Harald I. „Blauzahn“ (950–986)

sybaritisch: genusssüchtig, schwelgerisch; nach der kalabrischen Stadt Sybaris, deren Bewohner für ihre Völlerei und ihren luxuriösen Lebensstil bekannt waren

Tarantelle: süditalienischer Volkstanz, vermutlich abgeleitet vom Namen der Stadt Tarent in Apulien bzw., im Volksmund, von der Tarantel, einer im Mittelmeerraum anzutreffenden Spinnenart

Taasinge = Tåsinge (früher Thorsinge): kleine dänische Insel südlich von Svendborg (Fünen)

Theater an der Wien: traditionsreiches, 1801 erbautes Theater an der linken Wienzeile, seit 2006 trägt es den Beinamen „Das neue Opernhaus"

theatrum mundi (lateinisch: Welttheater): Metapher aus der Barock- und Renaissance-Zeit für die Eitelkeit und Nichtigkeit der Welt; seit dem 19. Jahrhundert wird darunter ein mechanisches Miniaturtheater verstanden

Themistokles (524–459 v. Chr.): griechischer Staatsmann und Feldherr

Thor: südgermanisch Donar; Gewitter- und Wettergott; Beschützer von Midgard, der Welt der Menschen

Thora: Gattin von Ragnar, dem König von Schweden und Dänemark im 9. Jahrhundert; Kurzform zu Namen, die mit dem Namen des Gottes Thor zusammengesetzt sind

Thorvaldsen, Bertel (1770–1844): nannte sich auch Albert oder Alberto, dänischer Bildhauer des Hochklassizismus, kehrte nach Jahrzehnten in Italien 1839 nach Kopenhagen zurück

Thyrø (auch Thurø): kleinere dänische Insel, südöstlich von Svendborg (Fünen) und östlich von Tåsinge

Tönningen: von 1840 bis 1890 war Tönning nicht nur ein wichtiger Exporthafen für Vieh nach England, sondern auch für den Handel mit Pferden, deren Zucht in Schleswig-Holstein seit 1820 systematisch betrieben wurde, wobei zwei Zuchtrichtungen von Gebrauchspferden zu unterscheiden sind: der Kaltblut- oder schwere Ackerschlag (vorwiegend Zugtiere) und der Warmblutschlag (eher Reittiere)

Tordenskjold, Peter Wessel (1690–1720): dänisch-norwegischer Marineoffizier

Trafalgar: Seeschlacht von Trafalgar 1805 zwischen britischer und französisch-spanischer Kriegsflotte

Undine (siehe auch: Meerjungfrau): weiblicher, jungfräulicher Wassergeist, möglicherweise von unda (lateinisch: Welle) abgeleitet; die Figur der Undine stammt aus der Sage des Geschlechts der Stauffenberger (um 1320)

Upasgewächs: Upasbaum (Autiaris toxicaria), Maulbeergewächs, auch Javanischer Giftbaum; sein Milchsaft ist hochgiftig und diente in Südostasien als Pfeilgift

Vaudeville: Frühform des französischen Schlagers seit dem 15. Jahrhundert; ein Pariser Theatergenre mit Gesang und Instrumentalbegleitung

Votivschiff: Votivgabe (lateinisch votum: Gelübde), Weihegabe; symbolisches Opfer für die Rettung aus einer Notlage; von Kapitänen und Schiffseignern in Kirchen an der Küste gestiftet als Dank für den Schutz auf See

Westphaler, Gert: Figur aus einer Komödie des dänischen Schriftstellers Ludvig Holberg (1684–1754)

Weyse, Christoph Friedrich Ernst (1774–1842): deutsch-dänischer Komponist

Whittington, Sir Richard (1354–1423): Kaufmann, Politiker, Bürgermeister von London; bildete den Lebenshintergrund für das englische Volksmärchen „Dick Whittington and his Cat"

Wildt, Johannes (1782–1836): dänischer Verfasser von romantischen Unterhaltungsromanen ohne literarischen Wert

Xenophon (431–354 v. Chr.): griechischer Schriftsteller, Politiker und Feldherr

Zoll: ein Zoll entspricht 2,54 Zentimeter

Zugrunde gelegte und weiterführende Literatur

Hans Christian Andersen: Die beiden Baroninnen. Roman in drei Teilen. Aus dem Dänischen von Erik Gloßmann, Cadolzburg 2005

Hans Christian Andersen: Die zwei Baronessen. Mit Vorwort und Kommentar von Käte Hamburger, Stuttgart 1982

Hans Christian Andersen: Das Märchen meines Lebens. Briefe. Tagebücher, München 1961
Aus Andersens Tagebüchern. Band 2. Herausgegeben und aus dem Dänischen übertragen von Heinz Barüske, Frankfurt am Main 1980
Hans Christian Andersen: Meines Lebens Märchen. Herausgegeben und mit einem Nachwort von Tove Fleischer, Leipzig und Weimar 1990
Hans Christian Andersen: Tagebücher 1825–1875, 2 Bände, Frankfurt am Main und Leipzig 2003 (1965)
Jens Andersen: Hans Christian Andersen. Eine Biographie, Frankfurt am Main 2005
Matthias Bauer: Rungholt-Sage und Rungholt-Literatur. In: Jürgen Newig und Uwe Haupenthal (Hrsg.): Rungholt. Rätselhaft und widersprüchlich, Husum 2016, S. 85–92
Elias Bredsdorff: Hans Christian Andersen. Eine Biographie, Reinbek 1993 (1977)
Alain Corbin: Meereslust. Das Abendland und die Entdeckung der Küste. Frankfurt am Main 1994
Heide Depenbrock und Heinrich Detering: Poesie und industrielles Zeitalter in H. C. Andersens *I Sverrig.* In: Johan de Mylius u. a. (Hrsg.): Andersen og Verden, Odense 1993, S. 31–55
Heinrich Detering: Das offene Geheimnis. Zur literarischen Produktivität eines Tabus von Winckelmann bis zu Thomas Mann, Göttingen 1994
Heinrich Detering: Hans Christian Andersen, München 2011
Heinrich Detering: Kindheitsspuren. Theodor Storm und das Ende der Romantik, Heide 2011
Heinrich Detering und Günter Grass (Hrsg.): Die fünffache Seereise. Mit Hans Christian Andersen in Schleswig und Holstein, Neumünster/Hamburg 2014
Horst Joachim Frank: Literatur in Schleswig-Holstein, Bd. 3, Teil 1, Neumünster 2004
Erik Gloßmann: Nachbemerkung. In: Hans Christian Andersen: Die beiden Baroninnen, Cadolzburg 2005, S. 294–298

Erik Gloßmann: Hans Christian Andersen. Leben – Werk – Geheimnis, Leipzig 2005
Wolfgang Golther: Handbuch der germanischen Mythologie, Essen o. J. (1895)
Käte Hamburger: Vorwort. In Hans Christian Andersen: Die zwei Baronessen, Stuttgart 1982, S. V–XVIII
Mathias Jung: Das hässliche Entlein. Die Erlösung vom Minderwertigkeitskomplex, Lahnstein 2011
Harry Kunz und Thomas Steensen: Föhr Lexikon, Neumünster/Hamburg 2013
Børge Larsen: H. C. Andersens bedste roman. In: Kristeligt Dagblad vom 15.4.1988
Ivy Möller-Christensen: Hans Christian Andersens Durchbruch in Deutschland: ein wahres Märchen. In: Heinrich Detering (Hrsg.): Grenzgänge. Skandinavisch-deutsche Nachbarschaften, Göttingen 1996, S. 132–146
Johan de Mylius: H. C. Andersen. Liv og værk. En tidstavle 1805–1875, (Oslo) 1993
Johan de Mylius: Der deutsche Andersen. Zur Begründung des biographischen Andersen-Bildes in Deutschland. In: Heinrich Detering u. a. (Hrsg.): Dänisch-deutsche Doppelgänger. Transnationale und bikulturelle Literatur zwischen Barock und Moderne, Göttingen 2001, S. 157–173
Erling Nielsen: Hans Christian Andersen, Reinbek 2005 (1958)
Fritz Paul: Romantik und Poetischer Realismus. In: Fritz Paul (Hrsg.): Grundzüge der neueren skandinavischen Literaturen, Darmstadt 1991 (1982), S. 86–146
Gisela Perlet: Hans Christian Andersen. Leben, Werk, Wirkung, Frankfurt am Main 2005
Josef Rattner und Gerhard Danzer: Literatur und Psychoanalyse, Würzburg 2010
Josef Rattner: Hans Christian Andersen – Das Leben als Märchen und das Märchen als Lebensdeutung. In: Josef Rattner und Gerhard Danzer: Weltliteratur aus Dänemark, Berlin 2015, S. 7–33

Martin Rheinheimer: Ipke und Angens. Die Welt eines nordfriesischen Schiffers und seiner Frau (1787–1801), Stuttgart 2016
Lutz Rühling: Opfergänge der Vernunft, Göttingen 2002
Sigurd Schultz: C. A. Jensen. 2 Bde., København 1932
Thomas Steensen: Hans Christian Andersen und Nordfriesland. Unveröffentlichtes Manuskript eines Vortrags zum 200. Geburtstag Andersens, gehalten im 15. Nordfriesischen Sommer-Institut am 29. Juni 2005 in Bredstedt
Thomas Steensen: Im Zeichen einer neuen Zeit. Nordfriesland 1800 bis 1918 (Geschichte Nordfrieslands, Teil 4), 4. Aufl., Bräist/Bredstedt 2009
Thomas Steensen: Weltweit einzigartig: die Halligen. In: Nordfriesland, Nr. 196 (Dezember 2016), S. 10–16
Kai H. Thiele: Perle der Erinnerung. Hans Christian Andersen und „Die zwei Baronessen“. In: Nordfriesland, Nr. 10 (Mai 1969), S. 80–89
Kai H. Thiele: Empfindsame Reise. Die Fahrt des Dichters Hans Christian Andersen zur königlichen Sommerresidenz in Wyk auf Föhr im Sommer 1844, Flensburg 1975

Danksagung

Dank gebührt zunächst und vor allem Erik Gloßmann, dem Übersetzer der Neuauflage des Andersen-Romans, für hilfreiche Unterstützung und weiterführende Auskünfte. Dank zu sagen ist gleichfalls den Mitarbeiterinnen der Schleswig-Holsteinischen Landesbibliothek in Kiel, der Stadtbibliothek Husum, des *Nordfriisk Instituut* und der Universitätsbibliothek in Klagenfurt für die Beschaffung schwer erreichbarer Hintergrundliteratur mittels Fernleihe, insbesondere Amtssekretär Peter Kolle für die Mithilfe bei der Sichtung mehrerer Hundert Mikrofiches. Bibliothekar Dr. Harald Wolbersen vom *Nordfriisk Instituut* half auch bei der Beschaffung von Abbildungen. Bereits 2005, als im *Nordfriisk Instituut* der Vortrag „H. C. Andersen und Nordfriesland" erarbeitet wurde, half mit profunden Auskünften der Leiter des *H. C. Andersen Centret* an der *Syddansk Universitet*, Prof. Dr. Johan de Mylius. Für Hinweise sei außerdem gedankt Prof. Nils Århammar und Prof. Dr. Volkert F. Faltings sowie Dr. Ane Grum-Schwensen von *Odense Bys Museer*.

Arno Bammé
(Klagenfurt/Oldenswort)

Thomas Steensen
(Bredstedt/Husum)